AF239597

Greg Walters

Der Lehrling
des Feldschers

DAS BUCH

Wir schreiben das Jahr 1642. Im Heiligen Römischen Reich tobt seit 24 Jahren ein mörderischer Krieg und er scheint kein Ende zu nehmen.

Als plündernde Soldaten Gustavs Familie und Zuhause zerstören, ändert sich auch sein Leben von Grund auf. Der Wundarzt Martin nimmt ihn auf und offenbart Gustav eine Wahrheit, die für ihn alles ändert.

»Gustav, willigst du ein, mir als Lehrling zu dienen?« »Ja.« »Schwörst du, dass du die Geheimnisse, die du von dieser und der anderen Welt erlernen wirst, für dich behältst und nicht außerhalb der Gemeinschaft der Feldschere teilst?« »Ja, ich schwöre.« »Gut, dann bist du jetzt offiziell ein Feldscherlehrling für Menschen«, Martin blickte sich um, ob auch niemand lauschte, »und Dämonen.«

DER AUTOR

Seit seinem Studium der Geschichts- und Politikwissenschaft vor 20 Jahren, beschäftigt sich Greg Walters als Geschichtslehrer fast täglich mit historischen Stoffen. Es war also nur eine Frage der Zeit, bis er diese Passion mit seiner Leidenschaft für Fantasy verband. Herausgekommen ist »Der Lehrling des Feldschers«. Ein tiefgreifend recherchierter Historienroman, mit einem ordentlichen Schuss Phantastik und Humor, so wie es die Leser von Greg Walters gewohnt sind.

Mit den Schriftstellern Mira Valentin und Sam Feuerbach bildet Greg Walters die populäre Autorenvereinigung Weltenbauer3.

Gemeinsam mit seiner Frau, seinen beiden kleinen Töchtern und einer frechen, rotblonden Labradorhündin, lebt Greg Walters in Braunschweig. Dort arbeitet er derzeit an weiteren Geschichten, die den Leser in spannende Abenteuer und fremde Welten voller Fantasy und Geschichte entführen.

Weiteres zum Autor: gregwalters.de

DIE ROMANE

Die Farbseher Saga

Die Geheimnisse der Âlaburg – Farbseher Saga 1
Die Legenden der Âlaburg – Farbseher Saga 2
Die Chroniken der Âlaburg – Farbseher Saga 3
Die Sagen der Âlaburg – Farbseher Saga 4
Der Orden der Âlaburg – Farbseher Saga 5
Das Vermächtnis der Âlaburg – Farbseher Saga 6
Die Erben der Âlaburg – Farbseher Saga 7

Die Bestien Chroniken

Bestias – Die Bestien Chroniken I
Magus – Die Bestien Chroniken II
Rebelles – Die Bestien Chroniken III

Die Feldscher Chroniken

Der Lehrling des Feldschers
Der Lehrling des Feldschers II
Der Lehrling des Feldschers III

Erhältlich als eBook, Taschenbuch und gebundene Ausgabe sowie als Hörbuch

GREG WALTERS

DER LEHRLING DES FELDSCHERS

ISBN: 978-3-7597-7732-4

© 2024 Gregor Timme
Autor: Greg Walters
Umschlaggestaltung, Illustration:
Alexander Kopainski
Lektorat: Ursula Tanneberger
Buchsatz: Kathrin Wandres
Karte: Karlos Valero
Verlag: BoD • Books on Demand GmbH, In de Tarpen 42, 22848
Norderstedt
Druck: Libri Plureos GmbH, Friedensallee 273, 22763 Hamburg
info@gregwalters.de
www.gregwalters.de

Die Deutsche Nationalbibliothek verzeichnet diese Publikation in der Deutschen Nationalbiblio-
grafie; detaillierte bibliografische Daten sind im Internet über http://dnb.dnb.de abrufbar.

FÜR MEINEN PAPA,
DER DAS LESEN LIEBT.

DIE SCHLACHTEN DES DREIßIGJÄHRIGEN KRIEGES UND

DAS HEILIGE RÖMISCHE REICH

DER
WINTERKOMET

———+———

November 1618

Die grauen Wolken verzogen sich langsam vom dunkler werdenden Spätherbsthimmel und nahmen den bisher so hartnäckig fallenden Regen mit sich.

»Immerhin!«, murmelte der breitschultrige Tagelöhner. »Pünktlich mit dem Einbruch der Dunkelheit verzieht sich auch der Regen. Vielleicht ist dies doch kein ganz grässlicher Tag.«

»Beschrei es nicht, Michel, für mich ist es erst ein guter Tag, wenn wir ein sicheres Obdach gefunden haben.« Wolff, kleiner und deutlich schmaler als sein Freund Michel, bekreuzigte sich und blickte sich suchend um. Doch er entdeckte nichts, was ihnen als Bleibe hätte dienen können. Abgeerntete, karge Stoppelfelder waren, wie den ganzen Tag schon, das Einzige, was es um sie herum zu sehen gab.

»Die zwei fetten Monate in der Hansestadt haben dich verwöhnt, mein lieber Wolff. Ich gebe zu, Lübeck war gut zu uns, aber mit schönen Städten ist es wie mit schönen Frauen: Irgendwann wird man ihrer eben doch überdrüssig und sollte weiterziehen.«

Wolff erwiderte darauf nichts. Er wusste, dass es Michels Art war, sich die Welt so hinzudrehen, wie sie ihm passte. In Wahrheit waren sie aus der Stadt geflogen, weil sie so kurz vor Beginn des Winters keine neue Arbeit mehr hatten finden können. Die Stadtwache duldete keine Arbeitslosen in ihren Mauern, wenn sie nicht das Bürgerrecht besaßen. Mitleid kannten diese groben Kerle nicht. Wolff war ihnen nicht böse gewesen, wahrscheinlich wollten sie einfach nur ihre eigene Arbeit nicht verlieren.

»Und warum siehst du immer nur alles so schwarz? Wir haben doch unseren Lohn.« Michel zeigte breit grinsend seine schlechten Zähne und klimperte mit dem kleinen ledernen Geldbeutel, der an seinem Gürtel befestigt war.

»Was nützt uns das, wenn es in dieser gottverlassenen Gegend nicht mal ein Gasthaus gibt, wo wir uns dafür was zum Saufen und ein Bett kaufen können?«

»Das Geld wird dir schon schnell genug ausgehen, mach dir da mal keine Sorgen.« Michel lachte heiser. »Trotzdem hast du recht. Was würde ich jetzt dafür geben, an dem üppigen Busen einer Schankhure zu schlafen, anstatt durch dieses Mistwetter zu stapfen. Kopf hoch, nur noch ein paar Tage und wir sind in Bremen. Die Stadt soll riesig sein – und reich. Zwei gewitzte Burschen wie wir, die bekommen dort sicher schnell Arbeit, und wer weiß, vielleicht werden wir da endlich sesshaft. Ein Weib und ein paar Kinder in einem kleinen Häuschen an der Stadtmauer. Na, wie klingt das? Wir müssen uns nur ein paar echte Bremerinnen aufreißen.«

Wolff grinste. Michels Tagträume waren Blödsinn. Sie beide gehörten keiner Zunft an und deshalb würde keine ehrbare Stadtfrau jemals auch nur darüber nachdenken, sie zu heiraten. Welche Frau wollte schon das unsichere Leben eines herumreisenden Tagelöhners teilen? Wenn man wirklich ehrlich war, waren sie noch nicht mal besonders geschickt. Zum Steinetragen oder Fegen reichte es, aber einen Dachstuhl oder eine gerade Steinmauer bauen, das konnte keiner von ihnen, da sie niemals eine Lehre bei einem Handwerksmeister durchlaufen hatten. Solcherlei musste man sich leisten können. Wolff griff sich in den Schritt. »Warte, ich muss pissen!«

»Mann, du pinkelst ja mehr als ein brünstiger Esel«, stöhnte Michel, nestelte aber ebenfalls an seiner Hose herum, um sich zu erleichtern. »Lustig, erst hat der Regen hier alles nass gemacht und jetzt machen wir mit.« Er kicherte dümmlich.

»Wir sollten uns schleunigst was einigermaßen Trockenes zum Pennen suchen, wenn wir nicht ...« Wolff brach mitten im Satz ab. Mit der Hand an seinem Glied blickte er mit offenem Mund zum Himmel.

»He, spiel gefälligst nicht an dir rum, wenn ich dabei zuschauen muss«, regte sich sein Freund mit übertrieben angewiderter Miene auf.

Wolff hörte ihn gar nicht. Er urinierte einfach weiter. Dass seine Hose dabei arg in Mitleidenschaft gezogen wurde, entging ihm. »Da«, hauchte er ehrfürchtig. »Da, schau nur.« Er deutete mit seinem dreckigen Zeigefinger gen Himmel.

Michel urinierte fertig, bevor er hochsah. »Das darf doch wohl nicht wahr sein«, rief er überrascht aus. Ein langer, roter Feuerschweif durchschnitt den Nachthimmel und warf ein unheimliches Licht auf die karge norddeutsche Landschaft. Es sah so aus, als hätte ein Riese einen feuerroten Strich an den Himmel gemalt. »Was ist das?«, fragte Michel seinen Freund.

»Ein Komet.« Wolff bekreuzigte sich. »Ein furchtbares Omen. Nie wurde ein Komet am Himmel ungestraft erblickt, so sagen die alten Philosophen. Auf uns, was sag ich, auf die Welt kommen schreckliche Zeiten zu.«

»Was du wieder für einen Unsinn verzapfst. Morgen ist er bestimmt verschwunden und wir beiden waren die Einzigen, die ihn gesehen haben.« Michel drehte sich um und ging zurück auf den breiten Handelsweg.

»Warte«, schrie Wolff panisch und wäre fast über seine heruntergelassene Hose gestolpert. Hektisch rannte er seinem Freund hinterher. Der nasse Ast einer einsamen Birke schlug ihm dabei ins Gesicht und hinterließ einen langen, roten Striemen, der erstaunliche Ähnlichkeit mit dem Schweif des Winterkometen hatte.

Ungesehen von den beiden Freunden lösten sich kleine Teile von dem Schweif, der noch bis weit in den Januar 1619 am Himmel zu sehen sein würde, und sanken auf die Erde. Ein rot glühender, etwa hühnereigroßer Brocken schlug hinter den beiden Tagelöhnern auf eines der abgeernteten Felder auf und drang mit einem Zischen tief in den feuchten Boden ein. Erst stieg nur feiner Rauch auf, dann begann die Erde um das kleine Einschlagsloch zu vibrieren. Schließlich wölbte sie sich auf, als würde ein Maulwurf seinen Hügel auswerfen, doch dieser Hügel wurde immer größer, bis er fast die Höhe eines erwachsenen Mannes erreicht hatte. Plötzlich schoss eine Krallenklaue aus der aufgeworfenen Erde und ein dunkler Körper schälte sich daraus hervor. Die Kreatur hatte übernatürlich lange Arme, der riesenhafte Schädel war mit zwei spitzen Hörnern bewehrt und lange Reißzähne zierten ein groteskes Maul. Schnuppernd blickte sie sich um. Ihre

Augen leuchteten in einem dämmrigen Goldton und hatten keine Probleme, die mondbeschienene Nacht zu durchdringen. Die langen, ausgefransten Ohren der Kreatur spitzten sich, als sie ein Geräusch vernahmen. Es war ein Husten, das Wolff von sich gab, weil er sich am Wasser aus seinem Lederschlauch verschluckt hatte. Der Dämon reckte seine langen Arme kurz in die Luft, als hätte er einen Triumph zu feiern, dann trugen ihn seine nackten Füße und muskulösen Beine rasend schnell in die Richtung der beiden einsamen Wanderer.

»Also, Wolff, wenn du Schnaps in dich reinlaufen lässt, habe ich noch nie gesehen, dass du dich verschluckst, aber bei Wasser passiert dir das jedes Mal.« Michel klopfte seinem Freund auf den Rücken.

Wolff grinste belämmert. »Du weißt, was das heißt: In Zukunft besser kein Wasser mehr für mich, sondern wenigstens Bier oder Wein im Schlauch.«

Michel streckte sich. »Du bist ein alter Säufer. Moment mal, sind das da vorne etwa Lichter?«

Wolff kniff die Augen zusammen. Er sah nicht mehr so gut wie früher. Immerhin war er schon fast fünfunddreißig, ein Wunder, dass er überhaupt noch so gut beisammen war. »Tatsächlich, scheint zwar ein kleines Nest zu sein, aber vielleicht haben sie ja eine Schankstube.«

»Ja, und eventuell sogar …«

Ein tiefes Knurren unterbrach Michels Antwort. Überrascht drehte Wolff sich in die Richtung, aus der das Geräusch kam.

Gegen den Mondschein und das merkwürdige Licht des Winterkometen zeichnete sich eine groteske Silhouette ab. Sie war so groß wie ein Mann, aber ihre Arme waren so lang, dass die riesig wirkenden Hände fast auf dem Boden schleiften.

»He, Fremder«, rief Wolff den Unbekannten mit zittriger Stimme an. »Was schleichst du dich so von hinten an? Wir sind bewaffnet und werden unser Leib und Leben verteidigen, solltest du uns Böses wollen. Ist dem aber nicht so, dann zieh einfach deiner Wege und lass uns in Frieden.« Die einzige Waffe, die Wolff sein Eigen nennen konnte, war zwar nur ein kleines Schnitzmesser, aber das brauchte den Unbekannten ja nicht zu interessieren.

»Spinnst du? Mit wem redest du da?«, fragte Michel seinen Freund verblüfft.

Jetzt schaute die unbekannte Kreatur Wolff direkt an und der erblickte nun ihre gelbgolden glühenden Augen. Wolff war kurz überrascht, dass es so warm in seiner Hose wurde, bis er begriff, dass er sich vor Angst einnässte, obwohl er sich doch gerade erst erleichtert hatte. Was war das für ein Wesen?

Michel stellte sich direkt vor seinen Freund, um dessen Aufmerksamkeit zu erlangen. Übertrieben laut sagte er: »Was soll das? Willst du mir Angst machen?«

»Meine Wege sind jetzt eure Wege«, gab der Dämon Wolff mit tiefer, kratziger Stimme Auskunft, dann stürzte er sich auf die beiden arglosen Männer.

Mit den langen Krallen seiner Hand riss er dem arglosen Michel in einem einzigen Schlag den Schädel vom Leib. Schwallartig schoss Blut heraus, das im Mondlicht pechschwarz aussah. Michel war tot, ehe er überhaupt verstand, was mit ihm passierte. Weder sah noch hörte er das Wesen, das ihm sein Ende bereitete.

Nachdem der Dämon sich dieses leichten Opfers entledigt hatte, machte er einen langen Satz und spießte Wolff mit seinen Hörnern auf. Er warf ihn in die Luft und ließ ihn zu Boden fallen.

Wolff stöhnte und hielt sich den Bauch, aus dem in Sturzbächen heißes Blut hervorquoll. Die Hörner hatten ihm den halben Oberkörper aufgerissen. Er blickte zu der unheimlichen, dunklen Kreatur hoch, die seinem Todeskampf scheinbar emotionslos zusah.

Sie kam schnuppernd näher. Jetzt befand sich ihre schreckliche Fratze unmittelbar vor Wolffs Gesicht. Der Anblick trieb ihn fast in den Wahnsinn. Die Pfaffen hatten also doch recht damit gehabt, dass es Höllenwesen gab, die die Ketzer bestraften. Einen kurzen Moment lang bereute er, dass er in den letzten Jahren immer seltener in der Kirche gewesen war. Wolff stöhnte und versuchte aufzustehen, aber sein Körper hatte keine Kraft mehr dazu.

Der Dämon legte den Schädel schräg und betrachtete interessiert den Todeskampf seines wehrlosen Opfers, dann öffnete er sein mit drei hintereinanderliegenden Zahnreihen bewehrtes Maul und biss Wolff direkt ins Gesicht. Mit einem schrecklichen Knacken riss er ihm den halben Kopf ab und verschlang ihn. Die unheimlichen Augen des Dämons weiteten sich erfreut, als er das erste Mal menschliches Blut und Fleisch schmeckte. Er biss erneut zu, diesmal direkt in den blutenden Bauch. Schließlich steigerte er sich geradezu in einen Fressrausch und verschlang erst Wolff und alsdann Michel. Zuletzt fiel sein gieriger Blick auf die einsame, kleine Siedlung.

GUSTAV

*In der Nähe des Dorfs Breitenfeld,
nördlich von Leipzig, Kurfürstentum Sachsen,
Oktober 1642 – 25. Kriegsjahr*

Wütend schlug Gustav die Tür des kleinen Fachwerkhauses hinter sich zu. Selbst hier draußen konnte er noch die laute Stimme seines Vaters hören, auf den seine Mutter besänftigend einzureden versuchte. Missmutig stapfte der Junge mit dem Eimer in der Hand in Richtung Bach. Noch so eine dieser dummen Aufgaben, von denen sein Vater endlos viele für ihn bereitzuhalten schien. »Hack Holz, Junge. Fege das Haus, Junge. Bring die Ziege auf die Weide, Junge. Hilf deiner Mutter im Garten, Junge.« Und so weiter und so fort. Gustav bog auf den Trampelpfad ein, der ihn zu dem Bach führte. Er war diesen Weg schon unzählige Male gegangen und glaubte jeden Stein und Grashalm zu kennen. Wütend schlug er mit dem Holzeimer gegen eine knorrige Birke. Sie ließ einige ihrer herbstlich gelben Blätter fallen, als ob auch sie sein Verhalten missbilligte. Selbst die Bäume waren heute gegen ihn.

Gustav seufzte und dachte an den Streit mit seinem Vater. Es war derselbe, den sie schon lange führten: Gustav wollte sich den Truppen der Protestantischen Union anschließen, war aber trotz seiner achtzehn Jahre noch zu jung, um das ohne Einverständnis seines Vaters zu tun, weil er kein ausgelernter Geselle war. Einer der Werber hatte ihm auf dem Markt von Breitenfeld erzählt, welche Reichtümer die Männer erbeuten konnten, die für die heilige Sache zur Verteidigung des echten Glaubens kämpften und dem verräterischen Ferdinand III. zu trotzen wagten. Gustav hasste den Kaiser geradezu, auch wenn er nicht richtig hätte begründen können, warum.

Leichtfüßig sprang er über die Wurzel einer alten Eiche, die den schmalen Pfad kreuzte. Gleich als er seinem Vater das erste Mal erzählt hatte, dass er sich anwerben lassen wollte, hatte der es rigoros abgelehnt, auch nur über dieses Ansinnen nachzudenken, und ihm seinen Wunsch rundheraus abgeschlagen. »Du übernimmst die Köhlerei! Zu viele gute Jungen und Männer sind in diesem endlosen Krieg bereits für nichts gestorben. Schluss! Aus! Ende!«

»Er ist so ein Feigling«, brummelte Gustav vor sich hin. Anders war nicht zu erklären, dass der Vater ihm Heldentum und Wohlstand nicht gönnen wollte. Der Junge hörte schon das vertraute Plätschern des Bachs. Jetzt wünschte er sich, dass er nicht so schnell aus dem Haus gestürmt wäre und wenigstens eine warme Jacke angezogen hätte. Die Temperaturen waren für den Herbst bereits erstaunlich frisch. Es war später Nachmittag und die Sonne hinter den schmutzig grauen Wolken fast untergegangen. Schnell wurde es immer kühler. Gustav konnte seinen Atem sehen. Die Feuchtigkeit schien geradezu aus dem Boden heraufzukriechen. Zorn wallte in Gustav auf, als er an seinen Vater dachte, und ließ die Kälte vergehen. Er wusste, dass er gegen das vierte Gebot verstieß: Du sollst Vater und Mutter ehren. Aber er konnte seine Wut einfach nicht unterdrücken. Sein Vater war schlicht feige. Das war in früheren Jahren vielleicht einmal anders gewesen, aber das war lange vorbei. Sein Vater war einst selbst Soldat im Tross der Union gewesen und hatte an der Schlacht bei Breitenfeld teilgenommen. Das war mehr als zehn Jahre her und er hatte niemals auch nur ein Wort dazu gesagt. Sein Vater hatte bei den Kämpfen das rechte Bein verloren. Als Kind hatte Gustav den vernarbten Stumpf oft fasziniert angesehen oder angefasst, wenn sein Vater das Holzbein abgeschnallt hatte. Wie es dazu gekommen war, wusste Gustav nicht, nur dass einer der Feldschere, die sich um die Verwundungen der einfachen Soldaten kümmerten, den Unterschenkel knapp unter dem Knie abgesägt hatte. *Vermutlich ist der Alte besoffen von einem Karren gefallen und der ist dann über ihn drübergefahren.* Insgeheim schämte sich Gustav, dass er so etwas von seinem Vater dachte, aber die Wut in ihm ließ all diese lästerlichen Gedanken aufkommen. Manchmal hatte er das Gefühl, dass die Unzufriedenheit mit seinem Leben wuchs, je älter er wurde. Mit vierzehn hatte er begonnen, das einfache elterliche Haus und die Regeln seiner Eltern beengend zu finden. Jetzt, mit achtzehn, war es noch schlimmer. Mehr als einmal hatte Gustav überlegt, wegzulaufen und sich einfach den Landsknechten anzuschließen, aber da war ja noch Anna, seine kleine Schwester. Obwohl sie mit ihren zwölf Jahren schon recht groß gewachsen war, verhielt sie sich weiter wie ein kleines Kind. Sie war verspielt und lebte in den Tag hinein, außerdem vergötterte sie ihren großen Bruder, was ihm gut gefiel. Gustav brachte es nicht übers Herz, sie hier allein zurückzulassen.

Vorsichtig ging er die kleine Böschung zum Bach hinunter. Das Gras und die braunen Blätter waren tückisch glatt und es würde seine Laune nicht gerade verbessern, wenn er ausrutschte und ins Wasser fiel. Gurgelnd füllte sich der

Eimer. Mit einem genervten Schnaufen wuchtete Gustav ihn hoch. Wasser holen zu müssen, gefiel ihm ohnehin schon nicht, aber der Rückweg mit dem schweren Eimer auf dem schmalen Pfad, während ihm beständig Wasser auf die Beine und Füße schwappte, war ihm besonders verhasst. Lieber hätte Gustav in einer größeren Stadt gewohnt, wo die Leute ihr Wasser an modernen Pumpen holten und es nicht so primitiv aus einem Bach schöpfen mussten. Hätte Gustav es sich aussuchen können, hätte er am liebsten in Leipzig gelebt. Die weltoffene, moderne Metropole hatte er als Zehnjähriger einmal mit seiner Mutter besucht, als sie versucht hatte, ihre kunstvollen Stickereien mit Waldmotiven an einen der Leipziger Großhändler zu verkaufen. Leider hatte niemand Interesse an ihnen gehabt. Entweder waren die Sachen zu altmodisch für die quirligen Großstädter gewesen, oder – und das war die wahrscheinlichere Erklärung – auch das liberale Leipzig litt nach all den Kriegsjahren an Armut und Niedergang. Nie wieder waren sie seitdem in der aufregenden Stadt gewesen.

Sein Vater hatte nach seiner Verletzung entschieden, mit seiner Familie hier in der Nähe von Breitenfeld zu bleiben. »Der Blitz schlägt niemals an derselben Stelle zweimal ein«, so erklärte es Hans der Köhler. Es war für ihn ausgeschlossen, dass es hier in der Umgebung von Breitenfeld eine weitere Schlacht geben könnte. Der Krieg war über diese Gegend gezogen und hatte sich an ihr satt gefressen. Jetzt waren andere Landstriche dran, wo mehr zu holen war.

Sechzehneinunddreißig, wie er im Suff immer heiser brüllte, hatte der Schwedenkönig Gustav Adolf die Union in der Schlacht bei Breitenfeld zu einem glorreichen Sieg geführt. Nord- und Mitteldeutschland waren seitdem fest in protestantischer Hand. Von Leipzig bis Dänemark hielten die Katholenpriester brav den Mund. Der schändliche Tilly, damals oberster Heerführer der Katholischen Liga, war damals sogar vom Pferd gestürzt, bevor er mit einer Handvoll seiner Getreuen panisch nach Halle geflohen war. Gustavs Vater schwor Stein und Bein, dass er das mit eigenen Augen gesehen hatte. Sein Sohn glaubte ihm die Geschichte schon lange nicht mehr.

Gustav sah in der beginnenden Dämmerung das kleine Fachwerkhaus auftauchen. Daneben standen die großen, runden Kohlenmeiler, in denen er und sein Vater die Holzkohle herstellten, deren Verkauf die Familie mehr schlecht als recht ernährte. Von drinnen hörte er die Ziege meckern. Eine kleine Welt, die Gustav angenehm vertraut, aber auch eintönig und schal war, wie abgestandenes Bier. Einen kurzen Moment gestattete er sich den Wunschtraum, wie es wäre, von hier wegzugehen. Doch das war zu viel der Unachtsamkeit und er stolperte über einen dicken Ast, der auf seinem Hinweg noch nicht da gewesen war, und ließ den Eimer fallen. »So ein Mist!«, fluchte er und blickte auf das im Boden versickernde Wasser.

Schlecht gelaunt, aber nicht übermäßig hektisch drehte er sich um und schlurfte zurück zum Bach. Sein Vater würde ihm so oder so eine Predigt halten, dass er zu viel trödelte, da war es nicht schlimm, noch ein wenig später zurückzukommen. Er sah seinen Vater schon streng blickend vor sich, wie er kopfschüttelnd und seufzend fragte: »Hast du vergessen, welch stolzen Namen du trägst?« Natürlich hatte Gustav das nicht, er wurde ja ständig daran erinnert. Sein Vater verehrte Gustav Adolf auf eine fast religiös anmutende Weise. Das taten viele Protestanten, galt der Schwedenkönig doch als Retter der lutherischen Lehre. Sein Eingreifen in den Kampf zwischen der Protestantischen Union und der

Katholischen Liga war gerade zur rechten Zeit gekommen. Die kaiserlichen Soldaten unter dem verruchten Wallenstein hatten den Unionstruppen bis dahin eine Niederlage nach der anderen beigebracht. Mit dem Übersetzen des schwedischen Königs auf deutschen Boden hatte sich das geändert. Jetzt waren es die Protestanten, die Siege einfuhren und den rechten Glauben verbreiteten.

Gustav schlitterte die Bachböschung hinunter und füllte gelangweilt den Eimer. Er trug ihn mit ausgestreckten Armen zurück und nicht am Henkel, um etwas schneller laufen zu können. Das machte ihn sicher nicht zu einem Helden wie den Schwedenkönig, aber vielleicht ersparte er sich eine Tracht Prügel oder wenigstens die nervige Leier des Vaters über seinen berühmten Namensvetter. In Wirklichkeit war es reiner Zufall, dass er so hieß wie der König. Als er vor achtzehn Jahren geboren wurde, hatte nämlich kein Schwanz in den deutschsprachigen Landen den schwedischen König gekannt. Gustav wollte auch gar nicht wie Gustav Adolf sein. Der war kein Held, sondern einfach nur ein Dummkopf gewesen. Schließlich war der König immer in der ersten Reihe seiner Truppen geritten und hatte mit ihnen gekämpft, anstatt sich im Hintergrund in Sicherheit zu halten, wie es die schlauen Herrscher taten. Das hatte auch prompt dazu geführt, dass er nur ein Jahr nach dem grandiosen Sieg bei Breitenfeld im Kampf getötet worden war. Wenn sechzehneinunddreißig das Mantra seines Vaters war, so war sechzehnzweiunddreißig seine Geißel. Er hatte den Tod des Mannes, unter dem er siegreich gekämpft hatte, niemals verwunden, fast so, als wäre ein echtes Familienmitglied verstorben.

Gustav kam an die Stelle, an der er zuvor gestolpert war. Erst jetzt begann er darüber zu grübeln, woher der dicke Ast eigentlich gekommen war. Es war kein Baum in der Nähe, der derartig dicke Äste hatte. Er blickte zum Haus hinüber. Es lag still und friedlich da. Nicht mal die dumme Ziege meckerte. Gustav stellte vorsichtig den Eimer ab und ging in die Knie. Bedächtig hob er den Ast auf und betrachtete ihn. Tatsächlich war es ein gedrechselter Schlegel, in den irgendwelche Symbole oder Wörter eingebrannt waren. Die Schlagwaffe war in der Mitte zerbrochen und wohl deshalb hier zurückgelassen worden. Gustav wurde eiskalt. *Jemand ist hier gewesen. Jemand, der eine Waffe bei sich getragen hat.* Ein Schlegel war natürlich keine Hellebarde oder gar Muskete, dennoch blieb er eine Waffe. Gustav blickte erneut zum Haus. War es nicht ein wenig zu dunkel und zu still? Er richtete sich auf. Tiefe Stimmen ließen ihn innehalten und sich wieder ducken.

»Hier ist doch fast nichts mehr zu holen«, brummte jemand ungehalten. »Diese armen Schweine sind doch schon einmal vom Tross geplündert worden.«

»Besser als gar nichts, Georg. Sei doch froh, dass Torstensson uns den Freischein ausgestellt hat. Ich bediene mich immer noch lieber, als von unregelmäßigen Soldzahlungen abhängig zu sein. Meine Frau und meine andere Frau«, er lachte frivol, »brauchen mal wieder ein paar Aufmerksamkeiten und meine vier oder fünf Kinder, wer weiß das schon genau, haben eben Hunger.«

Landsknechte, erkannte Gustav und bemerkte, dass seine Hände zitterten.

»Was habt ihr in dem Haus gefunden?«

»Nicht viel, der verkrüppelte Köhler hat rumgezetert und behauptet, er wäre ein Veteran der Union. Dem hat der Willy aber schnell das Maul gestopft.«

»Vater«, hauchte Gustav, war aber unfähig, sich zu bewegen.

Jemand spuckte aus. »Leider hat Willy dabei einen Spieß ins Auge bekommen. Braucht jemand ein Paar Stiefel? Sonst würde ich sie nehmen.«

Jetzt sah Gustav zwei Gestalten, einen Breitschultrigen und einen Untersetzten, die auf das Haus seiner Familie zugingen. Der Untersetzte trug eine Fackel in der Hand.

»Der Frauen hast du dich wohl auch schon angenommen?«

Gustav war wie zu Stein erstarrt. Er traute sich nicht, sein Versteck zu verlassen. Ohnmächtig blickte er zu den Männern hinüber.

»Habt ihr alles von Wert aus der Bruchbude rausgeholt?«, rief der eine, der Georg hieß, den Männern zu, die Gustav nicht sehen konnte.

Irgendjemand bejahte die Frage.

»Dann weiter!« Als würde er eine Fliege vertreiben, warf Georg eine Fackel in das Strohdach von Gustavs Zuhause. Augenblicke später stand das kleine Haus lichterloh in Flammen.

FEIGHEIT

Gustav schaffte es, sich aus seiner Starre zu befreien, und rannte auf das brennende Haus zu. Funken stoben weit hinauf in den Nachthimmel und das Feuer gab eine unvorstellbare Hitze ab. Panisch rannte er zur Haustür und riss sie auf. Dicker Rauch quoll heraus und ließ ihn husten. Unbeirrt trat er ein und blickte sich um. Ihr karges Mobiliar war sämtlich zerschlagen, es sah aus, als wäre eine wütende Rotte Wildschweine durchs Haus getobt. »Mama? Anna? Vater?«, rief er mit hoher Stimme. »Wo seid ihr?« Brennendes Stroh fiel unablässig auf den Boden. Ein besonders großes Stück landete auf seiner Schulter. Mit einer hektischen Bewegung schlug er es herunter. Gustav blickte sich in dem großen Raum um, der bis vor wenigen Momenten sein Zuhause gewesen war, und überlegte fieberhaft, ob er etwas retten sollte, vielleicht die blauen Teller, auf die war seine Mutter immer so stolz gewesen – da hörte er ein Stöhnen. Es kam aus der hinteren Ecke, in der er und Anna immer schliefen. Manchmal hatte sich auch die freche Ziege Liselotte dazugelegt, wenn es im Winter besonders kalt gewesen war. Er versuchte zu erkennen, wer dort lag, und erblickte die große Gestalt seines Vaters. »Vater! Ich hole dich!«

»Nein!«, rief sein Vater in dem Befehlston, von dem Gustav eben noch geglaubt hatte, dass er ihn hassen würde. »Das ist zu gefährlich. Die Balken können jeden Moment herunterkommen.« Er stöhnte, was im lauten Brüllen des immer stärker werdenden Feuers fast unterging.

Gustav wusste, dass sein Vater recht hatte, aber er war eben schon feige gewesen, als er es nicht gewagt hatte, sich den Landsknechten entgegenzustellen. Jetzt war es an der Zeit, Mut zu zeigen. Vielleicht sogar mehr Mut als Gustav Adolf, der ja niemals allein in eine Schlacht gezogen war, sondern immer viele starke Männer bei sich gehabt hatte. Er zog sich sein Hemd über den Mund, legte die linke Hand über den Kopf und rannte in das heiße Inferno hinein. Schnell war er bei seinem Vater angelangt und erstarrte. Er hatte eine stark blutende Wunde am Bauch.

»Junge, du solltest doch nicht kommen.« Trotz allem lächelte sein Vater ihn an. Er drückte die Hände auf seine Bauchwunde, dennoch sickerte das Blut weiter heraus. Jemand musste ihn mit einem Schwert oder Speer angegriffen haben. Ein einzelner brutaler Stich, der das Leben von Hans dem Köhler beenden würde.

»Ich werde dich nicht hierlassen!«, beharrte Gustav in dem Ton, den er immer anschlug, wenn er mit seinem Vater stritt. »Hilf mir!« Er griff seinem Vater unter die Achseln und zog ihn langsam in die Höhe. Hans war groß und schwer, aber Gustav hatte die Kraft der Jugend auf seiner Seite und Muskeln von der schweren Arbeit als Köhlergeselle, die er seit seinem elften Lebensjahr jeden Tag in der Woche – außer sonntags – ausgeübt hatte.

Hans verzog das Gesicht vor Schmerzen, gab aber keinen Klagelaut von sich, als er wankend zum Stehen kam. Sein Holzbein war verschwunden.

In der Nähe der Haustür stürzte ein glühender Deckenbalken zu Boden und ließ einen heißen Funkenschwall aufsteigen. Es begann widerlich nach verkohlten Haaren zu riechen. Gustav brauchte einen Moment, um zu verstehen, dass es sich dabei um seine eigenen handelte.

»Schnell«, drängte er und legte sich den Arm seines Vaters um die Schulter.

Der humpelte, so schnell es ihm mit einem Bein möglich war, in Richtung Tür. Er hustete gequält.

Gustav spürte, wie kraftlos die Hand seines Vaters auf seiner Schulter lag. Die Hand, deren schallende Ohrfeigen ihn manchmal hatten Sterne sehen lassen, die ihm aber auch gezeigt hatte, wie man kleine Figürchen aus Holzresten schnitzte oder eine Forelle fing und ausnahm. Eine nie gekannte Sorge stieg in ihm auf. Auch wenn er oft davon geträumt hatte wegzulaufen, ein Leben ohne seine Familie hatte er sich dennoch nie vorstellen können.

Mit letzter Kraft schafften sie es durch die offene Tür nach draußen. Die Kälte hier war im Vergleich zu der brutalen Hitze im Innern des lichterloh brennenden Hauses beinahe angenehm. Hastig sog Gustav die kühle, würzige Luft ein. Kaum hatte er seinen Vater einige Schritte weiter im feuchten Gras abgelegt, brach das Dach ihres Hauses zusammen. Eine Myriade an Funken stob in den Nachthimmel. Für einen Moment ein schönes Schauspiel, aber niemand, der sich noch im Haus aufgehalten hätte, hätte es überlebt. »Vater.« Gustav strich ihm sanft über das verschwitzte, rußige Gesicht. »Wo sind Mama und Anna?«

Hans krümmte sich unter einem Hustenanfall, das Blut aus seiner Wunde sickerte dadurch nur noch schneller hervor. Im Schein des Feuers wirkte sein Gesicht wächsern. »Sie haben sie mitgenommen«, krächzte er. Wieder hustete er, diesmal kam dabei Blut aus seinem Mund und bedeckte seine Zähne, was schrecklich anzusehen war.

»Warum, ich …«

»Hör zu!« Die Hand seines Vaters packte ihn mit überraschender Stärke am Hemdkragen. »Ich habe nicht mehr viel Zeit. Sie bringen sie zum Tross und werden Huren aus ihnen machen. Du musst sie retten! Sie können nicht weit sein. Es waren Unionisten. Schleich dich in ihr Lager und finde sie.« Wieder hustete er Blut. »Entgegen all meiner weisen Voraussicht scheint diese verfluchte Gegend doch erneut dem Krieg zum Opfer zu fallen.« Ein Grinsen lief kurz über sein Gesicht. »Gustav, geh in den Schuppen, nimm die Schaufel und fang an zu graben.« Jetzt begann das Blut heftig aus seinem Mund zu laufen. Feine Bläschen waren darauf zu sehen. »Zeig einem der Offiziere im Unionstross, was du findest, damit er dir hilft.«

Gustav verstand nicht, was sein Vater meinte. Die Sorge um seine Familie vernebelte seinen Geist. »Vater, Vater, bitte bleib bei mir.« Er nahm sein Gesicht in beide Hände. »Vater, ich habe dich lieb.« Er schluchzte hemmungslos.

»Ich weiß, mein Junge, das weiß ich doch.« Sein Vater schenkte ihm ein letztes Lächeln, dann verdrehten sich seine Augen und sein Körper spannte sich kurz an, nur um im nächsten Moment zu erschlaffen. Ein röchelnder Atemzug entwich seinem blutigen Mund, dann regte er sich nicht mehr.

»Nein, Vater!« Gustav ging ganz nah an sein Gesicht heran. Kein Atem. Er war gestorben.

Gustav lag lange neben dem erkaltenden Leib seines Vaters. Vom Haus war nur noch ein schwelender Trümmerhaufen geblieben. Schwerfällig richtete er sich auf. Tränenspuren durchzogen sein dreckiges Gesicht. »Mutter, Anna«, flüsterte er leise und versuchte zu verdrängen, dass die Landsknechte aus ihnen Trosshuren machen würden. Die Worte seines Vaters fielen ihm wieder ein. *Geh in den Schuppen und fang an zu graben.* Was sollte das? Wollte er in dem klapprigen Holzverschlag seine letzte Ruhe finden?

Nur zögerlich schaffte er es, den Körper seines Vaters zurückzulassen. Es fühlte sich wie Verrat an, ihn dort einfach so im Gras vor dem Haus liegen zu lassen.

Feuer ist wie ein unberechenbares Tier. Das Haus hatte es genommen, als die Fackel darauf gelandet war, aber der Schuppen war verschont geblieben.

In der Dunkelheit stolperte Gustav über etwas und angewidert stellte er fest, dass es sich um den Körper eines bärtigen Mannes handelte, dem die Stiefel fehlten. *Das hat Vater getan*, war er sich sicher. Ein ganz anderes Bild des Mannes, den er immer für einen Feigling gehalten hatte, breitete sich in seinem Kopf aus. *Er hat für seine Familie gekämpft.* Er schämte sich.

Gustav musste kräftig an der schiefen Tür des Schuppens ziehen, die schon so lange klemmte, wie er denken konnte. Mit einem lauten Quietschen öffnete sie sich, muffige Luft kam ihm entgegen, die fröhliche Kindheitserinnerungen in Gustav heraufbeschwor. Wie oft hatten er und Anna sich hier versteckt und gekichert, wenn ihre Mutter sie nicht gefunden hatte. Erst viel später hatte Gustav verstanden, dass seine Mutter natürlich gewusst hatte, wo sie beide waren, aus Liebe zu ihnen das Spiel aber mitgemacht hatte. Der Mond warf sein mildes, silbernes Licht durch die Türöffnung.

Gustav tastete im Zwielicht nach dem kleinen, rostigen Spaten mit dem glatt gehobelten Stiel. Er selbst hatte den Stecken noch im letzten Sommer von einer Eiche geschlagen und angepasst. Nachdem er den Spaten entdeckt hatte, drehte er sich um und stieß sich prompt den Kopf an einer aus dem Regal hervorstehenden verrosteten Köhlerharke an. Klaglos nahm er es hin und ließ den Blick über das hier herrschende Durcheinander streifen. Die einfachen Holzregale, die sein Vater vor Jahren gezimmert hatte, quollen über von mehr oder weniger nützlichen Dingen. Vor allem waren das Utensilien, die sie zum Köhlern brauchten. Ein Eisenrohr, mit Wachs getränkte Holzwolle zum Feuer-Anzünden, verbrauchte Feuersteine, aber auch zerbrochenes Geschirr, von dem sich seine Mutter nicht trennen konnte, sein und Annas altes Schaukelpferd und ganz oben, das wusste Gustav, stand eine Tonflasche, die Vaters Fusel enthielt. Er hatte vor zwei Jahren einmal heimlich davon gekostet und sich anschließend geschworen, nie wieder Alkohol zu trinken. *Was soll ich hier finden, das mir helfen kann, Mutter und Anna zu retten?*

Gustav blickte auf den festgetretenen Boden des Schuppens. Unschlüssig scharrte er mit dem Fuß darüber. Schließlich nahm er den Spaten und rammte ihn mit kräftigem Schwung in den harten Boden. Er würde den letzten Auftrag seines Vaters erfüllen, und wenn er sich bis in die Hölle hinuntergraben müsste. Sorgfältig warf er die Erde aus der Tür hinaus, obwohl niemand mehr da war, der ihm die Beschmutzung des Schuppens hätte ankreiden können. Große Trauer übermannte Gustav. Er hätte alles dafür gegeben, wenn sein gestrenger Vater ihn jetzt gemaßregelt und von Gustav Adolf angefangen hätte. Das monotone Graben lenkte ihn ein wenig ab. Seine Hände und Arme waren schwere körperliche Arbeit gewöhnt, daher wurde das Loch schnell tiefer. Jetzt war es schon fast eine Elle tief und dennoch hatte er noch nichts anderes entdeckt als große Feldsteine und verschreckte Regenwürmer. Dem Loch entströmte ein intensiver Duft nach feuchter, frischer Erde, der im Vergleich zu dem allgegenwärtigen Brandgeruch geradezu angenehm war.

Schließlich traf der Spaten auf Widerstand. Gustav ging in die Knie und tastete danach. Holz. Er rieb darüber und die genagelten Leisten einer Kiste offenbarten sich. Er musste den Spaten zu Hilfe nehmen, um die Kiste aus dem Boden zu hieven. Sie war schwer und er musste mehrmals nachgreifen, bis er sie endlich aus dem Loch nach oben bekam. Keuchend trug er sie nach draußen.

Das Gras glitzerte im Mondschein. Der erste Bodenfrost dieses Jahres hatte Einzug gehalten und es mit feinem Reif überzogen. Gustavs vom Arbeiten aufgeheizter Körper dampfte. Er wischte sich mit dem Handrücken den brennenden Schweiß aus den Augen und beugte sich zu der Kiste hinunter. *Was hat Vater hier vor uns versteckt?* Er versuchte sie zu öffnen, doch sie war fest vernagelt. Erst mithilfe des Spatens schaffte er es, den Deckel aufzuhebeln. Knarzend gaben die Nägel nach und offenbarten modrige Holzwolle. Gustav griff hinein und zog seine Hand mit einem Zischen wieder heraus. »Aua, was ist das?« Irgendetwas in der Kiste hatte ihm einen tiefen Schnitt in die rechte Hand verpasst. Vorsichtig tastete er danach und stieß auf kaltes Metall. Er befreite es von der Holzwolle und holte einen verzierten Degen aus der alten Kiste. Überrascht blickte er auf die elegante Waffe, die keinerlei Rost aufwies und offensichtlich noch immer scharf war, wie das schmerzende Pochen in seiner Hand bewies. Ehrfürchtig betrachtete er den Griff mit der Parierstange. Sie war dafür gedacht, die eigene Hand vor den

Schlägen des Gegners zu schützen. Zahlreiche feine Ornamente waren in das Metall eingearbeitet worden. »Das ist Silber«, rief Gustav überrascht aus, als er den Griff genauer betrachtete. Die Waffe war vermutlich mehr wert als ihr gesamter Köhlerhof. Auf der reich verzierten Klinge erkannte Gustav einen kleinen Löwen, eine Krone und eine Ährengarbe. Jedes protestantische Kind kannte das schwedische Wort dafür: *vase*, das Symbol der schwedischen Wasa-Dynastie, aus deren Haus auch König Gustav Adolf stammte.

Wieso hatte sein Vater einen Ehrendegen des schwedischen Königs, den nur Offiziere und Adlige trugen? Ob er ihn gestohlen hatte? Gustav konnte sich das beim besten Willen nicht vorstellen. Er kramte weiter in der Kiste herum und fand ein in Leder eingeschlagenes Kästchen. Mit zittrigen Fingern öffnete er es. Es enthielt nichts außer einem kleinen, gefalteten Brief mit einem roten Wachssiegel, auf dem ebenfalls die schwedische Ährengarbe prangte. Hastig öffnete Gustav ihn. Er konnte ein bisschen lesen, weil sein Vater darauf bestanden hatte, es ihm beizubringen. Wann immer Gustav deswegen gemurrt hatte, hatte sein Vater auf seinen Beinstumpf gezeigt und gesagt: »Im Leben eines jeden Menschen kommt der Tag, an dem er sich nicht mehr auf seine Körperkräfte verlassen kann. Du kannst dann aber noch hierauf zurückgreifen.« Anschließend hatte er ihm immer einen kräftigen Klaps auf den Hinterkopf gegeben.

Der Brief enthielt nur wenige, aber sehr akkurat geschrieben Zeilen, außerdem wieder das Siegel des schwedischen Königshauses. Obwohl der Mond Mitleid mit ihm hatte und für einen Moment besonders hell zu strahlen schien, konnte Gustav kein Wort entziffern. Der Brief war nicht in Deutsch verfasst. *Vermutlich schwedisch*, schlussfolgerte er, und steckte ihn erst mal unter seine Kleidung, nahm den Degen und ging zurück zu seinem Vater.

Gustav war fest entschlossen, ihn zu begraben, er wollte seinen Vater nicht den Wölfen oder Füchsen überlassen. Da hörte er aus der Dunkelheit heiseres Grölen. Er umklammerte den Degen fester, obwohl er niemals mit einer derartigen – oder überhaupt einer – Waffe gekämpft hatte.

»Meinst du, wir finden hier noch Weiber?«, grölte jemand lallend.

Noch mehr Landsknechte oder die Kerle von vorhin kommen zurück. Gustav wusste, dass sie ihn ebenfalls umbringen würden, wenn sie ihn hier fänden. Er küsste seinen Vater auf die kalte Stirn. Er begann wieder zu weinen. »Ich verspreche dir, Mutter und Anna zu retten, und ich werde dein Andenken in Ehren halten, Vater. Entschuldige, dass ich ein so schlechter Sohn war.« Schluchzend lief er in Richtung Wald.

DER TROSS

Gustav rannte durch den dunklen Wald. Er wollte nach Breitenfeld, dort würde er Hilfe finden. Sein Vater hatte mehrere Bekannte in dem Dorf und er selbst etliche gute Freunde. Gustav bog zu dem kleinen Bach ab, zu dem er im Laufe der Jahre schon Hunderte Male gegangen war, um Wasser zu holen. *Vermutlich werde ich das nie wieder tun.* In der Dunkelheit, die trotz des Mondlichts zwischen den hohen Bäumen herrschte, war er die beste Orientierung, um sicher in das Dorf zu kommen. Er musste einfach immer nur entgegen dem Strom am Bachbett entlanglaufen und irgendwann würde er dann an der Mühle des fetten Dorfschulzen Manfred herauskommen. Dort konnte er Hilfe holen und die anderen Einwohner warnen.

Als Gustav vor dem gluckernden Bach stand, entschied er sich, direkt im Wasser zu laufen, weil das Ufer von zahlreichen kleinen und größeren Büschen gesäumt war, die ihn nur aufhalten würden. Hastig zog er seine Schuhe aus. Aus Gewohnheit ging er die steile Böschung vorsichtig hinunter, was Blödsinn war, er würde ja sowieso nass werden, ob er nun ausrutschte oder nicht. Eiseskälte umspülte seine Füße, als er in das träge dahinfließende Gewässer mit seinen glitschigen Steinen am Grund trat. Glücklicherweise ging ihm

33

der Bach nur bis zu den Knien, trotzdem war es eine Qual, darin zu waten, und kräftezehrend obendrein. Gustav biss die Zähne zusammen. Er brauchte Hilfe, sonst hatte er keine Chance, seine Mutter und die Schwester aus den Fängen der Landsknechte zu retten. Inzwischen war es stockdunkel. Eine Wolke musste sich vor den Mond geschoben haben. Das restliche Licht stahlen die hohen, dicht an dicht stehenden Kiefern und Tannen, die hier wuchsen. Irgendwo vor ihm flatterte ein Vogel erschreckt und böse schnatternd auf, als Gustav auf einem glitschigen Stein ausrutschte und gerade so noch den tief hängenden Ast eines Baums am Ufer greifen konnte. Er bemerkte es kaum. Als würde sein Leben davon abhängen, presste er den Brief an seine Brust und rannte, so schnell er konnte, durchs Wasser.

Ein heller Schein tat sich in einiger Entfernung auf. Verwirrt lief Gustav weiter. Jetzt stach ihm Brandgeruch in die Nase. Er stieg vorsichtig aus dem Bach, zog sich die Schuhe an und zwängte sich ins Unterholz, um vor fremden Blicken verborgen zu bleiben. Als er niemanden entdeckte, lief er vorsichtig auf den Feuerschein zu. Die Mühle stand lichterloh in Flammen. Ihre brennenden Flügel drehten sich, als würden sie Feuer mahlen. In diesem brennenden Inferno war niemand mehr am Leben. *Ich muss weiter ins Dorf.* Mutiger, als er sich wirklich fühlte, klopfte er auf den Degen, den er sich unter seinen alten, brüchigen Gürtel geschoben hatte. Er lief einen Bogen, um die Mühle möglichst weiträumig zu umgehen.

Keuchend rannte er geduckt die schmale Straße entlang, die ins Dorf führte. Ferdinands Schneiderei, das erste Gebäude an dieser Seite Breitenfelds, bot das gleiche Bild der Zerstörung. Auch hier hatten die Landsknechte gebrandschatzt. Das Dach des einst so schmucken, zweistöckigen

Fachwerkhauses war schon zusammengebrochen. Traurig blickte Gustav für einen Moment in die Flammen. Er war gern in die Schneiderei gegangen. Ferdinand war ein verschrobener Mann mittleren Alters, der ein Faible für etwas zu gewagte Farben hatte, den Kindern aber aus Stoffresten kleine Püppchen nähte oder Säckchen, in denen sie ihre Schätze verstecken konnten.

Gustav lief weiter. Er kam an zwei Wohnhäusern vorbei, vor denen zerbrochene Möbel und zerrissene Kleidung lagen. Die Türen waren eingeschlagen, aber man hatte die Häuser nicht angezündet. Etwas Hoffnung keimte in ihm auf. *Vielleicht haben sie hier nur geplündert und sind weitergezogen.* Er konnte sich gut vorstellen, dass der arrogante Dorfschulze und der aufsässige Ferdinand Widerstand geleistet hatten und ihre Häuser deswegen verbrannt worden waren. Die anderen Breitenfelder hatten nach diesen Exempeln sicher getan, was die Soldaten gesagt hatten, und waren deswegen vielleicht verschont geblieben. Er bog um eine scharfe Kurve, die ihn auf den Marktplatz mit der Nikolaikirche führte. Auch hier waren bei allen Häusern die Türen eingeschlagen und zerstörter Hausrat bedeckte den Boden, aber keines von ihnen brannte. Nur ein kleines Feuer, das unter der alten Eiche flackerte, irritierte Gustav. Der riesige Baum beschattete den Platz im Sommer immer so herrlich. In seinen Ästen war Gustav schon viele Male mit seinen Freunden herumgeklettert. Hätte er einen Lieblingsplatz in Breitenfeld benennen müssen, so wäre das die große Eiche gewesen.

Vorsichtig drückte er sich an den Hauswänden entlang und lugte in jede offene Tür und die Fenster. Alle Gebäude waren still und dunkel. Er sah und hörte keine Menschenseele. Kühler Wind kam auf. Ein rhythmisch wiederkehrendes Knarren unterbrach plötzlich die Stille der feuchtkühlen

Nacht. Er blickte sich um, konnte aber nur den sich am Himmel widerspiegelnden Schein des großen Mühlenfeuers in der Ferne sehen. Argwöhnisch umrundete er weiter den ovalen Platz. Doch egal in welches Haus er blickte: Es war keine lebende Seele zu finden. *Wahrscheinlich sind sie in die Kirche geflüchtet*, grübelte er. Er blickte hinüber zu dem massiven Backsteinbau, in dem seine Eltern getraut und er und seine Schwester getauft worden waren. Jeden Sonntag war er hier gewesen und hatte mal mehr, mal weniger interessiert die Predigten des Pfarrers Jona über sich ergehen lassen.

Sein Blick streifte wieder das kleine Feuer unter der großen Eiche, das in der Sichtachse zum Eingangsportal der Kirche lag. Warum man das wohl entzündet hatte? Im tanzenden Schein der Flammen verwechselte er kurz einen besonders tief hängenden Ast mit einem Fuß. Seine Augen spielten ihm vor Aufregung Streiche. *Reiß dich zusammen, Gustav. Du musst einen klaren Kopf behalten, wenn du Mutter und Anna retten willst*, schimpfte er mit sich selbst. Bewusst blickte er erneut hin, um sich zu beweisen, dass er sich die Erscheinung nur eingebildet hatte. Der Fuß war noch da. Schlimmer noch: Es tauchten weitere auf, je genauer er hinsah. Dazu wurde das Knarren lauter und vielstimmiger. All seine Vorsicht vergessend, trat Gustav mit gezogenem Degen und aufgerissenen Augen auf den Platz und lief zu der alten Eiche hinüber. An allen Ästen hingen sich im Wind wiegende Leichen. Sein ehemaliger Spielplatz war zu einem Galgenbaum geworden.

Gustav übergab sich heftig auf das Kopfsteinpflaster des Kirchplatzes. Er begann am ganzen Körper zu zittern, trotzdem ging er näher an die Opfer heran. Er blickte in das blau angelaufene Gesicht seines Freundes Anton, den er vor drei Tagen noch besucht und der ihm gestanden hatte, dass er in die schöne, blonde Beatrice verliebt war. Neben ihm hing seine Mutter Alma, ihr Unterleib war entblößt und blutig. Gustav wünschte sich, dass er die Kraft gehabt hätte, auf den Boden zu blicken, aber er konnte einfach nicht von den toten Dorfbewohnern wegsehen. Ferdinand der Schneider war einen Ast höher aufgeknüpft worden, wie zum Hohn trug er heute besonders farbige Kleidung. Auch den Müller und seine Familie hatten sie geholt. Pfarrer Jona hatten sie vor dem Hängen den Bauch aufgeschlitzt, sein blutiger Darm war herausgequollen und baumelte ihm um die Füße. Immer mehr Opfer bekamen für ihn ein Gesicht und eine Geschichte.

Gustav blinzelte die Tränen weg. Jetzt begriff er: Sie hatten ganz Breitenfeld getötet. Alle Kraft entwich ihm. Jeder Mensch, den er gekannt und gemocht hatte, war tot. *Warum?* Wieso taten Soldaten der Union gottesfürchtigen Protestanten dies an, obwohl sie doch immer behaupteten, dass sie für sie und gegen den Kaiser und die Katholische Liga kämpfen würden? Ein alter Spruch seines Vaters kam ihm in den Sinn, den er immer angebracht hatte, wenn er die Diskussion über Gustavs Eintritt in das Heer beenden wollte: »Der Krieg ernährt den Krieg.« Jenen Männern war es schlicht egal gewesen. Sie waren mordlustige Gesellen, die nur ihren eigenen Vorteil im Kampf sahen und sich für Profit jeder Seite angeschlossen hätten. Sie kannten nichts anderes als Tod und Verderben, deshalb brachten sie auch nichts anderes übers Land.

Jetzt hörte er Stimmen und Gelächter aus einem der Häuser neben der Kirche. Fackelschein tauchte hinter einem Fenster auf. Etwas zerbrach klirrend.

Gustav blickte erschrocken auf die Leiter, die am Stamm der Eiche lehnte. Sie waren noch hier und noch nicht fertig.

Wenn sie ihn fanden, würden sie ihn genauso wie die anderen Dorfbewohner im Baum erhängen. Einen kurzen Moment erschien Gustav diese Aussicht in seiner Verzweiflung gar nicht als so tragisch, dann fielen ihm seine Mutter und Schwester ein. So schnell er nur konnte, rannte er aus dem toten Dorf hinaus.

Gustav hätte nicht sagen können, wie weit und wohin er gelaufen war, aber irgendwann wollten ihn seine Beine nicht mehr tragen und er war auf einem abgeernteten Feld zusammengesunken.

Als er aufwachte, stand die Sonne schon hoch am Himmel. Es musste später Vormittag sein. Der Himmel hatte aufgeklart und offenbarte ein schönes, blasses Blau, wie es typisch für den Herbst war. Die Strahlen der Sonne wärmten ihn angenehm und er wollte sich gerade der Versuchung hingeben weiterzuschlafen, da riss ihn ein Blöken endgültig aus dem Schlaf. Verwirrt blickte er sich um und fand sich inmitten einer Schafherde wieder. Die Tiere ignorierten ihn, sie waren damit beschäftigt, auf dem kargen Boden nach Essbarem zu suchen. Stöhnend setzte er sich auf.

»He, du Saufkopf, was machst du zwischen meinen Tieren?«, rief ihn eine hohe Kinderstimme böse an. Ein etwa zehnjähriger Junge, der eine lange Rute in der Hand hielt, kam wütend auf ihn zugestapft. An seiner Seite lief ein beeindruckender großer, schwarz-weiß gescheckter Hund, der Gustav aufgeregt ankläffte. Die Schafe wichen vor den beiden schreckhaft zur Seite.

Gustav legte unbewusst die Hand auf den Degengriff.

Der Junge bemerkte es sofort. Er packte den Hund am Nackenfell und hielt ihn zurück. »Ruhig, Herfried, bleib ruhig.«

Er hat Angst vor mir, begriff Gustav. Genauso wie er bisher immer Angst vor allen anderen Bewaffneten gehabt hatte, denen er begegnet war. Eine Mischung aus Macht und Scham machte sich in Gustav nach dieser Erkenntnis breit. Er hob beschwichtigend die Hände: »Entschuldige, ich war so müde, dass ich gestern Nacht hier eingeschlafen bin. Da warst du mit deinen Tieren noch nicht hier. Wer bist du eigentlich?«

Der blonde Junge blickte ihn skeptisch aus seinen hellblauen Augen an. »Dasselbe könnte ich dich fragen. Für welchen Offizier kämpfst du?« Er hatte eindeutig einen schwedischen Akzent.

Er hält mich für einen Landsknecht. Gustavs Herz schlug schneller, er wusste, was das bedeutete: Er hatte den Tross gefunden. Den Kampfeinheiten folgte oft eine doppelt so große Anzahl von Zivilisten, die das Heer versorgten: die Bagage. Vor allem gehörten natürlich die Familien der Soldaten dazu, die ihren Männern und Vätern von Schlacht zu Schlacht hinterherzogen. Jetzt galt es nur noch zu klären, ob dieser Junge dem Tross der Union oder dem der Liga angehörte. »Sag mir erst, für wen dein Vater kämpft, Bursche!«, versuchte Gustav den Ton seines eigenen Vaters zu imitieren.

Der Junge blickte nochmal auf den herrschaftlichen Degen. Ihm schien der Widerspruch zwischen der vornehmen Waffe und Gustavs heruntergekommenem Äußeren aufzufallen. Er spuckte aus. »Wie ist die Parole?«, fragte er ihn mit zusammengekniffenen Augen.

Jetzt hat er mich. »Weißt du sie denn, Junge?« Gustav zog den Degen ein Stück heraus. Dummerweise schnitt er dabei mit der scharfen Klinge tief in seinen Gürtel. Er ging – hoffentlich bedrohlich wirkend – auf ihn zu.

Der blonde Junge überlegte einen Moment. Sein Hund bellte wieder aufgeregt und machte sich daran, auf Gustav zuzulaufen. »Gott mit uns!«

Gustav nickte, als hätte er nur auf die Antwort gewartet. »Sehr gut, Junge.« Er steckte den Degen umständlich wieder zurück. »Ich gehe jetzt wieder meiner Wege. Sei mir nicht böse, aber es war wohl gestern Nacht doch ein bisschen zu viel Wein. Möge der Sieg unserer sein.« Er tat so, als griffe er sich an einen unsichtbaren Hut.

»Ja, wir versohlen dem Papst wieder den Arsch.« Der Junge grinste und offenbarte zwei fehlende Schneidezähne.

Die Union, Gott sei Dank, freute sich Gustav und ging zügig auf den breiten Weg, der sich an das Feld anschloss.

Hätte er sich umgedreht, was er bewusst nicht tat, um nicht verdächtig zu wirken, wäre ihm aufgefallen, wie der blonde Hirte nachdenklich den Kopf schüttelte und dann schleunigst in die andere Richtung lief.

DER FELDSCHER

Gustav hatte eine kleine Anhöhe erklommen und nun erblickte er den Tross und das Heer in seiner ganzen Ausdehnung. Tausende Menschen wuselten geschäftig hin und her. Forschen Schrittes näherte er sich dem Feldlager, das nicht bewacht wurde. *Für Mama und Anna.* Er holte tief Luft. Immerhin kannte er jetzt die Parole, falls er jemandem auffallen würde. *Ansonsten ...* Gustav zwang sich, nicht darüber nachzudenken, was passieren würde, sollte man ihn als einen Eindringling identifizieren. Problemlos passierte er die ersten Feuer und Zeltreihen. *Geschafft.* Mitten im Feldlager hatte man nicht das Gefühl, dass man sich im Zentrum eines Heeres befand, das im Begriff war, sich auf eine Schlacht vorzubereiten. Wacklige Marketenderkarren zuckelten umher und Händler priesen ihre Waren an. Überall liefen Hühner und kläffende Hunde herum.

»Na, mein Hübscher«, sprach eine grell geschminkte Hure Gustav an. Sie trug eine enge Korsage, die ihre Brüste so sehr nach oben drückte, dass sie bei einem ihrer nächsten Atemzüge herauszuspringen drohten. »Wie wäre es mit uns beiden? Das könnte vielleicht dein letztes Mal sein.«

Wohl eher das erste. Angewidert ließ Gustav die Frau hinter sich. Die Vorstellung, dass sich seine Mutter und Schwester auf ähnliche Weise verdingen mussten, war für ihn unerträglich.

Ein Feldgeistlicher hielt mitten auf dem Acker einen Gottesdienst, zu dem vor allem besonders zerlumpt aussehende Gestalten strömten, in ihrer Mehrzahl Frauen und Kinder.

Kriegsflüchtlinge, erkannte Gustav. Sie hatten sich in den Schutz des Trosses begeben, nachdem dieser vermutlich ihr altes Leben zerstört hatte. Wenigstens hatte man sie am Leben gelassen, das war in diesem endlos scheinenden Krieg mehr, als viele andere bekamen.

Handwerker reparierten am Straßenrand Karren, Hufschmiede beschlugen in einer Schmiede in einem Zelt Pferde, ein dicker Metzger mit einer Lederschürze schnitt gerade einem quiekenden Schwein die Kehle auf und aus einem dicken Fass, das auf einem Karren stand, schenkte jemand große Humpen Bier aus, dem zahlreiche Männer und Jungen eifrig zusprachen. Der Tross war wie eine Stadt, die von Ort zu Ort zog und sich an dem satt fraß, was die jeweilige Gegend zu bieten hatte. Zurück ließ er nur ein totes Stück Land.

Die Soldaten bekam Gustav erst zu Gesicht, als er tief in das laute Gewusel des Lagers eingedrungen war. Vorher hatte er nur jenen Typ Marodeure gesehen, die im Schatten der Kämpfe brandschatzten und plünderten. Jetzt sah er überall blauweiße Flaggen mit einem gelben Kreuz und hörte auch die fremde, kehlige Sprache, die seit vielen Jahren in den protestantischen deutschen Landen Einzug gehalten hatte: Schwedisch. Die Schweden kämpften auch nach dem Tod ihres Königs Gustav Adolf noch immer auf der Seite der Union. Es war derselbe Krieg, einfach nur ein anderer Herrscher, der ihn fern seiner Heimat fortführte. Das Feldlager der Schweden bestand aus zahlreichen hellen Zelten, die ordentlich in Reihen aufgeschlagen waren. In einem

Pferch warteten große Pferde nervös darauf, endlich in den Kampf geführt zu werden.

Dieser Teil des Lagers war bewacht. Zwei grimmig dreinblickende, blonde Hünen patrouillierten davor und machten es Gustav unmöglich, auch dort einzudringen. Er begann zu verzweifeln. Wie sollte er hier nur seine Mutter und Anna finden? Die Zeit lief ihm davon. Wer wusste schon, was die schändlichen Kerle inzwischen seiner Familie angetan hatten. *Ich muss nach ihnen fragen.* Das war ein großes Risiko, das wusste er, aber ihm fiel einfach keine andere Lösung ein. Weiter durch das Lager zu irren in der Hoffnung, sie zufällig zu entdecken, war in Anbetracht der vielen Menschen ein Ding der Unmöglichkeit.

Gustav entschied sich für die nächstbeste Gelegenheit. Am Wegesrand stand ein freundlich dreinblickender Bäcker mit roten Hängebacken. Gustav inspizierte interessiert die Waren des Mannes, der sein Gebäck von einem kleinen, zweirädrigen Karren herunter verkaufte. Er spürte dabei, dass sein Magen knurrte, und hoffte, dass der Bäcker es nicht hören würde.

Der Händler blickte ihm nicht sofort ins Gesicht, sondern zuerst auf seinen Degen, was wohl der Grund war, warum er ihn nicht vertrieb. »Was kann ich Euch anbieten, mein Herr?«, katzbuckelte der feiste Mann. Ihm schien der lange Krieg gut zu bekommen.

»Ist das schwedisches Gebäck?«, versuchte Gustav ein Gespräch zu beginnen.

»Ja, die besten Süßspeisen, die Ihr jemals essen werdet. Das hier sind Kanelbullar …«

Gustav roch den Zimt der schneckenförmigen Küchlein.

»… und das Lussekatter. Ich habe sogar ein bisschen Safran an das Hefegebäck getan.« Der Bäcker zwinkerte verschwörerisch.

Gustav bezweifelte, dass er das getan hatte. Safran galt als teuerstes Gewürz der Welt und wurde nur von Adligen zu besonderen Anlässen benutzt. Trotzdem sahen die braun gebackenen Gebäckkringel köstlich aus. Er musste unbewusst schlucken, weil ihm das Wasser im Mund zusammenlief. »Komische Namen.«

Der Bäcker lachte. »Im Laufe der Jahre gewöhnt man sich an die Sprache der Schweden.«

»Ihr habt es gut. Ich kann mir noch nicht mal den Namen des schwedischen Kommandanten merken.« Gustav war ein wenig stolz auf sich, dass er seine Frage derart geschickt verpackt hatte.

Der Bäcker schien es nicht zu bemerken. »Torstensson heißt er. Die Schweden sind immer der *son*, also der Sohn von irgendjemand, als ob das nicht auf der Hand liegen würde. Trotzdem, ein fähiger Mann. Er hat noch nie verloren, so sagt man. Probiert doch von den Plundertaschen, Herr, wenn Euch das Schwedische zu exotisch ist. Sie werden Euch munden.«

Gustav tat einen Moment so, als würde er überlegen. Er hatte keine einzige Münze in seinen Taschen.

»Wen müsste ich fragen, wenn ich eine Person hier im Tross suche? Ich brauche einen Schmied, der sich besonders gut auf sein Handwerk versteht. Mein Degen ist nichts für jemanden, der sonst nur Hufeisen herstellt«, log er und klopfte grinsend auf seine Waffe. »Die Brote sehen aber auch wirklich gut aus. Ihr scheint von Eurer Arbeit wirklich was zu verstehen«, versuchte er gleichzeitig abzulenken.

»Danke, danke.« Liebevoll strich der Mann über die Laibe. »Da fragt Ihr am besten den Hurenweibel, der verwaltet den ganzen Tross. Er kennt jeden aus der Bagage.«

»Das werde ich, und dann komme ich zurück zu Euren Köstlichkeiten.«

Der Bäcker machte ein verkniffenes Gesicht, das die Enttäuschung darüber, kein Geschäft gemacht zu haben, nicht verhehlen konnte.

»Danke, der Herr, und Gott zum Gruß.« Gustav war gerade im Begriff, sich abzuwenden, da hörte er die hohe Stimme eines Jungen mit schwedischem Akzent.

»Da ist er! Er kannte die Parole nicht und hat sich bei uns eingeschlichen. Bestimmt ist er ein Liga-Späher.«

Der Schafhirte. Ausgerechnet!

Zwei Bewaffnete kamen zügig auf Gustav zu.

Der berührte wieder seinen Degen, das war erschreckend schnell zu einer dummen Angewohnheit geworden. Die beiden rauen Kerle deuteten die Geste aber nicht als unbewusste Affekthandlung eines verängstigten Jungen, sondern als Bedrohung und zogen ihrerseits zwei glänzende Schwerter.

Gustav wurde ganz flau im Magen, denn er hatte keinesfalls vorgehabt, sich mit den beiden Soldaten zu duellieren. Er wollte sich eigentlich mit niemandem einen Kampf liefern. Ängstlich streckte er die Hände zum Himmel. »Ich will keinem etwas Böses, sondern suche nur meine Mutter und Schwester.«

Das schien die beiden in keiner Weise zu beschwichtigen. Sie begannen zu rennen und hielten ihre Waffen dabei lauernd vor sich.

Gustav blickte sich um, die eben noch so geschäftige Gasse war plötzlich menschenleer.

Der Bäcker lugte vorsichtig hinter seinem Karren hervor.

Gustav sah in die harten Gesichter der beiden Männer. Er hatte in der letzten Nacht gesehen, wozu solche wie sie fähig waren. Gleich würden sie ihm wie seinem Vater ein Schwert in den Bauch rammen. Das wäre nicht nur sein Ende, sondern auch das seiner Mutter und Schwester.

»Liga-Schwein«, rief irgendjemand hinter Gustav. »Spion!«

Das brachte Gustav auf eine verzweifelte Idee. Er nestelte unter seiner Kleidung herum und fischte den kleingefalteten und gesiegelten Brief heraus. »Ich habe eine Nachricht«, schrie er laut. »Eine Nachricht für den Feldherrn. Für …« Einen langen, ängstlichen Moment erinnerte er sich nicht an den Namen. »Torstensson.« Das dunkle Papier fiel ihm fast aus der Hand, weil seine Hände so zitterten. Gustav ging in die Knie und senkte demütig den Kopf.

»Was erzählst du da?«, schrie ihn der eine Landsknecht an und zerrte ihn unsanft am Oberarm wieder auf die Füße.

Gustav blickte in ein von Akne vernarbtes, schlecht rasiertes Gesicht und roch den alkoholgeschwängerten Atem des Mannes.

Sein Kompagnon war jetzt neben ihm aufgetaucht. Er mochte nur wenige Jahre älter als Gustav sein, dennoch trug er neben dem Schwert zwei Pistolen im Gürtel und auch sein Blick verriet, dass es ihm nicht gerade den Tag verdorben hätte, Gustav zu töten. »Her damit!«, zischte er Gustav an und riss ihm den Brief seines Vaters aus den Händen.

Gustav begann wieder am ganzen Körper zu zittern. Er wünschte sich, dass es nicht so wäre, aber er konnte es nicht unterdrücken.

»Das dort ist tatsächlich das Wappen des schwedischen Königshauses«, murmelte der Jüngere und schaute in den Brief. »Das ist einer der Momente, in denen ich mir wünsche, dass ich auf meine selige Mutter gehört und lesen gelernt hätte.«

»Bestimmt eine Fälschung«, ätzte sein Kamerad. »Und das Wachssiegel ist auch gebrochen. Lesen ist nur was für Dummköpfe. Wenn du kämpfen musst, hilft dir das kein bisschen.«

Jetzt entdeckte der Jüngere den Degen und zog ihn mit einer gekonnten Bewegung aus Gustavs Gürtel. Er ließ die Waffe durch die Luft zischen. »Das ist aber ein feiner Zahnstocher.«

»Geklaut«, brummte der andere. »Sieh ihn dir doch an. Warum sollte so ein kleiner Landstreicher sonst eine derartige Waffe besitzen? Warum erledigst du den Kerl nicht und behältst den Degen?«

Doch das tat der Landsknecht nicht, er betrachtete stattdessen die schmale Klinge und die in sie getriebenen Symbole. »Das Ding sieht auch schwedisch aus. Bringen wir ihn lieber zum Hurenweibel. Soll der entscheiden, was mit ihm geschieht.«

Innerlich triumphierte Gustav. Genau zu dem hatte er gewollt. Vielleicht wendete sich doch noch alles zum Guten. Er beschloss, sich nicht zu wehren.

»Och nö.« Narbengesicht verdrehte Gustav brutal die Arme. »Ich hätte so gern seine Stiefel gehabt und der Degen muss ein Vermögen wert sein.«

»Nicht mehr wert als unser Leben, Thomas. Sollte der Brief hier wirklich für die Schweden sein, dann kriegen wir mächtig Ärger, wenn wir ihn abfangen. Hat das freche Bürschlein aber gelogen, kannst du ihm ja immer noch den Hals aufschlitzen.«

Thomas grinste und offenbarte dabei die Reste von verfaulten Zähnen.

Der Hurenweibel, der den Tross und alles nicht Militärische verwaltete, war ein dicker Mann mit langem, grauem

Ziegenbart und merkwürdig hervorquellenden Augen, die beständig zu tränen schienen. Er trug ein hoch tailliertes, dunkelblaues Wams mit weiten Schößen, das ihm viel zu eng war. An den Ärmeln war es mit Zierschlitzen versehen, aus denen ein schmuddeliges grauweißes Unterhemd hervorlugte, das wie alles an dem Mann nicht richtig passte. Dazu trug er einen ausladenden weißen Kragen, wie er schon seit Ewigkeiten aus der Mode war. Sein Haupt zierte ein breiter Hut mit einer roten Feder als Schmuck, der auf dem fettigen, grauen Haar thronte, als wäre er eine Königskrone. Der Verwalter residierte in einem großen Zelt, das mit den unterschiedlichsten Dingen vollgestopft war: Kisten voller Silberbesteck, wertvolle, mit Edelsteinen besetzte Kreuze, vielarmige Lüster ohne Kerzen, die sicher aus geplünderten Kirchen stammten, und viele weitere Sachen, die jeder horten würde, der nach Dingen giert, die ihm wertvoll erscheinen.

Gustav wusste, dass all das gestohlen worden war. Selbst die Kleidung des Hurenweibels. Das machte ihn wütender, als es seine jetzige Situation eigentlich erlaubte. Er versuchte ruhig zu bleiben, um sich den Mann gewogen zu machen. Das Schicksal seiner Familie hing davon ab.

In dem Zelt stand eine große Feuerschale, die den Innenraum völlig überheizte und beißenden Qualm verströmte. Gustav begann zu schwitzen und auch die beiden Soldaten, die ihn hierhergeschleppt hatten, bekamen rote Köpfe und Schweißperlen tauchten auf ihrer Stirn auf.

Dem Hurenweibel schien dies nichts auszumachen. Er saß mit gelangweiltem Blick auf einem thronähnlichen Stuhl. Zu seinen Füßen hockten zwei Frauen, die so wenig Stoff am Körper hatten, dass sie vermutlich froh über die Hitze waren.

Ihr Anblick ließ Gustav noch zorniger werden. Die beiden jungen Frauen mochten einmal sehr schön gewesen sein, aber sie blickten traurig und resigniert drein, das konnte auch die dick aufgetragene Schminke in ihren Gesichtern nicht verbergen.

»Warum stört ihr mich?«, fragte der Hurenweibel mit einer fisteligen Stimme und trank einen weiteren Schluck Wein aus seinem edelsteinverzierten Kelch. An jedem seiner Finger funkelten dicke Ringe. »Ich habe viel zu tun. Die Schlacht steht bevor.«

Gustav musste ein gehässiges Grinsen unterdrücken. Auf seinem Arsch zu sitzen und Wein zu saufen, das konnte man nicht gerade als viel beschäftigt bezeichnen.

Thomas und sein Begleiter mochten vielleicht dasselbe denken, aber sie verzogen keine Miene, sondern senkten ehrfurchtsvoll ihr Haupt vor dem Verwalter. Der Hurenweibel musste ein mächtiger Mann sein. »Entschuldigt, Hurenweibel, wir haben diesen Jungen festgenommen. Er hat sich ins Lager geschlichen.«

Der fette Verwalter gähnte und kraulte eine der Frauen im Nacken, als wäre sie ein Haustier. »Warum ist er dann noch nicht tot?«, fragte er beiläufig, als wäre Gustav nicht im Raum.

»Er behauptet, dass er eine Nachricht für die Schweden hat. Das Schreiben sieht echt aus.« Der jüngere der Soldaten reichte dem Verwalter den Brief.

Missmutig nahm der ihn und blickte aus seinen triefenden Augen auf das gebrochene rote Wachssiegel mit der Ährengarbe. »Mhh«, brummte er und drehte das gefaltete Papier in seinen dreckigen Händen herum. »Vermutlich gefälscht.«

»Er hatte noch das hier dabei.« Der Landsknecht übergab Gustavs Degen.

Jetzt weiteten sich die Augen des Hurenweibels gierig. Hastig griff er nach der schönen Waffe. Er untersuchte sie mit fachmännischem Blick. »Silber. Eine akkurate Arbeit, fürwahr. Solche Schmuckstücke kann heute kaum noch einer herstellen. Alle wollen ja nur noch diese unangenehmen Feuerwaffen.«

»Auf der Klinge ist auch das Symbol der Schweden«, sagte Thomas.

Sein Begleiter stieß ihm den Ellenbogen in die Seite, vermutlich übernahm normalerweise er das Reden.

Der Hurenweibel legte die Waffe zur Seite und auf einen Haufen ähnlich aussehender verzierter Klingen.

Die sehe ich nie wieder, dachte Gustav, um sich gleich darauf daran zu erinnern, dass er froh sein durfte, hier lebendig wieder herauszukommen.

Der feiste Verwalter entfaltete den Brief. Er blickte kurz darauf und dann zu Gustav.

Der war sich in diesem Moment sicher, dass der Mann nicht lesen konnte – weder Deutsch noch Schwedisch.

»Hier steht nur der Verkaufspreis der Waffe drauf und der Name irgendeines Schmieds. Der Bengel hat gelogen und den Degen geklaut. Knüpft ihn auf. Vielleicht findet ihr noch ein paar freie Äste.« Achtlos ließ er den Brief fallen. Er trudelte Gustav genau vor die Füße.

Der entschlüpfte Thomas' nachlässig gewordenem Griff und hob ihn hastig auf: »Ich habe nichts gestohlen. Die Sachen gehörten meinem Vater und …«

Thomas schlug ihm heftig in die Nieren.

Mit einem Keuchen klappte Gustav vornüber, nur um im nächsten Moment brutal von Thomas an den Armen hochgezogen zu werden. Den Brief hielt er krampfhaft in seiner Faust verborgen.

»Da habt ihr es. Der Dieb verstrickt sich in noch mehr Lügen. Erst ist der Brief für die Schweden und jetzt soll er seinem versoffenen Vater gehört haben. Schafft ihn mir schleunigst aus den Augen«, schrie der Hurenweibel.

»Der Degen …«, begann der junge Landsknecht.

»Ist ein Beweisstück, das ich einbehalten muss.« Der Verwalter lächelte gerissen und faltete die Hände frömmelnd vor seinem Gesicht.

Die Mienen der beiden Landsknechte verfinsterten sich. Wortlos schoben sie Gustav aus dem Zelt hinaus.

Der versuchte sich jetzt doch zu wehren: »Lasst mich! Ich habe niemandem etwas getan. Ich suche nur …«

Thomas schlug ihn nochmal.

Gustav konnte nur noch ein Keuchen von sich geben.

»Wir hätten dem Bengel gleich den Hals aufschlitzen sollen. Jetzt haben wir den Degen verloren und müssen uns noch die Hände schmutzig machen.«

Der andere Landsknecht winkte gelangweilt ab.

»Hört mir zu!«, begann Gustav flehend. »Ich habe diese Sachen nicht gestohlen. Euer Hurenweibel kann nur nicht lesen.«

Thomas lachte. »Kannst du es denn?«

»Ja, aber diese Sprache nicht. Vermutlich ist es Schwedisch, das verstehe ich nicht.«

»Wir leider auch nicht, deswegen kann man da so gar nichts machen.« Die Männer schubsten ihn die Straße entlang zu einer Buche, an deren breiten Ästen schon zwei Menschen baumelten. »So ist das nun mal, Junge. Mach uns keinen weiteren Ärger, wir müssen auch nur unsere Arbeit machen.«

»Gustav«, brüllte er. »Ich heiße Gustav und was ihr tut, ist großes Unrecht. Der Brief ist für die Schweden bestimmt, wäre sonst das Siegel ihres Königs darauf? Bitte sucht jemanden, der das versteht.«

»Können wir bitte schnell machen, Jorn, von dem Geschrei des Bengels bekomme ich Kopfschmerzen.«

»Bitte, der Brief ist wichtig!«, schrie Gustav und begann zu weinen.

Thomas hatte inzwischen ein Seil besorgt und routiniert eine Schlinge geknüpft. Mit genervtem Gesichtsausdruck legte er sie um Gustavs Hals.

»Die Schweden werden euch dafür bestrafen, das verspreche ich euch!«, rief der weinend. »Mein Vater hat für sie gekämpft.«

Ein Kastenwagen, der von einem grauen Maultier gezogen wurde, fuhr klappernd vorbei. Der Kutscher, dessen kurzgeschorenes braunes Haar an den Schläfen schon grau wurde, blickte desinteressiert von seinem Kutschsitz aus auf das Schauspiel. Jemanden zu sehen, der aufgeknüpft wurde, schien für die Menschen des Trosses ein alltägliches Ereignis zu sein.

Trotz seiner Todesangst fiel Gustav der Karren ins Auge, denn er war grellgelb angemalt. Auf der Seite prangte ein großes verschlungenes Bild, das mal eine sich öffnende Blume und dann wieder einen scheußlichen Dämonenschädel darzustellen schien. Gustavs Augen schienen sich nicht entscheiden zu können, was sie da eigentlich sahen. Irritiert zog er die Brauen hoch.

Der Kutscher sah ihm genau in diesem Moment direkt ins Gesicht, schnalzte mit der Zunge und das Maultier blieb so abrupt stehen, als wäre es gegen eine Mauer gelaufen. »Hallo, meine Herren. Was tut ihr denn da?«

Thomas, der gerade das Ende des Seils über einen Ast zu werfen versuchte, drehte sich nicht mal um. »Nach was sieht es wohl aus, Dummkopf.«

Jorn räusperte sich. Respektvoll antwortete er: »Wir bestrafen einen Eindringling, Meister Feldscher.«

Thomas zuckte zusammen, als hätte ihm jemand eine Gerte über den Rücken gezogen, als er hörte, dass ein Wundarzt sie etwas gefragt hatte. »Ohh …«, keuchte der Landsknecht. Das Seilende glitt ihm aus der Hand.

»Aha.« Der Feldscher schaute die beiden aus dunklen Augen durchdringend an, dann blickte er zu Gustav. »Und was sagst du dazu?«

Gustav ergriff seine allerletzte Chance und hielt dem Kutscher wortlos den zerknitterten Brief hin.

Der sprang leichtfüßig von seinem Karren. Er war ein großer und muskulöser Mann, von der Sorte, die irgendwie alterslos erscheinen. Er hätte Mitte zwanzig, aber auch Ende vierzig sein können. Der Feldscher trug einfache, aber gepflegte Kleidung, alles in Schwarz – das Wams, seine Hose, das Hemd, seine Kniestiefel –, er trug sogar schwarze Lederhandschuhe. Selbstsicher ging er auf Gustav zu.

Sein Karren blockierte derweil einen Großteil des Lagerwegs. Zu Gustavs Überraschung beschwerte sich niemand darüber. Wer nicht vorbeikam, suchte sich einen anderen Weg oder wartete ohne Murren darauf, dass der Feldscher entschied weiterzufahren.

»Darf ich?«, fragte er Gustav freundlich und zeigte auf den Brief.

Gustav drückte ihm das Schreiben in die Hand. *Bitte, Vater*, flehte er und hoffte, dass irgendetwas in diesem Schreiben stand, das ihm helfen konnte.

Der Feldscher las den Brief. Er konnte ihn lesen, das war an seinen hin und her huschenden Augen zu erkennen. Vorsichtig faltete er das Schreiben wieder zusammen. »Kennst du diesen Hans, der in dem Brief erwähnt wird?«

»Er ist«, Gustav verbesserte sich, was unglaublich schmerzhaft war, »war mein Vater.«

Der Feldscher nickte. Er wandte sich an die beiden Landsknechte. »Jorn und Thomas, stimmt's?«

Die beiden zuckten zusammen, als der Unbekannte sie so selbstverständlich mit ihren Namen ansprach.

»Ja«, murmelte Jorn.

»In dem Brief steht etwas, das der schwedische Feldherr unbedingt erfahren sollte. Warum habt ihr den Jungen nicht zu ihm gebracht?«

Betroffen schauten die beiden einander an und entschieden wortlos, die Schuld weiterzugeben: »Der Hurenweibel hat es befohlen.«

»Aha, was hat er denn zu dem Brief gesagt? Ihr habt ihm das Schreiben doch sicherlich gezeigt?«

»Er konnte es nicht lesen«, entwich es Gustav.

Der Feldscher grinste unmerklich.

»Wir führen hier nur Befehle aus«, begann Thomas weinerlich, als wäre er nicht gerade dabei gewesen, Gustav zu hängen, sondern selbst das Opfer.

»Ich werde diesen Jungen zu den Schweden bringen, bestellt das dem Hurenweibel.«

Eifrig nickten die beiden und machten, dass sie fortkamen.

Gustav sah, dass sie nicht in Richtung des Zelts des Hurenweibels liefen. Die beiden wollten offensichtlich nichts mehr mit der Sache zu tun haben.

Der Feldscher blickte Gustav prüfend an. »Sag mir die Wahrheit. Ist dieser Brief wirklich von deinem Vater?«

»Ja«, Gustav begann zu schluchzen. Er war dem Tod gerade um Haaresbreite von der Schippe gesprungen. Gestern war sein Hauptproblem noch gewesen, dass er nicht gern im

Haushalt half, und heute … »Er wurde gestern Nacht von Kerlen wie diesen ermordet und hat mir im Sterben das Versteck von diesem Brief verraten. Ein Degen gehörte auch dazu. Darauf war das Symbol der Schwedenkönige. Mein Vater hat in der Schlacht von Breitenfeld gekämpft. Leider kann ich kein Schwedisch lesen. Herr, Ihr müsst mir glauben!«

»Deutsch kannst du lesen?« Erstaunt zog der Feldscher seine leicht geschwungenen Augenbrauen hoch.

»Ja, mein Vater hat es mir als Kind beigebracht.«

Der Feldscher nickte und wieder erschien das süffisante Lächeln auf seinen Lippen, das man nur sah, wenn man ihn ganz genau beobachtete. »Nun gut, gehen wir zu den Schweden und finden heraus, was sie zu deinem Brief sagen.« Er sprang auf den Kutschbock seines grellgelben Karrens und klopfte auf den freien Platz neben sich. »Komm rauf! Geh Jolande aber besser aus dem Weg, sie schnappt manchmal.«

Gustav zerrte sich die Schlinge über den Kopf, warf das Seil zu Boden und kletterte auf den Kutschbock.

Der Feldscher schnalzte wieder und das Gefährt setzte sich klappernd in Bewegung.

Als sie den Galgenbaum hinter sich ließen, beruhigte sich Gustav langsam wieder. »Danke«, schluchzte er und wischte sich seine laufende Nase mit dem Ärmel. »Ich habe Euch mein Leben zu verdanken.«

Der große Mann nickte nur, als wäre diese Tatsache nichts Besonderes.

»Darf ich Euch etwas fragen?«

»Natürlich, erwarte nur nicht immer eine Antwort.« Der Feldscher zwinkerte ihm zu und diesmal lächelte er richtig. Schöne, ebenmäßige Zähne erschienen für einen kurzen Moment zwischen seinen Lippen.

»Warum habt Ihr angehalten und mich gerettet? Ihr hättet einfach Eurer Wege gehen können, so wie die anderen. Viele werden jeden Tag getötet.«

Der Feldscher gab ein belustigtes Grunzen von sich. Ein sympathischer Laut. »Ganz einfach: weil du das Symbol sehen kannst.«

DER BRIEF

Der Feldscher hielt die Zügel des Maultiers nur locker in den Händen, und Gustav fiel auf, dass er das Tier gar nicht steuerte, sondern es einfach seines Weges ging, als wüsste es, wohin sein Herr wollte. Überall wichen die Menschen ihnen hastig aus und machten respektvoll dem gelben Karren Platz. Gustav glaubte sogar zu sehen, dass sich einige von ihnen bekreuzigten, das konnte er sich aber auch eingeredet haben.

»Wie meint Ihr das: weil du das Symbol sehen kannst?«, fragte Gustav mit trockenem Mund.

»Das ist eine der Fragen, die ich jetzt lieber noch nicht beantworten möchte.« Der Feldscher zwinkerte ihm verschwörerisch zu. »Jetzt habe ich aber eine an dich: Wie heißt du denn überhaupt?«

»Gustav.« Er machte eine kurze Pause und musste daran denken, was der Bäcker ihm über die Namen der Schweden erzählt hatte. »Gustav Hansson.« Es fühlte sich gut an, seinen Vater auf diese Weise zu ehren.

»Ein schöner Name. Ich heiße Martin. Martin der Feldscher.« Er grinste wieder und hielt Gustav die Hand hin. »Du kannst mich einfach Feldscher nennen oder Wundarzt, Menschenmetzger, Feldschlächter, Knochenrichter, Bluthandwerker oder was auch immer dir gut gefällt. So handhaben das die meisten Menschen, wenn sie jemanden meines Berufsstandes treffen. Sag nur nicht Doktor zu mir, das bin ich nämlich nicht, und auf gar keinen Fall Barbier, das will ich nämlich nicht sein.«

Dankbar ergriff Gustav die ihm dargebotene Hand. Das Leder des schwarzen Handschuhs, den der Feldscher trug, fühlte sich erstaunlich weich an, auch wenn er das Gefühl hatte, darunter dicke Narbenstränge zu ertasten. Gustav hoffte, dass ihm dieser Mann wirklich wohlgesinnt war. Seine Freundlichkeit sprach dafür und immerhin hatte er ihm das Leben gerettet.

Sie kamen an den Eingang zum Feldlager der schwedischen Truppen. Die beiden Wächter liefen auf sie zu.

Der Kleinere von ihnen fragte in freundlichem Ton: »Till vem vill du, herre?«

In fließendem Schwedisch antwortete der Feldscher. Gustav verstand nur ein Wort: Torstensson.

Einer der Wächter erwiderte noch etwas in der für Gustav unverständlichen Sprache, woraufhin der Feldscher freundlich lächelte, und dann durften sie passieren.

»Wohin bringt Ihr mich?«, fragte Gustav flüsternd.

»Warum flüstern wir?«, fragte der Feldscher übertrieben leise zurück. »Die meisten verstehen hier sowieso nur Schwedisch und wir haben doch keine Geheimnisse vor ihnen.« Er zwinkerte verschwörerisch. »Na ja, fast keine.«

Gustav blickte ihn erstaunt an und das erste Mal seit einer gefühlten Ewigkeit entwich ein echtes Lachen seinem Mund. Es steigerte sich geradezu in einen Lachanfall. Der Druck, der auf ihm lastete, brach sich auch auf diese Weise Bahn. »Ich habe keine Ahnung, warum ich geflüstert habe«, presste er heraus. Gustav hatte vom Lachen Schluckauf bekommen.

Der Feldscher wartete, bis sich Gustav wieder beruhigt hatte, bevor er sagte: »Zum Feldherrn dieser Armee solltest du Folgendes wissen: Er heißt Lennart Torstensson und ist seines Zeichens der erfolgreichste Kommandeur des schwedischen Königshauses Wasa. Um es also kurzzufassen: ein verdammt mächtiger Mann.«

Der Feldherr der Schweden residierte in einem riesigen Zelt, vor dessen Eingang vier Soldaten Wache standen. Irgendjemand schien ihren Karren im Gewirr der Zelte überholt und ihre Ankunft angekündigt zu haben, denn eine der Wachen nickte dem Feldscher einladend zu, nachdem sie angehalten hatten, und hielt ihnen die Zeltplane auf, damit sie eintreten konnten. Das Innere des Zelts unterschied sich grundlegend von dem des Hurenweibels. Wo der Verwalter des Trosses auf überbordenden und protzigen Schick gesetzt hatte, war hier alles schlicht und pragmatisch gehalten, so wie es die meisten gläubigen Protestanten bevorzugten. Es gab einige einfache Holzstühle, eine Anrichte, auf der einige Karaffen standen, und in der Mitte des Zelts stand ein großer, ovaler Kartentisch, als einziges Symbol für die herausgehobene Stellung desjenigen, der hier residierte, und für dessen Transport bestimmt ein eigener Karren notwendig gewesen war. Ein groß gewachsener Mann mit schulterlangem braunem Haar beugte sich gerade darüber. Er trug ein mit Nieten abgesetztes, dunkles Wams und darüber eine lindgrüne Schärpe mit feinem Goldrand. Ohne aufzusehen, sagte er etwas auf Schwedisch.

Der Feldscher antwortete auf Deutsch: »Wegen dieses Jungen bin ich hier. Er hat einen interessanten Brief bei sich, von dem ich dachte, dass Ihr ihn lesen solltet. Sein Auftauchen erscheint mir als gutes Omen im Hinblick auf Eure zukünftigen Pläne.«

Der schwedische Feldherr drehte sich um. Er hatte ein fein geschnittenes Gesicht, das ein gut getrimmter Oberlippen- und Spitzbart zierte. Der Feldherr mochte knapp vierzig Jahre zählen. Mit federndem Schritt kam er auf sie zu und nahm den Brief, den der Feldscher ihm hinhielt. Der Schwede überflog die wenigen Zeilen. Sein Gesichtsausdruck zeigte beim Lesen Erstaunen. »Wie ist dein Name, Junge?« Der Feldherr sprach in dem typischen Singsang, den Schweden hatten, wenn sie deutsch sprachen. Manchmal betonte er Wörter auf der falschen Silbe, ansonsten sprach er die für ihn fremde Sprache ausgezeichnet.

Gustav sagte es ihm.

»Ist Hans der Wagemutige wirklich dein Vater?« Die strahlenden blauen Augen des Schweden blickten ihn durchdringend an.

Gustav wurde rot. *Hans der Wagemutige?* Er blickte hilfesuchend zum Feldscher.

Der sagte einige schnelle Worte zu Torstensson.

»Ach so, natürlich, wie dumm von mir. Du warst damals noch zu klein, um diesen Namen zu kennen. Erzähle mir, wie du zu dem Brief gekommen bist.«

Gustav tat es und er ließ keine Einzelheit aus. Weder den Mord an seinem Vater noch die Brandschatzung oder die Entführung seiner Mutter und Schwester, geschweige denn das Massaker in seinem Dorf.

Torstensson hörte mit ernster und konzentrierter Miene zu, aus der nicht abzulesen war, ob er um die Vorgänge wusste und ob er sie missbilligte oder womöglich in Auftrag gegeben hatte. Als Gustav geendet hatte, seufzte er und strich sich nachdenklich über seinen Spitzbart. »Krieg bringt immer das Schlechteste in den Menschen hervor. Es tut mir leid um deinen Vater, aber ich verspreche dir, dass ich nach dem Rest deiner Familie suchen lassen werde. Wenn sie im Tross sind, finden wir sie.«

»Werdet Ihr die Männer bestrafen, die meinem Vater das angetan haben?«, entfuhr es Gustav.

Das Gesicht des Feldherrn verzog sich, als hätte er in eine Zitrone gebissen. »Weißt du, Junge, es ist so: Ich bin wirklich der Meinung, dass dieser Krieg viel zu viel Leid in dein Land gebracht hat, deswegen versuche ich ihn schnellstmöglich zu beenden. Das geht aber nur, wenn wir den Kaiser und seine ketzerische Bande von Schoßhunden endlich besiegen. Dazu brauche ich Männer. Viele Männer. Sie sind teuer und leider kann ich sie im Moment nicht bezahlen.« Er räusperte sich. »Damit sie aber weiter für mich kämpfen, dürfen sie in den umliegenden Städten und Dörfern das requirieren, was sie zum Leben brauchen. Und sie müssen ja auch Familien ernähren – wenn einige von ihnen dabei gelegentlich über die Stränge schlagen …«

Gustav musste an den Galgenbaum denken.

»… ist das nicht schön, aber auch nicht zu verhindern. Soldaten sind nun mal raue Gesellen, sonst wären sie keine guten Kämpfer.«

Gustav fühlte sich, als würde man über ihm einen Eimer eiskalten Wassers ausgießen. Zorn kochte in ihm hoch.

Der Feldscher schien es zu bemerken und legte ihm beschwichtigend die Hand auf den Unterarm.

Gustav war dankbar dafür. Er brauchte die Gunst des Schweden, um seine restliche Familie wiederzufinden und wenigstens sie zu retten. Er wechselte das Thema. »Würdet Ihr mir bitte übersetzen, was in dem Brief steht, Herr?«, fragte er mit gepresster Stimme, die hoffentlich demütig klang.

Das Gesicht des Schweden begann zu strahlen. »Das weißt du noch gar nicht? Martin, warum hast du ihn so lange auf die Folter gespannt?«, rief er in einem spaßhaft tadelnden Ton.

Der Feldscher zog entschuldigend die breiten Schultern hoch. »Ich hatte so ein Gefühl, dass er es mir sowieso nicht glauben würde.«

Gustav blickte aufgeregt von einem zum anderen.

Torstensson zeigte amüsiert mit dem Finger auf Gustav. »Also gut, ich lese ihn dir auf Deutsch vor:

Belobigung für Hans, genannt der Wagemutige.
Vom 7. September 1631.

Das Haus Wasa bedankt sich für Euren Heldenmut in der
Schlacht von Breitenfeld.
Jemand, der den ruchlosen Tilly stürzt und dabei sein Bein gibt,
hat den Beinamen ›der Wagemutige‹ wahrlich verdient. Schweden
wäre geehrt, Euch als einen der Seinen aufzunehmen, falls Ihr dies
jemals wünschen solltet.

Gustav II. Adolf, König Schwedens, Oberster Verteidiger des
Protestantismus.«

Gustav war wie vor den Kopf geschlagen. Er fühlte sich, als hätte er den Mann, den er Vater genannt hatte, nie wirklich gekannt.

»Es war sehr selten, dass Gustav Adolf derlei Belobigungen oder Beförderungen eigenhändig und mit solch einer informellen Signatur unterschrieben hat. Er muss sehr viel von deinem Vater gehalten haben, aber wer hätte das nicht? Jedes Kind kennt die Geschichte, wie der Liga-General Tilly damals bei Breitenfeld vom Pferd gefallen ist und beinah gestorben wäre. Fast wäre der Krieg damals beendet gewesen, und das alles wohl durch deinen Vater.«

Gustav taumelte.

Der Feldscher stützte ihn. »Das ist wohl alles etwas viel für ihn.«

Torstensson zeichnete etwas auf seiner Karte ein. Er wirkte wie einer jener ruhelosen Männer, die vor Kraft nur so strotzen und alles tun, um ihr angestrebtes Ziel zu verwirklichen. »Übrigens, Gustav, die Zusage meines verstorbenen Königs gilt noch immer, auch für die Nachkommen von Hans dem Wagemutigen. Du und deine Familie, ihr könnt ins friedliche Schweden übersiedeln, falls ihr das möchtet.«

Gustav nickte, obwohl er nur Teile des Gesagten wirklich verinnerlichte. Hansson war in jedem Fall eine gute Namenswahl gewesen.

»Ich fürchte, dass ihr mich jetzt entschuldigen müsst. Die Pläne Erzherzog Leopolds und Piccolominis brauchen meine gesamte Aufmerksamkeit.« Torstensson drückte Gustav den Brief in die Hand und nickte dem Feldscher zu. »Ich lasse anordnen, dass man den Degen zu Euch bringt, Martin.« Er rief etwas auf Schwedisch und zwei Offiziere traten ein. »Es war gut, dass wir uns vor der Schlacht noch einmal gesehen haben. Ich bin froh, Euch auf unserer Seite zu wissen, Feldscher.« Respektvoll nickte der schwedische General dem Wundarzt zu, dann widmete er sich wieder seinen Plänen.

Gustav war wie paralysiert, als sie vor das Zelt traten.

»Ist doch ganz gut gelaufen, oder? Vielleicht siehst du schon heute deine Familie wieder.«

»Ja«, hauchte Gustav. »Das habe ich alles Euch zu verdanken.«

Der Feldscher winkte ab. »Ach was, nicht der Rede wert.«

Ein lauter Ruf unterbrach seine Frage: »Zu den Waffen! Leopolds Truppen nehmen Aufstellung!«

DIE ZWEITE SCHLACHT
BEI BREITENFELD

Der Feldscher hatte Gustav auf eine kleine Anhöhe geführt, von der aus man die Truppen gut
überblicken konnte.

»Torstensson ist sehr schlau. Erneut eine Schlacht an fast
derselben Stelle zu schlagen, an der Gustav Adolf einen grandiosen Sieg errungen hat, wird seine Männer motivieren. Das
wird auch nötig sein.« Der Feldscher kniff die Augen zusammen, um besser sehen zu können. »Die Kaiserlichen haben
mehr Soldaten als er.«

»Wie viele?«, fragte Gustav und betrachtete, wie die geg-
nerischen Armeen Aufstellung nahmen.

»Torstensson hat etwa zwanzigtausend Mann. Erzherzog
Leopold, der Bruder des Kaisers, soll fast dreißigtausend haben.«

Einen kurzen Moment fragte sich Gustav, woher der
Feldscher derartige Informationen hatte oder warum er
überhaupt von dem legendären Feldherrn der Schweden
empfangen worden war, aber das Geschehen auf der weiten
Ebene nahm seine Aufmerksamkeit so in Beschlag, dass er
sich darüber keine weiteren Gedanken machte.

»Leopold der Dummkopf glaubt, dass er Torstensson hierhergetrieben hat, weil der die Belagerung von Leipzig beendete, nachdem General Piccolominis Entsatzarmee auf die Stadt vorgerückt war. Im Leben stellt er sich nicht vor, dass es vielleicht umgekehrt sein könnte. Siehst du das Wäldchen dort?« Martin zeigte mit seinem behandschuhten Finger darauf.

»Ja, das ist der Linkelwald.«

»Linkelwald, aha, vielleicht wird der mal berühmt …«, murmelte der Feldscher. »Auf jeden Fall trennt dieser Wald die kaiserlichen Truppen beim Aufmarsch. Bei einem strategischen Rückzug werden die Bäume ihr Infanteriezentrum in zwei Teile spalten. Es ist so, als würde Torstensson mit einer geballten Faust zuschlagen, Leopold und Piccolomini aber mit einer offenen Hand, deren Finger unabhängig voneinander agieren und sich im Zweifel gar nicht sehen können, weil ein Wald zwischen ihnen steht. Das könnte die zahlenmäßige Überlegenheit aufheben. In jedem Fall wird es ein spannendes Gefecht werden. Lassen wir uns mal überraschen, wem das Kriegsglück heute gewogen ist.«

Steht er nicht auf der Seite der Protestanten?, fragte sich Gustav, traute sich aber nicht, das auszusprechen.

»Schau, beide Seiten stellen sich nach dem oranischen Modell auf.« Begeistert klatschte der Feldscher in die Hände.

Bevor Gustav den Mund öffnen konnte, um nach dem ihm unbekannten Begriff zu fragen, sprach der Feldscher schon weiter. Es schien ihm Spaß zu machen, Gustav Details zu dem bevorstehenden Kampf zu erklären. »Die Niederländer haben sich das ausgedacht, ihr Königshaus heißt Oranien, aber eigentlich kommt die Idee von den alten Römern. Anders als bei der vor allem von den Kaiserlichen bevorzugten Tercio-Aufstellung, die aus Spanien stammt, bildet man heutzutage kleinere Formationen. Siehst du!« Er zeigte auf die Trupps, die von ihrer Position aus wie sich bewegende Quadrate aussahen. »So können sie im Gefecht beweglicher eingesetzt werden.«

Gustav betrachtete die vielen Tausend Soldaten fasziniert. Sie standen in versetzten Linien hintereinander und zahlreiche Lücken taten sich zwischen ihnen auf, die ihnen Bewegungsspielraum ließen, wenn das im Gefecht notwendig wurde. Selbst er als Laie begriff, dass das vorteilhafter war, als Tausende Männer in langen Reihen kämpfen zu lassen, die nirgendwohin ausweichen konnten, wenn – was immer vorkam – während des Kampfs etwas Unerwartetes geschah.

»Ich würde jede Wette eingehen, dass die Idee von General Piccolomini stammt. Der Erzherzog ist eigentlich zu dumm dafür und verdankt seinen Posten nur seinem Bruder. Octavio hingegen ist ein schlauer Fuchs. Torstensson sollte ihn nicht unterschätzen.«

Der Feldscher sprach über die militärische Elite der kaiserlichen Truppen, als würde er sie persönlich kennen. Gustav bemerkte, dass er den Wundarzt mit geöffnetem Mund anstarrte, und schloss ihn schnell.

»Selbst wenn von hier oben die Truppenteile ziemlich gleich aussehen, gibt es da unten natürlich unterschiedliche Waffengattungen.« Der Feldscher zeigte aufgeregt auf verschiedene Quadrate. »Das da sind Pikeniere.«

Gustav nickte, die kannte er. Ihre langstieligen Piken waren selbst von hier aus nicht zu übersehen.

»Sie stellen den Großteil der Infanterie. Das sind die ganz schweren Jungs. Immer mittendrin. Wenn es hart auf hart kommt, sind sie die Ersten, die es trifft. Unter den Pikenieren gibt es immer die größten Verluste. Besser haben es die

Musketiere getroffen, die mit ihren Vorderladerwaffen auf weite Distanz angreifen können.« Er zeigte auf ein anderes menschliches Quadrat, das er Troup nannte. »Ein weiterer Vorteil der oranischen Aufstellung ist, dass diese Feuerwaffen besser eingesetzt werden können. Sie sind immer wichtiger geworden in den letzten Jahren. Wenn ich daran denke, wie die Schlacht am Weißen Berg noch geschlagen wurde.« Er hörte sich regelrecht wehmütig an.

Die Schlacht am Weißen Berg, dachte Gustav. Das war weit vor seiner Geburt gewesen. Wie lange war Martin schon Teil dieses entsetzlichen Kriegs?

»Ich schätze, dass das da unten ein blutiges Gemetzel werden wird, weil die beiden Feldherren offensiv vorgehen und sich keiner auf die Defensive verlegt hat. Torstensson und Leopold wollen eine Entscheidung erzwingen und sich nicht nur verteidigen.«

Die Abgebrühtheit, mit der der Feldscher sprach, ließ Gustav schaudern. Ging es hier nicht um das Leben von Tausenden Menschen? Männern, die auch Väter und Ehemänner waren und deren Familien sich um sie sorgten? Vielleicht war es das, was dieser furchtbare Krieg aus einem machte: Man schätzte das Leben nicht wert und fürchtete den Tod nicht mehr.

»Wir müssen so langsam aufbrechen! Gleich wird es laut. Ich denke, dass Torstensson heute mit einer Niederlage beginnen wird. Leopold hat mehr Kanonen als die Schweden.«

Gustav entdeckte die schweren Waffen im Zentrum der beiden Schlachtordnungen. Sie hatten aufgehört, sich zu bewegen. Der Aufmarsch war beendet. Der Kampf konnte beginnen.

Sie gingen zurück zum Karren. Kaum war Gustav auf den Kutschbock geklettert, begann auch schon ein ohrenbetäubendes Gedonner einzusetzen. Die Kanonade hatte begonnen. Jeder Donnerschlag bedeutete den Tod von zahllosen Menschen.

Jolande schien der Krach nichts auszumachen, der Gustav beständig zusammenfahren ließ. Ruhig zog sie den gelben Karren zurück zum Tross. An einer Stelle, die so nah am Kampfgeschehen war, wie man nur sein konnte, ohne selbst in Mitleidenschaft gezogen zu werden, ließ der Feldscher sie anhalten und sprang zu Boden. »Komm schon, Junge, wir haben gleich viel zu tun. Hilf mir! Keine Angst, hierher wird keiner schießen. Der Tross ist zu wichtig, den will man sich nicht kaputt machen. Es muss ja noch was zum Plündern für den Sieger übrig bleiben.« Er lachte humorlos auf.

Wir? Gustav hatte keine Zeit, sich länger zu wundern. Der Feldscher hatte die beiden Türen am hinteren Ende seines gelben Karrens geöffnet und wies Gustav an, ihm beim Abladen eines langen Bretts sowie zweier massiver Böcke zu helfen.

»So, der Anfang ist gemacht.« Zufrieden klopfte der Feldscher auf das Brett, das sie auf die beiden Böcke gelegt hatten, und stellte einen großen Weidenkorb daneben.

Gustav betrachtete die dicke Eichenbohle und war erstaunt, dass sie mehrere kreisrunde Löcher hatte, an deren Rändern etwas Braunes klebte.

»Keine Müdigkeit vorschützen, Junge. Wir brauchen noch mehr, wenn wir unser Tagwerk erfolgreich erledigen wollen. Komm mit! Ich erkläre es dir.« Der Feldscher kletterte in seinen Wagen, dessen Inneres so dunkel war, dass Gustav kaum etwas erkennen konnte. Ein intensiver Geruch nach Kräutern wehte ihm daraus entgegen.

Gustav erkannte Fenchel, Majoran und den durchdringenden Geruch von Wermut.

Der gelbe Wagen schwankte leicht, als der Feldscher in seinem Innern herumlief und Sachen zusammensuchte. Er brummte dabei versonnen. Schließlich kam er mit einer großen Schere, einer beigen Stoffrolle und einem Kurbelbohrer zum Vorschein und drückte Gustav die Sachen in die Hand.

Dessen fragender Blick verriet wohl, dass er nichts damit anzufangen wusste.

»Ein Schädelbohrer. Wozu man Schere und Stoff bei Verwundeten verwendet, das wird dir doch wohl klar sein. Du musst noch viel lernen, aber das wird schon. Leg die Instrumente auf den Tisch. Wir haben nicht mehr allzu viel Zeit.« Er horchte aus der Tür heraus. »Gut, gut, noch knallt es.«

Gustav fand daran gar nichts gut. Sein Kopf dröhnte von dem dauernden Kanonendonner und seine Stimme war heiser, weil jedes Wort gebrüllt werden musste. Als er wieder zurück zum Wagen kam, erwartete ihn der Feldscher mit zwei armlangen Stangen, an deren einem Ende ein etwa handtellergroßes, flaches Eisen angebracht war. Sie waren erstaunlich schwer.

»Zur Kauterisierung«, sagte der Feldscher zerstreut und kramte weiter in den unzähligen Kisten herum, die im Innern seines Wagens auf kleinen Regalen standen. »Ach ja, schüre bitte ein Feuer.«

Gustav wusste zwar nicht, was Kauterisierung war, aber ein Feuer, das konnte er entfachen. Schließlich war er gelernter Köhler. Der Feldscher hatte Feuerzeug und Reisig. Holz fand er am Wegesrand. Schnell brannte ein ansehnliches Lagerfeuer. Er ging zurück zum Wagen.

»Hast du die Eisen hineingelegt?«

»In was?«, fragte Gustav und zog die Stirn kraus.

»Na, ins Feuer. Wie sollen wir denn sonst die Wunden damit ausbrennen?« Der Feldscher brummte immer noch vor sich hin. Irgendwie kam Gustav die Melodie bekannt vor, ohne dass er sagen konnte, woher genau.

Schließlich sprang der Feldscher vom Wagen. In den Händen trug er drei Kurzsägen und ein gekrümmtes Messer. Auch diese Dinge drapierte er auf dem Holzbrett mit den Löchern. »Ah, gerade rechtzeitig.« Er klatschte in die Hände.

Gustav verstand erst nicht, was er meinte, doch dann erkannte er, dass der Kanonendonner geendet hatte. Der erste Part dieser riesenhaften Schlacht war vollbracht.

»Jetzt kommt gleich die Kavallerie dran, aber die Kanonen bringen auch schon reichlich Kundschaft.«

Wenige Augenblicke später sollte Gustav begreifen, um welche Kunden es sich hierbei handelte.

Vier Männer schleppten einen entsetzlich brüllenden Mann heran, dessen linkes Bein blutüberströmt war.

»Auf den Tisch«, befahl der Feldscher streng. »Gustav, komm her! Du wirst mir assistieren!«

Mit klopfendem Herzen tat Gustav wie ihm befohlen. Zum Weglaufen oder Nein-Sagen war es längst zu spät.

»Die Schere!«

Mechanisch legte Gustav sie dem Feldscher in die Hand. Der blickte ihn gar nicht an. Seine gesamte Aufmerksamkeit war dem Bein des Soldaten gewidmet.

Geschickt schnitt er den Rock des Mannes auf. Darunter kam eine blutig rote Masse zum Vorschein, die kaum noch Ähnlichkeit mit einem Bein hatte. »Da sind Splitter drin.

71

Haltet ihn fest! Gustav, gib mir das kleine Messer dort.« Er zeigte auf eine metallene Schüssel, in der allerlei Instrumente lagen.

»Das Skalpell?«, fragte Gustav schüchtern.

Das Gesicht des Feldschers zeigte einen freudig erstaunten Ausdruck. »Genau das!«

Nachdem Gustav es ihm gegeben hatte, begann er geschickt mit der scharfen Klinge zu schneiden. »Ich schneide aus seiner Haut einen Gewebelappen heraus, den ich später über den Stumpf legen kann.«

Gustav wurde ein wenig schummerig von dem vielen Blut, aber er bewunderte auch das große Geschick und die ruhige Hand des Wundarztes.

»Hätte ich ihm direkt mit der Säge das Bein abgeschnitten«, erklärte Martin weiter, »wäre alles um die amputierte Stelle so zerfetzt worden, dass die Wunde nicht mehr hätte heilen können. Ich hätte dem Mann also nur mehr Qualen bereitet, ihm aber nicht geholfen. Der Hautlappen aber wird die Stelle gut verschließen und mit dem restlichen Gewebe zusammenwachsen.«

Gustav musste an den Stumpf seines Vaters denken. Das also hatten sie mit ihm gemacht.

»So.« Der Feldscher hielt Gustav das blutige Skalpell hin, ohne ihn anzublicken, sein Blick war fest auf seinen Patienten und dessen Verletzung gerichtet. »Jetzt kannst du mir die Säge mit dem blauen Griff geben.«

Gustav zitterten die Hände, als er es tat.

»Schnelligkeit, mein lieber Gustav. Schnelligkeit ist das, was einen guten Feldscher ausmacht«, erklärte Martin, ohne seinen Blick von der Wunde abzuwenden.

»Nein«, schrie der Mann, »nein, ich habe einen Hof. Mit nur einem Bein kann ich den nicht mehr bewirtschaften.«

»Lasse ich dir das Bein, wirst du den Hof und deine Familie nie wiedersehen. Haltet seine Arme fest«, wies er die Kameraden des Mannes an. »Gustav, du hältst das linke Bein fest!«

»Bitte, Herr. Diederich ist ein guter Kämpfer und …«

»Ruhe!«, zischte der Feldscher wütend.

Sofort verstummten alle.

Der Feldscher setzte die Knochensäge an. Auf dem scharfen, blitzsauberen Blatt spiegelte sich die trübe Herbstsonne wider.

Gustav wollte nicht hinsehen, aber es war fast so, als würde ihn etwas zwingen, auf die blutige Arbeit des Feldschers zu blicken. Mit einem Geräusch, das er nie wieder vergessen würde, begann der zu sägen. Wäre Gustavs letzte – schon lange zurückliegende – Mahlzeit nicht schon hochgekommen, wäre das jetzt passiert. Weil er das gesunde Bein des schreienden und um sich schlagenden Mannes festhalten musste, konnte er nicht einfach weglaufen. Er verstand, dass der Feldscher seine grausige Arbeit verrichtete, um diesem Soldaten das Leben zu retten. Flüchtete er sich jetzt in Feigheit, nur weil er das grausame, aber notwendige Prozedere nicht ertragen konnte, würde Gustav schuld sein, wenn der Feldscher dem Mann nicht nach bestem Wissen und Gewissen helfen konnte.

Erst schrie der Landsknecht noch, dann sackte urplötzlich sein Kopf zur Seite. Seine Muskeln erschlafften und jede Form von Widerstand war gebrochen.

»Ein Glückspilz!«, kommentierte das der Feldscher lapidar. »Die Ohnmacht erspart ihm weitere Qualen.« Mit schnellen, präzisen Schubbewegungen fuhr die Säge kurz unter dem Knie des Mannes durch seinen Unterschenkel. Mit einem scheußlichen Klatschen fiel die abgetrennte Gliedmaße zu Boden. »Gustav, das Eisen. Schnell!«

Gustav brauchte einen Moment, bis er verstand, was der Feldscher von ihm wollte, dann rannte er zu seinem Feuer und holte eines der inzwischen glühenden Eisen heraus.

»Genau hierhin. Er kann nichts spüren. Wir müssen die Blutung stoppen.« Der Feldscher hatte einen kurzen Strick um den Oberschenkel des Soldaten gebunden und zog jetzt mit Leibeskräften daran. »Mach flink und schau genau hin. Denk immer daran, du rettest dem Mann sein Leben.«

Widerwillig tat Gustav es. Zischend traf das glühende Metall auf den Beinstumpf. Ein ekelerregender Geruch nach verbranntem Fleisch, der Gustav viel zu sehr an gebratenes Schwein erinnerte, verbreitete sich. Jetzt wusste er, was Kauterisieren war.

»Sehr gut, ich bin stolz auf dich!« Der Feldscher legte den Hautlappen über die Wunde, tränkte ein Tuch in einem Fässchen mit Kräutersud und wickelte es um den Stumpf. Anschließend legte er geschickt einen Verband an. Er nickte den Kameraden des Mannes zu, damit sie ihn wegtrugen.

Gustav atmete tief durch. Es war furchtbar gewesen, aber er war auch stolz, dass er es geschafft hatte. Er hatte geholfen, diesem Mann das Leben zu retten.

»Da kommen die Nächsten.« Mit dem Kinn zeigte der Feldscher auf eine Schar von Soldaten, die verwundete Kameraden zu dem gelben Karren schleppten.

Gustav verlor jedes Zeitgefühl. Er schürte das Feuer, drückte Eisen in blutige Wunden, warf abgeschnittene Körperteile in den sich erschreckend schnell füllenden Weidenkorb und reichte dem Feldscher die geforderten Instrumente.

Der Wundarzt befasste sich nur mit etwa der Hälfte der ankommenden Opfer, die inzwischen in einer langen Reihe darauf warteten, behandelt zu werden. Die andere Hälfte behandelte er erst gar nicht, weil er entschied, dass sie die Mühe nicht mehr wert waren und ohnehin sterben würden.

Gustav beneidete ihn nicht um diese schreckliche Aufgabe, doch sie musste getan werden. Verschwendete der Feldarzt seine Zeit mit jemandem, der nicht mehr zu retten war, starb deswegen auch ein Zweiter, der es sonst wahrscheinlich geschafft hätte.

Es mochte gegen frühen Nachmittag sein, da drängte sich eine Gruppe schwer bewaffneter Schweden vor die Reihe der Wartenden und Sterbenden.

Der Feldscher warf ihnen einen strengen Blick zu, denn das hatte bisher noch keiner gewagt.

»Entschuldigt, aber es ist der Stålhandske. Helft ihm, Feldscher!«

»Generalmajor Erich Schlang?«

»Ja, er hat dafür gesorgt, dass unser linker Flügel nicht vom Feld vertrieben wurde. So konnte die bedrohte Flanke des Infanteriezentrums weiter gedeckt werden. Tausende verdanken ihm ihr Leben.«

»Erich«, sprach der Feldscher sanft den großen, blonden Mann an, dessen Brustkorb zerfetzt war.

Keine Reaktion.

Die Schweden blickten ihn flehentlich an, als könnte er ein Wunder bewirken.

»Er ist bereits tot. Gedenkt seiner in Ehren.« Martin trat vor den größten der Soldaten und zischte ihm etwas in dessen Sprache ins Ohr.

Der wurde rot und nickte hastig. Schnell zogen die Männer von dannen. Für sie war die Schlacht noch nicht zu Ende.

»Was habt Ihr zu ihm gesagt?«, fragte Gustav erstaunt.

Der Feldscher blickte ihn streng an. »Dass er es nie wieder wagen soll, sich vorzudrängeln.«

Der Tag verging für Gustav in einer grausamen, aber im Endeffekt trotzdem eintönigen Routine, die ihm seine gesamte Kraft abverlangte. Durch die Löcher in dem Holzbrett, auf dem sie die Patienten behandelten, floss das Blut in Strömen. Merkwürdigerweise fing der Feldscher einen Teil davon in einer Schüssel auf. Inzwischen hatte der Junge so großen Hunger und Durst, dass er es kaum noch aushielt. Trotzdem machte er immer weiter. So viele warteten noch auf die Hilfe des Feldschers.

Ein Ruf waberte plötzlich durch das Lager und den Tross: »Madlung und sein Regiment sind geflohen.«

»Was bedeutet das?«, fragte Gustav.

»Dass die Kaiserlichen verlieren und das wohl auch begriffen haben. Jetzt rächt sich der Linkelwald.« Konzentriert entfernte der Feldscher bei diesen Worten direkt an der Schulter einen weiteren Arm.

Später hörten sie, dass es wirklich so gewesen war. Durch die Flucht des feigen Obristen Madlung war der linke kaiserliche Flügel zusammengebrochen. Dadurch wurde das entscheidende Infanteriezentrum von der Flanke her bedroht. Jetzt bewahrheitete sich, was der Feldscher vorausgesagt hatte: Die Truppen auf der linken Seite des Waldes konnten von denen auf der anderen Seite nicht mehr unterstützt werden, deshalb zogen sie sich in das Waldstück zurück, um nicht von den Schweden auf offenem Feld überrannt zu werden. Ihre Kameraden von der rechten Seite versuchten in einem letzten verzweifelten Gegenangriff sich freizukämpfen, was allerdings scheiterte. Auch sie flohen in den scheinbar sicheren Linkelwald. Nun hatten die Schweden leichtes Spiel. Torstensson ließ den Wald umstellen und mit seinen Kanonen zusammenschießen. Breitenfeld hatte der Protestantischen Union zum zweiten Mal einen großartigen Sieg beschert.

Von alldem bekam Gustav nichts mit. Für ihn nahm die Schlacht auch nach der Kapitulation der Liga-Truppen kein Ende. Nach Einstellung der Kampfhandlungen kamen nur umso mehr Verletzte zu ihnen. Inzwischen war der Boden vor dem gelben Karren matschig vom vielen Blut. Überall lagen stöhnende Versorgte oder Tote, die der Feldscher nicht behandelt hatte. Nach und nach kamen die Familien aus dem Tross, um nach ihren Angehörigen zu suchen. Wenn sie sie nicht bei ihnen oder den anderen Wundärzten fanden, zogen sie weiter auf das zerwühlte Schlachtfeld. Ihnen vorausgezogen waren die Leichenfledderer, die diese besondere Stunde nutzten, um den Toten und Schwerverletzten buchstäblich ihr letztes Hemd zu stehlen. Nicht selten töteten sie in ihrer Gier auch die eigenen Leute, wenn diese verletzt und allein auf dem Schlachtfeld zurückgeblieben waren.

Nachdem sie endlich den letzten Patienten behandelt hatten, wusch sich der Feldscher die Hände in einer Schüssel. Das Wasser darin färbte sich so schnell rot, dass Gustav zwei weitere holen musste, bis er sauber war. Anschließend ließ er sich die gleiche Behandlung angedeihen.

»Es wird bald dunkel«, stellte Gustav mit einem Blick zum sich orange verfärbenden Herbsthimmel fest. Gierig nahm er einen weiteren Schluck aus der Feldflasche, die ihm Martin gegeben hatte, und verschlang einen Brotkanten und ein großes, glänzendes Stück Speck. Das gepökelte Fleisch schmeckte ihm nach den anstrengenden Ereignissen unglaublich gut. Nachdem er den ganzen Tag vor Anstrengung geschwitzt hatte, begann er nun, als sein Körper endlich zur Ruhe kam, zu frösteln. Nebel lag in der Luft. Nicht mehr lange und er würde über der Ebene aufzusteigen.

»Ich weiß«, murmelte der Feldscher wie zu sich selbst. »Wir haben viel zu viel Zeit mit diesen Nebensächlichkeiten verbracht.«

Gustav glaubte, sich verhört zu haben. Die Behandlung von Schwerverletzten war doch keine Nebensächlichkeit.

Der Feldscher kletterte in seinen Wagen und kam mit einem kleinen Säckchen zurück. »Wirf die amputierten Gliedmaßen ins Feuer.«

Gustav wollte anmerken, dass die kleine Feuerstelle diese Überreste niemals verzehren würde, aber ein Blick in das plötzlich angespannte Gesicht des Feldschers ließ ihn ohne Widerspruch diesen Auftrag ausführen. Der Weidenkorb war schwer. Er hievte ihn zu den Flammen, kippte ihn aus und es passierte genau das, was er befürchtet hatte: Die Flammen erstickten unter der viel zu großen Last von blutigen Arm- und Beinstümpfen. Die starke Hand des Feldschers schob ihn zur Seite.

»Wirf alle Instrumente in den Wagen. Wir schaffen es nicht mehr, sie zu reinigen. Den Tisch lass hier, der kann sowieso keinen von ihnen tragen.«

Gustav hatte zum wiederholten Male an diesem Tag das Gefühl, dass er ziemlich begriffsstutzig war, obwohl er sich bisher eigentlich für relativ pfiffig gehalten hatte. Er verstand so oft nicht, was der Feldscher mit seinen Worten genau ausdrücken wollte. Aber er tat wie ihm geheißen und warf die bluttriefenden Geräte einfach in den Karren.

»Spann Jolande ein. Schnell!«

Das Maultier hatte die ganze Zeit gemütlich gegrast. Zwischen den Leibern der Toten und Verwundeten hatte sie jedes noch so kleine Büschelchen Grün gefunden und gemächlich vertilgt, so als ginge sie das ganze Elend nichts an.

Gustav gab es nicht gern zu, aber bei diesem Befehl war er fast so aufgeregt wie bei seiner ersten Kauterisierung. Er hatte die Warnung nicht vergessen, dass das Maultier beißen würde.

Tatsächlich versuchte das sture Tier es, dennoch schaffte es Gustav, ihm halbwegs unverletzt das Geschirr anzulegen. Er drehte sich um und wollte gerade berichten, dass er alles erledigt hatte, da schoss von dem Feuerchen eine Stichflamme in den Himmel. Einen kurzen Moment konnte

Gustav nichts mehr sehen. Grell brannte sich das weiße Licht auf seiner Netzhaut ein. »Was war das?«

»Das?« Der Feldscher winkte ab. »Ich habe nur die Reste verbrannt.«

Gustav sah, wie er ein leeres Säckchen unter seinen Gürtel schob.

Angestrengt blickte der Wundarzt zum Himmel. »Beeilung! Die Sonne ist fast untergegangen. Komm, Junge!« Er klopfte auf den Platz neben sich.

Gustav blickte auf den Karren und das merkwürdige Symbol darauf. Eine Rose, die zu einem schrecklichen Dämonenschädel wurde, je nachdem, wie man es betrachtete. *Was mache ich hier nur?* Schulterzuckend kletterte er auf den Kutschsitz. Interessiert betrachtete er einen Moment die Hände des Feldschers. Sie waren von dicken Narben überzogen, als ob ihn riesige Krallen verletzt hätten. Gustav hatte von Löwen und Tigern gehört, bezweifelte aber, dass sie wirklich die Verursacher dieser tiefen Verletzungen gewesen waren. Vermutlich hatte das ein Messer oder eine andere Waffe angerichtet.

Ein Horn erklang.

Nebel begann vom Boden aufzusteigen. Er brachte noch schneller Dunkelheit über das Land.

Erneut erscholl das Horn.

Der Feldscher trieb Jolande zur Eile. Er nutzte sogar die Peitsche.

Immer weniger Menschen begegneten ihnen. Sogar die Plünderer liefen nun zurück ins Lager. Jeder rannte in die entgegengesetzte Richtung zu der, die Gustav und der Feldscher eingeschlagen hatten.

Der Boden wurde unebener und aufgewühlter. Leichen, tote Pferde, umgeworfene und brennende Karren und die unterschiedlichsten Waffen lagen herum und bildeten im dichter werdenden Nebel schaurige Silhouetten. Sie hatten das Schlachtfeld erreicht.

»Warum sind wir hier?«, fragte Gustav ängstlich und blickte sich um. Die Sonne war verschwunden. Es wurde dunkel und sie waren auf einem Feld voller Toter. Kein Ort, an den man sich des Nachts wünschte.

»Weil hier unsere eigentliche Arbeit stattfindet.«

NACHTS AUF DEM SCHLACHTFELD

—•—

Gustav.« Der Feldscher kam ganz nah an Gustavs Gesicht heran, sodass der dessen warmen, nach Schinken riechenden Atem wahrnahm. »Du bleibst so lange auf dem Wagen, bis ich dir erlaube abzusteigen. Verstanden?«

Gustav nickte unsicher.

»Gustav, hast du mich verstanden? Du darfst unter keinen Umständen den Wagen verlassen, bevor ich es dir ausdrücklich erlaube. Egal, was passiert!« Der Feldscher sah in diesem Moment streng und bedrohlich aus.

»Ja«, hauchte Gustav und versuchte erst gar nicht die Angst zu unterdrücken, die man in seiner Stimme hörte.

»Gut. Ich muss jetzt einiges erledigen.« Der Feldscher sprang vom Kutschbock und ging um den Wagen herum. Kurz darauf hörte man, wie die Türen mit einem Knarzen geöffnet wurden.

Gustav betrachtete das verlassene Schlachtfeld. Ein starker Geruch nach Kupfer lag in der Luft. *Blut.* Das letzte Sonnenlicht des Tages schwand. Bald würde es stockdunkel sein. Der Nebel wurde immer stärker. Gustav hatte das Gefühl, dass sich irgendetwas darin zu bewegen schien. Geisterhafte, grotesk verzerrte Schatten. *Mach dich nicht verrückt!* Gustav rieb die Hände aneinander und pustete hinein, um die klamme Kälte, die in seine Gliedmaßen kroch, zu vertreiben – und um nicht mehr in den unheimlichen Nebel blicken zu müssen. Als er wieder hochsah, traute er seinen Augen nicht. Überall in dem aufgewühlten Boden um ihren Wagen herum waren kleine Hügel entstanden. Es sah aus, als würden Hunderte Maulwürfe gleichzeitig versuchen aus der Erde zu kommen. »Ähm …«, begann er, um den Feldscher darauf hinzuweisen.

Der kam gerade mit einem großen Sack zurück. Als einer der Hügel direkt vor seinen Füßen auftauchte, trat er ärgerlich darauf. »Hier nicht, du Strolch. Das ist neutrales Gebiet. Verschwinde, hier gibt es nichts für dich zu holen.«

Gustav betrachtete die Szene mit aufgerissenen Augen.

Der Feldscher begann jetzt den großen Sack aufzuknoten und kleine, rechteckige Stückchen in einem Kreis um seinen gelben Karren und Jolande zu verteilen. Er ging dabei akribisch und konzentriert vor. Ohne jede Hast.

Gustav wusste gar nicht, was er zuerst fragen sollte: Was machte der Feldscher da? Warum waren sie überhaupt hier? Was waren das für Hügel? Mit wem hatte der Feldscher gesprochen, als er einen von ihnen zertreten hatte? Die brennendste war allerdings: *Warum hat er mich mitgenommen?*

Wie immer ließ der Wundarzt ihm keine Zeit, Fragen zu stellen. »Gut gemacht, Junge. Jetzt darfst du runterkommen. Tritt aber nicht über den Holzkohlekreis.«

Aufmerksam betrachtete Gustav die fein ausgelegte Linie aus kleinstückiger Holzkohle, die der Feldscher um sie herum gezogen hatte. Solche feine Kohle verwandte man normalerweise, um ein größeres Feuer zügig zu entfachen.

Es war die höchste Qualität, die man an Holzkohle kaufen konnte, und man verdiente am meisten damit. Der vertraute Geruch der Kohle ließ ihn an seine und Vaters gemeinsame Arbeit als Köhler denken. Trauer überkam Gustav.

Aus dem Nebel kam bestialisches Gebrüll.

Gustav erschrak so heftig, dass er stolperte. Um ein Haar wäre er über die Umgrenzung gefallen. Die starke Hand des Feldschers bewahrte ihn davor.

»Vorsicht. Die Brüller sind am wenigsten gefährlich, sie sind feige Großmäuler, aber …« Er zuckte mit den Schultern, als wäre damit alles gesagt. »Hier.« Martin drückte Gustav das Feuerzeug in die Hand und zeigte auf zwei Öllampen, die links und rechts am Wagen angebracht waren. »Zünde sie an! Wir sehen sonst gleich nichts mehr.«

Gustav zitterte, als er den geschmiedeten Feuerschläger am Feuerstein herunterschlug und versuchte die Funken in einer kleinen Schale mit Stroh und feinem Reisig aufzufangen. Das war etwas, das er als Köhlerlehrling schon unzählige Male getan hatte, jetzt gelang ihm aber erst nach mehreren Anläufen, eine Flamme zu schlagen. Er pustete hinein, um sie zu schüren, nahm einen brennenden Span heraus und entzündete den vom Öl feuchten Docht der Lampen.

Der Feldscher gab ihm zwei rechteckige Eisengestelle, in die jeweils ein rundes Stück Butzenglas eingelassen war. »Stülpe das über die Flammen. Wir wollen doch nicht übersehen werden.« Er zwinkerte ihm verschwörerisch zu und ging wieder dieselbe Melodie brummend in das Wageninnere zurück.

Nachdem Gustav die Gestelle daraufgesetzt hatte, verströmten die Lampen ein mystisches, rotes Licht, das geheimnisvoll vom Nebel reflektiert wurde.

Wieder erklang das wütende Brüllen. Vielstimmiger und eindeutig auch näher. Kurz glaubte Gustav, auch Flammen gesehen zu haben.

Er war fest entschlossen, jetzt zu klären, was das Ganze hier sollte. Forschen Schrittes ging er zur Rückseite des Wagens. Als er an der gelben Seitenwand vorbeikam, blieb er erstaunt stehen. Das Symbol, das abwechselnd eine Rose und eine schreckliche Fratze zeigte, leuchtete taghell, als wäre es aus purem Licht.

»Schön, was?«

Gustav zuckte überrascht zusammen. Der Feldscher hatte sich ihm so leise genähert, dass er es nicht bemerkt hatte.

»Ich bin mir sicher, dass du eine Menge Fragen hast, und bewundere dich dafür, dass du sie zurückhältst, um mir zu helfen. Das hat heute vielen Menschen das Leben gerettet. Ich bin stolz auf dich.«

»Was ist das für ein Symbol?«

Der Feldscher grinste über das ganze Gesicht. »Das verrate ich dir erst, wenn du mir etwas sagst. Was hast du gesehen, als du mit dem Strick um den Hals auf die Zeichnung geblickt hast? Die Blume oder den Dämonenschädel?« Er kniff die Augen vor Anspannung zusammen. In dem Licht der roten Laternen sah der Feldscher kraftvoll und bedrohlich aus, wie jemand, den man besser nicht auf den Arm nahm.

»Ich habe keine Ahnung, man wollte mich gerade …«

»Doch, du weißt es! Jeder kann sich daran erinnern.«

Gustav wollte schon widersprechen, da spielte sich die Situation erneut vor seinem inneren Auge ab. Der Feldscher hatte recht, er wusste genau, was er zuerst gesehen hatte: »Zuerst die Blume, eine Rose, wenn ich mich nicht täusche, dann tauchte der Schädel auf.« Das Bild am Wagen änderte in dem Moment, da er es aussprach, sein Motiv von Höllenfratze zu Blume, als hätte es verstanden, was er gesagt hatte.

»Beides? Das ist ja ganz wunderbar.« Der Feldscher klatschte euphorisch in die Hände.

»Was hat es damit auf sich? Bitte, erklärt es mir endlich.« Hinter sich hörte er ein giftiges Zischen und plötzlich wurde die Nacht für einen Moment erhellt.

»Ein Feuerfaucher, jetzt schon, die müssen heute aber alle hungrig sein und …«

Gustav räusperte sich.

»Ja ja, du hast ja recht. Der Teil fällt mir irgendwie immer am schwersten. Ich hatte schon vielversprechende Kandidaten vor dir, aber etliche sind weggelaufen, nachdem sie die ganze Wahrheit erfahren hatten. Bist du bereit?« Er strich verträumt über die gelbe Karrenwand mit dem leuchtenden Symbol.

Gustav musste schwer schlucken, bevor er antworten konnte. »Ja.«

»Gustav, ich muss dir sagen, es gibt Dämonen.« Martin machte eine lange Pause und schaute Gustav herausfordernd an.

Den kostete es viel Überwindung, nicht den Blick zu senken. Sein Herz pochte in der Brust. Er hatte die Wahrheit ja unbedingt hören wollen.

»Dämonen«, wiederholte der Feldscher leise und auch er selbst schien immer noch darüber erstaunt zu sein, dass er dieses Wort überhaupt benutzte. »Es gibt auf unserer Welt Wesen, die sich gänzlich von uns Menschen unterscheiden. Es sind krallenbewehrte, behörnte Ungeheuer, deren Kräfte den unsrigen weit überlegen sind. In der Schlacht heute Morgen haben Dämonen, die in Menschen gefahren sind, mitgekämpft. Niemand weiß, woher sie stammen und warum sie auf der Erde sind. Die meisten denken, dass sie direkt aus der Hölle stammen, was ich gelinde gesagt für Blödsinn halte, aber das ist für meine Erklärung auch nicht wichtig. Wichtig ist nur, dass sich diese Wesenheiten von ...« Er machte eine Pause, holte hinten aus dem Wagen einen ledernen Trinkschlauch heraus und reichte ihn Gustav. Mit einem Nicken forderte er ihn zum Trinken auf.

Der zog den Korken heraus und schnupperte daran. Tränen schossen ihm in die Augen. Sehr starker und scheußlich riechender Schnaps befand sich in dem Behältnis. »Nein danke, ich trinke keinen Alkohol«, begann er, doch der Feldscher unterbrach ihn.

»Glaub mir, du wirst trinken wollen, denn ich muss dir leider sagen, dass sich diese Dämonen von Menschenfleisch ernähren. Genau deshalb sind wir hier. All die vielen Leichen sind ihre Belohnung dafür, dass sie am Tage für die Sache der Menschen gekämpft haben.«

Gustav nahm einen langen Zug des brennenden Getränks, das, heißem Eisen gleich, seine Kehle hinunterrann. Kaum hatte er den Schlauch abgesetzt, begann er zu husten.

Verständnisvoll klopfte ihm der Feldscher auf den Rücken.

»Waaas?«, krächzte Gustav ungläubig und merkte bereits, dass der Alkohol ihm in den Kopf stieg. Die Welt schien ihre scharfen Kanten zu verlieren. Etwas, das ihm sehr unangenehm war. Trotzdem hatte der Feldscher recht gehabt, der Schnaps hatte dazu geführt, dass er einfach akzeptiert hatte, dass es menschenfleischfressende Dämonen gab, und sogar mehr zu dem Thema wissen wollte.

»Nun ja: Beide Seiten, sowohl Union als auch Liga, wollen die Kraft der Dämonen für sich nutzen. Es gibt ein geheimes

Ritual, das es uns Feldscheren erlaubt, sie tagsüber in Menschen fahren zu lassen. Dadurch verstärken sich die Kräfte dieser Kämpfer um ein Vielfaches.«

Gustavs Augen wurden groß.

Der Feldscher gab ein freundliches Grunzen von sich und trank ebenfalls einen langen Zug aus dem Schlauch. Er musste anschließend nicht husten, verzog aber auch das Gesicht, als er ihn absetzte. »Oh, keine Angst, die Soldaten merken das gar nicht. Wir tarnen die Prozedur als Segen vor der Schlacht. Sie vergessen jene Erfahrung auch sofort, wenn die Kreatur sie verlässt, und nehmen dadurch keinen Schaden.« Er machte eine Pause und schien mit sich zu ringen, ob er noch einen Schluck trinken sollte, entschied sich dann aber dagegen. »Wenn sie den Kampf denn überleben. Stark zu sein, bedeutet nicht, unverwundbar zu sein. Manchmal vergessen die Dämonen, dass sie in einem menschlichen Körper stecken.«

»Wollt Ihr etwa sagen, dass all die vielen Tausend Krieger von Dämonen besessen aufeinander losgegangen sind?«

Der Feldscher lächelte amüsiert. »Natürlich nicht. Eine solche Masse an Dämonen könnte niemand kontrollieren. Es kommt auf das Geschick des beschwörenden Feldschers an, aber ich kenne niemanden, der mehr als zwei Dutzend von ihnen beschwört.«

»Ihr habt also heute Dämonen beschworen und diese in Männer«, Gustav machte eine kurze Pause, »gesteckt.« Irgendwie fiel ihm kein richtiges Wort für diesen Vorgang ein.

»Ja.« Der Feldscher warf sich stolz in die Brust. »Ich habe ein wenig zu Torstenssons Sieg beigetragen. Es gibt so viele unterschiedliche Dämonen mit so verschiedenen Kräften, dass es einen schlauen Kopf braucht«, er tippte auf seinen eigenen und grinste, »um sie richtig auszuwählen und an der richtigen Stelle im Kampf einzusetzen. Heute ist mir das auffallend gut gelungen.«

»Was machen wir dann hier? Torstensson hat gewonnen. Die Schlacht ist vorbei.«

Jetzt lachte der Feldscher laut auf. »Wir heilen ihre Verletzungen aus dem Kampf. Wurde nämlich der Mensch verletzt, an den sie gebunden waren, verletzten sie sich auch.«

»Machen das alle Feldschere?«

Martin grunzte. »Natürlich nicht. Nur wir schwarzen Feldschere. Ein Großteil der anderen Quacksalber, die sich Feldscher nennen, kann die Dämonen nicht sehen und hat auch keine Ahnung von unserem Geschäft. Die sind gerade gut genug, den Leuten die Haare zu schneiden und Zähne zu ziehen. Ich wünsche dir, dass du nie mit einem einfachen Feldscher zu tun hast, die meisten richten mehr Schaden an, als dass sie helfen. Genug der Fragerei, wir müssen uns beeilen, sonst beschweren sie sich wieder, dass wir zu spät sind.«

»Können diese Kreaturen etwa sprechen? Wie erklärt man ihnen, für wen und gegen wen sie kämpfen?« Gustav spürte, dass die Erde leicht vibrierte, als würde etwas sehr Schweres darüberlaufen. Bewusst blickte er nicht über die Schulter, um herauszufinden, was es war.

»Ja, erstaunlicherweise können sie das. Sie sind gerissene Viecher und man sollte sich genau überlegen, ob man mit ihnen spricht. Ihre Zungen sind fast noch gefährlicher als ihre Krallen.«

»Ich kann nicht glauben, dass sich Torstensson darauf eingelassen hat. Das ist doch geradezu Gotteslästerung und widerspricht allem, wofür die Protestantische Union steht.«

»Sein Vorgänger hat diese Allianz noch vor deiner Geburt geschlossen. Genau wie Kaiser Ferdinand III. diese Verbündeten von seinem Vater Ferdinand II. übernommen hat.«

»Ihr meint, selbst Gustav Adolf hat von den Dämonen gewusst?«

»Natürlich, der Schwedenkönig hatte sogar einen Dämon als Leibwächter. Isolo hat er ihn genannt, obwohl ich kaum glaube, dass das sein richtiger Name war. Keine Ahnung, wie er auf diesen Schwachsinn gekommen ist. Das Vieh hat ihm wohl auch eingeflüstert, wie wichtig es wäre, immer in der ersten Reihe zu kämpfen, und wir alle wissen ja, wie das endete.«

»Warum weiß sonst niemand davon?«

Der Feldscher grunzte. »Nun, die Kirche, egal welche, möchte natürlich nicht, dass jemand das herausbekommt. Es würde für die meisten Menschen den eigentlichen Sinn des Kampfs von Protestanten gegen Katholiken infrage stellen, wenn sie wüssten, dass höllenartige Kreaturen für ihre Sache kämpfen. Daher weiß auch nur eine geringe Anzahl an führenden Adligen, Generälen und Kirchenoberen von der Sache.«

Gustav kroch der ekelhafte Geruch nach verbranntem Fleisch und Haaren in die Nase. Bevor er es verhindern konnte, hatte sein Kopf ihm schon in einem halben Dutzend scheußlicher Bilder gezeigt, woher der Gestank hätte stammen können. Die meisten hatten etwas mit brennenden Leichen zu tun. »Warum attackieren die Dämonen nicht jede Nacht einfach irgendwelche Menschen, um sich ihr Fleisch zu holen, sondern lassen sich darauf ein, den Kampf von Union und Liga auszufechten?« Er konnte nicht glauben, dass er gerade diese Frage gestellt hatte.

Der Feldscher grinste. »Sie können nicht an die Oberfläche kommen, ohne gerufen zu werden. Man vermutet, dass sie den Weg aus der Erde heraus nicht allein finden.«

Gustav begann der Kopf von all diesen verrückten Informationen zu schmerzen und fast hätte er den Feldscher der

Lüge bezichtigt, da wuchs der kleine Erdhügel, der hinter der Abgrenzung aus Holzkohle lag, zu Manneshöhe heran und ein böse brüllendes Ungetüm mit drei Armen, einem gehörnten, riesigen Schädel, muskulösen, befellten Beinen und einem langen, aggressiv schlagenden Schwanz erhob sich direkt vor seinen Augen aus dem Boden.

Die Kreatur schien einen Moment verwirrt zu sein, dann fiel ihr golden leuchtender Blick direkt auf Gustav.

Dem brach der Schweiß aus. Die schreckliche, muskelbepackte Kreatur brauchte nur ihre Krallenpranke nach ihm auszustrecken und schon könnte sie ihm die Kehle zerfetzen.

Zu seiner Überraschung tat das Wesen nichts dergleichen. Es betrachtete nur kurz den Kohlekreis, dann verschwand es mit einem bösen Brüllen im Nebel.

»Genau deswegen bist du hier, Gustav. Weil du einer der wenigen Menschen bist, die sie sehen können. Das ist auch der Grund, warum man den Dämonenkrieg schon so lange verheimlichen kann. Deine Gabe ist sehr selten, aber für mich ein Glücksfall: Nur so kannst du mir helfen, ihre Verletzungen zu heilen, die sie sich während der Schlacht zuziehen.«

»Wir werden was machen?«, fragte Gustav ungläubig.

DER FELDSCHER
DER DÄMONEN

D er Feldscher war mal wieder im Innern seines Wagens verschwunden.

Notgedrungen folgte Gustav ihm.

»Hier!« Er gab Gustav eine Säge, die mindestens drei Ellen lang und deren Blatt so breit war wie das eines Beidhänders.

»Ahh«, zischte Gustav. Er hatte in der Dunkelheit in das messerscharfe Blatt gefasst und sich daran die linke Hand aufgerissen.

»Alles in Ordnung?«, brummte der Feldscher.

Gustav saugte an der Wunde und schmeckte Blut in seinem Mund. Die Verletzung war nicht besonders schwer. Eher ein Kratzer. »Ja ja«, murmelte er mit der Hand im Mund und griff die Säge an ihrer stumpfen Seite.

Der Feldscher selbst trug zwei große Metallscheren und eine Zange. »Leg die Sachen dahinten einfach ins Gras. Eine Bohle könnte die Dämonen nicht tragen, die müssen sich einfach auf den Boden legen. Und hier, zieh den bitte Jolande über den Kopf. Manchmal machen sie sie doch noch nervös, wenn sie über die Umrandung treten.«

Gustav zog dem Maultier den schwarzen Sack über den Kopf. Das Tier machte keinerlei Anstalten, nach ihm zu beißen, fast so, als wäre es froh, den Sichtschutz angelegt zu bekommen. Als er zu ihrem Lazarettplatz zurückkam, hatte der Feldscher noch eine weitere Sache hinzugefügt: eine große Schüssel voller Menschenblut, das er den Tag über von den Verwundeten aufgefangen hatte. Die Flüssigkeit war überraschenderweise noch nicht geronnen.

Der Wundarzt bemerkte Gustavs skeptischen Blick. »Schau nicht so. Ich habe mir das nicht ausgedacht. Menschenblut sorgt dafür, dass sich ihre Wunden schneller schließen. Man muss nur aufpassen, dass sie es einem nicht wegtrinken«, versuchte er sich an einem makabren Scherz, den Gustav überhaupt nicht lustig fand. Er räusperte sich. »Wie auch immer, deine Aufgabe wird es sein, sie zu mir zu führen und die Wartenden draußen zu halten.«

Gustav riss die Augen auf. Er sah sich schon mit mehreren Dämonen ringen, um sie davon abzuhalten, sich in der Schlange zum Feldscher vorzudrängeln. Die Wut und die Furcht, die die Menschen heute Morgen verströmt hatten, waren ihm nur zu präsent. Was würden erst Dämonen in Todesangst alles anstellen?

»Das ist leichter, als es sich anhört. Siehst du die Umrandung aus Holzkohle?«

Gustav nickte.

»Die Dämonen können sie nicht überwinden. Das hat irgendetwas damit zu tun, worin sie sich verwandeln, wenn sie wieder in der Erde versinken. Man könnte wohl auch Salz nehmen, aber das wäre ja unbezahlbar. Ich kenne keinen Feldscher, der das macht.«

»Wie viele gibt es von euch?«, fragte Gustav ehrlich interessiert.

»Nicht so viele, wie wir sein sollten. Bei jeder Schlacht aber immer zwei. Siehst du dahinten die kleinen blauen Lichter?« Martin zeigte mit der Hand in den dünner werdenden Nebel. »Das ist Diethelm, er hat sich im Moment wohl den Kaiserlichen angeschlossen.«

Gustav kniff die Augen zusammen und tatsächlich sah er in weiter Ferne einen schwachen, bläulichen Schein.

»Netter Kerl und ehrlich gesagt kein Feind für uns. Die Dämonen sehen seinen oder unseren Wagen und werden, wenn sie verletzt sind, herkommen, um Hilfe zu erhalten. Wir behandeln alle, egal für welche Seite sie kämpfen, das wurde im Vertrag von Preßburg so ausgehandelt. Außerdem«, Martin machte eine Pause und hob den Zeigefinger, »können sie sich nur zwischen unseren beiden Wagen bewegen und deswegen nicht abhauen und auf eigene Rechnung losziehen. Wir behandeln sie nicht nur, wir sorgen auch dafür, dass keiner der Dämonen stiften geht.«

Ein vielstimmiges Gebrüll und Geheul erhob sich, als hätten die Dämonen im Nebel die Worte des Feldschers gehört.

»Oh, es geht gleich los. Das gehört bei ihnen vor jedem Fressen dazu. Sie prügeln sich gleich um die besten Stücke. Manchmal habe ich das Gefühl, dass der Kampf ums Fressen mehr Wunden verursacht als der eigentliche Krieg.« Der Feldscher zuckte mit den Achseln, als wäre es das Normalste der Welt, an einem Ort zu sein, wo Dämonen kreischten und sich um Leichen balgten.

Gustav fröstelte. Die Wirkung des Schnapses ließ nach, obwohl er den scharfen Geschmack immer noch auf der Zunge spürte.

»Hör zu, wir müssen uns beeilen. Du machst Folgendes: Du wartest darauf, dass dich ein verletzter Dämon anspricht und um Hilfe bittet. Sprich bloß keinen an, sondern warte immer darauf, dass sie das tun. Sie müssen um Hilfe bitten. Hat er das getan, dann ist er durch die Frage und die Kohle gebunden und kann uns nicht angreifen.«

Man konnte Gustav wohl ansehen, dass er dazu gern noch eine ausführlichere Erklärung bekommen hätte.

Der Feldscher wedelte aber ablehnend mit dem Finger. »Deine Wissbegierde in allen Ehren, Gustav, aber jetzt ist nicht der richtige Zeitpunkt für irgendwelche Lektionen. Später! Versprochen!«

Gustav nickte und nestelte an seinem Kragen herum, weil die feuchtkalte Luft geradezu in seine verdreckte und blutverschmierte Kleidung hineinzukriechen schien.

»Wo waren wir? Ach ja: Anschließend wirfst du dem verletzten Dämon den Holzkohlesack zu und befiehlst ihm, dass er einen Ring um sich selbst zieht. Kontrolliere genau, dass er das nicht schlampig und mit Lücken tut.«

Gustav nickte wieder, obwohl ihm nicht ganz klar war, wie genau er das in dem Zwielicht der beiden roten Laternen kontrollieren sollte.

»Hat er das getan, verlängerst du unsere Grenze bis zu diesem kleinen Dämonenkreis und öffnest ihn – tritt einfach die Kohle auseinander«, der Feldscher machte eine wischende Geste mit dem Fuß, »damit er eintreten kann. Pass dabei auf, dass du keinen anderen einlässt oder versehentlich unsere eigene Markierung zerstörst. Verstanden?«

Wildes Geschrei war zu vernehmen.

Gustav hätte am liebsten Nein gesagt.

»Du bekommst das hin. Ich habe großes Vertrauen in dich. Tagsüber hast du schon bewiesen, was in dir steckt.« Der Feldscher blickte in den dünner werdenden Nebel. »Wird nicht lange dauern, bis die Ersten kommen.«

Der Feldscher sollte recht behalten. Kaum hatte sich Gustav hinter dem Karren erleichtert – etwas, wozu er im Laufe des Tages nicht gekommen war –, stand plötzlich eine der scheußlichen Kreaturen direkt vor dem Bannkreis. Gustav konnte gerade noch seine Hose hochziehen. Er blickte sich nach dem Feldscher um, aber der hatte schon wieder etwas in seinem Karren zu tun, wie das leichte Schwanken des Wagens verriet. Das Wesen sah anders aus als dasjenige, das er zuvor gesehen hatte. Dem Dämon ragte ein armdicker Baumstamm aus dem Brustkorb. Gustav wollte gar nicht darüber nachdenken, was aus dem Mann geworden war, in den das Wesen gefahren war. Golden schimmerndes Blut sickerte hervor. Das Wesen glotzte Gustav aus seinen drei Augen an, die in der Dunkelheit honiggelb leuchteten.

Der hätte die Kreatur fast gefragt, was sie wolle, da fiel ihm die Warnung des Feldschers ein. Also wartete er darauf, dass der Dämon zuerst etwas sagte. Das war schwerer als gedacht. Der Blick des Wesens schien ihn geradezu dazu aufzufordern zu sprechen. Das waren nicht die Augen eines dummen Viehs, nein, sie blickten intelligent und verschlagen drein und musterten Gustav auf eine Art und Weise, die äußerst unangenehm war, so als könnte der Dämon seine Unsicherheit und Angst sehen. Gustav begann zu schwitzen. Jetzt wurde ihm auch bewusst, dass der Feldscher in der Aufregung vergessen hatte zu erklären, was passieren würde, wenn er die Kreatur zuerst ansprach. Sein Mund wurde trocken. Er traute sich nicht, sich über die spröden Lippen zu lecken, aus Angst, dass der Dämon das als Reden auslegen könnte.

»Bürschlein, du bist aber ganz schön unfreundlich, mir nicht mal einen guten Abend zu wünschen«, ertönte die hohe Stimme des Wesens.

Fast wäre Gustav seine gute Kinderstube zum Verhängnis geworden und er hätte sich dafür entschuldigt und einen guten Abend gewünscht, aber er schaffte es rechtzeitig, diesen Impuls zu unterdrücken.

»Sieh mal einer an …« Der Dämon kratzte sich ungeniert im Schritt.

Gustav versuchte nicht genauer hinzublicken.

»Und ich dachte, dass du ein leckerer Frischling wärst. Ich hätte gern selbst dein Blut ausgewrungen und mir in meine Wunde geschüttet, als das den groben Feldscher machen zu lassen.« Seine drei Augen zwinkerten verschwörerisch, als hätte er den besten Witz des Tages gemacht.

Gustav hielt weiter den Mund. Allerdings brachte er nicht die Kraft auf, wegzugehen oder den Blick abzuwenden. Vom Feldscher war nur dumpf seine übliche Melodie aus dem Innern des geheimnisvollen Karrens zu vernehmen und das Klirren von Glasphiolen. Zu Hilfe rufen konnte Gustav ihn wohl nicht, wer wusste schon, wie ihm die Kreatur diese Worte auslegen würde.

»Hach, also gut«, seufzte der Dämon übertrieben, wobei ihm eine kleine Flamme aus seinem Maul schoss. »Ich bitte um Hilfe.«

Der Feldscher war hinter Gustav erschienen und räusperte sich streng.

»Echt jetzt?«, ätzte der Dämon.

Der Feldscher widmete dieser rhetorischen Frage keine Antwort.

»Ich bitte um Hilfe, werte Feldschere.«

»Herzlich willkommen, Dämon. Gustav«, Martin nickte in Richtung des Holzkohlesacks, »walte deines Amtes.«

Gustav lief eilig darauf zu und warf ihn zu dem Wesen hinaus. Allerdings zitterten seine Arme dabei so sehr, dass der Sack fast zehn Schritte neben dem Dämon landete, obwohl der keine fünf Schritte von ihm entfernt stand.

»Also, Feldscher, da hast du dir aber ein Dummerle aufschwatzen lassen. Was ist eigentlich aus deinem letzten Lehrling geworden? Wenn ich mich nicht täusche, war er bei Torstenssons Sieg über die Sachsen bei Schweidnitz noch dabei.«

»Brauchst du nun Hilfe oder nicht, Unwesen?«, zischte der Feldscher den Dämon böse an.

Gustav bemerkte, dass Martin blass geworden war. Das konnte nicht mal das Dämmerlicht der Laternen verdecken. Die Schlacht bei Schweidnitz war erst im Frühjahr gewesen. Was war mit dem Lehrling in der Zwischenzeit passiert? Der Dämon lenkte Gustav von dieser Frage ab.

»Ja, Ihr habt ja recht, meine Brust juckt schon gewaltig.« Mit einem Satz, den man ihm bei seinem dicklichen Leib nicht zugetraut hätte, war der Dämon bei dem Kohlensack, trat einige Schritte näher an den Karren und zog einen kleinen Kreis aus dunklen Holzstücken um sich.

Gustav beobachtete ihn genau und tatsächlich hatte das Biest an einer Stelle eine Handbreit Platz gelassen. »He, schließ ihn gefälligst ordentlich«, platzte es aus ihm heraus.

Der Feldscher klopfte ihm anerkennend auf die Schulter.

Der Dämon ließ ein freches Grinsen sehen. »Na, vielleicht schaffst du es ja doch länger als der letzte Lehrling.« Er schloss den Kohlekreis.

Gustav nahm den zweiten Sack und legte langsam, damit seine immer noch zitternden Hände ihn nicht unterbrachen, erst eine Linie und dann eine zweite, die direkt an den Kreis des Dämons anschloss. Jetzt konnte er die Ausdünstungen der Kreatur riechen. Sie roch nach Feuer und Blut, aber auch nach Zimt. Eine Tatsache, die ihn für einen Moment an seinem Verstand zweifeln ließ. Unsicher blickte er sich zum Feldscher um, aber der hantierte schon mit irgendetwas auf dem Lazarettplatz herum.

»Mach schon, Junge«, moserte der Dämon. »Ich habe nur die Nacht Zeit, am Morgen muss ich verduften und ich will nicht wochenlang mit diesem Zahnstocher in der Brust in der Erde hocken müssen.«

Gustav holte tief Luft, dann zerstob sein rechter Fuß die aufgehäufte Kohlelinie.

Der Dämon sprang mit aufgerissenem Maul auf ihn zu.

Vor Schreck ließ sich Gustav auf den Hosenboden fallen.

»Ha ha, bist du doof«, lachte die Kreatur gehässig. Ihre Krallenpranken waren durch ihn hindurchgefahren, als wären sie aus Luft. »Blöde Kohle, was, Junge? Wir hätten doch richtig Spaß haben können.«

»Lass das, Dämon, und komm her!«, knurrte der Feldscher.

Mit sichtlich hängenden Schultern trottete das Wesen zu dem Wundarzt.

»Innerhalb des Bannkreises können die Dämonen uns nicht berühren. Wir sie hingegen schon, weil sie uns um Hilfe gebeten haben. Leg dich hin!«

Als der rote Dämon vor ihm lag, stellte der Feldscher sich mit einem Bein auf dessen Brust und begann kräftig an dem Baumstamm zu ziehen. Ächzend gab er auf, als der nur einige Handbreit aus der Wunde herauskam. »Gustav, hilf mir mal!«

Gustav brauchte einen Moment, um das Gesagte zu verinnerlichen. Er hatte gebannt seine linke Hand betrachtet, die einen kurzen Moment goldfarben aufgeleuchtet war.

Wahrscheinlich habe ich mir das nur eingebildet. Ich brauche dringend mal wieder eine Mütze Schlaf. Eilig lief er zum Feldscher.

Gemeinsam schafften sie es, den Stamm zu entfernen. Mit einem schmatzenden Geräusch gab er schließlich nach. Golden leuchtendes Dämonenblut begann in großer Menge aus der Wunde zu laufen.

Der Dämon sah es und riss seine drei Augen auf. »Jetzt tut doch was! Ich werde hier sonst noch verbluten. Das ist gegen den Vertrag. Junge, ich wollte dir doch nur einen kleinen Schrecken einjagen, so wie man das unter Freunden macht. So hilf mir doch.«

Gustav sah den Feldscher unsicher an.

Der blickte einen langen Moment untätig auf den jammernden Dämon, dann holte er einen Becher Blut aus der Schale und ließ es in die Wunde laufen.

»Aua«, jammerte das Wesen, als sich seine Verletzung mit einem Zischen zu schließen begann. Momente später war sie kaum noch zu sehen. »Das war hier aber nicht die feine Art«, schimpfte der Dämon nach vollbrachter Heilung. »Ich werde mich beschweren.«

»Ja ja«, brummte der Feldscher genervt. »Du kannst jetzt gehen!«

Gustav fiel auf, dass der Wundarzt ihm zwar gesagt hatte, wie die Dämonen in den Bannkreis hinein-, aber nicht, wie sie wieder herauskamen.

Das war auch gar nicht notwendig. Der Dämon zwinkerte Gustav nochmal zu, dann löste er sich mit einem Ploppen auf und erschien einen Wimpernschlag später wieder hinter dem Bannkreis.

Im Laufe der Nacht wurde auch diese Arbeit für Gustav zur Routine, obwohl er wachsam blieb. Noch mehrere der Wesenheiten versuchten ihn zum Reden zu bringen oder nicht geschlossene Bannkreise zu ziehen.

Die Arbeit des Feldschers unterstützte er ähnlich wie tagsüber. Er reichte ihm Instrumente, hielt Gliedmaßen fest oder zog Dinge aus den so unterschiedlichen Dämonenleibern heraus. Einige der Kreaturen kamen mit zerfetzten Armen oder Beinen, aber nachdem der Feldscher diese abgetrennt und die entstandene Wunde mit Menschenblut gereinigt hatte, wuchsen sie nach.

Als die Sonne endlich über den Horizont kroch, konnte sich Gustav kaum noch auf den Beinen halten. Er war nun einen ganzen Tag und eine ganze Nacht über wach geblieben und brauchte dringend Schlaf.

Der Feldscher hatte schließlich Mitleid mit ihm und schob ihn in die Dunkelheit des Karrens, als eine trübe Herbstsonne über dem Schlachtfeld aufging, auf dem kein einziger Leichnam mehr lag – die Dämonen hatten ihre Bezahlung bekommen und waren wieder in der Erde verschwunden. Nichts erinnerte daran, was hier in der Nacht passiert war. »Gut gemacht. Leg dich dahinten auf die Decke und ruh dich aus, das Aufräumen erledige ich allein.«

Kaum hatte er sich hingelegt, schlief Gustav auch schon ein. Er träumte davon, dass Dämonen seine Mutter und Schwester entführten.

DER LEHRLING
DES FELDSCHERS

G ustav erwachte von übertrieben hysterischem Lachen. Er brauchte einen Moment, um zu begreifen,
wo er sich befand. Stöhnend erhob er sich vom
harten Boden des Feldscherkarrens. Die Türen des Wagens
waren nur angelehnt und ließen in ihrer Mitte einen milchi-
gen Streifen Licht in das Innere fallen. Gustav setzte sich auf
und rieb sich die Schläfen. Er hatte Kopfschmerzen. Vermutlich von dem scheußlichen Schnaps des Feldschers.
Dazu hatten ihn in der ganzen Nacht Albträume geplagt.
Hauptsächlich war es um Dämonen gegangen, die ihn und
seine Familie auf die eine oder andere Art malträtiert hatten.
Gustav schüttelte sich und fasste einen Entschluss: Wenn er
seine Mutter und Anna wiedergefunden hatte, würde er Martin und sein furchtbares Gewerbe, so schnell es ging, hinter
sich lassen. Es war ihm egal, ob er über ein besonderes Talent verfügte, weil er die Dämonen sehen konnte. Wie viel
glücklicher war doch der Rest der Menschheit, der von diesen schrecklichen Kreaturen nichts ahnte und weiter in Frieden leben konnte. Er würde versuchen, den Köhlerbetrieb
und das Haus seiner Familie wieder aufzubauen und mit

seiner Mutter und Anna ein gewöhnliches Leben zu führen. Mittlerweile kam ihm daran gar nichts mehr langweilig vor.

Er stieß die linke Karrentür auf und musste die Augen zusammenkneifen. Nach der Dunkelheit in dem fensterlosen Karren war selbst das Licht dieses grauen Herbsttags unangenehm. Er roch Feuer und gebratenen Speck, geradezu eine Wohltat nach dem beißenden Kräutergeruch im Innern des Wagens. Das Wasser lief ihm im Mund zusammen und er schluckte schwer. Der Feldscher musste, während er selbst geschlafen hatte, den Wagen zurück in den Tross gefahren haben. Gustav sah mehrere Männer, die gerade im Begriff waren, ihre Zelte abzubauen, und zwei Dirnen, die sie dabei beobachteten und ziemlich deftige Zoten rissen. Eine der beiden Frauen war rothaarig, die andere hatte mausbraunes Haar. Die Rothaarige lachte gerade übertrieben. Das war das Geräusch, das Gustav aus dem Schlaf gerissen hatte. Er warf ihr einen missbilligenden Blick zu. Als hätte sie es gemerkt, drehte sich die Prostituierte zu ihm um. Gustav erstarrte. Sie mochte nicht viel älter sein als er, das konnte auch die viele Schminke nicht verdecken – und sie war eine Schönheit.

»Was schaust du so böse, Bürschlein? Wir haben gewonnen. Alle haben die letzten drei Nächte gefeiert und du siehst aus, als wäre die Hölle über dich hereingebrochen. Kann ich dir irgendetwas Gutes tun, damit du dich wieder besser fühlst?« Sie wiegte lasziv ihre Hüften.

Gustav wünschte sich, dass ihm in diesem Moment eine schlagfertige Antwort eingefallen wäre, aber er wurde stattdessen einfach nur rot und starrte sie mit offenem Mund an.

Die Dirne dagegen warf ihr wallendes rotes Haar zurück, zog eine ihrer schön geschwungenen Augenbrauen hoch und leckte sich übertrieben über die Lippen.

Gustav bemerkte, dass er eine Erektion bekam. Er überlegte, ob er zurück in den Karren gehen sollte, damit es niemand bemerkte, aber das wäre zu auffällig gewesen.

Die gehässige Miene der Frau rettete ihn vor einer großen Peinlichkeit. Sie drehte sich zu ihrer Freundin um und zeigte auf ihn, woraufhin sie anfing zu lachen.

Alle Erregung war dahin. »Blöde Huren«, murmelte Gustav, als er aus dem Karren sprang, trotzdem ging ihm das schöne Gesicht der Rothaarigen nicht aus dem Kopf. Gleichzeitig dachte er daran, was sie gesagt hatte: *Alle haben die letzten drei Nächte gefeiert.* Hatte er etwa so lange geschlafen? Sein Herz begann schneller zu schlagen. Was war mit seiner Mutter und seiner Schwester in dieser Zeit geschehen? Hastig rannte er zu dem kleinen Feuer, an dem der Feldscher in einer Pfanne Speck briet und gerade im Begriff war, ein Ei darüberzuschlagen.

»Guten Morgen«, begrüßte er seinen Gast. »Gut geschlafen? Vielleicht hat eines meiner Kräuter im Wagen dich etwas tiefer schlafen lassen als beabsichtigt, aber wie mein seliger Oheim immer gesagt hat: Schlaf ist die beste Medizin.«

Gustav ignorierte das Geplänkel. »Habt Ihr etwas über meine Mutter und meine Schwester erfahren?«, fragte er gehetzt.

Das Gesicht des Feldschers verdunkelte sich.

Gustav musste schlucken, dieser Blick konnte nur schlechte Nachrichten bedeuten.

»Setz dich«, forderte der Feldscher ihn auf und klopfte auf einen kleinen Holzklotz, ähnlich dem, der ihm selbst als Sitzgelegenheit diente.

»Nein! Sagt mir, was Ihr wisst. Wo sind sie?«

Der Feldscher räusperte sich. »Gustav, es ist wirklich besser, wenn du dich hinsetzt und wir …«

»Sagt es mir!«, schrie Gustav jetzt fast und seine Stimme wurde schrill.

Der Feldscher blickte ihn aus traurigen Augen an. »Sie sind vor drei Tagen bei der Flucht des feigen Regiments Madlung umgekommen. Die Männer haben den ungeschützten Tross angegriffen, als sie geflohen sind. Viele Unschuldige sind dabei ums Leben gekommen. Leider waren deine Mutter und Schwester auch darunter.«

Gustavs Knie gaben nach. Tränen füllten seine Augen. »Nein«, brachte er flehend heraus. »Bitte nein, das darf nicht sein!«

»Es tut mir leid«, sagte der Feldscher mit belegter Stimme. Er tätschelte ihm unbeholfen die Schulter.

Gustav brach zusammen. Er konnte diesen Verlust nicht auch noch ertragen. Immer wieder tauchten Mutters gütige Augen und Annas verschmitztes Lachen in seinem Kopf auf. Es konnte, es durfte nicht sein, dass sie tot waren. Es gab jetzt niemanden mehr auf der Welt, der ihm wichtig war. So viel Ungerechtigkeit würde Gott nicht zulassen. »Ich muss sie sehen!«, beharrte er. »Ich kann das einfach nicht glauben.«

»Junge …« Der Feldscher blickte ihn aus seinen unergründlichen, dunklen Augen an. »Sie sind …« Er räusperte sich und suchte nach Worten. »Man hat sie …«

»Was?«, schrie Gustav ihn zornig an.

Der Feldscher sagte sanft: »Man hat die beiden mit den anderen Toten verbrannt, damit sie nicht Opfer anderer Kräfte werden.« Er funkelte ihn an.

Gustav verstand, was er ihm sagen wollte. Dämonen. Man hatte seine geliebte Mutter und seine kleine, unschuldige Schwester verbrannt, damit diese Kreaturen sich nicht an ihnen gütlich tun konnten. »Wo?« Er stand auf und blickte sich gehetzt in dem sich stetig leerenden Lager um.

Der Feldscher legte ihm eine Hand auf die Schulter.

Wütend schüttelte er sie ab.

»Wo?«, presste er heraus.

Der Feldscher seufzte und nahm die gusseiserne Pfanne vom Feuer – der Speck war bedenklich dunkel geworden. »Ich bringe dich hin.«

Nur noch ein etwa zehn Schritte großer, schwarzer Kreis und ein unförmiger Haufen Asche bewiesen, was an diesem Ort geschehen war. Es mussten viele Opfer gewesen sein, wenn man ein derartig großes Feuer hatte entfachen müssen.

»Sie sind mit einem Gebet und ehrenvollen Worten des Feldherrn eingeäschert worden, hat man mir berichtet.«

»Wann?«

Der Feldscher schaute beschämt zu Boden. »In der Nacht, als wir auf dem Schlachtfeld waren«, murmelte er verlegen.

»Ihr seid schuld, dass ich nicht bei ihnen sein konnte, als sie ihre letzte Reise angetreten haben«, schrie Gustav ihn wütend an. »Ich wünschte, dass ich Euch nie begegnet wäre!« Tränen liefen sein Gesicht herunter und hinterließen dunkle Flecken auf dem verbrannten Boden. Er wusste, dass das, was er gesagt hatte, ungerecht war. Ohne den Feldscher wäre er längst tot und das Ende seiner Mutter und Schwester hatte Martin auch nicht zu verantworten, aber es war leicht, seine Wut auf ihn zu lenken. Er war einfach da.

Der Feldscher schaute ihn betroffen an. Er wirkte jetzt viel älter, als Gustav sich erinnern konnte. »Es tut mir sehr leid, Gustav. Das musst du mir glauben.«

Gustav ignorierte ihn. Er vergrub seine Hand tief in der Asche, als könnte er so seine Familie ein letztes Mal spüren.

»Ich bleibe noch eine Weile im Lager. Du kannst jederzeit zu mir kommen!«

Gustav blickte den Feldscher nicht einmal an.

Der nickte traurig, drehte sich um und ging mit herabhängenden Schultern davon.

Gustav kniete sich in die Asche und ergab sich ganz seiner Trauer.

Gustav hätte nicht sagen können, wie viel Zeit vergangen war, als er wieder aufstand. Seine Knie schmerzten und die Tränen waren längst versiegt. Dazu kam eine allzu menschliche Empfindung. Er musste dringend pinkeln. Ein Blick hinauf zur trüben Sonne zeigte ihm, dass es mittlerweile nach Mittag sein musste. Er wollte nicht gehen. Es kam ihm vor, als würde er seine Familie ein zweites Mal im Stich lassen, wenn er diesen Platz verließ, aber die Natur ließ sich nicht verleugnen. Schon gar nicht wollte er diesen für ihn heiligen Ort mit seiner Notdurft entweihen. Schluchzend blickte er sich nach einem geeigneteren Platz um. Erstaunt hielt er inne. Hinter ihm hatte die ganze Zeit etwas gelegen. Ehrfürchtig hob Gustav den Gegenstand auf und betrachtete entrückt den Degen seines Vaters. Die letzte Erinnerung an sein altes Leben.

Der gelbe Wagen des Feldschers war weithin sichtbar, weil die meisten Karren, Verschläge und Zelte schon abgebaut waren. Das gierige Monstrum namens Tross zog weiter. Es hatte sich an dieser Gegend satt gefressen und war auf dem Weg in neue Weidegründe, die es ebenfalls bis auf den letzten Halm abgrasen würde.

Der Feldscher schirrte gerade Jolande an. Auch er war bereit zur Abreise.

Gustav war froh, dass er noch hier war. Martin war die letzte Person auf Erden, die ihm noch blieb. Seine Familie und all seine Freunde waren tot. Gustav den Köhler gab es nicht mehr. Jetzt gab es nur noch Gustav Hansson. »Feldscher«, rief er.

Der drehte sich um und ein Lächeln umspielte kurz seinen Mund. »Gustav, ich sehe, dass du gefunden hast, was ich dir hinterlassen habe.« Er nickte in Richtung des Degens, den sich Gustav wieder unter seinen Gürtel geschoben hatte.

»Ja, habt Dank, Feldscher. Ich … ähm …«, begann Gustav verlegen.

Der Wundarzt half ihm. »Du musst nichts sagen. Auch mich hat die Trauer schon übermannt. Ich freue mich aber, dass du noch einmal hergekommen bist, um dich zu verabschieden.«

»Ich, nun ja …«, druckste Gustav herum.

»Ja?«, fragte der Feldscher und zog neugierig seine Stirn in Falten.

»Ich wollte fragen, ob, nun ja … ich dachte, nach letzter Nacht und weil wir …«

»Du willst mich fragen, ob du mich begleiten kannst.«

»Ja«, flüsterte Gustav, »und lernen.« Erst jetzt wurde ihm bewusst, wie vermessen dieser Wunsch eigentlich war. Lehrlinge mussten ihren Meistern normalerweise ein beträchtliches Lehrgeld zahlen, bevor sie in die Lehre aufgenommen wurden, und einen Leumundszeugen vorweisen, der sie empfahl. Gustav hatte nichts davon.

Der Feldscher trat direkt vor ihn und blickte ihm tief in die Augen. »Möchtest du mein Lehrling werden, Gustav?«

Gustav straffte die Schultern. »Ja, das würde ich sehr gern.«

»Das freut mich!« Der Feldscher legte ihm freundschaftlich eine Hand auf die Schulter. »Warte kurz!« Er verschwand in seinem Wagen und kam mit einer kleinen Glasphiole zurück, in der sich eine goldene Flüssigkeit befand. Er zog den Korken heraus. »Sprich mir nach: Iuro me in luce et in tenebris serviturum esse.«

Verwirrt blickte ihn Gustav an. Das konnte er sich auf gar keinen Fall alles merken.

»Oh, oh!« Der Feldscher wedelte vergnügt mit dem Zeigefinger. »An deinem Latein müssen wir aber noch arbeiten. Also gut, dann sprich es mir auf Deutsch nach: Ich schwöre, dass ich im Licht dienen werde und in der Dunkelheit.«

»Ich schwöre, dass ich im Licht dienen werde und in der Dunkelheit.«

Während Gustav die Worte sprach, benetzte der Feldscher seinen Finger mit der schimmernden Flüssigkeit aus der Phiole und zeichnete Gustav damit ein kleines Kreuz auf die Stirn. Es brannte unangenehm auf der Haut. Dann schnitt er sich in den Finger, drückte einen Blutstropfen heraus und zeichnete damit auf derselben Stelle ein weiteres Kreuz. Das Brennen verging augenblicklich.

»War das etwa …«

»Ssschh …«, machte der Feldscher. »Sei nicht so neugierig, noch ist die Zeremonie nicht beendet.« Er blickte ungewöhnlich ernst bei diesen Worten.

Gustav nickte ehrfürchtig. Er würde lernen müssen, in Zukunft seine Zunge etwas mehr im Zaum zu halten.

»Ich schwöre, dass ich mich weder dem Licht noch der Dunkelheit zuwenden werde, sondern immer in der ausgleichenden Mitte bleibe.«

Gustav wiederholte es.

»Gustav, willigst du ein, mir als Lehrling zu dienen, meinen Anweisungen zu folgen und bereitwillig zu lernen?«

Gustav sagte sicherheitshalber nichts.

»Ähm … jetzt müsstest du Ja sagen«, forderte der Feldscher ihn mit einem Lächeln auf.

Verschämt grinsend sagte Gustav: »Ja.«

»Schwörst du, dass du die Geheimnisse, die du von dieser und der anderen Welt erlernen wirst, für dich behältst und nicht außerhalb der Gemeinschaft der Feldschere teilst?«

»Ja, ich schwöre.«

»Gut, dann bist du jetzt offiziell ein Feldscherlehrling für Menschen«, Martin blickte sich um, ob auch niemand lauschte, »und Dämonen.« Er wischte Gustav mit einem Tuch das Blutkreuz von der Stirn. »Ich freue mich, auch wenn die Umstände traurig sind. Ich setze große Hoffnungen in dich. Du hast schon bewiesen, dass du sehr talentiert bist, obwohl du noch sehr viel zu lernen hast. Vor allem Latein.« Er zwinkerte ihm zu.

Gustav musste schlucken, um weitere Tränen zu unterdrücken. Trotz allem war es ein erhebender Moment. Er war nun Feldscherlehrling.

»Dann frisch ans Werk. Jolande muss zu Ende eingeschirrt werden, ihre Äpfel aufgesammelt, das Geschirr gereinigt und die Pfanne abgewaschen werden.«

Mit einem Grinsen und einem Augenrollen machte sich Gustav ans Werk.

Langsam ratterte der Karren des Feldschers aus dem verwaisten Lager. Nur noch zertrampeltes Gras und kalte Feuerstellen bewiesen, dass sich hier vor gar nicht allzu langer Zeit noch Tausende Menschen aufgehalten hatten. Jetzt war kaum noch jemand zu sehen. Der Tross zog in Richtung Leipzig. Die sächsische Stadt war die ganze Zeit das Hauptziel Torstenssons gewesen. Er würde dort sein Winterquartier aufschlagen. Die Kaiserlichen hatten ihm nichts mehr entgegenzusetzen. Wenn die Stadtväter keine Dummköpfe waren, würden sie dem Schweden einen Empfang wie einem König bereiten.

Gustav blickte ein letztes Mal zurück. Er verließ seine Heimat zwar schweren Herzens, aber auch mit dem Gefühl, dass ihn hier nichts mehr hielt. Als sie auf die Straße zufuhren, fiel sein Blick auf eine einsame Gestalt, die ihren Karren aufmerksam musterte. Es war die rothaarige Hure.

SILBER
UND ZIMT

—————✦—————

Jolande zog den gelben Karren auf die Straße und sie
reihten sich in die lange, lebende Schlange ein, zu der
der Tross geworden war. Alles zog nach Süden in Richtung Leipzig.

Gustav betrachtete die Gegend vom Kutschsitz aus. Der
Anblick machte ihn traurig. Sie kamen an ausgebrannten
Häusern und Gehöften vorbei. An vielen Bäumen am
Wegesrand bewegten sich die Körper Gehängter in der
frischen Herbstbrise. Die ersten hatte Gustav noch erschrocken angestarrt, inzwischen waren sie an so vielen vor-
beigekommen, dass er sie kaum noch wahrnahm. Man hätte
fast meinen können, dass die Landsknechte die Gegend
gänzlich entvölkert hätten, aber immer wieder tauchten
Grüppchen von Menschen auf, die sich mit ihren Habselig-
keiten in den Tross einfädelten. Es waren erstaunlich viele
Kinder unter ihnen. Oftmals waren sie in den Familien die
einzigen Überlebenden der hemmungslosen Wut der Solda-
teska. *Waisen, genau wie ich.* Als Gustav dies zum ersten Mal
dachte, traf es ihn fast wie ein Faustschlag. Er war eine
Waise.

»Wie geht es jetzt weiter?«, fragte Gustav den Feldscher, der neben ihm auf dem Kutschbock saß, die Zügel locker in der Hand und Jolande nur gelegentlich etwas mit Schnalzlauten mitteilend. Sein Meister war bisher schweigsam gewesen, er schien ihm Zeit zum Nachdenken geben zu wollen.

Der Feldscher ließ Jolande erst um ein tiefes Schlagloch laufen, das einem anderen Karren schon ein gebrochenes Rad eingebracht hatte, das dessen Besitzer unter sehr unflätigen Beschimpfungen gerade reparierte, ehe er ruhig antwortete: »Nun, wir werden Torstensson nicht sofort bis nach Leipzig folgen. Er wird die Stadt belagern lassen und wie ich die stolzen Sachsen kenne, werden die kämpfen, auch wenn ihr Kampf vergebens sein wird. Niemand wird ihnen nach der Niederlage bei Breitenfeld zu Hilfe eilen. Der Kaiser schon gar nicht. Er hat dafür schlicht keine Truppen mehr. Eine Belagerung bietet für unser Gewerbe ohnehin nicht genügend Beschäftigung.« Er senkte die Stimme. »Für unsere eigentliche Aufgabe schon gar nicht. Gott bewahre, sollte jemals ein Dummkopf auf die Idee kommen, Bestien innerhalb der Mauern einer Stadt zu beschwören. Das könnte nur in einem Massaker enden. Die Dämonen sind schon auf freiem Feld schwer zu kontrollieren.«

Gustav fröstelte, als er an die Nacht auf dem Schlachtfeld und die dämonischen, menschenfleischfressenden Kreaturen dachte. »Was machen wir stattdessen?«

Der Feldscher legte ihm Jolandes Zügel in die Hände, griff unter seine Kleidung und beförderte eine gefaltete Karte hervor. Er tat sich schwer damit, sie mit seinen behandschuhten Fingern aufzufalten.

»Soll ich helfen?«, bot Gustav mit einem schwachen Lächeln an. »Das ist doch die Aufgabe eines Lehrlings, oder? Seinem Meister stets zu Diensten zu sein.«

Der Feldscher grunzte genervt. Er hatte seine Zunge vor Konzentration in den Mundwinkel geschoben. Dann nahm er noch einen weiteren Anlauf, gab aber schließlich auf, weil er das Papier einriss. »Ja, sei so gut.«

Sie wechselten die Zügel erneut und der Feldscher lenkte wieder das Maultier. »Diese verflixten Handschuhe, aber die Dämonennarben brennen, wenn sie zu lange dem Tageslicht ausgesetzt sind. Nur eines der Risiken unseres Berufsstandes.« Er lächelte matt. In der Nacht hatte er die Ungeheuer mit bloßen Händen behandelt und sie reichlich mit dem ätzenden Blut der Kreaturen besudelt.

Gustav besah sich die Karte. Sie zeigte einen Ausschnitt des Umlandes mit Leipzig in der Mitte. Das Papier war mit derartig vielen Dingen vollgeschrieben, dass ihm eine Orientierung schwerfiel.

»Hier ist Breitenfeld.« Der Feldscher tippte auf die Ortsmarkung, damit Gustav, der noch nie eine Karte gelesen hatte, es auch fand. »Leipzig ist in einer Tagesreise zu erreichen«, er fuhr mit dem Finger die Strecke ab, »aber wir werden uns zwischendurch abseilen und eine verdiente Pause einlegen, bevor wir in Leipzig Quartier für den Winter beziehen. Ich habe einstweilen genug vom Kampf. Mein Kopf und mein Körper müssen sich erholen und du brauchst Zeit zum Lernen. Vor allem für Latein, damit tun sich eigentlich alle Lehrlinge schwer.« Er nickte Gustav aufmunternd zu.

Sie bogen am späten Nachmittag von der breiten Landstraße in einen ausgewaschenen Feldweg ein, der praktisch nur aus

Schlaglöchern zu bestehen schien. Als sie einen kleinen Weiher entdeckten, ließ der Feldscher Jolande anhalten.

Sie stoppte so abrupt, dass Gustav fast vom Kutschbock gefallen wäre.

»Such Feuerholz, Gustav, und mach es uns gemütlich warm«, gab der Feldscher sogleich Anweisung. »Heute wird nämlich gebadet.«

Nachdem Gustav seinen Auftrag erfüllt hatte, die Luft geschwängert war vom Rauchgeruch und die dicken, trockenen Äste lustig in den Flammen knisterten, machte der Feldscher ernst. Er entledigte sich seiner dunklen Kleidung.

Gustav beobachtete ihn verstohlen. Nicht nur an den Händen hatte sein Meister Narben, sondern am gesamten drahtigen Körper, den an der Brust eine dicke Schicht schwarzgrauer Haare bedeckte. Über seinen Rücken lief ein dicker Wulst, der aussah, als käme er von einer riesigen Kralle. Nicht alle Dämonen hielten sich wohl an die Regeln.

Juchzend lief der Feldscher in den eiskalten Teich. »Komm rein, Junge! Das ist keine Bitte, sondern eine Anweisung. Wir müssen uns des Bluts der Menschen und der Dämonen entledigen. Dämonenblut hat eine besondere Wirkung und man sollte es nicht zu lange auf der Haut tragen. Narben sind das wenigste, was dir das Zeug einbringen kann.«

Gustav schälte sich aus seiner Kleidung. Er genierte sich. Außerhalb seiner Familie hatte ihn noch nie jemand nackt gesehen. Selbst wenn er im Sommer mit seinen Freunden schwimmen gewesen war, hatten sie alle ihre Unterkleider angelassen. Wie die meisten Menschen fand auch Gustav, dass nackt zu sein der erste Schritt zur Sünde war.

»Ich schaue dir da schon nix ab und Jolande hat sicher auch schon Schlimmeres gesehen. Komm schon, du hast mir noch vor ein paar Tagen geholfen, menschliche und dämonische Gliedmaßen abzusägen.« Der Feldscher zuckte mit den Schultern, als würde das alles erklären.

Das tat es merkwürdigerweise auch. Gustav hatte in so kurzer Zeit so intensive Erlebnisse mit diesem ihm eigentlich fremden Mann gemacht, dass es wirklich keinen Grund gab, sich wegen ein bisschen Nacktheit zu genieren. Eilig legte er die restliche Kleidung ab und rannte mit einem befreienden Brüllen ins Wasser. Das war so kalt, dass er einen Augenblick glaubte, das Herz würde ihm stehen bleiben.

»Na endlich, ich dachte schon, ich komme hier nie raus.« Der Feldscher grinste ihn an und lief hastig wieder ans Ufer. »Und auch schön die Haare ausspülen und hinter den Ohren waschen, vorher lasse ich dich nicht wieder raus.«

Gustav tat wie befohlen, versuchte sich dabei aber zu beeilen. Die Kälte des Wassers begann bereits zu schmerzen. Als er zu der Stelle zurückkam, an der seine Kleidung gelegen hatte, befanden sich dort nur noch seine Unterkleider. Ein Blick auf das Feuer offenbarte ihm, wo der Rest seiner Kleidung gelandet war. Der Feldscher hatte sie in die Flammen geworfen.

Gerade kam der hinter dem Wagen hervor und trat ans Feuer. Er hatte sich schon wieder angezogen. Gustavs Meister trug ein dunkles Bündel auf den Armen, auf dem eine silberne Fibel lag, die in der Abendsonne geheimnisvoll glitzerte. »Deine alte Kleidung spiegelt nicht länger wider, wer du bist.« Er reichte ihm die Kleidungsstücke.

Gustav fuhr ehrfürchtig über den fein gewebten Stoff. Seine eigenen Sachen waren nicht annähernd so hochwertig gewesen, auch wenn es ihm darum leid tat. Kleidung war etwas Wertvolles und die meisten Menschen besaßen davon nur zwei Garnituren. Eine für den Alltag und eine zweite für den Kirchgang am Sonntag. Sie wurde niemals weggeworfen, sondern geflickt oder zu neuen Kleidungsstücken umgenäht, wenn sie nicht mehr zu reparieren war. Schnell schlüpfte er in das schwarze, wattierte Wams, zog die ebenfalls schwarze Pluderhose über seine Unterkleider und legte die fast bis zu den Knien reichenden Reitstiefel an. Ganz am Schluss half ihm der Feldscher, einen schwarzen Umhang anzulegen. Gustav betrachtete einen Moment die Fibel, die das Kleidungsstück am Kragen zusammenhielt. Sie war einer geöffneten Krallenpranke nachempfunden und leuchtete ganz leicht in der Abendsonne.

»Das Symbol der Lehrlinge«, erklärte der Feldscher.

Gustav schaute an sich herunter. »Ich habe noch nie so feine Sachen besessen. Allein die Stiefel müssen ein Vermögen wert sein.«

»Pflege die Sachen gut, dann bist du ihrer auch würdig. Trenne dich von deinem alten Leben wie von deiner Kleidung, dann wirst du eines Tages vielleicht wieder glücklich sein, aber behalte deinen Kern, genauso wie deine Unterkleider. Nach außen bist du ab heute Gustav Hansson, der Lehrling des Feldschers.« Für einen Moment schien der Feldscher weit weg zu sein. Er räusperte sich laut. »Der Weg, den du vor dir hast, wird nicht einfach werden, aber ich verspreche dir eine Sache: Du wirst ein erfüllendes und wichtiges Handwerk erlernen. Unzählige Menschen und auch Dämonen werden dir ihr Leben verdanken. Keine andere Profession auf der Welt kann sich damit messen. Willkommen bei den schwarzen Feldscheren, Gustav.« Er deutete eine leichte Verbeugung an, voller Ehrfurcht und Respekt vor der großen Aufgabe, die Gustav übernommen hatte.

Gustav traten die Tränen in die Augen, als er daran denken musste, wie stolz seine Eltern gewesen wären, wenn sie ihn so noch hätten sehen können.

Nach einem einfachen, aber schmackhaften Mahl – der Feldscher war ein guter Koch – machte sich Gustav bereit für die Nacht.

»Weißt du, was das Beste an einem Lehrling ist?«, fragte der Feldscher ihn mit einem gemeinen Grinsen, als er Gustav einige Decken, die ihre besten Tage schon hinter sich hatten, in die Hand drückte.

»Ähm …«, begann Gustav unsicher. »Nicht so richtig.«

»Dass man nachts nicht das Lager bewachen muss, sondern der Lehrling das macht.« Der Feldscher zwinkerte verschwörerisch. »Jolande ist einfach nicht gern allein und ich kriege furchtbare Rückenschmerzen, wenn ich auf der kalten Erde schlafen muss.«

Gustav blickte unsicher in die Dunkelheit. »Was ist, wenn es regnet?« Er rieb die Hände aneinander. »Ist auch ganz schön kalt für die Jahreszeit. Findet Ihr nicht? Ungewöhnlich.«

Der Feldscher machte eine lustige Grimasse. »Netter Versuch. Es wird nicht regnen und du musst einfach auf das Feuer achten, dann frierst du auch nicht.« Mit liebevoller Strenge klopfte er ihm auf die Schulter. »Lehrjahre sind keine Herrenjahre.«

Gustav hasste diesen dämlichen Spruch schon jetzt.

»So, für mich wird es Zeit. Ich brauche meinen Schlaf.« Der Feldscher streckte sich übertrieben. »Bitte weck mich nicht! Ich mache dir nämlich nur die Türen auf, sollte ein Dämon im Begriff sein, dich zu fressen«, drohte er mit einem schiefen Grinsen und kletterte in seinen Wagen.

Gustav blickte zum sternenübersäten Himmel. Vermutlich würde es wirklich nicht regnen. Trotzdem wollte er hier nicht allein bleiben.

»Sieh das hier als eine erste von vielen weiteren Prüfungen auf deinem hoffentlich erfolgreichen Weg zum Feldscher. Wer Dämonen verarztet, die sich nur nachts zeigen können, darf keine Angst in der Dunkelheit haben«, rief ihm sein Meister zu, als hätte er Gustavs Gedanken gelesen.

Der ergab sich in sein Schicksal, trottete zum Feuer und begann die Decken davor auszubreiten.

»So lob ich mir das! Dann schlaf gut und mach dir keine Sorgen.« Der Feldscher streckte seinen Kopf, den nun eine weiße Zipfelmütze zierte, aus dem Karren. »Kein Landsknecht, Räuber oder sonst ein Gesindel würde sich trauen, einen gelben Wagen der schwarzen Feldschere anzugreifen. Die meisten Menschen wissen nicht, was wir neben unserer offensichtlichen Aufgabe tun, aber sie haben doch instinktiv Angst vor uns. Der Hauch der Dämonen umweht die Feldschere. Außerdem will es sich niemand mit einem Feldscher verscherzen, besteht doch immer die Möglichkeit, eines Tages auf seinem Tisch zu landen.«

Aus weiter Ferne war das Heulen eines Wolfs zu hören und im Dickicht des Waldes knackte etwas laut vernehmbar.

Der Feldscher grinste. »Tiere sind da schlauer. Sie können das Dämonenblut riechen, das an meinen Geräten klebt, egal wie oft ich sie wasche. Manche Gelehrten behaupten gar, dass sie die Scheusale sogar sehen könnten. Bei Jolande bin ich mir sogar sicher, dass es so ist. Nicht einmal der hungrigste Wolf wird es wagen, in unser Lager einzudringen. Hier riecht alles nach einem noch viel mächtigeren Raubtier. Solange du dich nicht mehr als zehn Schritte vom Karren entfernst, bist du so sicher wie hinter den dicksten Burgmauern.«

Gustav blickte zum Karren und betrachtete das glühende Symbol, das ein mildes Licht verströmte und beständig zwischen der Rose und dem Dämonenschädel hin und her wechselte. Irgendwie machte es ihm Mut zu wissen, dass er einer von sehr wenigen Menschen war, die es überhaupt sehen konnten. »Im Fall der Fälle habe ich ja immer noch das.« Er klopfte auf seinen Degen, den er neben die Decken gelegt hatte.

»Schneide dir damit bloß kein Ohr ab.« Und damit verschwand der Feldscher in seinem Wagen. Das Knacken an den Türen verriet, dass er seine Warnung wahr machte und sie fest verschloss.

Gustav rollte eine der rauen, aber praktischen Decken auf dem Boden aus, eine andere knüllte er für seinen Kopf zusammen und die dritte nutzte er, um sich zuzudecken. Sie rochen verdächtig nach Jolande, aber das war ihm vollkommen egal, wichtig war nur, dass sie warm waren. Er blickte nachdenklich in die kleiner werdenden Flammen und genoss ihre wohlige Wärme, die die Kälte der Herbstnacht fernhielten. Kaum war an diesem Tag wieder Ruhe eingekehrt, dachte er an seine verstorbene Familie. Er glaubte, ihre Gesichter in den züngelnden Flammen auftauchen zu sehen, und begann hemmungslos zu weinen. Lange ergab er sich seiner Trauer. Schließlich schlief er darüber ein. Wieder träumte er von Dämonen.

Gustav erwachte, weil seine Nase juckte. Genervt kratzte er daran und blickte sich vorsichtig um. Es wäre ihm lieber gewesen, die Morgensonne schon am Horizont zu sehen anstatt der finsteren Nacht, die seinen Schlafplatz umhüllte. *Hast du also doch Angst, Gustav Hansson*, schimpfte er mit sich selbst, griff nach einigen angekohlten Ästen und schürte das heruntergebrannte Feuer. »Aua«, zischte er genervt, weil dabei kalte Asche in die Wunde an seiner Hand gekommen war. Es war inzwischen empfindlich kalt. Sehnsüchtig blickte er zum Karren hinüber. Er wollte gerade wieder die Augen schließen, als ihm eine Veränderung bewusst wurde. Das Feldschersymbol verwandelte sich nicht mehr, sondern zeigte nur noch ein Bild: das des Dämons. Sein Blick ging zu Jolande, die am Karren angebunden stand.

Das Maultier verhielt sich so stoisch wie immer.

Gustav setzte sich auf und tastete unbewusst nach dem Degen. Dessen kühles Metall beruhigte ihn. Er versuchte in der Umgebung etwas zu erkennen, aber neben dem neu entfachten, hellen Feuer war die Nacht außerhalb des Lichtkreises undurchdringlich. Deshalb horchte er in die Dunkelheit hinein, aber außer dem Schuhu eines Uhus und dem lauten Schnüffeln und Rascheln eines Igels, der wahrscheinlich nach einem Platz zum Überwintern suchte, war nichts zu vernehmen. Er schaute wieder zu dem Karren. Das Symbol hatte sich immer noch nicht verändert. Keine Spur von der Blume. *Vermutlich gibt es dafür eine ganz einfache Erklärung, die dir der Meister bald geben wird.* »Reiß dich zusammen, Gustav. Du bist jetzt ein Feldscherlehrling!«, sprach er sich selbst Mut zu. Weiße Wölkchen entwichen dabei seinem Mund. Sein Kopf wollte es gern glauben, aber sein Herz fiel nicht darauf herein, es schlug weiter schnell und wild. »Wenn du es nicht mal schaffst, eine Nacht allein draußen zu schlafen, ohne den Feldscher wegen einer solchen Lappalie zu wecken, was für ein Lehrling soll dann aus dir werden?«, schimpfte er mit sich selbst.

»Ein Toter«, flüsterte ihm eine quietschende, hohe Stimme ins Ohr.

Gustav erschrak so sehr, dass er ein Quieken von sich gab, und gleichzeitig musste er von einem urplötzlich aufgetauchten intensiven Zimtgeruch niesen.

»Gesundheit! Na, du wirst doch wohl nicht unverträglich auf unsereins reagieren? Das wäre wirklich eine schlechte Voraussetzung für deine Lehrlingstätigkeit. Ich würde vorschlagen, du gibst sie einfach wieder auf und ersäufst dich gleich in dem Tümpel da. Mit der Schande kann doch niemand weiterleben wollen.«

Gustav war so schnell auf den Beinen, dass ihm ein wenig schummerig wurde. Er konnte nicht glauben, wer da gerade mit ihm sprach.

»Also, du kriegst ja immer noch kein freundliches Hallo über die Lippen, wenn man dich trifft. Keine Manieren, die jungen Feldschere heutzutage. Schlimme Zeiten sind das. Du bist so verkorkst, das wird nicht mehr. Treib dir doch einfach deinen Degen durch den Hals und schwups sind wir alle das Problem los. Die Welt wäre dankbar dafür. Denk nur an all die Kinder, denen du ein schlechtes Vorbild bist. Also los, zack, zack, keine Zeit verlieren und zustechen.«

»Du!« Gustav zeigte mit dem Degen auf den untersetzten Dämon, der direkt vor ihm in den Flammen stand. Es war jener kleinere mit den drei Augen und der Schweinenase, der auf dem Schlachtfeld als Erster mit ihm gesprochen hatte. »Was willst du hier?« Gustav hielt inne, als eine noch viel brennendere Frage in ihm hochkam: »Wie kannst du hier sein?«

»Nimm mal dein Spielzeug weg.« Der rot geschuppte, dickliche Dämon machte eine wegwischende Geste mit seinem langen Arm. Gustav entging aber nicht, dass er es dabei tunlichst vermied, die Klinge des Degens zu berühren. »Begrüßt man so etwa alte Freunde?« Das Wesen nahm einen brennenden Ast aus dem Feuer und kratzte sich damit am Rücken. »Ah, ist das herrlich, manchmal setzt sich Sand zwischen die Schuppen.« Er grunzte zufrieden. »Komm doch mal mit in die Flammen und hilf mir! Sei so gut, Junge!«

»Was willst du hier?«, fragte Gustav mit immer noch erhobenem Degen. Er überlegte, ob er nach dem Feldscher rufen sollte oder ob dies eine Art Test war, ob er seiner Aufgabe als Lehrling auch wirklich gewachsen sein würde. Vielleicht hatte der Feldscher den Dämon zu ihm geschickt? Er beschloss, es erst einmal allein zu versuchen. Eine Prüfung würde von seinem Meister wohl nie so gefährlich gestaltet werden, dass ihm ernsthaft etwas passieren könnte.

»Das solltest du mir besser sagen. Schließlich hast du mich ja gerufen. Ich will nicht undankbar darüber sein, aber ich sehe hier nirgendwo was zu futtern. Nicht das kleinste Baby, das ich verschlingen könnte, und …«

»Ich soll was getan haben?«, zischte Gustav. Er ließ vor Aufregung seine Waffe etwas sinken.

Der Dämon klimperte unschuldig mit seinen drei Augen. »Ich wusste gleich, dass du nicht die hellste Kerze im Leuchter bist. Hab ich sofort gemerkt, als wir uns das erste Mal trafen. Unfreundlich und dumm, das ist ja wirklich 'ne ganz schlechte Kombination. Aber: Schäm dich nicht dafür, dass du ein Idiot bist.« Er grinste jovial und ließ dabei riesige Zähne sehen. »Nur dafür, dass du ein unfreundlicher Mensch bist. Viel zu dünn dazu.«

»Antworte mir!«, fauchte Gustav wütend und ängstlich zugleich.

»Also nochmal, du – hast – mich – gerufen«, sagte der Dämon betont langsam. »Sperrt ihr Menschen deinesgleichen nicht irgendwie zusammen, wenn es im Oberstübchen nicht so richtig funktioniert?« Er tippte sich mit seinen langen Krallenfingern an die Schläfe und verdrehte seine drei Augen – jedes in eine andere Richtung.

»Nein, das habe ich nicht! Ich weiß gar nicht, wie das geht«, entgegnete Gustav und ließ den Degen sinken. Die schmale Waffe kam ihm plötzlich sehr schwer vor.

Sofort kam der dicke Dämon mit gebleckten Zähnen auf ihn zu.

»Bleib stehen!«

»Sonst was? Der kleine Silberdegen. Ich bin einer der mächtigsten Dämone, die es gibt, da werde ich doch davor keine Angst haben.«

Woher weiß er, dass er aus Silber ist? Gustav ging selbstbewusst auf das Wesen zu und zielte mit der Spitze des Degens auf dessen Augen.

»Du verstehst aber auch gar keinen Spaß.« Der Dämon wich zurück und wedelte abwehrend mit seinen Krallenhänden. An der Stelle, an der bei Menschen ein Gesäß gewesen wäre, entwich ihm eine kleine, bläuliche Stichflamme. »Huch, wie unangenehm.« Er verdrehte seine drei Augen gleichzeitig. »Vor Aufregung entfleucht mir hier gleich was. Siehst du, zu was du mich treibst. Eine Schande ist das. Bitte bring dich als Entschuldigung um. Das ist das Mindeste, was ich erwarten kann.«

Gustav ignorierte das Geplänkel des Wesens. »Sag mir, wie ich dich gerufen haben soll«, bat er.

Der Dämon kratzte sich erst ausgiebig die fischähnlichen Schuppen an seinem ausladenden Bauch, bevor er antwortete: »Ich habe keine Ahnung!«

»Lüg mich nicht an!«, schnaubte Gustav.

»Jüngelchen, jetzt komm mal runter. Ich kenne Flammendämonen, die explodieren nicht so schnell wie du. Glaub es mir oder glaub es mir nicht. Ich kann es dir nicht erklären. Menschen rufen Dämonen und nicht umgekehrt.« Er seufzte und leckte sich mit seiner langen Zunge über die Schweinenase. »Ich wünschte, es wäre anders. Übrigens, ein Mensch, der einen Dämon beschwört, muss ihm auch etwas zu essen anbieten, so lauten die Regeln. Hat das Menschlein, weil es ein Idiot ist – so wie du offensichtlich –, nichts da, dann muss es sich halt selbst opfern, um die Schmach zu tilgen.« Er grinste breit und machte eine einladende Geste. »Einfach über die Kehle ziehen. Ich wette, dass ich von dir keine Blähungen bekomme. Kriege ich von Dünnen eigentlich nie.«

Gustav war vollkommen verwirrt. Wie konnte das sein? Er hatte doch überhaupt keine Ahnung, wie man Dämonen beschwor. Wie kam dieses Vieh hierher? Er blickte zu seiner linken Hand hinunter, deren Wunde tüchtig brannte, und traute seinen Augen nicht. Sie leuchtete goldgelb.

Der Dämon folgte seinem Blick gelangweilt. »Ja, ja, ja, da haben wir den Übeltäter. Du hattest doch wohl keine offene Wunde, als ich mit dir im Bannkreis meinen kleinen Scherz getrieben habe?«

Gustav stand bildlich vor Augen, wie der Dämon ihn zum Schein im Bannkreis des Feldschers attackiert hatte. Das Wesen war einfach durch ihn hindurchgeglitten. Schon damals hatte seine Hand kurz aufgeleuchtet. »Du weißt es also doch!«

»Tja, mein dummer Freund: Dämonen lügen, genauso wie Menschen. Gewöhn dich dran, denn damit hast du eine Verbindung zwischen uns beiden geschaffen.« Er schüttelte genervt den hässlichen Kopf. »Schrecklicher geht es ja wohl nicht. Manche von uns binden sich an Könige, aber ich habe nur einen debilen Lehrling abbekommen, dem vermutlich noch nicht mal Haare an seinem Horn wachsen. Man muss sich ja schämen. So kann ich auf keinen Fall wieder zurück zu den anderen in die Erde. Bitte bring dich um, damit wir das beenden können und ich wieder frei meiner Wege ziehen kann.«

Deswegen hat er mich also ständig aufgefordert, mich umzubringen. Gustav ging mit erhobenem Degen näher an den Dämon heran. Er zielte jetzt auf dessen Kehle. Dort waren die Schuppen, die seinen gesamten Körper bedeckten, besonders klein. Sie hoben und senkten sich mit jedem Atemzug des Wesens.

Der Dämon wich zurück.

»Sag mir die Wahrheit: Wäre das auch passiert, wenn du mich nicht im Bannkreis angegriffen hättest?«

»Öhm …« Der Dämon rieb sich verlegen über seinen runden Bauch. »Na ja, wer kann so was schon genau sagen. Wir sollten mit solchen Vorwürfen schön vorsichtig sein. Immerhin sind wir ja jetzt gebunden und ich …«

»War es so?«, zischte Gustav zwischen den Zähnen.

Ein Ploppen erklang und Augenblicke später war die Luft wieder von einem stechenden Zimtgeruch erfüllt.

»Entschuldige, ich habe seit der Schlacht so furchtbares Bauchgrimmen. Eigentlich ja ganz gut, wenn die Luft mal rauskommt, aber mir passiert das immer in den unmöglichsten Situationen. Einmal, da war ich …«

»War es so?« Gustavs Klinge berührte jetzt fast die Halsbeuge des Dämons.

»Ja«, gestand der mit einem Seufzen ein.

»Warum? Warum hast du das gemacht?«

»Konnte ich ahnen, dass du eine offene Wunde hast? Alle anderen Feldschere tragen doch immer ihre dämliche schwarze Kleidung über jedem Fetzen Haut unterhalb des Gesichts.«

Ich bin mit einem menschenfressenden Dämon verbunden. Gustav ließ den Degen sinken.

»So, nachdem nun geklärt wurde, dass die gesamte Schuld bei dir liegt, müssen wir noch besprechen, wie ich dich wieder loswerde. Es gibt da leider nur eine Möglichkeit – du musst sterben. Freiwillig.« Der Dämon machte große Augen, als wäre er ein hungriger Welpe, der um einen Knochen bettelt, und nicht ein Ungeheuer, das Gustav gerade zum Selbstmord aufgefordert hat.

»Auf keinen Fall! Es muss einen anderen Weg geben.«

»Gibt es aber nicht«, trällerte der Dämon und versuchte hinter Gustavs Rücken zu gelangen.

Der hob schnell wieder seine Waffe und drehte sich um.

»Jetzt leg doch mal das Ding weg.« Der Dämon warf resigniert die Arme in die Luft und ließ sich kraftlos auf sein ausladendes Hinterteil fallen. »Ich kann dir sowieso nichts tun und du mir übrigens auch nicht.« Er malte mit seinen Krallen lange Striche in den Sandboden. »Wir sind verbunden. Alles, was ich dir antue, passiert mir ebenso und umgekehrt.«

»Was?«

Der Dämon hielt Gustav seine flache Hand hin. Die Innenfläche war überraschenderweise nicht mit Schuppen überzogen. »Stich zu, aber nicht zu heftig, das blöde Silber tut ganz schön weh.«

Irritiert blickte Gustav in die Augen des Wesens.

»Mach schon. Ich räche mich ganz bestimmt nicht.«

Vorsichtig berührte Gustav mit der Spitze seiner Waffe die Hand des Dämons. »Aua«, schrie er im gleichen Moment auf und ließ den Degen fallen. In seiner rechten Hand war ein schmerzender roter Fleck aufgetaucht.

»Glaubst du mir nun? Übrigens nicht sehr nett, dass du dich nicht mal erkundigt hast, ob ich auch Schmerzen habe.

Danke schön, das fängt ja bestens mit uns an.« Der Dämon hatte geschickt einen dicken Käfer gefangen und studierte ihn einen Moment, bevor er ihn sich in den Mund schob.

»Das ist ja widerlich.«

»Ja, barbarisch, nicht wahr? Und alles nur, weil du mich nicht mit Menschenfleisch versorgst.«

Gustav begann vor Konzentration im Kreis zu laufen. Die Kälte der Nacht spürte er jetzt kaum noch. »Bedeutet das dann auch, dass ich ebenfalls wieder frei bin, wenn du stirbst?«

»Richtig!« Der Dämon klatschte übertrieben. Das laute Geräusch ließ in den Bäumen einige Vögel aufgeregt hochfliegen. »Allerdings sind Dämonen unsterblich, selbst wenn ich es wollen würde, ich kann mich gar nicht umbringen. Du siehst also, dass du in diesem Punkt schlechte Karten hast. Alles läuft auf dich hinaus. Lass es uns doch gleich diese Nacht hinter uns bringen. Du bist mir nämlich wirklich peinlich.«

»Ich werde es dem Feldscher erzählen. Er wird eine Lösung finden.«

»Ja, mach das bitte. Feldschere lieben uns. Schau doch mal in ihrem Codex Daemonum nach, welche Strafe auf die Verbrüderung mit einem Dämon steht.«

»Was meinst du?«

»Dass du eine Todsünde begangen hast. Dein lieber Meister würde dich nicht nur hochkant rauswerfen, sondern sofort dem Tribunal seiner Zunft melden, das dich schnellstens an einem netten Strick aufknüpft. Einen Dämon für eigene Zwecke zu beschwören, das schmeckt denen nämlich gar nicht.«

»Ich kann doch nichts dafür. Ich habe es nicht mit Absicht getan.«

Jetzt begann der Dämon Sand in sich hineinzuschaufeln. »Soll gegen Darmwinde helfen«, fügte er eine Erklärung hinzu, die niemand verlangt hatte. »Das glauben die alten Männer, die seit Jahrzehnten Tausende Menschen in sinnlosen Schlachten opfern, sicher gern. Immerhin sagt es ja ein unwichtiger Lehrling, den keiner kennt.«

»Nein, nein, nein«, murmelte Gustav. »Das darf alles nicht wahr sein.«

»Na, du gewöhnst dich schon dran. Ich muss das ja auch. Wie ist übrigens dein Name?«

Fast hätte Gustav ihn verraten, da erinnerte er sich an die Warnung seines Meisters. »Du zuerst.«

»Vielleicht bist du doch nicht so blöd, wie ich gedacht habe. Hoppala, ich muss ja los.«

Gustav blickte zum heller werdenden, purpurfarbenen Himmel hinauf. Die Sonne ging auf. Als er wieder zu dem Dämon schaute, war der verschwunden. Nur ein stechender Duft nach Zimt lag noch in der Luft.

DER
REICHSGRAF

*Wien, einige Wochen
vor der zweiten Schlacht
von Breitenfeld – 25. Kriegsjahr*

Wos host gsogt, Madl?«, fragte der stämmige Wirt mit breitem Wiener Idiom und blickte böse hinter einem hölzernen Tresen hervor.

»Dass dein Bier nach Pisse schmeckt!«, wiederholte das rot gelockte Mädchen und kippte ihren Krug über dem Schanktisch aus.

Der Wirt lief purpurfarben an, griff unter seinen Tresen und kam mit einem hölzernen Prügel in der Hand dahinter hervor. »Du elende Hexe, wie kannst du es wagen, mich in meinem eigenen Gasthaus so zu beleidigen?«

Immer mehr Gäste drehten sich nach den Streitenden um, was dem Besitzer des ›Goldenen Löwen‹ gar nicht recht war. Allerdings war seine laute Stimme der Hauptgrund dafür. Das Mädchen erhob ihre gar nicht. Das musste sie auch nicht, sie schoss ihre Worte ab wie Giftpfeile, und die trafen ihr Ziel – den Stolz des Schankwirts.

»Scheißhaus wäre wohl die bessere Bezeichnung für dieses Drecksloch, und ich bekomme noch drei

Silbertaler von dir, weil du mich in der Küche befummelt hast.«

Jetzt verfärbte sich das Gesicht des Wirts von Lila in ein tiefes Rot.

Die Gespräche in dem kleinen, verrauchten Gastraum verebbten vollends. Die Blicke der meisten Gäste fielen jetzt auf die Gattin des Wirts, die bisher hinter dem Tresen seelenruhig Krüge gewaschen hatte. Streit gab es oft im ›Löwen‹, das kannte sie schon. Ihr vierschrötiger Mann regelte das meiste davon einfach mithilfe des Prügels. Heute sah die Welt jedoch ein bisschen anders aus.

»Das stimmt nicht! Schnäuzelchen, meine Liebe, die Hexe lügt.«

»Ach was? Das hörte sich gestern aber ganz anders an«, fiel ihm das Mädchen mit resolut in die Hüften gestellten Händen ins Wort. Sie drehte sich jetzt von den Wirtsleuten weg und sprach direkt zu den anderen Gästen, die das Liebesdrama gebannt verfolgten. Was würden sie später für herrliche Geschichten darüber in der Stadt verbreiten können. »Die Schenke wollte er mit mir führen, wenn ich ihn ranlassen tät.« Die Rothaarige hatte ihre Stimme gerade so weit erhoben, dass jeder im Raum sie hören konnte. Ein Schauspieler hätte es nicht besser machen können. »Weil ihm seine fette, alte Schachtel im Weg steht.« Sie drehte sich um und verbeugte sich entschuldigend vor der Wirtsfrau, deren Oberlippe ein dunkler Flaum säumte. »Entschuldigt, gnädige Frau, dass ich Euch gegenüber derlei Worte wiederholen muss. Hätte ich gewusst, was Ihr für eine liebreizende Person seid, hätte ich mich auf die Avancen Eures stattlichen Gatten niemals eingelassen.« Sie drehte sich wieder zu ihrem gebannt lauschenden Publikum um. »Auf einmal hat er es sich anders überlegt und wollte mir für die

Grabscherei Geld zahlen, damit ich nichts davon seiner schönen Frau erzähle.«

Die Wirtsgattin schien geradezu gerührt von den Worten ihrer Nebenbuhlerin und wischte sich eine nicht vorhandene Träne aus den Augenwinkeln.

»Ich bin keine billige Straßenhure, habe ich gerufen.« Das Mädchen machte eine Pause und blickte mit ihren großen Augen in die Runde, ihre Stimme wurde leiser, zittriger. »Und da hat er mich einfach rausgeschmissen.«

Unruhe kam unter den Gästen auf. Beschimpfungen flogen in Richtung des Wirts.

Nur wer genau hinsah, erkannte, dass das rothaarige Mädchen ein kurzes Lächeln aufblitzen ließ, bevor sie mit lauter, fester Stimme weitersprach: »Ich fordere nur, was mir zusteht. Keiner begrabscht mir Arsch und Titten ohne anständige Bezahlung.«

Für einen Moment trat Stille in dem verrauchten Gastraum ein.

»Fette, alte Schachtel?«, schrie die Frau des Gastwirts schrill dazwischen. Sie griff sich eine Bratpfanne.

»Munzelchen«, versuchte ihr Mann sie noch zu beruhigen, aber schon schlug die Frau damit auf ihn ein.

Die Gäste erhoben sich, um für die eine oder andere Seite Partei zu ergreifen – und natürlich, um alles genau sehen zu können.

Das schöne Mädchen grinste, nutzte die Ablenkung und griff über den Tresen in die Kasse hinein. Nachdem sie drei Hände voll silberner und kupferner Münzen stibitzt und unter ihren Rock gestopft hatte, nahm sie sich einen vergessenen Krug Bier von einem der Tische, stürzte es hinunter und schlenderte aus dem Gasthaus, als wäre nichts gewesen. Schwüle Luft, grauer Himmel und feiner Nieselregen empfingen sie vor der Tür. Das Mädchen war gerade im Begriff, sich die Kapuze ihres lindgrünen Umhangs über den Kopf zu werfen, als sie eine tiefe Stimme ansprach.

»Lust, einmal richtiges Geld zu verdienen, Anike?«

Das Mädchen zuckte zusammen, bevor sie es verhindern konnte. *Woher kennt er meinen Namen?*

Ein großer, blonder Mann trat aus dem Schatten einer Gasse. Er trug sehr feine und in gedeckten Farben gehaltene Kleidung, so wie es gerade Mode war.

Anikes Hände flogen unbewusst zu dem Messer, das sie unter ihrer Kleidung verbarg.

Der unbekannte Mann lächelte wissend. »Ich glaube, Anike, das wird nicht nötig sein.«

Hinter ihm traten vier schwer bewaffnete Stadtwachen hervor.

Anike brauchte gar nicht erst in die entgegengesetzte Richtung zu schauen, um zu wissen, dass dort mindestens noch einmal genauso viele warteten. Ihre schweren Schritte verrieten sie. Sie änderte ihre Taktik, ließ langsam die Hände sinken und dabei lasziv über ihren Körper nach unten gleiten. Dabei machte sie ein Hohlkreuz, um ihre durch die Korsage ohnehin schon betonten Brüste möglichst noch größer wirken zu lassen. Sie blickte den Blonden mit einem schmachtenden Blick aus ihren braunen Augen an, befeuchtete mit der Zunge die Lippen und warf ihr wallendes rotes Haar wie zufällig über die Schulter. Bei keinem der Schläger verfehlte dieser Auftritt die gewünschte Wirkung. Es fehlte nur noch, dass ihnen ihre Augen aus den Höhlen fielen.

Der blonde Hüne hingegen blickte sie nur spöttisch an.

Das Klappern einer heranfahrenden Kutsche erklang. Sie hielt direkt neben dem Mann.

Der Unbekannte öffnete die Tür und machte eine einladende Geste. »Nach Euch, Fräulein Kuipers.«

Anike sah keinen anderen Ausweg und kletterte hinein. Die Tür der gegenüberliegenden Seite hatte von innen keinen Griff und die Fenster waren vergittert. Hier hatte jemand seine Hausaufgaben gemacht und überließ nichts dem Zufall. Seufzend ließ sie sich auf der dick gepolsterten und fein bestickten Sitzbank nieder. Die Wände der Kutsche waren mit dunkelblauem, wertvollem Samt ausgeschlagen. Dieses Gefährt war definitiv kein gewöhnlicher Gefangenenwagen der Wiener Stadtwache.

Der muskulöse Blonde setzte sich zu ihr und schloss geräuschvoll die Tür, dann klopfte er an die Wand, um dem Kutscher das Signal zur Abfahrt zu geben.

Schwankend und begleitet vom Klackern der Hufe und Wagenräder auf dem Kopfsteinpflaster der Wiener Innenstadt, fuhren sie an.

Anike überlegte, wie sie mit der Situation umgehen sollte. Sie hasste es, wenn sie die Kontrolle verlor. *Mir bleiben zwei Möglichkeiten, hier wieder herauszukommen.* Sie konnte versuchen den Hünen zu überwältigen, der auf den ersten Blick unbewaffnet aussah – das tat sie allerdings auch und hatte dennoch ein Messer dabei. Oder sie ließ sich auf das Spiel ein, um herauszufinden, was man von ihr wollte, und versuchte bei der ersten Gelegenheit zu fliehen. Würde es um die Gaunereien gehen, die sie seit ihrer Ankunft vor einigen Monaten in der Residenzstadt der Habsburger betrieben hatte, hätte man sicher nicht so viel Aufwand mit ihrer Verhaftung getrieben. Außerdem hatte der Fremde etwas von ›richtigem Geldverdienen‹ gesagt, und das war etwas, was Anike nur zu gern tat. Sie entschied sich für die zweite Option, obwohl sie tief in ihrem Innern wusste, dass sie ohnehin keine Wahl hatte. »Was wollt Ihr von mir und woher wisst Ihr, wer ich bin?«, fragte sie den Blonden geradeheraus, um das Heft des Handelns wieder in die Hand zu bekommen. Dabei öffnete sie wie zufällig ihre Beine, um ihm einen direkten Blick unter ihren Rock zu gewähren.

Er machte keine Anstalten, dort hinzuschauen, sondern grinste sie nur mit den perfektesten und weißesten Zähnen an, die Anike jemals gesehen hatte. »Das könnt Ihr Euch bei mir sparen, meine Liebe.« Er nickte in die entsprechende Richtung und zuckte mit den Schultern. »Entschuldigt, meine Teuerste, Ihr seid fürwahr eine wunderschöne Frau – Dame möchte ich doch lieber nicht sagen –, aber die Begierden, nach denen es mich gelüstet, könnt Ihr dennoch nicht befriedigen.«

Anike bekam einen roten Kopf und schloss ihre Beine so schnell, als hätte sie sich an etwas verbrannt. *Ein warmer Bruder.* Wenn sie sie nicht entführten, mochte Anike schwule Männer eigentlich. Anders als der Rest ihres dummen Geschlechts reduzierten sie sie nicht nur auf ihren Arsch und ihre Brüste. Etwas, das jeder Mann tat, seit sie vierzehn geworden war. Anfangs hatte sie sich geschmeichelt gefühlt und es hatte eine Weile gedauert, bis sie begriffen hatte, dass die vielen Männer – erschreckenderweise jeden Alters –, die sie seitdem umschwärmten, ihr Komplimente machten und teure Aufmerksamkeiten schenkten, gar nicht an ihr interessiert waren, sondern sie eher wie ein Stück schönes Fleisch betrachteten, das sie zu ihrem eigenen Vergnügen besitzen wollten. Seit dieser Erkenntnis hatte sie beschlossen, ihr gutes Aussehen und ihren wohlgeformten Körper für ihre Zwecke einzusetzen. Sollten die Männer doch glauben, dass sie sie haben konnten. In Wirklichkeit war es immer sie, die ihnen etwas nahm. Der Gastwirt war noch vergleichsweise gut davongekommen.

»Ihr braucht Euch nicht zu schämen«, sagte der Blonde mit seiner wohltönenden Stimme, blickte sie dabei aber nicht an, sondern sah aus dem Fenster. Sie passierten gerade das Stubenviertel, einen der besseren Stadtteile Wiens. »Gerade weil Ihr über solch herausragend geartete Eigenschaften verfügt, hat er Euch für Eure Aufgabe ausgewählt.«

Erst jetzt bemerkte Anike, dass der Mann keinen Wiener Dialekt sprach und dass sie noch immer nicht seinen Namen kannte. »Wie heißt Ihr und wer hat mich ausgewählt?«

Wieder schenkte er ihr sein schönes Lächeln, das sicherlich die Herzen vieler Damen gebrochen hätte, aber bei den Herren zu seinem Glück sicher auch nicht seine Wirkung verfehlte. »Ihr könnt mich Johannes nennen.«

»Ist das Euer richtiger Name?«

Erneut lächelte er nur.

Anike blickte aus dem Fenster und erschrak. Sie fuhren durch das Stubentor aus der Stadt hinaus. Schon tauchten die Wiesen des Glacis hinter der Stadtmauer auf. Jetzt wurde Anike doch etwas ängstlich. Warum brachte man sie aus der Stadt?

Johannes schien es zu bemerken. »Macht Euch keine Sorgen. Man wird Euch kein Haar krümmen, sondern Euch vielmehr eine unwiderstehliche Offerte unterbreiten. Solltet Ihr sie, was ich nicht glaube, ausschlagen, steht es Euch frei zu gehen. Der Kutscher bringt Euch dann zurück an jeden beliebigen Ort der Stadt. Obwohl ich vermute, dass Ihr nicht zurück zu der schmierigen Kneipe wollt, aus der Ihr gerade rausspaziert seid.« Sein Blick ging zu den Kupfermünzen, die aus Anikes Kleid auf den Boden der Kutsche gefallen waren. Wieder blitzte sein strahlendes Lächeln auf.

So langsam ging Anike das gehörig auf die Nerven. Der Bengel war ein wenig zu perfekt. Ihm würde es ganz gut zu

Gesicht stehen, ein paar seiner weißen Zähne ausgeschlagen zu bekommen. Sie sah schon vor sich, wie ihm das Blut aus dem Mund lief, während sie hineinschlug. Unbewusst ballte sie ihre Fäuste. Der Drang, nach dem Messer an ihrem Oberschenkel zu greifen, steigerte sich so sehr, dass es fast körperlich schmerzte. *Beruhige dich!* Johannes war bestimmt nicht dumm. Mit Sicherheit hatte man ihr keinen blonden Schönling in die Kutsche gesetzt, der kreischend aus dem Wagen floh, wenn sie ihn angriff. Vermutlich war er ähnlich geschickt im Kampf wie sie. *Sicher nur fast.* Sie musste grinsen, und das führte dazu, dass ihre Wut so schnell verrauchte, wie sie gekommen war. Das kannte sie schon. Ihr impulsives Temperament hatte schon für so manches Übel gesorgt. Einigen Männern war es gar nicht gut bekommen.

»Schön, dass Ihr Euer Lächeln wiedergefunden habt«, kommentierte Johannes ihr Grinsen. »Es steht Euch besser als dieses griesgrämige Schmollen.«

Wenn du nur wüsstest, was ich dir gerade erspart habe, dachte Anike und drehte sich demonstrativ von ihm weg. Das wogende Gras der sattgrünen spätsommerlichen Wiesen beruhigte sie und war definitiv angenehmer anzusehen als dieser schmierige Dauergrinser.

Sie fuhren eine geraume Weile, bis Anike durch die Gitter des Fensters eine ausufernde Schlossanlage mit angrenzendem Park entdeckte, die sich noch im Bau zu befinden schien. Da sie keine Wienerin war und das Umland bisher nicht erkundet hatte – dafür fehlte ihr überall die Zeit, weil sie die meisten Städte immer recht schnell verlassen musste –, hatte sie keine Ahnung, wer hier residierte oder residieren würde, wenn die Bauarbeiten beendet waren.

Der scheinbar allwissende Johannes beantwortete ihre unausgesprochene Frage: »Willkommen auf dem Gatterschloss.«

Sie fuhren durch ein zweiflügeliges, eisernes Tor, vor dem vier Wachen in Gardeuniform standen, die sie anstandslos passieren ließen.

»Euch vielleicht besser bekannt als der kaiserliche Lust- und Tiergarten Schönbrunn. Es ist der Witwensitz der hochverehrten Prinzessin und ehemaligen Gemahlin unseres Kaisers Ferdinand II. – Eleonora Gonzaga.«

»Was will die alte Fregatte von mir?«

Johannes lächelte wieder nur vielsagend.

Die Kutsche hielt vor einem Nebenbau, vor dessen kleiner Eingangstür eine verwaiste Hobelbank stand.

Der Kutscher öffnete ihnen die Tür von außen. Elegant sprang Johannes aus der Kutsche und hielt Anike lächelnd seine Hand entgegen.

Ich könnte ihm von hier oben direkt mit dem Fuß in sein grinsendes Gesicht treten und das Thema wäre ein für alle Mal erledigt. Stattdessen ergriff sie seine Hand und tat so, als hätte sie tatsächlich Hilfe nötig, um aus der Kutsche zu kommen. Es war immer von Vorteil, unterschätzt zu werden. Die überall auf dem Boden herumliegenden Späne verfingen sich in Anikes Rock, was nicht weiter schlimm war, da der Saum ohnehin dunkel vor Schmutz war. Sobald sie auch nur einen Schritt getan hatte, tauchten vier breitschultrige Männer hinter der

Kutsche auf, die sehr bedrohlich wirkten, obwohl sie keine sichtbaren Waffen trugen.

Johannes geleitete sie an der Hand in das Innere des muffig riechenden, kühlen Gebäudes, als würde er sie zu einem Ball führen.

Sie liefen durch einen langen, dunklen Flur mit leeren Räumen an den Seiten, in denen allerlei Handwerksutensilien und Baumaterialien herumstanden, wobei von den Arbeitern keine Spur zu entdecken war.

Anike begann zu frösteln. Draußen hatten angenehme Temperaturen geherrscht. Die klamme Kühle dieses Gebäudes schien geradezu in sie hineinzukriechen. *Oder die Angst.*

Johannes blieb vor einer gewaltigen Flügeltür stehen, von der die Farbe abblätterte. Sanft, fast zögerlich klopfte er.

Nach einer gefühlten Ewigkeit rief eine herrisch klingende Männerstimme: »Herein!«

Johannes öffnete und schob Anike – zu ihrer eigenen Überraschung – in den Raum hinein und verschloss die Tür von außen.

Verwundert blickte das Mädchen sich in dem ballsaalgroßen Raum um, in dessen Mitte verloren ein Schreibtisch stand. Dort saß ein Mann mit dunkler Lockenperücke und schien sich durch Berge von Papieren zu arbeiten. Anike überlegte, wie sie sich verhalten sollte oder was man nun von ihr erwartete. Direkt zu wissen, wer der eigentliche Feind war, das kannte sie und sie konnte sich gut darauf einstellen, aber diese Situation überforderte sie.

»Komm schon her!«, befahl der Mann, ohne von seinen Papieren aufzublicken. Der weitläufige, nach feuchtem Kalk riechende Raum ließ seine Stimme widerhallen.

Anike zögerte einen Moment, dachte an ihr Messer, zuckte mit den Schultern und ging dann auf ihn zu. Als sie etwa fünf Schritte vor seinem Schreibtisch angelangt war, sprach er sie erneut an.

»Wo sind deine Manieren, Mädchen?« Schwungvoll zeichnete er gleichzeitig irgendein Schriftstück mit seiner Feder ab.

Zu ihrer eigenen Überraschung machte Anike brav einen Knicks, obwohl sie jede Art der Katzbuckelei vor der Obrigkeit mied wie der Teufel das Weihwasser.

Jetzt blickte der Mann endlich auf. Er hatte strenge Züge und trug dunkle, wertvoll aussehende Kleidung, die mit einem weißen Kragen aus feinster Spitze verziert war – eindeutig ein Adliger. An seinem linken Zeigefinger steckte ein riesiger Siegelring, der wahrscheinlich mehr wert war, als Anike in den letzten zwei Jahren gestohlen hatte. »Schön, dass du hier bist.«

»Hatte ich denn eine andere Wahl?«

Ganz kurz tauchte ein Lächeln auf dem Gesicht des Unbekannten auf. Seines war vollkommen anders als das des schönen Johannes. Es wirkte eher wie das Grinsen einer Hyäne, die auf ihre Beute blickt. Eine Beute, die kurz davor ist, erlegt zu werden.

Jetzt bekam Anike wirklich Angst. Dieser Mann verströmte Macht. Gewaltige Macht, gegen die sie und ihr lächerlich kleines Messer keine Chance hatten. Wenn er es wollte, würde er sie verschlingen, so wie es die Hyäne mit ihren Opfern tut.

Er stand auf. Das Scharren seines schweren Stuhls auf dem polierten Parkettboden kam Anike unnatürlich laut vor. »Wie unhöflich von mir, da weiß ich alles über dich und habe mich noch gar nicht vorgestellt.« Er deutete tatsächlich eine kleine Verbeugung an. »Ich bin Reichsgraf von und zu Trauttmansdorff-Weinsberg.«

Anike war froh, dass sie ein überraschtes Keuchen unterdrücken konnte, aber sie schien kurz zusammengezuckt zu sein, wenn sie sein überhebliches Grinsen richtig deutete. Vor ihr stand tatsächlich Maximilian von und zu Trauttmansdorff – engster Berater des Kaisers Ferdinand III., Kaiserlicher Geheimer Rat, Kämmerer und Obersthofmeister seiner unfehlbaren Majestät. Wenn es auf dieser Welt einen Mann gab, dessen Macht sich mit der des Kaisers messen konnte, dann war er es. Man sagte, es gebe keine Entscheidung des Herrschers, die nicht von ihm abgesegnet wurde. Wenn man mit ihm sprach, war das fast gleichbedeutend damit, mit dem Kaiser höchstselbst zu reden.

»Ich sehe, dass du von mir gehört hast. Das erleichtert vieles. Ich war mir nicht sicher, ob mein tadelloser Ruf bis in deine Heimatstadt Amsterdam vorgedrungen ist.«

Anike wurde heiß. Niemand, wirklich niemand, wusste, dass sie aus Amsterdam stammte.

»Anike, ich habe dir ein Angebot zu machen, doch möchte ich dich zuerst um einen kleinen Gefallen bitten.«

Anike beruhigte sich. *Jetzt will er, dass ich seinen Schwanz lutsche.* Gleich würde sie wieder die Kontrolle übernehmen.

Er sprach von nichts dergleichen, sondern hob stattdessen ein rotes Stück Stoff hoch. »Sag mir, was du darauf siehst!«

Verwirrt blickte Anike ihn an.

»Nicht mich sollst du betrachten, sondern das hier!«, herrschte er sie ungeduldig an.

Anike zwang sich, den Blick von seinen zornig zusammengekniffenen Augen zu nehmen und auf das Tuch zu schauen. Im ersten Moment hielt sie es nur für ein rotes Stück Stoff, doch dann tauchte plötzlich ein leuchtender Kreis auf, in den man ein großes B geschrieben zu haben schien.

»Nun!«

»Ähm … ich … äh, einen Kreis, Herr«, stammelte sie verwirrt. Anike biss sich heftig in die Wange, um sich von ihrer Furcht abzulenken. »Einen Kreis mit einem B in der Mitte, Herr!«, sagte sie mit festerer Stimme.

Zufrieden nickte der Reichsgraf, ließ das Tuch in einem polierten Holzkästchen verschwinden und setzte sich wieder. »Dass du lesen kannst, ist bei deinem Vater keine Überraschung und trotzdem freut es mich, dass es so ist.«

Anika wurde kurz schwarz vor Augen. *Was wusste er über ihren Vater? Wie konnte dieser Mann Dinge wissen, die sie schon so lange verborgen hielt? So verborgen, dass es ihr manchmal selbst so vorkam, als hätte es ihr Leben in Amsterdam niemals gegeben.*

»Ja, ich weiß, wer dein Vater ist und was er getan hat, aber darüber will ich nicht mit dir reden.«

Anike holte tief Luft. Sie versuchte sich auf das Rauschen ihres Atems zu konzentrieren, um die Kontrolle über sich und ihren Körper zurückzuerlangen. Im Moment fühlte sie sich, als wäre sie in einer riesigen Wolke aus Watte gefangen.

»Ich möchte, dass du eine Aufgabe für mich erledigst, und glaube, dass deine Fähigkeiten dafür genau die richtigen sind. Der Test eben war nur das letzte Puzzleteil, das mir das beweist. Ich lasse dich schon länger beobachten. Du verfügst über beeindruckende Talente, auch wenn du sie verschwendest und in den Dienst einer primitiven Sache gestellt hast.«

»Lieber stehle ich, als mich zu verkaufen«, zischte Anike ihn böse an.

»Das respektiere ich. Das tue ich wirklich, obwohl du mit deinem Aussehen vermutlich ein Vermögen machen könntest. Es gibt in Wien Etablissements, da werden Damen wie du mit Reichtümern überhäuft, wenn sie ihr Handwerk verstehen.«

Handwerk! Verschrumpelte Schwänze zu melken, ist ganz sicher ein Handwerk. Anike setzte eine desinteressierte Miene auf.

»Wie dem auch sei, ich weiß von dem Bankier in Köln und wie du es geschafft hast, in seinen Tresorraum einzudringen. Schade, dass seine Haushälterin dir durch Zufall im letzten Moment einen Strich durch die Rechnung gemacht hat, sonst wärst du wahrscheinlich niemals hierhergekommen.«

»Ich habe nicht … ich äh …«, begann Anike fassungslos.

»Natürlich hast du. Genau wie in Antwerpen, wo deine Bande es fast geschafft hätte, den Bürgermeister zu stürzen. Dein Plan war brillant, nur deine Komplizen Versager.«

»Woher wisst Ihr …?«

Er machte eine herrische Geste. »Das ist vollkommen unwichtig. Glaub mir einfach nur, dass ich es weiß und auch die vielen anderen großen und kleinen Verbrechen kenne, die du sonst noch begangen hast. Sie haben mir bewiesen, dass du über Talente verfügst, die keiner meiner regulären Männer auch nur annähernd besitzt. Dazu bist du noch eine schöne junge Frau, das macht dich perfekt geeignet für das, was ich mit dir vorhabe.«

»W-w-was wollt Ihr von mir?«, schrie Anike, doch der Mann schien davon nicht im Mindesten beeindruckt.

»Ich will, dass du jemanden für mich findest.«

»Wen?«, fragte sie ehrlich interessiert und ärgerte sich gleichzeitig, dass dieser Mann ihre Neugier geweckt hatte.

»Einen Mann namens Martin.«

»Warum sollte ich das für Euch tun?«

Jetzt grinste er wieder gemein. Anike gab es nicht gern zu, aber das penetrante Lächeln von Johannes wäre ihr nun doch lieber gewesen. »Weil ich dir fünfhundert Goldmark zahle.« Er machte eine künstliche Pause, um seine Worte wirken zu lassen, und unterschrieb noch ein weiteres Dokument, bevor er leise und mit einem süffisanten Tonfall sagte: »Und dafür sorge, dass dein Vater aus Rasphuis freikommt.«

Dunkle Bilder stiegen in Anike auf. Bilder, die sie seit Jahren zu verdrängen versucht hatte. Bilder, wie ihr Vater in Eisen gekettet und unter Applaus und Hohnrufen der Nachbarn in das berüchtigte Gefängnis Amsterdams geschafft wurde. »Das könnt Ihr nicht …«

»Ich nicht, aber der mächtigste Mann der Welt kann und wird es tun. Ferdinand hat Folgendes verfügt.« Er reichte ihr ein großes Pergament.

Anike überflog das kurze Schriftstück, das den Stadtrat Amsterdams um die Freilassung ihres Vaters ersuchte. Es war tatsächlich vom Kaiser persönlich unterschrieben. Niemand auf der Welt würde sich dem widersetzen.

»Es muss nur noch gesiegelt werden. Das ist am Ende immer meine Aufgabe, da vertraut Seine Majestät mir.« Wie zum Beweis klopfte er mit seinem riesigen Siegelring auf die Schreibtischplatte.

Anike versuchte ihre Tränen wegzublinzeln. Es war lange her, dass sie geweint hatte, aber dieser Mann hatte etwas in ihr geweckt, was sie längst begraben hatte. Begraben musste – Hoffnung. »Was soll ich tun, wenn ich diesen Martin für Euch gefunden habe?«

Wieder lächelte er und Anike drehte sich der Magen um.

»Es ist ganz einfach …«, begann der Reichsgraf.

LEHRJAHRE SIND KEINE HERRENJAHRE

Leipzig, Kurfürstentum Sachsen,
Winter 1642 – 25. Kriegsjahr

D ominus, domini, domino, dominum, domine …
ähm«, grübelte Gustav und ging in seiner eiskalten kleinen Dachkammer weiter auf und ab. »Dominam?« Er kratzte sich am Kopf und beugte sich über das zerlesene Buch, das auf dem Tisch lag, der mit dem Bett und dem Stuhl die gesamte Möblierung des Raums bildete. Er fuhr die Tabelle mit dem Finger ab und begann zu schimpfen. »Domino natürlich. Gustav, das ist doch ein Ablativ, wie kann man das nur verwechseln«, äffte er übertrieben die Stimme seines Meisters nach und rückte sich die schäbige Decke zurecht, die er sich gegen die Kälte übergeworfen hatte.

Der Feldscher hatte sein Versprechen wahr gemacht und damit begonnen Gustav auszubilden. Neben den Grundlagen menschlicher und dämonischer Anatomie, unterschiedlichsten Behandlungsmethoden, Kräuterlehre, dem Anmischen von Medikamenten und sogar dem Fechten legte er auf Latein besonderen Wert.

145

»Ohne das Beherrschen dieser Sprache bleibst du ein Quacksalber und wirst niemals ein schwarzer Feldscher, weil dir sämtliche Werke der Altvorderen verborgen bleiben werden. Ich kann dir viel beibringen, aber Weisheit kann man nur mit der Hilfe von Büchern erlangen, und die guten und wichtigen sind nun mal in Latein verfasst.«

Seufzend begann Gustav von vorn. Während er die Formen vor sich hin murmelte, quollen weiße Wölkchen aus seinem Mund. Er blickte aus dem kleinen, runden Bleiglasfenster. Von hier aus konnte er die Pleißenburg sehen, die während der Belagerung durch Torstenssons Truppen beschädigt worden war. In der Zitadelle hatten sich die letzten Verteidiger der Stadt verschanzt. Nachdem das Heer der Schweden auch diesen finalen Widerstand der stolzen Sachsen gebrochen hatte, waren etwa zweitausend Personen in der besetzten Stadt einquartiert worden. So auch Gustav und sein Meister. Sie waren in dem dreistöckigen, schmalen Haus eines Gastwirts untergekommen, dessen Etablissement sich im Erdgeschoss befand. Gleich am ersten Tag hatten sie sich den Magen an dem scheußlichen Essen in dem dreckigen Gasthaus verdorben und mieden es seitdem. Gustavs Meister trank dort nicht einmal mehr Bier, nachdem er eine Schabe am Grund eines Krugs gefunden hatte.

Herr Schulze, so wollte der Wirt angeredet werden, weil er angeblich vor Jahren einmal Dorfschulze in einem Kaff vor den Toren Leipzigs gewesen war, machte aus seiner Abneigung ihnen gegenüber keinen Hehl. Er sprach nur das Nötigste mit dem Feldscher und mit Gustav gar nicht. Gustav hatte mehr als einmal gehört, wie er sich vor seinen Stammgästen über sie beschwert und das Gerücht gestreut hatte, dass es sich bei ihnen um Hexer handelte, die verbotene schwarze Magie ausübten.

Gustav konnte es ihm nicht verdenken. Der Wirt hatte keine andere Wahl gehabt, als die beiden »Günstlinge der Schweden«, wie er sich ausdrückte, aufzunehmen. Ihm blieb von seinem für einen alleinstehenden Mann großzügigen Haus nur noch das Erdgeschoss mit seinem Ladengeschäft. Der Feldscher hatte den ehemaligen Schlafraum des Schankwirts bezogen und Gustav die Dachkammer bekommen. Der einzige Raum, den man beheizen konnte, war die Gaststube, und so froren sie, seitdem der Winter kurz nach den Schweden ebenfalls Einzug in die Stadt gehalten hatte. Jolande hatte es da besser. Sie und der Wagen durften im gemütlich mit Stroh ausgelegten Schuppen im Hinterhof wohnen, was dem Maultier gut zu gefallen schien, zumal Herr Schulze das Tier offenbar in sein Herz geschlossen hatte. Oft fand Gustav Reste von Karotten, Brotkanten und Äpfeln auf dem Boden, die nicht von ihm oder dem Feldscher waren.

»Domino. Ha, das ist es!« Gustav rannte zu seiner lateinischen Grammatik und blickte hinein. »Richtig«, jubelte er und machte ein kleines, unbeholfenes Tänzchen, wobei die alten Bodendielen protestierend knarzten. Gustav hätte es seinem Meister gegenüber nicht zugegeben, aber er lernte die tote Sprache hauptsächlich für seine eigenen Zwecke. Er wollte einen Weg finden, um die Verbindung zwischen sich und dem dickbäuchigen Dämon zu beenden, ohne dass er dafür sterben musste. Bisher war das Wesen zwar kein zweites Mal aufgetaucht, aber Gustav ging jede Nacht mit einem mulmigen Gefühl zu Bett und war erst beruhigt, wenn die Sonne aufgegangen war. Als er den Feldscher nach dem Codex Daemonum gefragt hatte, hatte der ihn nur verblüfft angesehen und gefragt, woher er von diesem Werk wisse. Gustav hatte ihm eine lahme Lüge aufgetischt, die sein Meister aber geschluckt hatte – zumindest hoffte er das. Zu dem

Buch hatte der Feldscher daraufhin nur erwähnt, dass er darin lesen dürfe, wenn er so weit sei. Das war gleichbedeutend mit: Wenn du fließend Latein lesen und sprechen kannst.

Ein dumpfes Klopfen holte Gustav aus seinen Gedanken. Der Feldscher hatte sich angewöhnt, mit einem Besenstiel gegen die niedrige Decke zu klopfen, wenn er etwas von Gustav wollte, um nicht ständig die enge Wendeltreppe ins Dachgeschoss hochklettern zu müssen.

Gustav war überrascht. Es war später Nachmittag und eigentlich hatte er um diese Zeit keine Aufgaben zu erledigen, weil er sich seinen Studien widmen sollte. Er schaute ein letztes Mal in die Grammatik, dann schlug er sie so heftig zu, dass Staub aus den alten Seiten aufstieg. Er ließ die Decke von seinen Schultern gleiten, warf sie aufs Bett und legte sich den schwarzen Umhang um, der für ihn fast schon zu einer zweiten Haut geworden war. Ehrfürchtig schloss er die Fibel, die einer Krallenhand nachempfunden war und ihn für Eingeweihte als Lehrling der schwarzen Feldschere kennzeichnete.

Erneut klopfte es. Sein Meister musste es eilig haben.

Gustav lief zügig zur Treppe.

»Wo bleibst du denn?«, herrschte ihn sein Meister ungeduldig an, als Gustav in das Zimmer stürmte. »Wir bekommen gleich einen Patienten und ich möchte, dass du ihn behandelst.«

Gustav schaffte es nicht einmal, den Mund ganz zu öffnen, da unterbrach ihn sein Meister auch schon.

»Du bist so weit. Glaube mir. Ich habe über den Mann, der zu uns kommt, ein paar Nachforschungen betrieben. Es scheint jemand zu sein, der glaubt, an jeder Krankheit zu leiden, von der er hört, ohne wirklich krank zu sein.« Er grinste frech. »Also kannst du auch nicht viel falsch machen.«

Ein gewichtiges Klopfen ließ die Tür zur Kammer des Feldschers geradezu erbeben.

Gustav wollte schon die Tür öffnen, um ihren Gast nicht warten zu lassen. Der Feldscher hielt ihn am Oberarm zurück.

»Er kann sich ruhig einen Moment gedulden.«

Wieder klopfte es. Diesmal etwas weniger forsch. »Seid Ihr da, Meister Feldscher?«, kam es dumpf durch die Tür.

Der nickte Gustav zu, dass er nun öffnen sollte.

In dem Türrahmen erschien der größte und dickste Mann, den Gustav je gesehen hatte. Sein Kopf war trotz der winterlichen Kälte rot und er tupfte sich mit einem in seinen Riesenhänden lächerlich klein wirkenden Seidentuch das Gesicht. »Oh, da bin ich aber froh, ich hatte schon befürchtet, dass wir uns verpasst haben.«

Gustav schätzte, dass der Mann ein größeres Vermögen an Schmuck und Gold an seinem Körper trug, als er sich jemals würde leisten können.

»Stadtkämmerer«, begrüßte Martin ihn mit seinem strahlendsten Lächeln. »Kommt nur herein.«

Der Riesenmann zog die gewaltige Stirn in Falten. »Wird die Behandlung etwa hier stattfinden?«

»Natürlich. Keine Scheu. Wie kann ich Euch helfen?«

Der Kämmerer zog den Kopf ein und trat in die einfache Kammer. Es war offensichtlich, dass er Derartiges nicht erwartet hatte.

»Schön, dass Ihr hier seid. Die Schweden haben mir nur Gutes von Euch erzählt. Ihr haltet die Stadtkasse gut in Schuss. Es will schon was heißen, wenn man nach der

Besetzung der Stadt einen derartig bedeutenden Posten behalten darf. Beeindruckend.«

Bescheiden neigte der Mann seinen großen Kopf.

Gustav verstand, was sein Meister zwischen den Zeilen ausdrückte. Er verachtete diesen Wendehals, der nur an seinen eigenen Vorteil dachte und zu allen Zeiten reich und reicher wurde.

»Setzt Euch!« Der Feldscher zeigte auf den einen wackeligen Stuhl in seiner Kammer.

Mit einem Ächzen ließ der Mann sich fallen und tupfte sich wieder den Schweiß von der Stirn. »Hätte ich gewusst, dass Ihr so hoch wohnt, hätte ich Euch lieber in mein Haus kommen lassen. Anschließend hätten wir noch zusammen essen können. Mein Koch hat gerade Fasane da, die zergehen einem nur so auf der Zunge.«

»Ein anderes Mal.« Martin legte die Hände aufeinander, als würde er beten wollen, und betrachtete den dicken Mann intensiv. »Womit kann ich Euch behilflich sein?«

Der Kämmerer rülpste und verzog das Gesicht. Ein Geruch nach geschmorten Zwiebeln und Schnaps durchwaberte den Raum. »Mein Magen, Meister Feldscher. Er quält mich schon seit Ewigkeiten und niemand will etwas finden. Könnt Ihr mir helfen?«

Esst weniger, bewegt Euch mehr und hört mit dem Saufen auf, wusste Gustav augenblicklich eine Lösung, sagte aber nichts.

Mit mitfühlender Miene betastete der Feldscher den blassen, schwabbeligen Bauch des Mannes. »Wie oft am Tag esst Ihr?«, fragte er dabei.

»Na ja, ich bin ein großer Mann, wie Ihr ja seht. Ich brauche schon ein wenig mehr als andere. Das ist doch keine Sünde.« Er lächelte matt.

»Durchaus«, murmelte der Feldscher und drückte auf eine Stelle, die den Mann aufheulen ließ. »Wie viel trinkt Ihr? Regelmäßig? Täglich?«

»Nur Bier zum Essen und Schnaps gegen die Magenschmerzen, das hilft mir. Ich bin kein Trinker.«

Martin nickte. »Gut, ich denke, dass Euch ein Aderlass helfen sollte. In Eurem Magen sind giftige Säfte, die wir über das Blut herausspülen können. Seid Ihr bereit dazu?«

Der Mann lächelte selig. »Natürlich! Endlich hat jemand eine Lösung für meine Qualen.«

Gustav verstand überhaupt nichts mehr. Sein Meister hatte ihm mehr als einmal erklärt, dass er den Aderlass für Humbug hielt, der den Patienten eher schadete als half. Warum wollte er ihn bei diesem Mann anwenden?

»In Ordnung.« Der Feldscher ging zu einer Wasserschale und wusch sich die Hände. »Mein Lehrling wird mir helfen. Seine jungen Hände sind geschickter als meine alten. Ihr werdet fast nichts spüren.«

Der Kämmerer blickte skeptisch zu Gustav, nickte aber ergeben.

»Wie beschreibt die berühmte Heilerin Hildegard von Bingen den Nutzen des Aderlasses in ihrem Standardwerk ›Causae et curae‹, Gustav?«, fragte ihn sein Meister laut und ungewöhnlich schroff ab. Offensichtlich wollte er einen überaus gestrengen Lehrmeister mimen.

Gustav musste glücklicherweise nicht lange überlegen, diesen Schinken hatte ihm Martin gleich aufs Auge gedrückt, als sie nach Leipzig gekommen waren. Eigentlich um ihm zu verdeutlichen, wie sich die Heilkunde verändert hatte – und glücklicherweise war es eine ins Deutsche übersetzte Ausgabe gewesen. »Sollten bei einem Patienten die Gefäße mit Blut gefüllt sein, so müssen sie von schädlichem Sekret und dem durch die Verdauung gelieferten Saft«, er nickte zu dem Kämmerer hinüber, »durch einen Einschnitt gereinigt werden.«

»Sehr gut, der Junge ist wirklich fleißig. Woher wissen wir, dass wir auch das richtige Blut entnehmen?«

Auf diese Frage war Gustav gefasst gewesen, Martin hatte sie ihm auch schon einmal in einer seiner Prüfungen gestellt. »Wird das Gefäß angeschnitten, so erleidet das Blut eine Erschütterung. Ein bisschen so, als würde es sich erschrecken. Und das, was dann herausfließt, ist fauliges und schlechtes Blut.«

»Ich bin stolz auf dich, mein Junge. Wann ist die beste Zeit für einen Aderlass?«

Hier musste Gustav passen.

Sein Meister brummte ungehalten.

Der Stadtkämmerer blickte interessiert zwischen ihnen hin und her.

»Na?«

»Ähm …«, versuchte Gustav Zeit zu schinden. »Also, es hat irgendwas mit dem Mond zu tun …«

Martin rollte genervt mit den Augen. »Aderlass nur in den ersten sechs Tagen des abnehmenden Monds. Heute haben wir glücklicherweise den fünften.«

Der dicke Mann lächelte erfreut.

»So, jetzt hol mir die Fliete …«

Für einen Moment hatte Gustav den Begriff für das Aderlass-Messer vergessen. Ihm fielen Felsbrocken vom Herzen, als sein Verstand die Erklärung dafür zutage förderte.

»… eine Schüssel, die Staubinde, ein Nuppenglas und den Lassstab. Anschließend gehst du in die Gaststube und bestellst Wein und Weißbrot, damit unser Patient sich später stärken kann.«

Das Gesicht des Kämmerers nahm einen geradezu glückseligen Ausdruck an. Derlei Behandlung gefiel ihm.

»Will er dich abwimmeln, sag ihm, für wen wir die Sachen brauchen.«

Der feiste Mann warf sich stolz in die Brust.

Nachdem Gustav alles besorgt hatte, rollten sie die Ärmel des Kämmerers hoch. Gut sichtbare, blassblaue Adern kamen zum Vorschein.

»Wo musst du den Schnitt machen?«, fragte der Feldscher Gustav.

Der studierte den Arm einen Moment und zeigte dann auf eine Stelle etwa eine Handbreit unter dem Ellenbogen.

»Die hätte ich auch gewählt.« Martin hielt ihm die Fliete hin.

»Ich?« Gustav blickte ihn ungläubig an.

»Meister, könntet Ihr nicht …«

»Nein, nein, Gustav wird das hervorragend machen«, schnitt der dem Kämmerer sofort das Wort ab.

Gustav umfasste den stählernen Griff des Instruments und blickte ehrfürchtig auf die lanzettförmige Klinge.

Martin nickte ihm wohlwollend zu.

Gustav drückte die Klinge in die Haut des Mannes.

Der zischte gepeinigt auf, obwohl noch gar nicht viel passiert war.

Gustav blendete es vollständig aus. Jetzt hatte er nur noch den Blick für seine Aufgabe und öffnete die Ader mit einem entschlossenen Schnitt. Sofort quoll rostbraunes Blut hervor.

Der Feldscher hielt eine Schüssel darunter, um es aufzufangen, und drückte dem Mann den Lassstab in die Hand, damit er diesen hin- und herdrehte, um das Blut kontinuierlich laufen zu lassen. »Gut gemacht.«

Der Verwalter der Stadtkasse war zwar recht blass geworden, aber auch er schloss sich den Glückwünschen an. »Finde ich auch, ich habe fast nichts gemerkt.«

Gustav fühlte sich wie auf Wolke sieben. *Ich habe meinen ersten Eingriff als Feldscher gemacht.*

»Es geht mir schon viel besser! Ich danke den Herren.«

Der dicke Kämmerer war so lange geblieben, dass es dunkel geworden war. Auch für ihn galt wohl – wie für Gustav und seinen Meister – keine Sperrstunde. Er hatte darauf bestanden, dass er den gesamten Aderlass-Wein und das Brot vertilgen müsse, um wieder zu Kräften zu kommen.

»Gern, kommt wieder, wenn die Beschwerden nicht verschwinden. Gießt das mehrmals täglich mit heißem Wasser auf. Es wird Euch Linderung verschaffen.« Der Feldscher gab ihm ein Kräuterbeutelchen, das stark nach Pfefferminz und Kamille duftete.

»Ja, ja, das werde ich tun.« Er war im Begriff, zur Tür hinauszugehen.

»Kämmerer?«, rief ihm der Feldscher hinterher.

Der blickte fragend über die Schulter.

»Wenn Ihr nicht anfangt deutlich weniger zu essen und zu trinken, werdet Ihr den übernächsten Sommer vermutlich nicht mehr erleben. Ihr führt Eurem Körper jeden Tag so viel Gift zu, dass kein Aderlass der Welt es aus Euch herausziehen kann.«

Der große Mann war kreidebleich geworden. »Das hatte ich schon vermutet«, murmelte er und ging mit herunterhängenden Schultern und schweren Schritten die enge Treppe nach unten.

Gustav wartete, bis er ihn nicht mehr hörte, und schloss dann die Tür. Der Feldscher war schon dabei, die Instrumente zu reinigen. »Warum?«, fragte er geradeheraus. »Ich dachte, dass Ihr nichts vom Aderlass haltet.«

»Tue ich auch nicht, aber hätte ich als deinen ersten Eingriff wirklich etwas Lebenswichtiges auswählen sollen? Das war doch mal was anderes, als immer nur Verbände anzulegen und Knochen zu richten, oder?«

Gustav grinste ihn dankbar an. Jetzt fühlte er sich wirklich wie ein richtiger Feldscherlehrling.

Am späten Nachmittag des nächsten Tages zitierte der Feldscher Gustav erneut in sein Zimmer. Freudig sprang der die Stufen nach unten, in Erwartung eines neuen aufregenden Eingriffs.

Zu Gustavs Überraschung war sein Meister nicht nur in seine schwarzen Kleider gehüllt, sondern trug dazu noch einen langen Schal, eine gefütterte Mütze und besonders dicke Handschuhe. »Weißt du, wie kalt es draußen ist?«, fragte er seinen Lehrling mit erstauntem Gesichtsausdruck

»Wir gehen aus? Obwohl es bald dunkel wird?«

»Wonach sieht es denn aus? Eile dich und zieh dir was Vernünftiges an!«

Als Gustav deutlich wärmer gekleidet zurück in das Zimmer kam, sagte der Feldscher zu ihm: »Hier, die kannst du tragen!« Ohne eine Antwort abzuwarten, hielt er seinem Lehrling eine große Ledertasche hin.

Gustav ergriff sie. Die Tasche war sehr schwer und klapperte bei jeder Bewegung metallisch. »Was ist da drin?«

»Wirst du schon sehen!«, brummte der Feldscher. »Geh nach unten und warte vor dem Eichenhof auf mich.«

Leichtfüßig rannte Gustav die knarrende Treppe nach unten. Er durchquerte betont langsam den herrlich warmen, nach altem Fett und verschüttetem Bier riechenden Gastraum des Eichenhofs. Hier saßen etwa ein Dutzend Stammgäste, die sich an ihren Bierkrügen festhielten und einander augenscheinlich nicht viel zu sagen hatten. Aber sobald er auftauchte, zischte es von überall in seinem Rücken: »Schwedengünstling, Hexer, Gotteslästerer …« Gustav beschleunigte schweren Herzens seine Schritte, drückte die Vordertür auf und trat in die beißende Kälte des winterlichen Spätnachmittags.

Es hatte wieder zu schneien begonnen und das letzte Licht des Tages verschwand rapide. Nach Sonnenuntergang herrschte eine Ausgangssperre – die Trinker in der Kneipe würden sich bald auf den Weg machen müssen –, aber den schwarzen Feldscheren hatten die Schweden eine Ausnahmegenehmigung erteilt. Trotzdem vermieden er und sein Meister es, nach Einbruch der Dunkelheit das Haus zu verlassen, zumal es zu dieser Zeit schlicht nichts für sie zu tun gab. »Im Frühjahr und Sommer, wenn die Kämpfe wieder losgehen, werden wir uns vor Arbeit kaum retten können.

Bis dahin musst du möglichst viel lernen, um mir wirklich helfen zu können«, war die simple Erklärung des Wundarztes dafür.

Der Feldscher trug eine eiserne Laterne in der Hand, als er mit vor Kälte hochgezogenen Schultern auf seinen Lehrling zukam. »Bist du bereit?«, fragte er Gustav zerstreut, blickte sich dabei aber möglichst unauffällig in der leeren Gasse um.

»Ja«, antwortete der unsicher, weil er keine Ahnung hatte, wofür er eigentlich bereit sein sollte.

»Gut, gut. Wir sollten uns in den Nebengassen halten. Heute würde ich ungern einer Patrouille begegnen.«

»Wir haben doch einen Passierschein«, sagte Gustav und bemühte sich, seinen Meister einzuholen, der mit großen Schritten voranging. Der Riemen der schweren Tasche schnitt ihm schon jetzt in die Schulter. Durch den verharschten Schnee war der Weg tückisch glatt und das Licht der Laterne schien leider nur für den Feldscher hell genug, damit der über nichts stolperte. Gustav schloss zu ihm auf. Dabei wurde ihm schnell warm. Keuchend fragte er: »Wohin gehen wir?«

Das erste Mal an diesem Spätnachmittag grinste sein Meister. »Zum sepulcretum.«

Gustav hatte schon die Frage auf den Lippen, was das denn sein sollte, da begriff er, dass der Feldscher ein lateinisches Wort verwendet hatte. Hastig kramte er in seinem Gedächtnis danach.

»Vademus ad sepulcretum«, formulierte sein Meister nun einen ganzen Satz. »Soll ich dich etwa auch noch nach dem Fall fragen?«

Gustav dachte nach. Dass ihm die ganze Zeit die Ledertasche beim Laufen gegen sein linkes Bein schlug, machte das Ganze nicht einfacher. »Ich …«

Der Feldscher räusperte sich.

»Äh … ach ja, wir gehen zum …« Gustav schwirrte der Kopf von den vielen Vokabeln, die er in den letzten Wochen hatte lernen müssen. »Friedhof«, rief er triumphierend und ein wenig zu laut. »Wir gehen zum Friedhof«, übersetzte er den kompletten Satz.

»Tsch, brüll das doch nicht so herum.« Wieder blickte sich der Feldscher verstohlen um.

Gustavs Triumph verging so schnell, wie er gekommen war. Was wollten sie nach Einbruch der Dunkelheit auf einem Friedhof?

»Der alte Johannisfriedhof ist während der Belagerung teilweise von den Schweden zerstört worden«, erklärte der Feldscher, als sie das weitläufige und von einem niedrigen Zaun eingefriedete Gelände erreicht hatten. »Sie hatten sich hier verschanzt, das ist unseren Zwecken aber nicht weiter abträglich. Im Gegenteil.« Mit einem Augenzwinkern stieg er durch ein während der Kämpfe zerstörtes Stück des Zauns.

Gustav folgte ihm, obwohl er nicht gerade davon begeistert war, um diese Zeit auf einen Friedhof zu gehen. Inzwischen war es dunkler geworden und dazu schneite es immer heftiger. Seinen Meister schienen derlei Orte nicht zu stören, er war vom Schlachtfeld schließlich Schlimmeres gewohnt, aber Gustav machten die vielen moosbewachsenen Kreuze, Krypten und Grüfte nervös. Er war eigentlich nicht abergläubisch, was die Toten anging, aber seitdem er erfahren hatte, dass es menschenfleischfressende Dämonen auf der

Welt gab, war er sich nicht mehr so sicher, ob es nicht vielleicht auch Geister oder Ähnliches gab.

Der Feldscher ging auf ein niedriges Gebäude zu, dessen Eingang zwei massive Säulen flankierten. Wenige Schritte bevor sie es erreicht hatten, trat eine Gestalt hinter einem großen Grabstein aus dem Dunkel hervor.

Gustav hätte vor Schreck vermutlich aufgeschrien, wenn er nicht gleichzeitig ausgerutscht wäre, durch die schwere Tasche den Halt verloren hätte und mit dem Hosenboden im weichen Schnee gelandet wäre.

»Ihr habt wohl nicht mehr viel Auswahl, was die Lehrlinge angeht, was, Meister Feldscher?«, kommentierte der Unbekannte das hämisch mit seiner Fistelstimme.

»Hallo, Kain«, begrüßte der Feldscher ihn kalt und ohne auf den Spott einzugehen. »Ist alles vorbereitet, so wie verabredet?«

Kain? Wie in ›Kain und Abel‹ aus der Bibel? Wer heißt denn so?

»Habt Ihr, worum ich Euch gebeten habe?« Die hohe Stimme des Mannes gab seine Gier preis.

»Natürlich. Ein schwarzer Feldscher hält immer seine Versprechen.«

»Zeigt es mir!« Der massige Mann kam auf Gustavs Meister zu.

Der nestelte etwas unter seiner Kleidung hervor.

Gustav hatte es inzwischen geschafft, wieder auf die Beine zu kommen, und klopfte sich den Schnee ab. Dabei blickte er verstohlen auf das, was sein Meister dem Fremden nun gab. Es war eine Phiole, die in der Dunkelheit leicht schimmerte.

»Hat es wirklich die Wirkung, die man ihm nachsagt?« Der Mann, der sich Kain nannte, hielt das kleine Glasgefäß ehrfürchtig in seinen Händen.

»Ja, und noch vieles mehr, aber es muss vorsichtig dosiert werden, sonst ist es gefährlich.«

»Natürlich, natürlich«, murmelte der Fremde, ohne den Blick von seiner Belohnung zu nehmen.

»Können wir reingehen?«, fragte der Feldscher drängend.

»Ja, und Ihr habt die ganze Nacht Zeit. Verschwindet aber mit den ersten Sonnenstrahlen. Morgen früh wird die Beisetzung irgendeiner alten Vettel stattfinden.«

Der Feldscher nickte. »Komm, Gustav!«, befahl er und ging auf das Gebäude zu.

»Wer war das und hieß er wirklich Kain? Was habt Ihr ihm gegeben? Etwa Dämonenblut?«

Der Feldscher zog nur missbilligend die linke Augenbraue hoch und ging zügig weiter durch den Schnee. Er hatte offensichtlich nicht vor, Gustavs Fragen zu beantworten. Schließlich war er der Meister und Gustav nur der Lehrling.

Lehrjahre sind keine Herrenjahre, geisterte es Gustav durch den Kopf und wieder einmal ärgerte er sich über diesen dämlichen Spruch.

Als sie im Innern des Hauses angekommen waren, drehte der Feldscher seine Laterne heller. Es war in dem Gebäude nicht viel wärmer als draußen.

Gustav erschrak, als er im trüben Schein der Lampe an den Wänden übereinandergeschichtete Knochen und menschliche Schädel erkannte. »Ein Beinhaus«, hauchte er entsetzt.

»Fast«, berichtigte ihn der Feldscher. »Es ist ein Karner. Also ein Beinhaus, das über eine Kapelle zur Andacht verfügt. Heute wird es nicht mehr genutzt, weil man den alten Johannisfriedhof vor wenigen Jahren erweitert hat. In der Zeit davor wurde der Platz in der Erde knapp, weil eine Gesetzesänderung es allen, auch denen, die keine Bürger der

Stadt waren, erlaubte, hier beigesetzt zu werden. Komm jetzt! Wir machen keinen Ausflug, um etwas über die Friedhofsgeschichte der Stadt Leipzig zu erfahren.«

Sie gingen eine ausgetretene Treppe nach unten. Der Feldscher entzündete eine in der Wand steckende Fackel mit der Flamme seiner Laterne und drückte sie Gustav in die Hand. Das eiskalte Untergeschoss bestand aus einem einzigen großen Raum, der einem kleinen Saal glich und in dessen Mitte ein Tisch stand, auf dem etwas unter einer schmutzigen Decke lag. Gustav hätte nicht erst den blassen Fuß entdecken müssen, um zu verstehen, dass es sich dabei um eine Leiche handelte.

Sein Meister ging festen Schrittes darauf zu und hob die grobe Decke hoch. »Ein Erhängter. Hat vermutlich geplündert«, kommentierte er. »Was drückst du dich denn dahinten rum? Komm her, Gustav! Es ist Zeit für dich, noch mehr über den menschlichen Körper zu lernen.«

Zaghaft ging Gustav auf den Tisch zu und betrachtete den Toten. Es war ein etwa fünfzigjähriger Mann. Seine Haut hatte sich im Gesicht blau verfärbt. Der dunkle, fast schwarze Streifen, der um seinen Hals lief, zeigte die Spur des Stricks. Unbewusst rieb sich Gustav über seinen eigenen Hals. So wäre er auch fast gestorben, wenn ihn der Feldscher nicht gerettet hätte. Der Mann war unbekleidet, aber sein Meister hatte sich die Mühe gemacht, die Blöße mit einem Tuch zu bedecken.

Als er bemerkte, dass Gustavs Blick darauf fiel, sagte er: »Auch den Toten muss man Respekt erweisen. Ich weiß nichts über diese arme Seele, was auch immer er aber getan hat, er hat genug Buße dafür getan. Außerdem liegen wir vermutlich alle einmal auf solch einem Tisch, da wäre ich dankbar, wenn man mir diese Behandlung ebenfalls zuteilwerden lässt. Gib mir die Tasche!« Der Feldscher öffnete die Leder-klappe und holte verschiedene Instrumente hervor, die er ne-beneinander auf dem breiten Tisch auslegte. »Gib mir mal das Skalpell.«

Gustav steckte die Fackel in die dafür vorgesehene Hal-terung an dem Tisch und reichte Martin das Skalpell. Zu sei-nem Entsetzen drückte sein Meister das Messer in den Bauch des Mannes und begann es senkrecht in Richtung des Brust-korbs hochzuziehen.

»Tritt näher heran, damit du etwas erkennen kannst«, schnauzte er den Jungen an.

Gustav tat wie geheißen, obwohl er jetzt durch den Mund atmen musste. Die Gerüche, die der Tote aussonderte, waren nach dem Aufschneiden noch furchtbarer geworden.

»Heb seinen Arm an«, befahl der Feldscher, ohne von sei-ner Arbeit aufzublicken.

Nach kurzem Zögern ergriff Gustav den fleischigen Un-terarm des Mannes, die Haut fühlte sich nasskalt an, und hob ihn ein kleines Stück nach oben.

»Die Totenstarre ist beendet, das bedeutet, dass er länger als einen Tag tot sein muss. Ich schätze, dass er vor zwei Tagen gestorben ist. Vermutlich um die Mittagszeit.«

Gustav war beeindruckt. »Woher wisst Ihr das so genau?«, fragte er und legte den Arm vorsichtig wieder auf den breiten Holztisch.

Sein Meister grinste ihn an. »Weil ich den Aushang gele-sen habe, auf dem seine Hinrichtung angekündigt wurde.« Der Feldscher beendete den Längsschnitt und tat zwei wei-tere, die quer verliefen, einen unter dem Schlüsselbein und einen am Ende des Rippenbogens. Er wählte ein anderes In-strument aus, das aussah wie eine Zange, und klappte damit die Haut des Verstorbenen auf.

Gustav wäre am liebsten weggelaufen, aber das dunkle Beinhaus mit all den anderen Toten war auch nicht viel anziehender. Außerdem wollte er seinem Meister beweisen, dass er sich für den richtigen Lehrling entschieden hatte. Die höhnischen Worte Kains klangen ihm immer noch in den Ohren.

»Hier.« Der Feldscher zeigte auf einen der Hautlappen. »Benenne mir die Schichten der Haut!«

»Den Teil ganz oben nennt man Oberhaut.«

»Auf Latein!«

»Ähm, also Epidermis, dann kommt die Lederhaut.«

Sein Meister räusperte sich ungeduldig.

»Corium. Ganz unten die Subcutis.«

»Na, vielleicht wird ja doch noch ein echter Feldscher aus dir.« Er ließ los und das tote Gewebe glitt mit einem ekelhaften Geräusch wieder an seinen Platz zurück. Gustavs Meister wählte ein weiteres seiner bereitliegenden Instrumente aus: ein breites, halbrundes Messer.

Etwas Derartiges hatte Gustav in deutlich kleinerer Ausführung schon einmal benutzt, um Petersilie zu hacken.

Sein Meister tat nichts dergleichen. Er beugte sich über den Leichnam, setzte das Messer auf das Brustbein des Toten und drückte mit viel Kraft zu. Mit einem scheußlichen Krachen durchtrennte er die Knochen. »Das ist anstrengend«, keuchte er, »aber um an die inneren Organe und vor allem das Herz zu kommen, unerlässlich. Manchmal nisten sich Dämonenlarven in menschlichen Herzen ein, und die bekommt man anders nicht heraus.« Er legte die Klinge zur Seite, bohrte seine Finger in den Leib des Mannes und zog. Schließlich klappten die Rippen mit einem grausigen Knacken nach oben.

Gustav wurde schlecht.

Der Feldscher schien es zu bemerken. »Wehe, du kotzt hier drin!«, herrschte er ihn an. »Denk daran, dieser Mann spürt keine Schmerzen mehr und sein Körper dient nach dem Tod sogar noch einem guten Zweck.«

Gustav zwang sich, in das Körperinnere des Mannes zu blicken. Für ihn sah dort alles nach einem dunkelroten Einerlei aus.

»Das ist das Herz.« Der Feldscher legte es frei, machte einige Schnitte mit dem Skalpell und holte es heraus. »Ist es von Dämonenlarven befallen, schimmert es leicht bläulich. Blickt man genau hin, kann man sie sogar erkennen und einfach mit einer kleinen Zange herausziehen.«

»Kann man das auch bei einem lebenden Patienten machen?«

Der Feldscher räusperte sich. »Nun ja, in manchen Fällen schon. Wichtiger als das ist es aber, die Larve zu töten, da sie den Wirtskörper sonst ohnehin aufzehren würde.«

»Warum?«

»Sie übernimmt die Kontrolle über den Menschen, in den sie sich eingenistet hat, und zwingt ihn, Menschenfleisch zu jagen. Das erklärt die meisten Fälle von Kannibalismus, die bekannt werden, und auch viele besonders bestialische Morde.«

Gustav musste schwer schlucken. Dämonen waren wirklich verabscheuungswürdige Wesen.

»Wenn die Larve groß genug ist, bohrt sie sich aus dem Herzen heraus und wandert hoch zum Schädel. Der Betroffene ist dann nicht nur schwer herzkrank, sondern inzwischen auch vollkommen verrückt geworden. Am Ende schlüpft sie aus dem Auge, bevor sie im Boden verschwindet, um weiter zu wachsen und die Schar der Dämonen zu vergrößern.«

Ein Klappern ertönte, als ob etwas Schweres auf den Steinboden des Beinhauses gefallen wäre.

Der Feldscher erstarrte und löschte seine Lampe. »Mach die Fackel aus!«

Gustav riss die Fackel so ungeschickt aus der Halterung, dass er sich dabei die Hand an dem scharfkantigen Metall aufschürfte, und trat sie aus. Zur Sicherheit schlug er nochmal mit der Hand darauf. Der Preis war eine aschenschwarze Handfläche, aber dafür konnte er sicher sein, dass die Fackel nicht wieder anging oder ihr rußiger Rauch sie verriet. Jetzt verströmte einzig Gustavs leuchtende Fibel noch ein schwaches Licht.

»Wer kann das sein? Kain?«, flüsterte Gustav.

»Nein, der wird längst gemacht haben, dass er wegkommt. Was wir hier tun, ist nämlich nicht ganz legal. Den Leib eines Toten zu schänden, ohne die Familienangehörigen um Erlaubnis zu bitten, ist nicht erlaubt. Sollte uns die Patrouille erwischen, dann ergeht es uns schlecht, da hilft auch meine Bekanntschaft mit Torstensson nicht. Die Kirche und viele Vertreter des Stadtrats würden auf eine Bestrafung dringen, zumal in der Stadt schon das Gerücht geht, dass wir Hexer sind und mit dunklen Kräften im Spiel stehen.«

Was ja ehrlich gesagt nicht ganz falsch ist, dachte Gustav, behielt das aber lieber für sich.

»Zu vielen hier sind wir ein Dorn im Auge. Wir könnten aus der Stadt fliegen, was mitten im Winter keine schöne Aussicht ist. Warte hier! Ich kläre das. Sollte jemand kommen, sagst du, dass ich dich gezwungen habe, mitzumachen.«

Bevor Gustav etwas antworten konnte, war die schemenhafte Gestalt des Feldschers verschwunden. Dem Jungen wurde eiskalt, als er erkannte, dass er jetzt allein hier unten war. Das Schimmern seiner Fibel spendete ihm ein wenig Trost, doch alles in Gustav drängte danach, seinem Meister ins Freie zu folgen. Er hörte sein Herz ungewöhnlich laut schlagen und er dachte an den Toten, mit dem er hier allein war. Vorsichtig trat er von dem Tisch zurück.

Wieder war ein Geräusch zu vernehmen.

Gustav hätte es als tiefes Stöhnen beschrieben, aber vermutlich spielten ihm seine strapazierten Nerven einen Streich. Trotzdem blickte er sich hektisch um. Er sah nichts in der tiefen Dunkelheit.

Eine Art Niesen erklang. Vielleicht war es aber auch ein Knurren.

Gustav zuckte vor Schreck zusammen, geriet ins Taumeln und stieß heftig gegen den Tisch mit dem Toten. Der Leichnam fiel mit einem schweren Klatschen zu Boden. »Oh nein«, flüsterte Gustav panisch. Er kniete sich hin und tastete nach dem Körper, um ihn wieder hochzuhieven und mit der Decke das zu verbergen, was der Feldscher angerichtet hatte. Er würgte, als seine Finger das tote, kalte Fleisch berührten.

Hinter ihm war ein Scharren zu vernehmen, so als würde ein schweres Messer über den Boden schleifen.

Vor Schreck griff Gustav in den kalten, frisch geöffneten Brustkorb des Mannes. Bittere Galle kam ihm hoch, aber noch konnte er den Brechreiz unterdrücken. Mit aller Kraft zerrte er an der Leiche, schaffte es aber nicht, sie anzuheben.

»Ach du je, was haben wir denn da wieder angerichtet?«, ertönte eine höhnische Stimme aus der Dunkelheit.

Im selben Moment blickten Gustav drei gelblich leuchtende Augen an. *Er ist wieder hier*, dachte er verzweifelt und übergab sich nun doch.

LEICHENSCHMAUS

D a freue ich mich aber, dass du mir endlich mal was zu essen anbietest«, brüllte der rot geschuppte, dickbauchige Dämon und sprang mit aufgerissenem Maul auf Gustav zu.

Dem gelang es tatsächlich, nicht panisch zur Seite zu springen, wusste er doch inzwischen, dass das Wesen ihm nichts anhaben konnte. Der massige Körper des Dämons glitt mit einer kühlen Brise durch ihn hindurch, als wäre er aus Luft. Nun saß das Wesen auf dem leeren Tisch und starrte ihn unschuldig aus seinen drei Augen an. »Was machst du hier? Und brüll nicht so herum!«, zischte ihn Gustav an, der in seiner Wut über das erneute Auftauchen des Dämons mutiger geworden war.

»Begrüßt man so einen alten Freund?«, fragte der Dämon und verzog beleidigt seine wulstigen Lippen.

»Wir sind keine Freunde«, fauchte Gustav, »und du hast mir immer noch nicht meine Fragen beantwortet.« Noch einmal versuchte er vergeblich, den Leichnam hochzustemmen, gab dann aber mit einem Stöhnen auf. Als er den darüber hämisch kichernden Dämon anblickte, bemerkte er, dass er plötzlich in der Dunkelheit sehen konnte. Der Raum war in ein leuchtendes Goldgelb getaucht. *Ob das etwas mit dem Auftauchen dieser Scheußlichkeit zu tun hat?*

»Du nun wieder, mein kleiner Feldscher«, verlegte sich der Dämon auf joviales Necken. »Als ob wir beiden keine Freunde wären. Deine Hand verrät dich.« Er zwinkerte mit allen drei Augen gleichzeitig.

Gustav blickte auf seine rechte Hand. Obwohl sie voller Ruß von der Fackel war, schimmerte sie hell wie eine Kerze. »Warum bist du hier?«, knurrte er und wünschte sich nun, dass er seinen Degen mitgenommen hätte. Seitdem er aber zweimal beim Treppensteigen über die Waffe gestolpert war und sich dabei fast selbst erstochen hätte, bestand der Feldscher darauf, dass er die Klinge erst dann trug, wenn er damit umgehen konnte. Das würde noch eine Weile dauern. In den Fechtstunden war Gustav fast noch schlechter als in Latein.

Der Dämon blickte gelangweilt auf seine Krallen. »Weil du mich wieder gerufen hast, Bürschlein.«

»Nein«, schrie Gustav schrill. Das Wort wurde von den Wänden zurückgeworfen. »Das habe ich nicht!«, setzte er leiser hinterher.

»Also«, der Dämon sprang vom Tisch und beschnupperte wie ein neugieriger Hund den Leichnam. »Ich erkläre es dir ein letztes Mal. Ich kann nur aus dem Boden kommen, wenn mich ein Mensch ruft. Da wir durch deine grandiose Dummheit verbunden sind, kannst nur du das und voilà, da bin ich.« Er leckte mit seiner ungewöhnlich langen Zunge über die Schnitte, die der Feldscher gemacht hatte.

»Lass das, du Scheusal«, zischte Gustav ihn an, wusste aber auch nicht, wie er den Dämon ohne Waffe davon abhalten sollte.

»Bähhh, der ist ja schon ganz kalt«, maulte der Dämon. »Bewirtest du so deine Freunde? Mit Resten vom Vortag? Schäm dich. Ich denke, als Entschuldigung solltest du dich selbst umbringen. Dann hätten wir auch eine schönere

Leiche für den tollen Tisch hier.« Er klopfte mit seiner Pranke auf die vom Blut und Leichensaft dunkel gefärbten Bohlen. »Vielleicht könntest du dich mit deinem Gürtel irgendwie erdrosseln oder den Schädel gegen die Wand schlagen. Ich bin mir immer so unsicher, was bei euren zerbrechlichen Körperchen am besten funktioniert. Einmal, da habe ich einen Bauernburschen gefressen, der starb schon, als ich ihm ...«

»Halt den Mund!«, herrschte Gustav das Wesen an. Wütend und ohne darüber nachzudenken, griff er den Dämon am Oberarm, um ihn von dem Toten wegzuziehen. Zu seiner Verblüffung griff seine Hand nicht ins Leere, sondern schloss sich um die seltsam weichen Schuppen des Wesens.

Als hätte er sich an etwas verbrannt, machte der Dämon einen hastigen Satz weg von ihm. »Ihhhh, wie eklig«, schrie er und wedelte theatralisch mit den langen Armen. »Ein Mensch hat mich angefasst. Pfui.« Er spuckte etwas aus, das für einen Moment bläulich schimmerte, bevor es in der Dunkelheit verschwand. »Solch eine Schande.« Er gab ein Geräusch von sich, das wohl nach Weinen klingen sollte, bei ihm aber eher den Klang eines heiseren Kicherns entfaltete. »Furchtbar, ich schäme mich so für dich.«

Irritiert blickte Gustav auf seine Hand. Es war nicht die linke, die immer noch glühte, sondern seine rechte gewesen. Er sah zu dem Dämon hinüber, der seine Augen mit großen Fäusten rieb, als wäre er ein kleines Kind. »Ich weiß, dass du nicht wirklich weinst«, knurrte ihn Gustav an.

»Ach ja«, krähte das Wesen, »woher denn? Ich bin todtraurig, dass jemand wie du mich so beschmutzt hat. Nie wieder kann ich einem von meinesgleichen unter die Augen treten, weil dein scheußlicher Geruch an mir haftet. Oh, was für ein Unglück. Ich armer, kleiner Dämon, warum passieren mir nur immer solche Sachen? Da will man einfach mal einen Happen essen, und dann das.«

Gustav ging mit ausgestreckten Händen auf das Wesen zu.

»Wage es bloß nicht«, zischte der ihn drohend an und bleckte seine riesigen Zähne.

Es fiel Gustav schwer, nicht stehen zu bleiben, aber er vertraute darauf, dass das Wesen ihn immer noch nicht berühren konnte. Mutig machte er einen Satz nach vorn und griff nach dem Oberarm des Dämons. Der drehte sich weg und so umfasste Gustav stattdessen das linke Horn des Wesens. Das fühlte sich rau und nicht viel anders als das einer Ziege an. Allerdings hatte die Berührung auf den Dämon eine ganz andere Wirkung. Er bewegte sich nicht mehr. Nur seine glühenden Augen rollten aufgeregt in den Höhlen und blickten vorwurfsvoll auf Gustav. *Kann es sein …* »Du erstarrst also, wenn ich deine Hörner anfasse, richtig?«

Der Dämon konnte nicht antworten, blickte aber für einen Moment ertappt auf den Boden.

Gustav grinste zufrieden. Er strich mit der anderen Hand über den Körper des Dämons. Dessen beeindruckender Brustkorb hob und senkte sich beim Luftholen. *Sie atmen wie wir.* Die Schuppen waren weich und sie fühlten sich nicht unangenehm an. Dazu war der Leib der Kreatur warm, so wie ein menschlicher Körper. Vorsichtig näherte er sich dem Maul des Dämons und strich über einen von seinen Hauern.

Die Augen des Eindringlings rollten immer wütender.

»Ich werde dein Horn loslassen, wenn du mir versprichst, kein Theater zu machen und brav zu sein.«

Die Augen bewegten sich von rechts nach links. Nein.

»Gut, dann wollen wir doch mal sehen, was passiert, wenn ich an deinen Ohren ziehe.« Gustavs Finger näherten sich den felligen, hochstehenden Spitzohren.

Der Dämon blickte demütig zu ihm herauf.

Gustav ließ das Horn los.

Sofort zappelte das Wesen wieder. Mit seinem langen Krallenfinger zeigte es vorwurfsvoll auf Gustav. »Du, du bist genau der böse Mensch, vor dem einen immer alle warnen. So was Ungehöriges ist mir noch niemals untergekommen. Man fasst doch niemandem ungefragt an sein Horn. Bisher fand ich unsere kurzen Treffen ja ganz unterhaltsam, aber jetzt hast du eine Grenze überschritten. Eine derartige Frechheit, ich glaube es nicht!« Er stellte beleidigt die muskulösen Arme in die Seite.

»Ich verspreche, es heute nicht wieder zu tun, wenn du mir hilfst, die Leiche auf den Tisch zu heben. Ihn kannst du doch anfassen, weil er tot ist, oder?«

Der Dämon drehte sich mit einem übertriebenen Schmollgesicht von Gustav weg und sagte nichts.

»Jetzt komm schon, du kannst auch seine Innereien fressen, wenn du vorsichtig bist.«

»Ach, jetzt will er mich mit Leckerlis locken, als wäre ich ein Schoßhündchen.« Nach einer kurzen Pause fragte er: »Ist das Herz noch drin?«

Gustav lächelte. »Das haben wir schon für dich rausgeholt.«

Der Dämon gab ein lautes Schmatzen von sich. »Na gut, aber wage es nicht noch mal, eines meiner Hörner anzufassen.«

Es funktioniert also bei beiden.

»Den kleinen Happen kannst du nicht hochheben?« Der Dämon blickte ihn arrogant an und leckte sich mit der Zunge über die Schweinenase. Als würde er ein Tütchen Mehl anheben, hievte er den massigen Leib des Toten zurück auf den Tisch und betrachtete ihn einen Moment. »Er ist zwar kalt, aber ich finde es nett, dass du das Essen für mich tranchiert hast. Die Schnitte hier und die aufgeklappten Rippen. Richtig fürnehm«, trällerte er. »Jetzt fehlen nur noch ein paar Kerzen. Ich hoffe, du versuchst hinterher nichts. Ich gehöre nicht zu denen, die sich von einem guten Essen zu was überreden lassen. Dazu musst du dir schon mehr einfallen lassen.« Der Dämon zwinkerte Gustav kokett zu.

»Nun mach schon«, knurrte der genervt. »Bevor der Feldscher zurückkommt.«

Der Dämon schmatzte laut und beugte sich über den Leichnam.

»Komm rauf!«, rief eine Stimme oben an der Treppe. Der Feldscher. »Wir müssen hier weg! Sofort!«

Gustav war einen Moment zu verblüfft, um zu antworten. Sollte der Feldscher hier herunterkommen, würde er den Dämon sehen und alles wäre verloren. »Ähm …«, begann er.

»Alles in Ordnung, Gustav? Soll ich runterkommen? Wir müssen uns eilen, die Patrouille ist auf dem Weg hierher.«

»Nein«, antwortete Gustav panisch. »Ich komme!«

»Bring unsere Sachen mit!«

Schnell sammelte Gustav alles zusammen, was sie hätte verraten können, und zog das Leichentuch glatt.

Er drehte sich zu dem Dämon um, der ihn lauernd über den Toten hinweg angrinste. »Ich muss jetzt gehen und du verschwindest am besten auch dahin, wo du hergekommen bist. Wenn der Feldscher dich entdeckt, ist es für uns beide aus.«

Das Wesen setzte ein triumphierendes Grinsen auf. »Aber natürlich, mein gutester Gustav«, antwortete es mit vollem Mund, wurde durchscheinend und löste sich dann vollständig auf.

Hastig rannte Gustav die Treppe nach oben.

Als endlich Stille in dem Beinhaus herrschte, trat Anike aus dem Schatten der kleinen Nische heraus, in der sie sich verborgen gehalten hatte, seitdem sie in der Dunkelheit diesen elenden Kerzenleuchter umgestoßen hatte. Normalerweise passierten ihr solche Fehler nicht. Seit Wochen spionierte sie diesen beiden Idioten schon hinterher. Das größte Problem war gewesen, in die besetzte, schwer bewachte Stadt zu kommen, das hatte sie gefühlte Ewigkeiten gekostet. Heute hatte sich endlich einmal die Gelegenheit ergeben, die beiden Feldschere allein anzutreffen, und sie hatte es versaut. Gründlich. Mit dem Alten war nicht zu spaßen, das war ihr sofort klar geworden, als sie ihn zum ersten Mal gesehen hatte. Er hatte die typische arrogante Ausstrahlung eines Mannes, der sich seiner Kraft nur zu bewusst war. Ihn würde sie überrumpeln müssen. Der Bengel hingegen war etwas vollkommen anderes. Er war so blöd, dass er vorhin sogar in den Schnee gefallen war. Sie hatte als verkleideter Gast im Eichhof sogar gehört, dass er über seinen eigenen Degen gestolpert war – zwei Mal. Mit so jemandem würde sie es zu jeder Zeit aufnehmen.

Du musstest niesen, selbst nicht besser, du dumme Gans, sagte eine böse Stimme in ihrem Kopf. Anike hasste es, wenn ihr Körper ihr derartige Streiche spielte. Sie hatte schon geglaubt, dass der Junge sie entdeckt hatte, und war bereit gewesen, ihn zu beseitigen, da hatte er plötzlich angefangen, sich mit jemandem zu unterhalten. Für einen Moment hatte sie geglaubt, dass er vor Angst Selbstgespräche führte, dann hatte sie drei glühende Augen gesehen. Was war das für eine Kreatur und warum traf sich der Junge heimlich mit ihr? Sie würde es herausbekommen. Eine Sache hatte sie aber schon jetzt verstanden, als der Junge gesagt hatte: »...wenn der Feldscher dich entdeckt, dann ist es für uns beide aus.« Dieses Wesen war anscheinend sein kleines, schmutziges Geheimnis. In Anikes Kopf setzte sich ähnlich einem Puzzle ein neuer Plan zusammen. Der Junge und dieses Mysterium würden ihr Weg zum Feldscher sein.

EIN NEUER LEHRLING

———✝———

Anike betrachtete gelangweilt die geschäftigen Leipziger, die den Nikolaiplatz vor der gleichnamigen Kirche bevölkerten und ihre Einkäufe an den zahlreichen Ständen tätigten. Das prächtige spätgotische Gebäude hatte man in der Zeit vor der Besatzung zu erweitern begonnen, wie die zahlreichen Gerüste und Materialhaufen bewiesen. Allerdings ruhten die Arbeiten seit der Eroberung der Stadt. Man hatte momentan anderes zu bedenken als den Bau eines noch größeren und prächtigeren Gotteshauses. In den Gesprächsfetzen, die Anike von den Vorbeigehenden aufschnappte, hörte sie hauptsächlich Klagen über die schwedische Besetzung der Stadt und die Höhe der Abgaben, die die Sieger von den Besiegten einforderten. Die Versorgung in der einst so quirligen Stadt war seit dem Fall Leipzigs deutlich schlechter und vor allem teurer geworden. Anike war dennoch der Meinung, dass sich die Bürger glücklich schätzen konnten. Schließlich hatten die Schweden ihre Stadt nicht dem Erdboden gleichgemacht, so wie Tilly und sein nicht weniger schändlicher Kompagnon Pappenheim dies 1631 mit dem protestantischen Magdeburg getan hatten. Jedes Kind kannte die grausame Geschichte von der Magdeburger Hochzeit. Die Liga-Truppen hatten von ihren Kommandeuren einen Freibrief erhalten und unvorstellbar in der besiegten Stadt gewütet. Noch Wochen später hatte man in der Elbe Leichen der getöteten Bewohner gefunden und das Feuer der brennenden Stadt war weithin sichtbar gewesen. Seitdem existierte Magdeburg praktisch nicht mehr. Nur noch ein paar Hundert elende Gestalten verloren sich in den Ruinen der einst so mächtigen Stadt, die zuvor fast vierzigtausend Einwohner gezählt hatte. *Aber die Leipziger regen sich über gestiegene Preise auf.* Anike konnte ein verächtliches Schnauben nicht unterdrücken. Trotzdem: Sie mochte die Leute in der sächsischen Stadt und ihren merkwürdigen, sympathischen Dialekt, obwohl sie nur aus einem Grund hierhergekommen war: um den Auftrag des Reichsgrafen auszuführen.

Die Nacht im Beinhaus hatte ihr keine Ruhe gelassen. Das Wesen, mit dem dieser Gustav gesprochen hatte, war erschreckend und faszinierend zugleich gewesen. Ihr war bei dem Anblick sogleich der Titel des Buchs eingefallen, das sie für den Reichsgrafen von dem Feldscher stehlen sollte: Codex Daemonum. Buch der Dämonen. In den letzten Wochen hatte sie versucht, etwas über dieses Buch und die schwarzen Feldschere herauszufinden, was sich als äußerst mühselig und schwierig herausgestellt hatte. Diese Wundärzte umwehte mehr als nur ein Hauch des Geheimnisvollen und sie verstanden es, ihr Wissen zu schützen. Erst eine Liaison mit einem wenig attraktiven Bibliothekar, der Zugang zu den verbotenen Archiven der Kirche besaß, hatte ihr schließlich die nötigen Informationen beschafft. Der gute

Mann betete sie geradezu an und es würde ihm das Herz brechen, dass er Anike nie wiedersehen würde, jetzt, nachdem sie alles von ihm bekommen hatte, was sie brauchte.

Anike hätte niemals geglaubt, was sie in den Büchern gelesen hatte, wenn sie das Wesen nicht selbst gesehen hätte. Es gab Dämonen auf der Erde und sie kämpften für die Menschen. Die Feldschere beschworen sie zu diesem Zweck und heilten auch noch ihre Wunden. *Gut, dass Mutter darauf bestanden hat, dass ich Latein lerne.* Ein wehmütiges Lächeln schlich sich auf Anikes makellose Züge. Die schwarzen Feldschere schienen geradezu besessen von dieser toten Sprache zu sein, jedenfalls hatte sie kein Wort über ihre Aktivitäten auf Deutsch gefunden. Sie wünschte nur, dass sie mehr Zeit zum Lesen gehabt hätte. Der Bibliothekar hatte ihr immer nur wenige Augenblicke gegönnt und sie dabei auch noch betatscht. Irgendwie hatte er eine wunderliche Zuneigung zu seiner Bibliothek und Anike wurde in jenem Moment Teil davon. Es war schrecklich gewesen. Der Wind wehte ihr eine rote Haarsträhne ins Gesicht, die sie mit einer unwirschen Bewegung wegwischte. Selbst diese harmlose Geste nahm ein Mann zum Anlass, sie anzuschmachten. Er war fast dreimal so alt wie Anike, trug aber teure Kleidung und dicke Ringe an den Fingern. Solche Männer glaubten immer, dass ihr Reichtum für Frauen attraktiv war. Vielleicht war das bei einigen ja tatsächlich der Fall. Anike hatte jedenfalls nicht vor, sich dem Faltenhintern zu widmen. Demonstrativ drehte sie sich weg und blickte auf das Kirchengebäude, vor dem die Händler ihre Marktbuden rund um den großen Brunnen aufgeschlagen hatten.

Wo bleibt er?, fragte sie sich ungeduldig. Anike verstand nicht, warum der Feldscher sich für diesen schwächlichen Jungen entschieden hatte, der lieber seine Nase in Bücher zu stecken schien, als zu kämpfen. Im Grunde genommen war sie froh darüber, dass der Feldscher sich an einen derartigen Weichling gebunden hatte, das würde es ihr leichter machen, ihren Plan zu verwirklichen. Sie wusste, dass der Lehrling jede Woche auf den Markt vor der Nikolaikirche kam, um Brot zu kaufen. Mehrmals hatte sie ihn schon dabei beobachtet, doch heute würde sie ihn endlich ansprechen. Anikes Herz begann einen Takt schneller zu schlagen. Viel hing davon ab, dass sie erfolgreich war. Kurz tauchte vor ihrem inneren Auge das Bild ihres schreienden, in Ketten gelegten Vaters auf. Anike rollte unbewusst mit den Schultern. Sie blinzelte in die Sonne, die über einen der beiden Kirchtürme kroch und schon einen warmen Hauch des Frühlings verbreitete. Würde sie heute Erfolg haben, könnte das der Grundstein zur Rettung ihres Vaters sein.

Anike blickte sich unauffällig nach dem Jungen um. »Wo bleibst du?«, zischte sie ungeduldig. Inzwischen knurrte ihr Magen. Die leckeren Gerüche, die von den Essensständen herüberwehten, machten es ihr nicht leichter, geduldig zu bleiben. Gerade als sie überlegte, sich etwas zu kaufen, entdeckte sie ihn. Als würde ihm die Welt gehören, schlenderte Gustav – wie immer ganz in Schwarz – auf den Marktplatz und begutachtete die Auslagen der Händler in aller Ruhe. *Ich wette, er drückt sich vor seiner richtigen Arbeit.*

Schließlich hatte der Junge einen großen, runden Laib Brot erstanden, ihn sich unter den Arm geklemmt und machte sich auf den Heimweg. Anike hatte inzwischen ihren Standort gewechselt und war bereit, ihn abzufangen. Gustav pfiff eine Melodie, die Anike seltsam bekannt vorkam, ohne dass sie zu sagen vermocht hätte, woher. Sie sah, dass er ein großes Stück des frischen Brots abgebrochen hatte und genüsslich kaute. Forsch trat sie aus einem dunklen Hauseingang hervor. »Hallo, Gustav!«, begrüßte sie ihn mit hoffentlich bedrohlich klingender Stimme, fuhr sich aber gleichzeitig verführerisch durch ihr frisch blondiertes Haar. Die Prozedur mit ätzendem Kalk und Zinnober war zwar furchtbar gewesen, aber inzwischen schmachteten etwas zu viele Männer in Leipzig eine geheimnisvolle Rothaarige an. Außerdem hatte Gustav sie nach der Schlacht in Breitenfeld gesehen, als sie bei ihrem ersten Annäherungsversuch an den Feldscher gescheitert war. Sie hatte einfach nicht mit dem dummen Bengel gerechnet und eine neue Strategie entwerfen müssen. Jetzt galt es zu hoffen, dass er sich nicht mehr an sie erinnerte.

Gustav war so überrascht, dass er ins Stolpern geriet. Fast hätte er das duftende Brot fallen gelassen. Erschrocken und fasziniert blickte er sie an. »H-h-hallo«, brachte er stotternd hervor.

Anike setzte ein betörendes Lächeln auf und holte tief Luft, damit ihr Dekolleté sich hob und ihm mehr Einblick gewährte. Es war gar nicht so einfach gewesen, attraktive Kleidung ganz in Schwarz zu erstehen, aber auch diesmal verfehlte ihr Körper seine Wirkung nicht.

Der Junge lief rot an und versuchte wegzuschauen, was ihm aber nicht gelang.

Hab ich dich, triumphierte Anike.

»K-k-kennen wir uns?«, fragte er, ohne den Blick von ihrem unnatürlich hochgedrückten Busen lassen zu können.

»Nicht direkt«, schnurrte Anike, als wäre er der große Held, auf den sie schon seit Ewigkeiten gewartet hätte. »Ich hoffe aber, dass wir das ändern können.«

Hoffnung und Misstrauen traten in den Blick des Lehrlings.

Vielleicht ist er doch nicht so dumm. Pass auf, Anike! »Du heißt doch Gustav, oder? Lass uns ein Stück gemeinsam gehen.« Auffordernd hielt sie ihm ihren Arm hin, damit er sich unterhakte. Er schien jedoch diese Geste zu missdeuten und klemmte ihr den Brotlaib darunter.

»Wie nett«, bedankte er sich mit einer erschreckend naiven Ehrlichkeit und klopfte sich das Mehl von seiner dunklen Kleidung.

Idiot. »Gern geschehen.« Sie schlenderten über das Kopfsteinpflaster der Innenstadt in Richtung der Unterkunft der Feldschere, als würden sie sich schon ewig kennen.

»Ähm … dürfte ich wohl erfahren, woher Ihr meinen Namen kennt?«

»Darfst du nicht.« Anike kicherte übertrieben und zwinkerte ihm verschwörerisch zu.

Es wurde ihr mit einem debilen, aber sehr glücklichen Lächeln gedankt.

»Ich habe etwas mit dir zu besprechen, mein lieber Gustav, und ich wäre dir sehr verbunden, wenn du mir helfen könntest.«

»Ja, gern, wenn ich denn kann.«

Die Einschränkung gefiel Anike gar nicht, normalerweise waren die Männer bereit, ihr den Mond vom Himmel zu holen. »Nun, ich würde gern deinen Meister kennenlernen und …«

Gustav blieb abrupt stehen und schaute sie jetzt nicht nur misstrauisch, sondern geradezu feindselig an.

Anike machte ein Hohlkreuz, um ihre Rundungen noch mehr zu betonen, aber das schien dem Bengel jetzt reichlich egal zu sein.

»Woher kennt Ihr meinen Namen und was wisst Ihr von meinem Meister?«

Anike sah, dass seine Hand zum Gürtel ging, als würde dort normalerweise eine Waffe hängen. *Normalerweise*. Heute war er unbewaffnet, im Gegensatz zu Anike. Sie ließ das Schmachten und all den anderen Firlefanz sein, der Männern sonst so gut gefiel, und trat einen Schritt auf ihn zu. »Ich weiß alles über dich und deinen Meister, Gustav.« Sie schnurrte den Namen regelrecht. »Ich will, dass du mich zu ihm bringst.«

Er machte eine abwehrende Geste. »Das kann ich nicht tun, er würde ...«

»Doch.« Anike trat noch näher an ihn heran und flüsterte ihm ins Ohr: »Weil ich ihm sonst von deinem dreiäugigen Freund erzähle.«

»Was hast du nur vor? Mein Meister ist ein gefährlicher Mann. Er wird dich rausschmeißen!«

»Nein, das wird er nicht«, beharrte Anike und hielt selbstbewusst auf den Eichhof zu. Vor der schmierigen Kaschemme stritten gerade zwei reichlich Betrunkene miteinander, obwohl es erst früher Nachmittag war. Barsch drängte Anike sie zur Seite und trat an Gustavs Seite in das schummerige Gasthaus. Da sie oft in Verkleidung hier gewesen war, kannte sie sich aus, und der Junge blickte sie überrascht an, als sie zielstrebig die im hinteren Teil des Schankraums versteckte Treppe zu den Obergeschossen ansteuerte. »Jetzt gehst du besser vor«, befahl sie mit einem harten Grinsen. »Nicht, dass ihr irgendwelche Fallen ausgelegt habt, von denen du vergessen hast zu berichten.« An seinem Gesicht konnte sie augenblicklich ablesen, dass das nicht so war und er sie für eine Verrückte hielt. *Egal.* Die Meinung dieses Bengels war unwichtig.

Zögerlich stieg Gustav die knarrende Treppe hoch. Man konnte fast hören, wie er in seinem Kopf daran arbeitete, einen Ausweg aus dieser misslichen Situation zu finden.

Anike drückte ihn sanft, aber bestimmt vorwärts. Die andere Hand hielt sie stets an ihrem versteckten Messer. Wie würde sich der Junge verhalten? Seinem Meister alles gestehen, um sie der Erpressung zu überführen, oder sie kleinlaut vorstellen?

Er klopfte zögernd an der Tür, deren Farbe abgeblättert war. »Wie heißt du eigentlich?«

Anike straffte sich und zog ihre dunkle Kleidung glatt. »Anike«, murmelte sie, ohne den Jungen anzusehen. Es schien eine halbe Ewigkeit zu dauern, bis der Feldscher endlich die Tür öffnete.

Er blickte erst fragend zu seinem Lehrling und dann überrascht zu Anike.

Die versuchte gar nicht erst, diesen Mann zu bezirzen. Eine innere Stimme mahnte sie, dass das ihren Plan ruinieren und ihr beim Feldscher ohnehin nichts nützen würde. Jemand, der seit vielen Jahren eine derartig bizarre Profession ausübte, würde nicht so leicht zu übertölpeln sein.

Seine Miene blieb unergründlich, als er fragte: »Eine Patientin oder eine Freundin von dir, Gustav?« Fast unmerklich zog er missbilligend eine Augenbraue hoch.

Anike ließ dem dummen Jungen keine Gelegenheit zu einer Erklärung. »Weder noch, Meister Feldscher. Ich bin Anike, der ehemalige Lehrling von Meister Diethelm, und bitte Euch darum, dass ich meine Ausbildung bei Euch beenden darf.« Ehrfürchtig schlug sie den Blick nieder und senkte den Kopf.

»Diethelm?«, fragte der Feldscher überrascht. »Warum hat er dich entlassen? Ich kenne ihn als strengen, aber liebenswürdigen Zeitgenossen, der seine Lehrlinge stets gut behandelt.«

Anike schaffte es tatsächlich, ein paar Tränen in ihre Augen zu pressen, sodass sie feucht glitzerten. »Mein Meister ist in der Schlacht von Breitenfeld gefallen.« *Sein dämlicher Lehrling auch.* Für diese Information hatte es sich gelohnt, mit dem schwitzenden Liga-General anzubandeln, der sich nach der Niederlage bei Breitenfeld so sehr nach einer Aufmunterung gesehnt hatte. »Ich habe nur durch Glück überlebt und Wochen gebraucht, um einen anderen Feldscher zu finden.«

»Kommt rein! Alle beide.«

Anike brauchte kein triumphales Grinsen zu unterdrücken. Sie gewann so oft, dass sie sich diese zu offensichtliche Gefühlsregung schon lange abgewöhnt hatte. Die Unterkunft des Feldschers war auffallend bescheiden und beengt. Selbst einfache Handwerksmeister lebten prächtiger. Ein starker Widerspruch zu der Macht, die seine Zunft in den langen Jahren des Kriegs auf beiden Seiten errungen hatte.

Der Feldscher gab ihr ein weiches Tuch, damit sie sich die Augen trocken tupfen konnte, und wies mit der Hand auf den einzigen Stuhl im Raum.

Damenhaft setzte sich Anike und rieb an ihren Augen herum. Der Tod Diethelms hatte den Feldscher sichtbar bewegt.

»Was ist mit Diethelm passiert?«

Anike schluchzte einige Male herzzerreißend auf – es war ihr noch nie schwergefallen, auf Kommando zu weinen, sie brauchte nur an das Schicksal ihrer Eltern zu denken – bevor sie zu sprechen begann. »Es war kurz vor Morgengrauen, da ist meinem Meister ein Fehler passiert und unser Wagen begann zu brennen. Wir mussten den Schutzkreis verlassen und …« Sie heulte laut auf.

Der Feldscher fiel darauf herein. »Schon gut, mein Kind. Ich will dich nicht damit quälen. Es ist ein Wunder, dass du überlebt hast.«

»Diethelm hat sich für mich geopfert. Er erkaufte mir damit Zeit, bis die Sonne aufging. Ein großartiger Mann.« Anike war so gerührt von ihrer erlogenen Geschichte, dass die Tränen herrlich flossen. In Wirklichkeit waren der Feldscher und sein Lehrling von flüchtenden Truppenteilen seiner eigenen Armee überfallen und getötet worden, aber dieses dreckige Geheimnis hielten die Generäle der Liga unter Verschluss, um die Gunst der schwarzen Feldschere nicht zu verlieren.

»Ein großartiger Mann. Ich werde sein Andenken in Ehren halten.«

»Ich auch«, schniefte Anike.

»Der arme Diethelm.« Der Feldscher schüttelte den Kopf und wanderte unruhig in dem kleinen Raum umher. »Ich habe ihn seit Jahren nicht mehr gesprochen und es ist immer ein Verlust, wenn einer von uns gehen muss. Wir sind nicht mehr so zahlreich, wie wir es sein sollten in dieser verfahrenen politischen Lage. Hat sein Pony Maienblüte wenigstens das Massaker heil überstanden? Jolande und sie haben sich immer gut verstanden.«

Er testet mich. Anike war auf Derartiges vorbereitet. Sie hatte alles über Diethelm in Erfahrung gebracht, was herauszufinden war, und das war eine ganze Menge gewesen. »Sein alter Esel Fritz ist leider ebenfalls verstorben, Meister.« Sie hielt ihre Stimme frei von jeder Kritik und blickte wieder demütig nach unten.

Der Feldscher lächelte. »Gut gemacht, Mädchen. Wie heißt du?«

»Anike«, hauchte sie, als würde sie vor Respekt fast vergehen.

»In welchem Lehrjahr warst du?«

Anike blickte bescheiden und unsicher zu Boden, dabei entdeckte sie Wollmäuse und die abgeschnittenen Stängel irgendwelcher Kräuter auf den Dielen. Spaß am Putzen hatte der Feldscher anscheinend nicht. »Ich war erst wenige Wochen bei ihm, als er gestorben ist. Nach seinem Tod bin ich durch die Gegend geirrt, um einen neuen Meister zu finden, und irgendwann hat mir jemand vom großen Meister Martin in Leipzig erzählt, da habe ich mich auf die Suche nach Euch gemacht.« Sie schluchzte erneut und flüsterte: »Es war eine harte Zeit ohne Meister da draußen. Ich hatte nichts mehr, nicht mal meine Lehrlingsfibel, die habe ich auf der Flucht vor den Dämonen verloren.«

Der Feldscher nickte mitfühlend. »Also gut, Anike. Wollen wir doch mal rausbekommen, was Diethelm dir bisher beigebracht hat.« Der Feldscher ging zu einem Regal voller Kisten und Gefäße und nahm aus einem etwas heraus. »Nenn mir die Namen dieser drei Kräuter und jeweils eine Eigenschaft, die ihnen zugeschrieben wird!« Der Feldscher legte die Bündel auf den zerkratzten, von Brandflecken übersäten Tisch.

Glücklicherweise hatte Anike derlei schon als Kind von ihrer Mutter gelernt. Sie zeigte auf das linke Bund. »Johanniskraut, das hilft gegen Traurigkeit. Das mittlere ist Baldrian und lindert Schlafprobleme und das dritte ist Tussilago farfara, auch Huflattich genannt. Seine Wirkung steckt schon im lateinischen Namen Tussilago farfara – den Husten vertreiben.«

185

Der Feldscher nickte anerkennend, während sein bisheriger Lehrling genervt die Augen verdrehte. »Sehr gut. Quam bene loqueris lingua hominum studiosorum?«

»Istam linguam intellegere possum, sed non me eruditam esse puto.« Nach dieser Antwort gestattete sie sich ein scheues Lächeln.

»Gustav«, wandte sich der Feldscher an seinen Lehrling. »Was habe ich gefragt und was hat Anike geantwortet?«

»Ähm … Ut bene tu …«, murmelte er umständlich vor sich hin. »Wie gut kannst du sprechen Sprache?«

Der Feldscher suchte Anikes Blick und rollte belustigt mit den Augen. »Sag du es ihm.«

Anike deutete eine bescheidene Verbeugung in Gustavs Richtung an, der rot wie ein Radieschen geworden war, obwohl sie dem blöden Bengel lieber die Zunge rausgestreckt hätte. Es kostete sie erstaunlich viel Kraft, diesem verrückten Impuls nicht nachzugeben. »Dein Meister hat mich gefragt, wie gut ich die Sprache der Gelehrten spreche, und ich habe geantwortet, dass ich sie verstehen kann, mich aber nicht als Gelehrte bezeichnen würde.«

Begeistert klatschte der Feldscher in die Hände. »Da hörst du es, mein lieber Gustav. So sollte man Latein sprechen. Sehr gut, Anike.« Er blickte ihr einen Moment lang in die Augen, bevor er zu einer Kiste ging und ein gerolltes, bröckeliges Pergament herausholte, das die Farbe von dunklem Bier hatte. »Gustav, schließ die Fensterläden!«

Es wurde schummerig in dem nach Kräutern riechenden Zimmer.

Vorsichtig entrollte der Feldscher das Pergament auf dem Tisch.

Gustav trat näher heran und blickte neugierig darauf.

Er kennt es auch nicht, wurde Anike klar und die Aufregung kam wieder in ihr hoch. Instinktiv begriff sie, dass nun der finale und entscheidende Test auf sie wartete.

»Beschreib mir, was du siehst, Anike«, forderte der Feldscher sie mit seiner sonoren, tiefen Stimme auf.

Panik überflutete Anike, denn sie sah gar nichts auf dem vergilbten Pergament. Vorsichtig ging sie näher an den Tisch heran und beugte sich herunter. Jetzt erkannte sie es, klar und deutlich. Ein golden schimmernder Dämonenschädel prangte darauf. »Einen Schädel«, sagte sie mit trockenem Mund und musste schlucken, damit ihre Stimme nicht ganz wegbrach.

»Gustav?«

Auch der Junge beugte sich über das Blatt.

Gleich plappert er mir meine Antwort nach.

»Eine Rose, Meister. Ich sehe nur eine Rose.«

Was erzählt der Idiot da? Anike schob ihn ein wenig zur Seite und blickte wieder auf das Blatt. Erneut grinste sie der gehörnte Schädel an. Von einer Blume war beim besten Willen nichts zu erkennen.

Der Feldscher gab ein heiseres Lachen von sich. »Eine Blume und ein Dämon. Vielleicht eine ganz gute Mischung für meine beiden Lehrlinge.«

DIE
BEWÄHRUNGSPROBE

Frühsommer,
1643 – 26. Kriegsjahr

Gustav war zum Feldscher in den größeren Raum im ersten Stock gezogen. Zwar freute sich Anike darüber, das kleine gemütliche Zimmer ganz oben für sich allein zu haben, aber das machte es ihr auch schwerer, den ersten Auftrag des Reichsgrafen auszuführen. »Codex Daemonum«, murmelte sie den Titel des Buchs vor sich hin, das sie dem Feldscher stehlen sollte. Leider hatte sie es bisher nicht geschafft, nach diesem verflixten Buch zu suchen. Sie war jetzt seit etlichen Wochen Martins Lehrling, aber noch niemals hatte sie sein und Gustavs Zimmer allein betreten können. Sie hatte nicht mal einen Hinweis darauf gefunden, dass sich das Buch überhaupt im Haus befand. Es fiel ihr zwar schwer, es zuzugeben, aber das Leben, das sie gerade führte, gefiel ihr. Nervig war nur, dass sie sich in einem ständigen Konkurrenzkampf mit Gustav befand. Er verstand zwar viel mehr von der eigentlichen Tätigkeit der Feldschere, der Heilung und den Dämonen, aber sie kannte mehr Kräuter als er, sprach viel besser Latein und hatte ihn sogar in der dritten Fechtstunde das erste Mal geschlagen, was jetzt mit schöner Regelmäßigkeit passierte. Anike wusste, dass das den Jungen maßlos ärgerte, und sie genoss es. Nie wieder hatte sie mit ihm über den Dämon gesprochen, den sie im Beinhaus gesehen hatte. Er wiederum begegnete ihr mit ständigem Misstrauen. Anike war sich inzwischen sicher, dass er ihr nicht abnahm, der ehemalige Lehrling von Diethelm zu sein, dennoch sagte er zu seinem Meister kein kritisches Wort über sie. Beide wussten etwas über die Geheimnisse des anderen und warteten nur darauf, die Wahrheit an der richtigen Stelle zu platzieren. Martin hatte sie inzwischen regelrecht lieb gewonnen. Der gebildete, starke und ungemein mutige Mann war ein geduldiger Lehrer und väterlicher Freund geworden. *Und du sollst ihn töten.* Anike wurde ganz kalt, als sie daran dachte, dass der verfluchte Reichsgraf ihr dies als zweiten Auftrag mitgegeben hatte. Dass sie ihn ausführen würde, stand für sie außer Zweifel. Das Schicksal ihres Vaters war wichtiger.

Anike betrachtete sich in dem kleinen Fenster. Sie trug schon eine Weile bequeme und wenig aufreizende Kleidung. Der Feldscher hatte ihr das nicht aufgetragen oder überhaupt etwas dazu gesagt, aber sie spürte, dass er sie mit mehr Respekt behandelte, seitdem sie ihre Reize unter schwarzem Stoff bedeckt hielt und sie nicht dazu einsetzte, Vorteile für sich zu erreichen. Sie beobachtete das geschäftige Treiben der langsam wieder erblühenden Stadt. Die milden Temperaturen des außergewöhnlich frühen Sommers brachten den Leipzigern scheinbar auch ihre Lebensfreude und vor allem ihren unnachahmlichen Humor zurück. Die Studienstunden, die sie hier oben allein verbringen konnte, genoss sie sehr, auch wenn sie wusste, dass es mit diesem Leben bald vorbei sein würde. Die Kriegssaison stand bevor. Der Sommer brachte wieder die großen Kämpfe mit sich und der Feldscher würde den Truppen hinterherreisen. Anike hatte nicht vor, mit ihm Leipzig zu verlassen. Sie musste ihren Auftrag endlich zu Ende bringen. Das Netz des Reichsgrafen war weit verzweigt und er würde ein Scheitern nicht akzeptieren. Sollte Anike den Auftrag nicht beenden, würde einer seiner gedungenen Mörder sie aus dem Weg räumen, egal wo sie sich versteckte. Anike seufzte. Ihr blieb keine andere Wahl.

Ein Klopfen holte sie aus ihren Gedanken.

Gustav, dachte sie genervt. »Was willst du?«

»Der Meister will uns sehen. Jetzt!«

Anike zog die Stirn kraus. »Ich komme.«

Einen Moment herrschte Ruhe. »Beeile dich. Es scheint sehr wichtig zu sein.«

Er hilft mir? Anike war überrascht. Gustav hätte sie auch zu spät kommen lassen können und selbst pünktlich sein, um die Gunst des Feldschers zu erringen. Sie klappte Cäsars ›De bello gallico‹ zu, das sie gelesen hatte, weil sie etwas über antike Kriegstaktiken lernen sollte, und ging zügig die schmale Wendeltreppe nach unten.

»Da bist du ja endlich«, begrüßte der Feldscher sie. Zu Anikes Überraschung trug er einen schmalen Degen an der Seite, der in einer schönen roten Lederscheide steckte.

Auch Gustav trug die Waffe, die er sonst nicht mal in den Fechtstunden benutzen durfte. Die schöne Klinge musste dem Jungen irgendetwas bedeuten, so viel hatte Anike herausgefunden, auch wenn er sie immer mit traurigen Augen anblickte.

»Entschuldigt, Meister. Ich war wohl etwas zu sehr in meine lateinische Lektüre vertieft.«

Der Feldscher schenkte ihr ein kurzes, verzeihendes Lächeln.

Gustav blies genervt Luft aus. Was er aber so leise tat, dass man es nur an seinem flatternden Pony erkennen konnte. Er ließ sich die schwarzen Haare länger wachsen. Das machte ihn tatsächlich attraktiver. Leider wurde dieser Eindruck durch den dicken, gelben Eiterpickel auf seiner Nase gewaltig geschmälert.

»Hört mir genau zu: Heute Nacht werdet ihr eure erste Bewährungsprobe bestehen müssen.«

Anike merkte, dass ihr Puls etwas schneller wurde. Sie freute sich darauf, endlich einmal das Erlernte anwenden zu können.

»Wir werden nach Crottendorf reisen. Das Dorf liegt vor den Toren Leipzigs. Wenn wir uns beeilen, sollten wir es vor Sonnenuntergang erreichen.«

»Warum?«, erdreistete sich der dumme Gustav zu fragen.

Der Feldscher sprach ungerührt weiter. »Es gibt dort auffällig viele ungeklärte Todesfälle und andere Hinweise, dass dort jemand in den letzten drei Nächten illegal Dämonen beschworen hat. Unsere Aufgabe ist es herauszufinden, ob dem wirklich so ist, und wenn ja, dem Treiben ein Ende zu setzen.«

Anike merkte, wie sich ein kalter Klumpen der Aufregung in ihrem Magen ausdehnte. Gustav schien es nicht viel besser zu gehen, er war merklich blasser geworden.

»Was sind das für Hinweise?«, fragte Gustav, dessen Stimme erst nach einem lauten Räuspern wieder richtig fest geworden war.

»Du stellst gleich die richtigen Fragen.« Der Feldscher lächelte seinem Lehrling anerkennend zu.

Elender Schleimer, dachte Anike genervt.

»Anike, woran kann man erkennen, dass Dämonen erschienen sind?«

Gustav blickte sie herausfordernd an.

»Ähm …«, begann Anike. Mit Dämonen kannte sie sich immer noch nicht besonders aus, weil der Feldscher vieles als selbstverständlich voraussetzte, da sie ja angeblich bereits mit der Ausbildung begonnen hatte. Anike wiederum traute sich nicht, nachzufragen, um nicht aufzufliegen. »Also, auf jeden Fall aufgebrochene Erde. Eventuell ausgeweidete Tote, die sie angefressen haben?«

Der Feldscher blickte sie aus zusammengekniffenen Augen an. »Gustav, hast du etwas zu ergänzen?«

»Dämonenbefall erkennt man in der Tat an aufgebrochener Erde, aber dazu muss man direkt die Austrittsstelle finden, was in einem Dorf schwierig bis unmöglich ist, da die Kreaturen auch im Innern eines Hauses aus dem Boden gekommen sein könnten. Besser ist es, nach den Ausscheidungen der Untiere zu suchen, die in der Dunkelheit bläulich leuchten und ein intensives Aroma nach Zimt verströmen. Des Weiteren häuten sich einige von ihnen an der Oberfläche. Findet man Schuppen, Haare, Zähne, Krallen oder Ähnliches, ist das ein eindeutiger Hinweis, dass man es mit Dämonen zu tun hat. Natürlich kann es auch geschändete Leichname geben, aber sie sind kein Hauptmerkmal.« Er blickte Anike triumphierend aus den Augenwinkeln an.

Mal sehen, wie schlau du bist, wenn wir derlei tatsächlich finden, Blödmann.

»Sehr gut. Leider verschwinden die meisten dieser Hinweise bei Tagesanbruch, deshalb müssen wir in der Dunkelheit danach suchen. Sollte sich tatsächlich bestätigen, dass es sich um Dämonen handelt, werden wir nicht gegen sie kämpfen oder versuchen sie zu fangen. Unsere Aufgabe ist es, den wilden Beschwörer zu finden, damit er keine weiteren

Dämonen rufen kann. Was ist die Strafe für das illegale Beschwören von Dämonen, Gustav?«

Der Feldscher hatte es wahrscheinlich nicht bemerkt, aber Anike sah es: Gustav wurde noch ein wenig blasser. »Der Tod«, gab er flüsternd die Antwort.

Ihr Meister nickte nachdenklich. »Ja, denn wenn er stirbt, verschwinden auch die von ihm beschworenen Dämonen wieder dahin, woher sie gekommen sind. Wir nehmen zur Sicherheit alle Silberdegen mit. Hier, Anike.« Er reichte ihr die einfache, aber gut austarierte Klinge, die sie sonst in den Fechtstunden benutzte. »Ehrlich gesagt nützen die Waffen nicht viel gegen Dämonen, aber man kann sie damit vielleicht den einen Moment aufhalten, den man braucht, um sich zu retten.« Der Feldscher hörte sich so an, als würde er selbst nicht daran glauben. »Wichtiger ist das hier.« Er klopfte auf einen großen Sack, aus dem schwarzer Staub entwich. »Holzkohleasche. Die Dämonen hassen sie. Werft ihnen im Notfall etwas davon ins Gesicht, das bereitet ihnen Schmerzen. Wir werden auch unsere Kleidung damit einstäuben.«

Da lohnen sich die hässlichen schwarzen Plünnen wenigstens mal.

»Kommt jetzt! Wir müssen den Wagen beladen. Ich hätte gern noch etwas Tageslicht, wenn wir in dem Dorf ankommen. Ach, Anike«, der Feldscher drehte sich mit einem Lächeln zu ihr um, »ich habe hier noch was für dich. Pass diesmal etwas besser darauf auf.«

Ehrfürchtig nahm Anike die kleine, einer Dämonenkralle nachempfundene Fibel entgegen.

Sie erreichten Crottendorf gegen Abend. In dem Ort selbst hatten die schwedischen Truppen und ihre Verbündeten fürchterlich gewütet. Etliche Brandruinen säumten die einzige Straße, die durch das Dorf führte.

»Brrr, Jolande«, befahl der Feldscher dem Tier und es blieb auf dem Kirchvorplatz stehen. Der kleine Friedhof mit den verwitterten schiefen Grabsteinen vor dem Gotteshaus enthielt eine beträchtliche Anzahl einfacher Holzkreuze, die auf relativ neue Gräber hinwiesen. »Bereitet ihr den Wagen vor. Ich werde mit dem Dorfschulzen reden, um mehr herauszubekommen.«

Anike kletterte umständlich von ihrem Rappen. Sie hatte reiten müssen, weil Gustav es wohl nicht richtig konnte. Er hatte es nicht zugeben wollen, sich aber so schnell auf den Kutschbock verdrückt, dass es nicht anders sein konnte. Anike war nicht böse darüber, sie ritt gern, auch wenn sie es lange nicht getan hatte und nun ihr Hintern schmerzte. Dennoch ließ sie sich Zeit mit dem Absteigen, weil sie keine Ahnung hatte, wie man den Wagen eines Feldschers vorbereitete.

Gustav war in der Zwischenzeit schon im Innern des gelben Wagens verschwunden.

Anike ging langsam zu ihm und betrachtete dabei die gelbe Außenwand, auf der eine glühende Dämonenfratze prangte, die sie geradezu zu verhöhnen schien. Um Zeit zu gewinnen, begann sie ein Gespräch mit Gustav, der gerade den großen Holzkohlesack aus dem Wagen hob. »Was siehst du, wenn du auf den Karren blickst?«

Der Junge schaute sie überrascht an. Es war wahrscheinlich das erste Mal, dass Anike freiwillig das Gespräch mit ihm suchte. »Was siehst du?«

Anike konnte das Lächeln nur schwer unterdrücken. Der Junge war wirklich nicht so dumm, wie es manchmal wirkte.

»Ich sehe den Dämonenschädel, den ich auch auf dem Pergament im Eichhof gesehen habe«, sagte sie und zog gelangweilt die Schultern hoch.

Gustav hatte begonnen den Sack zu entknoten. Er verteilte die darin befindlichen kleinen Holzkohlestücke in einem weiten Umkreis um den Wagen.

Anike verstand, was er vorhatte, und ergriff die Gelegenheit, nicht ganz so unwissend dazustehen. »Lass mich das machen!« Sie nahm ihm bestimmt den Sack aus den Händen. »Wie viele Schritte breit will Martin den Schutzkreis haben?«

»Zehn in jede Himmelsrichtung um den Wagen herum. Eine Blume und einen Dämon. Sie wechseln sich beständig ab.«

»Was?« Anike hielt verwirrt inne und ein großer Schwung Holzkohle fiel in einer schwarzen Aschewolke auf ihre Stiefel.

Gustav, der von der Kohle einen dunklen Strich im Gesicht hatte – auf den Anike ihn sicherlich nicht hinweisen würde –, sagte: »Das ist es, was ich auf dem Karren sehe.«

Anike konzentrierte sich auf die Arbeit und motivierte sich damit, dass der Sack schnell leichter werden würde. »Was hat das zu bedeuten? Ist es gut oder schlecht, dass ich nur die eine Sache erkennen kann?«

Gustav zuckte mit den Schultern und verschwand wieder im Wagen. Er kam mit einer Möhre und einem Sack heraus. »Ich habe keine Ahnung. Er erzählt mir nichts darüber und ich habe aufgehört danach zu fragen. Versuch du doch dein Glück.« Bitterkeit schwang in seiner Stimme mit.

Ich kann ihn verstehen. Wahrscheinlich hat er sein Leben lang davon geträumt, Feldscher zu werden, und nun tauche ich hier auf und kann so vieles besser als er.

»Ich hole Wasser für Jolande. Pass du darauf auf, dass der Kreis nicht unterbrochen ist und zieh noch einen kleineren Schutzkreis nah am Wagen, falls etwas mit dem ersten schiefgehen sollte.«

»Ja ja«, winkte Anike ab. *Hat er mir schon wieder geholfen oder wollte er nur den Besserwisser spielen?*

Die Sonne war im Begriff unterzugehen, als der Feldscher zurückkam. Noch immer war es herrlich mild und die Luft roch frisch und süß, ein Duft, wie ihn nur der Sommer hervorzubringen vermochte. Anike liebte solche Tage, an denen es erst so spät dunkel wurde und man nicht beständig fror. Vielleicht würde sie mit ihrem Vater weit nach Süden gehen, wenn das hier überstanden war.

»Der Dorfschulze hat berichtet, dass es sieben Tote gegeben hat.«

Anike und Gustav tauschten – vermutlich versehentlich – einen schockierten Blick aus.

»Die Verluste treffen das geschundene Dorf hart. Der Schulze hat mir erzählt, dass während der Belagerung Leipzigs fast die Hälfte der Einwohner gestorben sind, und nun auch noch das. Er fürchtet inzwischen um die Existenz seines Orts. Der Mann ist ein Veteran und kennt daher unser besonderes Geschäft, das hat mir vieles erleichtert. Auch er glaubt, dass in seinem Ort Dämonen wüten. Er war zwar sehr überrascht, dass schwarze Feldschere hierhergekommen sind – offensichtlich hat ein durchreisender Trupp schwedischer Soldaten von dem Vorfall Wind bekommen und ihn gemeldet –, aber er hat uns jede Art von Hilfe zugesagt, die er leisten kann.«

»Können wir die Leichen sehen?«, fragte Gustav mit fester Stimme.

»Ja, sie sind in der Kirche aufgebahrt. Noch hatte niemand Zeit, sie beizusetzen, zumal auch der Pfarrer unter den Toten ist.«

Still schritten sie die Reihe der Opfer ab, die nebeneinander kaum Platz in der kleinen, kühlen Kirche hatten. Es waren vier Männer und drei Frauen. Die Männer waren allesamt relativ alt. Vermutlich hatten sie die Schlacht um Leipzig überlebt, weil sie nicht mehr zum Kämpfen taugten. Die Frauen hingegen waren sehr unterschiedlichen Alters. Eine sah so zart aus, dass sie fast noch ein Kind hätte sein können, daneben lag eine etwa Fünfzigjährige, deren grobes Gesicht braun und verwittert war, wahrscheinlich von der schweren Arbeit auf dem Feld. Das letzte Opfer war eine Frau etwa in Anikes Alter. Sie war hübsch gewesen, auch wenn ihr Gesicht jetzt blass und wächsern aussah und die Lippen blau verfärbt waren.

Der Feldscher blickte unter die Tücher, mit denen man die Körper abgedeckt hatte, und entdeckte furchtbare Wunden. Bei jedem Opfer klaffte der Bauch weit auf und die inneren Organe fehlten.

»Das könnten tatsächlich Wunden von Dämonen sein«, kommentierte Gustav diese Tatsache nüchtern, als würde ihn dieser Anblick nicht schockieren. Offenbar hatten ihn die nächtlichen Besuche auf Friedhöfen inzwischen abgehärtet. »Dass die inneren Organe fehlen – vermutlich gefressen – spricht dafür.«

Anike zwang sich zu einem »Das denke ich auch«, um nicht aus der Rolle zu fallen, aber am liebsten wäre sie schreiend aus der Kirche gerannt, auf ihr Pferd gesprungen und schnellstmöglich aus dem Dorf hinausgeritten. Noch niemals hatte sie etwas derartig Grausames gesehen.

Der Feldscher nickte mit ernstem Gesicht und ging mit seiner Laterne näher an die junge Frau heran, die am Ende der Reihe lag. »Das hier könnten aber auch Wundränder von einer Klinge sein.« Er fuhr mit seiner behandschuhten Hand das tote Fleisch entlang.

»Manche der Dämonen haben schärfere Krallen als ein Skalpell, habt Ihr gesagt. Könnte das nicht auch hier der Fall sein?«

»Natürlich. Wir sollten uns beeilen. Es ist bereits dunkel draußen. Dämonenzeit.« Der Feldscher straffte sich und blickte seine beiden Lehrlinge an. »Der Dorfschulze hat gesagt, dass alle Opfer in der verlassenen Mühle gefunden worden sind. Dort sollten wir mit unserer Suche beginnen.«

Seine beiden Lehrlinge nickten.

»Denkt daran, wir bleiben zusammen! Keiner unternimmt etwas auf eigene Faust. Seht ihr Dämonen, lauft ihr sofort zurück zum Karren und wartet innerhalb des Aschekreises, bis ich euch rufe.«

Anike genoss die herrliche Wärme außerhalb der Kirche. Gierig sog sie die milde Luft ein. Inzwischen war es dunkel. Ein wolkenloser schwarzer Himmel mit funkelnden Sternen blickte auf sie nieder. Es hätte eine herrliche Nacht sein können, lägen hinter ihr nicht sieben Leichen und vor ihr die Aufgabe, deren Mörder unschädlich zu machen.

»Die Mühle ist am anderen Ende des Dorfs. Kommt!« Der Feldscher schlug augenblicklich ein strammes Tempo an.

Es war befremdlich, durch den dunklen Ort zu laufen, der wie tot wirkte. Kein Fenster war beleuchtet, nirgendwo erklangen Gespräche, Gelächter oder wenigstens das Brüllen oder Gackern von Tieren. Für Anike fühlte es sich an, als würden sie durch ein Geisterdorf laufen. Mittlerweile merkte sie, dass sie dringend urinieren musste. Sie hätte nicht zu sagen vermocht, ob vor Aufregung oder weil es einfach Zeit dafür war. Der blöde Degenkopf drückte bei jedem Schritt auf ihre Blase. Schließlich hielt sie es nicht mehr aus. »Leute, ich … ähm …«

Gustav, der neben ihr ging, zuckte bei ihren Worten zusammen und seine Hand flog zum Degen.

»Was ist?«, fragte der Feldscher und konnte seine Gereiztheit nicht ganz unterdrücken.

»Ich muss mal pinkeln.«

Gustav stöhnte genervt.

»Besser jetzt als später. Gehen wir alle nochmal. Es ist ja dunkel genug.«

Erstaunlicherweise verschwand Gustav am schnellsten in einem der Vorgärten, obwohl er eben noch so getan hatte, als würde Anike mit ihrem Wunsch ein Schwerverbrechen begehen.

Ich war wohl nicht die Einzige, die hier die Hosen fast voll hatte. Sie ging hinter einen hohen Zaun und erleichterte sich. Als sie sich gerade wieder fertig angezogen hatte, gellte ein panischer Schrei durch die Nacht. Sie kannte die Stimme genau. Gustav.

ROTHAARIGE

Gustav hätte es nicht zugegeben, aber er wäre Anike fast um den Hals gefallen, als sie eingestand, dass sie pinkeln musste. In den Momenten davor wäre er fast geplatzt, so sehr hatte seine Blase gedrückt. *Hätte ich nur nicht so viel von dem Dünnbier getrunken.* Es war ihm zwar peinlich, dass er vor Freude über ihre Bitte laut aufgestöhnt hatte, aber das war vermutlich sowieso niemandem aufgefallen. Hastig nestelte er an seiner Hose herum. Der Degen und das kleine Aschesäckchen, das er am Gürtel befestigt hatte, machten das nicht gerade einfacher, aber schließlich schaffte er es.

»Du läufst ja aus wie ein Wasserfall. Ich gehe schon mal zurück zur Straße und warte auf Anike«, brummte der Feldscher belustigt.

Gustav war es egal. Er genoss das fröhliche Plätschern, das ihn von seinen Qualen befreite. Schließlich fand es doch ein Ende. Beim Hochziehen seiner Hose schnitt er in der Dunkelheit versehentlich mit seinem Degen den Aschesack auf, sodass seine Hände mit dem Pulver bestäubt wurden. Ihm ging schlagartig auf, was die scharfe Waffe in der Dunkelheit noch hätte alles versehentlich abtrennen können. Vorsichtig zog er sich fertig an. Er brauchte einen Moment, um sich zu orientieren, doch dann entdeckte er die Laterne des Feldschers. Gustav war keine zwei Schritte darauf zugegangen, da hörte er unter sich ein dumpfes Knarren. Verwundert blickte er nach unten. Es war so dunkel, dass er kaum seine Füße sehen konnte. Er machte einen weiteren Schritt und das Knarren wurde zu einem lauten Knacken, im nächsten Augenblick verschwand der Boden unter seinen Füßen und Gustav stürzte mit einem Schrei des Entsetzens nach unten.

Der Aufprall trieb ihm alle Luft aus den Lungen, dann durchflutete ihn furchtbarer Schmerz. »Ahhh«, stöhnte er. Seinen Kopf durchzuckten Schmerzsalven wie Blitze und er sah bunte Funken vor seinen Augen. Vorsichtig tastete er nach seinem Hinterkopf. Er fühlte Feuchtigkeit. *Blut.* Langsam versuchte er sich aufzusetzen und bewegte sacht Arme und Beine. »Gebrochen scheint nichts zu sein«, murmelte er, nur um sich gleich wieder hinzulegen. Beim Aufrichten hatte sein Kopf so sehr geschmerzt, dass er sich fast übergeben hätte. Im Liegen war es im Moment besser auszuhalten.

»Gustav? Gustav, geht es dir gut?«, hörte er die ängstliche Stimme des Feldschers.

»Was ist mit ihm?«

Anike. Macht sie sich etwa Sorgen um mich? Gustav wusste nicht, ob ihn das freuen oder ärgern sollte. Dieses Mädchen hatte sich einen Platz erschlichen, der ihr nicht zukam, aber gleichzeitig war sie so schön und intelligent, dass es unmöglich war, nicht von ihr angezogen zu sein. Jene Tatsache ärgerte Gustav am meisten. Leider hatte er sogar schon einige Male von ihr geträumt. Träume, deren Inhalt er niemals jemandem verraten würde. »Es geht mir gut. Ich glaube, ich habe mir nichts gebrochen. Nur mein Kopf blutet, aber das wird schon wieder«, erklärte er hoffnungsfroher, als er sich im Moment fühlte.

»Das muss ein alter Brunnen gewesen sein, dessen Abdeckung morsch war.«

Die Stimme des Feldschers wurde leiser und Gustav vernahm nur noch undeutliches Gemurmel, als er sich mit Anike beriet.

»Bleib, wo du bist! Wir versuchen ein Seil zu organisieren.«

Wo sollte ich auch hin? Gustav blickte sehnsüchtig auf den kleinen goldenen Punkt, der die Laterne des Feldschers anzeigte. »Ist gut.« Er machte eine kleine Pause, um zu überlegen, ob er seine nächsten Worte aussprechen sollte. Anike könnte ihn für einen Schwächling halten. »Beeilt euch, bitte!«

»Machen wir. Versprochen!«, antwortete ihm Anikes hohe Stimme freundlich.

Sie macht sich tatsächlich Sorgen um mich. Gustav spürte, wie sich ein Lächeln auf sein Gesicht schlich. Es verging schnell, als er sich seine missliche Lage bewusst machte. Er lag in einem wer weiß wie tiefen Brunnenschacht, in einem Ort, in dem vermutlich Dämonen ihr Unwesen trieben. *Können die klettern?*, schlich sich ein unangenehmer Gedanke in seinen Kopf. Er tastete nach dem Degen. Die Waffe hing nicht mehr an seinem Gürtel. Panisch suchten seine Finger in dem feuchten Schlamm danach. Ohne Erfolg.

Von oben ging plötzlich ein faustgroßer Stein ab und landete knapp neben Gustavs Bein.

Der vermaledeite Brunnen wird sich doch wohl nicht gerade jetzt dazu entscheiden zusammenzubrechen? Gustav schluchzte. *Du hast ihm durch deinen Sturz den letzten Schubs dazu gegeben,* drängte sich eine unangenehme Stimme in Gustavs Kopf. Er richtete sich umständlich auf und lehnte sich an die feuchte, glitschige

Steinwand des Brunnens. Ängstlich blickte er in die schwarze Leere über sich. Er redete sich ein, dass er dort oben silberne Sterne sehen würde. *Wie tief ist dieser Brunnen? Gibt es in Crottendorf überhaupt solch ein langes Seil, das mich dann auch trägt?* Bilder eines Skeletts auf dem Grund des Brunnens tauchten vor seinem inneren Auge auf.

»Nein, gibt es nicht, du wirst hier elendig verhungern«, erklang wieder die bösartige Stimme in seinem Kopf, die ihm scheinbar alle Hoffnung nehmen wollte. Nur dass Gustav jetzt begriff, dass tatsächlich jemand zu ihm sprach.

»Nicht schon wieder«, rief er resigniert und die steinernen Wände erzeugten ein Echo. »... schon wieder ... on wieder ... wieder ...«

Drei leuchtende Augen glommen auf. »Ich freue mich auch, dich zu sehen.« Dann schälte sich ein hämisches, zahnbewehrtes Grinsen aus der Dunkelheit.

»Verschwinde, ich kann dich jetzt nicht gebrauchen!«, zischte Gustav den rot geschuppten Dämon eher genervt als wütend an. Wieder verbesserte sich seine Sehkraft im Dunkeln abrupt und er stellte resigniert fest, dass der Brunnenschacht noch tiefer war, als er befürchtet hatte.

»Oh, oh, oh, mein lieber Gustav! Ich spüre, dass du eigentlich ganz froh bist, nicht mehr allein in dieser Todesfalle zu sitzen.«

Gustav beugte sich näher zu dem behörnten Wesen. Es war ziemlich eng mit dem dicklichen Dämon hier unten. »Woher willst du das wissen?«

Höhnisches Gelächter kam aus dem Maul des Dämons. »Nun, mein lieber Gustav, da dein verehrter Meister bei unserem letzten Rendezvous so nett war, mir deinen Namen zu verraten, kann ich jetzt einige Dinge mit dir machen, die dir das Blut in den Adern gefrieren lassen werden.« Er blickte einen Moment auf seine langen, gelblichen Krallen. »Zum Beispiel deine Gedanken lesen.« Ein breites Grinsen stahl sich auf das hässliche Gesicht der Kreatur.

»Das glaube ich nicht!«, schrie Gustav auf. »Beweise es! An welche Zahl denke ich.«

»Sekunsiebla«, antwortete der Dämon selbstbewusst.

»Pah!« Gustav machte eine unflätige Geste. »Das ist noch nicht mal eine richtige Zahl.«

»Na und, nur weil ich nicht zählen kann. Bildung wird überschätzt. Ich habe mal einen Lehrer gefressen, danach war ich auch nicht schlauer. Da hätte ich auch einen Schweinehirten nehmen können.«

»An was für ein Tier denke ich?«

Der Dämon kniff eine ganze Weile die Augen zusammen und leckte sich mit der übermäßig langen Zunge über den Mund. Schließlich warf er genervt die Arme in die Luft. »Ein Kätzchen? Ehrlich gesagt, habe ich keine Ahnung. In Ordnung! Ich kann nicht direkt deine Gedanken lesen, sondern eher deine Empfindungen.«

Gustav hatte tatsächlich an einen dicken, gelbroten Kater gedacht, aber er beschloss, das lieber nicht zu erwähnen.

»Ich weiß zum Beispiel ganz genau, dass du dich gern mit der Rothaarigen paaren würdest. Was du dir da manchmal in deinen Träumen vorstellst, mit ihr zu machen …« Der Dämon gab eine Art Pfiff von sich. »Ganz schön gewagt.«

Gustav spürte, dass sein Kopf heiß wurde. »W-w-wovon sprichst du?«

»Na, das rothaarige Weibchen, das jetzt mit euch rumzieht. Die, die letztes Mal auch bei der eklig kalten Leiche war. Ich dachte mir schon, dass du auf Rothaarige stehst.« Das Wesen zwinkerte mit seinen drei Augen. »Sonst hättest du dich ja nicht mit mir verbunden.« Der Dämon ließ seine ausladenden Hüften frivol kreisen und stellte seine Schuppen auf.

»Bist du etwa ein Mädchen?«, fragte Gustav ehrlich erstaunt.

Der Dämon machte eine wegwerfende Geste. »Tu nicht so, als ob du das nicht gewusst hättest.«

Stöhnend ließ sich Gustav zurückfallen. In was war er da nur hineingeraten? Er begann darüber nachzudenken, wen die Dämonin gemeint haben könnte. Bisher hatte er nur von einem einzigen Mädchen so merkwürdig geträumt. Anike. Aber die war blond und nicht … »Ich kenne sie«, unterbrach er seine eigenen Gedanken. »Anike ist das rothaarige Mädchen aus dem Feldlager. Die Hure«, endete er flüsternd.

Die Dämonin klatschte gelangweilt. »Ja, ja, ja, aber ich denke nicht, dass diese Erkenntnis dich aus deiner misslichen Lage befreit, und ich«, sie machte eine Pause, um sich ausgiebig an ihrem Hinterteil zu kratzen, »wäre doch ehrlich gesagt wenig erfreut, wenn du hier unten sterben würdest. Nur aus Eigennutz, wie du vielleicht verstehst. Falls du allerdings vorhast, dir mit diesem Stein da freiwillig den Schädel einzuschlagen, hätte ich gar nichts dagegen.« Grinsend schob sie den Feldstein, der Gustav fast erschlagen hätte, mit ihrem Krallenfuß zu ihm hinüber.

»Ich werde hier nicht sterben. Weder freiwillig noch ungewollt. Der Feldscher und Anike kommen gleich und holen mich hier raus. Du solltest bis dahin lieber verschwunden sein, sonst bringt der Feldscher mich nämlich auf jeden Fall um, und das wäre dann auch dein Ende.«

Die Dämonin gähnte ausgiebig und streckte sich. »Wenn du meinst.«

»Was soll das heißen?«, zischte er sie böse an. »Sag es mir!«

205

»Hallo, schon wird er wieder richtig menschlich. Forderungen, und gleich kommen sicher Drohungen. Gut, dass dein Degen im Schlamm versunken ist, sonst würdest du damit wahrscheinlich wieder herumfuchteln.«

Gustav seufzte. »Bitte sag mir doch, was du weißt. Um unser beider willen.«

Die Dämonin setzte ein leutseliges Grinsen auf. »Nun ja, die beiden werden nicht kommen, weil sie vermutlich gerade umgebracht werden. Elende Fleischverschwendung ist das, wenn du mich fragst. So richtet ihr Menschen eure Umwelt zugrunde. Wir Dämonen würden …«

»Sie werden gerade was?«, kreischte Gustav.

»Abgemurkst. Von dem dummen Menschen, der auch die anderen umgebracht hat, die auf dem kalten Buffet in der Kirche liegen. Was der an guten Fleischstückchen weggeworfen hat, das kannst du dir nicht vorstellen.« Sie rollte theatralisch mit den Augen.

»Es gibt hier also gar keine Dämonen?«

Sie kicherte mädchenhaft. »Ach was, nur einen eifersüchtigen Dorfschulzen, der sich an ein junges Ding herangemacht hat, und als die ihn nicht zur Paarung empfangen wollte, hat er sie aufgeschlitzt.«

Gustav spürte, dass seine Hände kalt wurden, weil vor Panik alles Blut aus ihnen schwand. »Und die anderen?«

»Hat er nur so umgebracht, um es uns armen Dämonen in die Schuhe zu schieben. Typisch Mensch eben. Jetzt hat er sich noch deinen Meister und die Rothaarige geschnappt, weil er wohl doch Angst hatte, dass die die Wahrheit rausbekommen. Ich weiß übrigens wirklich nicht, was du an der findest. Die ist viel zu dürr. Frauen müssen doch richtig was auf den Rippen haben, sonst verletzt man sich doch mit den Hörnern oder Klauen beim Liebesspiel.«

Gustav hörte gar nicht richtig zu. *Der Mörder hat Martin und Anike.* »Wir müssen ihnen helfen.«

»Wiiiiir?«, fragte die Dämonin. »Seit wann gibt es denn ein Wir? Ich dachte immer, dass du dich meinetwegen schämst.«

»Ach was, ich war nur überrascht über dein plötzliches Erscheinen in meinem Leben. Könntest du mich aus diesem Brunnen bringen? Du bist doch schön *und* stark«, versuchte er sich bei der Dämonin lieb Kind zu machen.

»Hach.« Sie schlug kokett die riesigen Krallenpranken vor ihren Schlund. »Du kannst ja richtig charmant sein. Vielleicht habe ich dich falsch eingeschätzt. Aber leider …« Sie versuchte seine Hand zu nehmen, griff aber einfach durch sie hindurch, als wäre ihre Pranke aus Luft.

Gustav spürte nur einen kühlen Hauch auf der Haut. »So ein Mist, dann muss ich mich an dir festhalten, das geht schließlich.«

»So könnten wir es machen, wenn du es mit deinen dünnen Ärmchen schaffst, dich bis ganz nach oben festzuhalten. Falls du nämlich nicht mehr kannst, kann ich dich nicht festhalten.«

Gustav blickte nach oben. Sie konnte recht haben. Der Aufstieg würde eine ganze Weile dauern.

Die drei Augen der Dämonin blickten ihn intensiv an. »Vielleicht gibt es einen anderen Weg, aber er ist für dich nicht ganz ungefährlich.«

»Welchen? Ich würde alles tun, um sie zu retten. Die beiden sind die einzigen Menschen, die ich noch habe.«

»Es ist ganz einfach. Du musst mir erlauben, dass ich dich berühre. Eine Erlaubnis, die nicht zurückgenommen werden kann.«

Sie stand jetzt ganz dicht vor Gustav. Er atmete ihren animalischen, aber nicht unangenehmen Geruch ein. »Töten oder verletzen würdest du mich ja trotzdem nicht, weil dir dann ja das Gleiche passiert. Stimmt's?«

»Leider ja.«

»Also gut, ich erlaube es dir.«

»Na, na, na, nicht so schnell. Ihr jungen Bürschlein habt es immer so eilig. Sprich mir nach: Ich, Gustav …«

»Ich, Gustav …«

»… erlaube der schönsten aller Dämoninnen …«

»Geht das wirklich so?«

»Unterbrich mich nicht, sondern sprich mir nach, wenn du deinesgleichen noch retten willst.« Sie strich sich affektiert die Schuppen auf ihrem dicken Bauch glatt.

Missmutig wiederholte Gustav es.

»… dass sie mich anfasst.«

»Und nun?«, fragte Gustav anschließend.

»Nun kann ich das machen.« Sie schlug ihm spielerisch in den Schritt.

Keuchend klappte Gustav vornüber. »Ahhh …«

»Tja, gut, dass ich ein Mädchen bin und meine wichtigen Teile woanders sitzen. Komm schon hoch, du Weichei. Du willst doch deine schöne Anike heute noch heldenhaft retten, um vielleicht dein Horn in sie stecken zu dürfen.«

Ein Gutes hatte der fiese Schlag, denn beim Herunterbeugen entdeckte Gustav seinen Degen im Schlamm und nahm ihn schnell an sich. Im nächsten Moment legte sich schon die Pranke der Dämonin um seinen Oberarm und zog so heftig daran, dass er vom Boden gehoben wurde. Sie warf ihn sich auf den Rücken, als wäre er ein Sack Kartoffeln.

»Geht's dahinten? Tatsch mich bloß nicht an den falschen Stellen an, da bin ich altmodisch!«

»Versprochen«, brummte Gustav.

»Halt dich fest!« Sie schlug geschickt ihre Krallen in die Fugen zwischen den groben Feldsteinen und überwand schnell den steilen Schacht nach oben. Unsanft ließ sie Gustav neben dem zerbrochenen Holzdeckel fallen, als sie wieder an der Oberfläche waren.

Der sog freudig die milde Sommerluft ein, die wie ein Segen nach dem muffig feuchten Gestank am Grunde des Brunnens war. »Wo sind sie?«, brachte er dann krächzend hervor und kam schwankend auf die Beine.

»Im Haus des Dorfschulzen, wo denn sonst? Der Mann ist nebenbei übrigens auch Metzger. Kein besonders guter, wenn du mich fragst. Bei seinen Opfern hat er ja die besten Stücke zersäbelt.«

Gustav konnte sich an das Haus erinnern, in das der Feldscher bei ihrer Ankunft gegangen war. So schnell es seine zerschundenen Knochen erlaubten, rannte er los. Die verstärkte Sehkraft, über die er dank der Dämonin verfügte, erleichterte es ihm ungemein, den Weg durch das dunkle Dorf zu finden.

Das Haus des Schulzen war das größte im Ort. Anders als die anderen wies es keine Beschädigungen auf. Die massive, aus Eichenholz gefertigte Eingangspforte, in die ein stilisierter Schweinskopf geschnitzt war, war fest verschlossen. Von außen betrachtet wirkte das Haus unbewohnt. Gustav hörte dennoch ein leises Wimmern. *Anike!* Scheinbar konnte er mit der Dämonin im Schlepptau nicht nur besser sehen, sondern auch hören. Er suchte nach einem Fenster, um in das Gebäude zu kommen, doch auch die Läden waren alle fest von innen verschlossen.

»Warum hilfst du ihnen nicht?«, fragte die Dämonin ehrlich erstaunt. »Ich bin mir sicher, dass sie in keiner besonders angenehmen Lage sind.«

»Weil ich nicht in das vermaledeite Haus reinkomme!«, schrie er sie wütend an.

»Mach doch einfach eines der Fenster hier auf.« Unnötigerweise zeigte sie auch noch auf den verschlossenen Laden direkt vor ihm.

»Er ist fest verriegelt.«

Die Dämonin schob einen Finger unter das massive Holz und zog daran. Ein kratzendes metallisches Geräusch erklang.

Sie hat gerade mit einem Finger den Metallriegel aus dem Stein gebrochen.

»Jetzt besser, mein Herr? Nur keine falsche Scham – frag doch einfach um Hilfe.«

»Also gut. Würdest du mir bitte helfen, meine Freunde zu retten?«

Sie leckte sich über ihre Nase. »Na gut, aber du musst mir versprechen, dass ich einen von ihnen fressen darf, wenn der Schulze mit ihnen schon angefangen hat.«

Gustav ignorierte das und kletterte durchs Fenster ins Innere des Hauses, dicht gefolgt von der Dämonin. Abgestandene Luft und der Geruch nach Staub und Lavendelkissen empfingen sie. Vermutlich waren sie in der guten Stube gelandet, die nur zu besonderen Fest- und Feiertagen genutzt wurde. Gustav hielt seinen verdreckten Degen abwehrbereit vor sich. Erst jetzt wurde ihm bewusst, wie lächerlich dünn die Waffe war.

»Hier lang«, sagte die Dämonin viel zu laut.

»Sssch«, fuhr Gustav sie an, »er soll uns doch nicht hören.«

Sie flüsterte extrem leise und bewegte dabei übertrieben die wulstigen Lippen: »Er kann mich nicht hören. Schon vergessen? Die meisten Menschen kriegen von unserer herrlichen Existenz leider nichts mit. Der dumme Schweinemetzger gehört natürlich dazu.«

»Trotzdem«, beharrte Gustav, nur um im nächsten Moment gegen einen kleinen Schrank zu stolpern und eine Blechdose, die darauf stand, herunterzuwerfen. Der hässliche Gegenstand rollte laut scheppernd über den Boden.

»Du darfst also Krach machen.« Die Dämonin fuhr beleidigt ihre Unterlippe aus. »Typisch Mensch, alles Heuchler.«

Gustav hielt die Luft an und horchte in das stille Haus hinein. »Gerade noch mal …« Ihm blieb fast das Herz stehen, als er schwere Schritte auf sich zukommen hörte.

»Ich glaube, dass der Metzger kommt. Wir … ähm … ich sollte mich besser verstecken.«

Krachend flog die Tür auf. Ein mehrarmiger Kerzenleuchter erhellte den Raum und nahm ihm damit jede Chance, sich zu verstecken. »Hab ich dich, Bürschlein. Ich wusste doch, dass ihr zu dritt hier wart«, brüllte der Dorfschulze wütend. Er war ein breitschultriger Mann, der eine Lederschürze über dem beeindruckenden Bauch trug und eine kleine Axt in der Hand, die seine Zunft üblicherweise zum Zerteilen von Fleisch und Knochen nutzte.

Gustavs Degen zitterte unverkennbar, als er ihn auf den Mann richtete. »Im Namen der schwarzen Feldschere, ergebt Euch!«

Mit erhobener Axt kam der massige Metzger auf ihn zugestampft. »Du kommst in mein Haus und glaubst, mir Anweisungen erteilen zu können? Aus dir mache ich Hackfleisch.«

Gustav war sich sehr sicher, dass er nie wieder würde Hackfleisch essen können, sollte er hier überraschenderweise heil herauskommen. Die blutige Waffe kam auf ihn heruntergefahren. Tapfer hielt er mit dem Degen dagegen. Der Aufprall war aber so heftig, dass ihm die Klinge fast aus der Hand fiel.

Triumphierend brüllte der Schulze auf und holte zum nächsten Schlag aus. Diesmal zielte er direkt auf Gustavs Schädel.

Der kniff die Augen zusammen, um das Unvermeidliche nicht sehen zu müssen. Plötzlich legte sich etwas Schweres auf seine Degenhand und führte sie gegen seinen Willen. Ein feuchtes Röcheln ließ ihn wieder aufblicken.

Der Metzger hatte die Axt fallen lassen und griff sich mit seinen fleischigen Händen an den Hals. Daraus spritzte Blut hervor wie aus einer Fontäne.

Die Dämonin hatte Gustavs Waffenhand geführt und dem Mann den Garaus gemacht.

NEUE
AUFTRÄGE

———†———

Ein metallisches Scheppern holte Anike aus ihrer Ohnmacht. Sie erwachte mit pochenden Kopfschmerzen. »Was ist p-p-passiert?«, stammelte sie. Sie musste mehrmals blinzeln, damit ihr verschleierter Blick wieder klar wurde. Was sie erkannte, trug nicht dazu bei, dass sie sich besser fühlte. Sie befand sich in einem trüben, nur durch zwei Fackeln beleuchteten, fensterlosen Raum, dessen Boden voll von braunen Flecken war. *Blut.* »Ahhhh!« Anike schrie auf vor Schmerzen. Sie blickte hoch zu ihren Handgelenken, die an einen massiven Fleischerhaken gefesselt waren, der von der niedrigen Decke des kargen Raums herunterhing und an dem man sonst Tiere zum Ausbluten aufhängte. *Vermutlich hat er irgendsowas mit uns vor.*

Sie blickte zum Feldscher, der neben ihr hing. Sein Kopf war schlaff zur Seite gefallen. Seine Schläfe war blutverkrustet. Genau dort hatte ihn der Schulze mit seinem Prügel erwischt, als sie arglos nach einem Seil für Gustavs Rettung gefragt hatten. Der feiste Mann hatte Anike so überrascht und war dazu dermaßen flink gewesen, dass sie einen weiteren Schlag, diesmal auf ihren eigenen Kopf, nicht mehr abwehren konnte. Sie schaffte es nur noch, sich ein wenig zur Seite zu wenden, was den Hieb wohl etwas gemildert hatte. »Meister«, flüsterte sie. »Meister, könnt Ihr mich hören?«

Ein leises Stöhnen kam als Antwort.

Anike wusste nicht, ob sie sich freuen oder enttäuscht sein sollte. Es wäre um einiges leichter gewesen, wenn ihr der schmierige Metzger die Arbeit abgenommen hätte. *Was nicht ist, kann ja noch werden,* zischte ihr eine böse Stimme in ihrem Kopf zu und sie sah beständig das wächserne Gesicht des toten jungen Mädchens in der Kirche vor sich. Nur dass es in ihrer Vorstellung rote Haare hatte. Anike ruckte an den Fesseln. Der Metzger konnte jeden Moment wiederkommen. Sie baumelte etwa einen halben Schritt über dem Boden. Außer an ihren Händen hatte sich der Dorfschulze nicht die Mühe gemacht, sie zu fesseln. Sie fing an, leicht hin und her zu schwingen, um den Feldscher mit ihren Füßen zu erreichen. Vielleicht würde ihn ja ein leichter Tritt wecken. Sie hielt damit inne, als sie wütendes Gemurmel vernahm, das in Gebrüll überging. *Jemand ist hier.* Hoffnung kam in ihr auf, bevor sie sie unterdrücken konnte. Wer sollte sich schon in dieses gottverlassene Nest verirren? *Ein Komplize des Dorfschulzen.* Anike ruckte in ihrer Panik noch einmal heftig mit ihren Armen, aber als Resultat zog sich das grobe Hanfseil nur noch fester um ihre Handgelenke. Sie überlegte gerade, ob sie um Hilfe rufen sollte, da hörte sie eine wohlvertraute, wenn auch nicht gerade geliebte Stimme.

»Schluss mit der Diskussion. Du darfst ihn nicht fressen. Wie soll ich das denn den anderen erklären?«

»Menno, nie erlaubst du mir etwas. Ich wünschte, du würdest dich endlich umbringen.«

Anike runzelte die Stirn. Die knatschige, hohe Stimme kannte sie ebenfalls. Sie brauchte nur einen Moment, um darauf zu kommen, mit wem sich Gustav unterhielt: *dem dreiäugigen Dämon*. Wie war Gustav nur aus dem Brunnen herausgekommen und warum sprach er mit diesem Wesen, als wären sie alte Freunde? Na ja, eher Familienangehörige, so wie sie stritten.

»Trink das nicht, das ist Bier. Du verträgst das bestimmt nicht. Wenn hier wieder alles nach Zimt stinkt, dann haben wir den Salat. Der Feldscher merkt das doch.«

»Oh doch, ich werde das austrinken, da kannst du dich auf den Kopf stellen. Eine Freude wirst du mir im Leben wohl noch gönnen.«

»Gib mir schon den Krug!«

»Sonst was?«

Einen Augenblick lang vernahm Anike nur das schwere Atmen des Feldschers.

»Nein«, quietschte der Dämon jetzt, »das würdest du nicht wagen.«

»Willst du es herausfinden? Ich habe ja an der Stelle keine Hörner und jetzt stell das Fass wieder weg.«

Ein lautes Gluckern war zu vernehmen.

»Das gibt es doch nicht. In einem Zug leer getrunken.«

Ein dröhnendes Rülpsen waberte an Anikes Ohren.

»Siehst du, da geht es schon los. Als Nächstes machst du noch in die Ecke, was?«

»Hab dich nicht so. Ich bin alt genug für Bier.« Der Dämon gab ein lautes Hicksen von sich. »Deine Angebetete kann uns übrigens hören.«

»Was?«, fragte Gustav. Anike konnte seine Panik genau heraushören. Seine Stimme wurde dann immer ein bisschen zu hoch. »Seit wann?«

»Seitdem du mir das Bier verboten hast«, gab der Dämon offensichtlich beleidigt zurück.

»Warum sagst du denn nichts?«

»Du hast nicht gefragt.«

Anike wurde das Geplänkel zu blöd. So langsam glaubte sie, dass ihre Arme aus den Schultergelenken gerissen würden, wenn sie nicht bald von dem Haken herunterkäme. »Ich bin hier!«, rief sie laut. »Könnt ihr mich hören?« Sie überlegte kurz und fügte dann hinzu: »Der Feldscher ist bewusstlos.«

»Eine schöne Stimme hat sie ja nicht gerade. Bisschen wie ein Reibeisen oder eine erkältete Drossel. Ob das wirklich eine gute Wahl zur Paarung ist? Ich an deiner Stelle würde …«

»Halt endlich die Klappe!«, zischte Gustav böse.

Wovon sprechen die da?

»Anike, ruf bitte nochmal, damit wir dich finden können.«

»Sie ist im Keller. Riechst du das denn nicht? Dahinten ist eine Treppe. An dich sind meine Talente wirklich verschwendet.«

Anike musste trotz allem über den Schwall unflätiger Flüche grinsen, die Gustav daraufhin seinem Dämon an den Kopf warf. Schließlich erklangen Schritte auf der hölzernen Treppe und Gustavs schmale Gestalt kam auf sie zu. Noch nie hatte sich Anike so sehr darüber gefreut, ihn zu sehen. Sie war sich nicht sicher, ob es das flackerige Zwielicht der rußenden Fackeln war, aber er sah mit dem Schmutz im Gesicht, dem kampfbereit erhobenen Degen und dem grimmig-entschlossenen Ausdruck gar nicht übel aus. Seine erste Frage zerstörte diesen Eindruck jedoch wieder.

»Was ist passiert?«

Wonach sieht es denn aus?

»Der Dorfschulze«, gab sie gequält und so kurz wie möglich Antwort. »Kannst du mich von den Fesseln befreien?«

216

Er streckte sich, um mit seinem Degen an das Seil zu kommen. Dabei umklammerte er sie, um nicht das Gleichgewicht zu verlieren.

Er riecht gut. Anike verstand nicht, was in sie gefahren war. Vermutlich war es einfach nur die Todesangst, die Gustav jetzt von ihr nahm. »Aua!« Er hatte sie mit seiner Waffe geschnitten.

»Entschuldige, es ist so dunkel hier. Gibt es nicht irgendwo einen Hocker?«

»Kann das nicht dein Freund machen? Er ist doch größer als du«, fragte sie und bedachte ihn mit einem müden Grinsen.

Fast konnte man hören, wie es hinter Gustavs Stirn arbeitete.

»Sie hilft sehr gern«, nahm ihm die Dämonin, die offensichtlich nur auf eine solche Gelegenheit gewartet hatte, die Entscheidung ab und stampfte die Treppe herunter, deren Bohlen sich unter ihrem Gewicht bogen.

Anike betrachtete das Wesen voller Erstaunen. Der Dämon, *die Dämonin*, verbesserte sie sich selbst, sah einfach abscheulich aus. Ihr Aussehen passte irgendwie nicht zu dem, was sie sagte und tat.

»Soll ich die Dürre zuerst abschneiden oder deinen Meister? Wäre es schlimm, wenn ich eine Hand dabei abschlage? Ich habe solchen Hunger«, quengelte das Wesen, als wäre es ein kleines Kind.

»Ähm …«, begann Anike, »also, was meine Hand angeht …«

»Hör gar nicht auf sie«, unterbrach Gustav. »Bitte, zuerst Anike und dann den Meister. Anschließend verschwindest du aber schnellstens.«

»Pah«, machte die Dämonin, streckte ihre langen Arme und kappte das Seil mit einem einzigen Schwung ihres Krallenfingers.

Geschickt fing Gustav Anike auf.

»Danke«, flüsterte die voller Ehrfurcht.

»Schon gut, mein Schätzchen. Wichtig ist nur, dass du weißt, dass ich die ganze Arbeit quasi allein gemacht habe. Egal, was dir Gustav später auch für Lügen erzählen mag, um dich dazu zu bringen, dich begatten zu dürfen. Geträumt hat er nämlich schon oft davon.«

»Oh nein!«, fauchte Gustav, der mittlerweile knallrot geworden war.

Die Dämonin verzog ihr Maul zu einem Lächeln. Anike hoffte zumindest, dass es sich dabei um ein Lächeln handelte. »Übrigens, was hast du nur mit deinem schönen Haar gemacht, Mädchen? Rot steht dir eindeutig besser. Nicht, dass ich noch nie darüber nachgedacht hätte, meine Schuppen einzufärben, alle Männer stehen ja auf goldblond, aber …«

»Bitte«, flehte Gustav jetzt und nahm zu Anikes Überraschung mit seiner schimmernden Hand die Pranke der Dämonin. »Bitte hilf auch meinem Meister und geh dann wieder! Du weißt, was passieren wird, wenn er dich sieht.«

In dem scheußlichen Schweinsgesicht der Kreatur schien kurz etwas zu passieren, was Anike aber nicht verstand. »Also gut, aber nur, weil du ›Bitte‹ gesagt hast.« Zügig befreite sie auch den Feldscher.

Der stöhnte jetzt lauter und begann sich zuckend zu bewegen.

»Er wird gleich aufwachen«, sprach Anike das Offensichtliche aus.

»Tja, dann heißt es wohl für mich, Arrivederci zu sagen, meine Liebe. Wie heißt du eigentlich?« Die Dämonin zwinkerte Anike vertraulich zu.

Sie hatte schon den Mund geöffnet, da rief Gustav.

»Sag ihr bloß nicht deinen Namen.«

Deinen kennt sie doch auch.

»Na ja, einen Versuch war es wert.«

Anike blickte verwirrt zu Gustav, und als sie zu dem Wesen zurückblickte, war es verschwunden. Dort, wo es eben noch gestanden hatte, war bloß feiner Nebel zu sehen.

»Alle Achtung, Junge«, sagte der Feldscher zum wiederholten Mal und gab Jolande die Zügel, damit sie Crottendorf endlich hinter sich lassen konnten. »Das war ein gelungener Degenstreich. Haben sich die vielen Fechtstunden also gelohnt. Du hast wahrlich auch ordentlich Muskeln dadurch bekommen, sonst hättest du es ja nie geschafft, aus dem tiefen Brunnenschacht rauszuklettern.«

»Schon in Ordnung«, wiegelte Gustav ab, »ich hatte einfach Glück.«

»Das Glück ist mit den Tüchtigen, Gustav. Wir hingegen haben uns von dem schändlichen Dorfschulzen übertölpeln lassen. Wenn wir in Leipzig sind, werde ich gleich die Schweden informieren, damit sie sich dieses verfluchten Orts annehmen. Der Mann war ein Schwein. Offensichtlich hat er all die Menschen getötet. Die Nachbarin hat mir vorhin erzählt, dass man gemunkelt hat, er sei dem toten jungen Mädchen hinterhergestiegen. Vermutlich hat sie ihn abblitzen lassen und er wurde zum Mörder. Die anderen hat er bestimmt umgebracht, um die Tat zu verbergen und den Verdacht auf die angeblichen Dämonen zu lenken. Als ob in unserer Zeit nicht schon genug sterben müssten.« Martin schüttelte traurig den Kopf.

Anike sagte zu alldem nichts. Ihr hatte Gustav die Wahrheit erzählt und es gab für sie keinen Grund, ihrem Meister etwas anderes zu berichten. Sollte der Junge sich ruhig über all das Lob freuen. Sie hatte andere Probleme zu bewältigen und sie musste erst einmal herausfinden, ob sie heute größer oder kleiner geworden waren. Verstohlen blickte sie zu Gustav, der sich eine Strähne seines dunklen Haars aus der Stirn wischte. Die gerade aufgehende Sonne ließ es schimmern. Was war das nur für ein Junge, der sonst immer über seine eigenen Füße stolperte, aber gleichzeitig einen tödlichen Dämon dazu brachte, auf ihn zu hören? *Ein interessanter*, musste sie sich eingestehen.

Es war Mittag, als sie das Grimmaische Tor erreichten, durch das sie nach Leipzig hineinfahren würden. Eine der Wachen, die es besetzten, kam zügig auf sie zu.

»Feldscher Martin?«, fragte er mit schwedischem Akzent.

»Ja.«

»Der Stadtkommandant möchte Euch gern sprechen.«

»Kann das warten oder soll ich sofort zu ihm?«

»Ich soll Euch unverzüglich zum Kommandanten begleiten.«

Der Feldscher nickte, als hätte er nichts anderes erwartet. »Bringt die Sachen nach Hause, esst ordentlich und legt euch schlafen. Ich bin bald wieder da.«

Große Zuneigung zu diesem beeindruckenden Mann durchflutete Anike und noch etwas anderes: Sie fühlte sich das erste Mal seit einer sehr langen Zeit wieder zu Hause und willkommen.

Wortlos versorgten Anike und Gustav Jolande und räumten den Wagen auf, in dem, dank eines Schlaglochs, einiges in Unordnung gekommen war.

Anike wusste, dass jetzt der ideale Zeitpunkt gewesen wäre, sich auszusprechen. Gustav hatte ihr nicht nur das Leben gerettet, sondern sich ihr dabei auch sehr vertrauensvoll offenbart. Irgendetwas schien er auch für sie zu empfinden, wenn sie die nicht gerade kryptischen Andeutungen der roten Dämonin richtig verstanden hatte. Ihre Sicht auf ihn hatte sich seit der gestrigen Nacht verändert. Irgendwie kam ihr Gustav jetzt männlicher und erwachsener vor.

Es war der Junge selbst, der schließlich das unangenehme Schweigen brach und das Gespräch in eine Richtung lenkte, die Anike ganz und gar nicht gefiel. »Ich weiß, wer du bist«, sagte er, ohne von den Glasphiolen aufzublicken, die er gerade in eine Kiste mit Holzwolle zurücksortierte. »Oder besser gesagt, ich weiß, was du bist.«

Anike hätte fast jenen korkenzieherartigen Bohrer fallen gelassen, den der Feldscher benutzte, um Musketenkugeln aus Wunden zu entfernen. »Was meinst du damit?«, fragte sie argwöhnisch.

»Ich kann mich an dich erinnern.« Er stellte die Kiste mit den wertvollen Gefäßen vorsichtig zurück in das kleine Regal, bevor er weitersprach: »Du warst im Feldlager. Zusammen mit«, er machte eine kurze Pause und schaute sie gequält an, »einer anderen Hure.«

Anike taumelte ein Stück rückwärts. *Er erinnert sich doch. So ein Mist.*

»Ich habe dich dann noch einmal gesehen, wie du unserem Wagen hinterhergeschaut hast, als wir das Lager verließen. Du bist uns schließlich bis hierher nach Leipzig gefolgt. Sag mir endlich, wieso. Ein Feldscherlehrling warst du jedenfalls nie. Du kennst ja die einfachsten Grundlagen nicht.«

Anike wollte es schon abstreiten, aber er schien ihre Gedanken zu erraten.

»Leugne es nicht! Ich habe bemerkt, dass du noch nicht einmal die Kohlelinie kanntest, geschweige denn wusstest, woran man Dämonenbefall erkennt, noch, wie man Dämonen bekämpfen kann. Ich habe es langsam satt, dich vor dem Argwohn des Feldschers zu retten.«

Er hat mir also doch immer geholfen. Wieso hat er das getan?

»Warum, Anike – falls das überhaupt dein richtiger Name ist –, warum bist du hier und spielst dieses Spiel? In der letzten Nacht hätte es dich fast getötet. Der Feldscher«, Gustav machte eine Pause und sprach dann leise weiter, »und ich, wir haben das nicht verdient.« Wie zufällig legte er die Hand auf seinen Degen.

Anike tat dasselbe. Ihre Waffe fühlte sich schwer und kühl an. Obwohl ein Fechtkampf in der Enge des Wagens vermutlich unmöglich gewesen wäre, könnten sie sich schwer mit den Degen verletzen, wenn nicht Schlimmeres. »Ich war einfach fasziniert von euch und eurem Geschäft«, versuchte sie es mit einer Lüge. »Man munkelt so einiges über die geheimnisvollen schwarzen Feldschere und ich war so weit, mein Gewerbe zu wechseln. Ich werde schließlich auch nicht jünger.« Sie schenkte ihm ein schiefes Grinsen.

»So ein Blödsinn! Ich glaube so wenig, dass du eine Felddirne warst, wie ich glaube, dass du jemals der Lehrling eines anderen Feldschers gewesen bist. Hör doch endlich auf mit deinen Lügen. Was willst du von uns?«

Anike ging zum Angriff über. So langsam machte der Junge sie mit seinen bohrenden Fragen aggressiv. »Wer bist du, dass du dich moralisch über mich stellst? Du beschwörst heimlich Dämonen, damit sie dir dienen.«

»Eine Dämonin, und ich habe sie nicht absichtlich ...«

»Was sind denn deine Pläne mit dem Feldscher, Gustav?«, fuhr ihm Anike über den Mund. »Nutzt du sein Wissen, um dir deine eigene kleine Dämonenarmee zu erschaffen, die dir all deine Wünsche erfüllt? War der Metzger dein erstes Opfer oder nur einer von vielen in einer langen Reihe? Wir beide wissen ja, wie unser Meister reagieren würde ...« Sie pustete sich wütend eine Haarsträhne aus dem Gesicht. »Reagieren müsste, wenn er das herausbekäme. Das wäre nicht nur dein Ende, sondern höchstwahrscheinlich auch seines. Als Meister ist er für dich verantwortlich und hat nicht verhindert, dass du das Wissen, das er an dich weitergab, missbraucht hast. Du kannst mit deinem selbstsüchtigen Handeln den Feldscher in den Ruin treiben, vielleicht sogar in den Tod, Gustav.« Sie pikte mit ihrem Finger in seine Brust. »Das ist die Wahrheit!«

»Das stimmt so alles nicht, du verdrehst die Tatsachen, um von dir abzulenken.« Gustavs Stimme wurde schrill, so wie immer, wenn er sich aufregte.

Anike sah, dass er vor Wut zitterte. Ihre Worte hatten ihm zugesetzt. Fast tat er ihr leid.

»Lehrlinge?«, ertönte die ruhige Stimme des Feldschers. »Lehrlinge, wo seid ihr?«

Anike und Gustav funkelten sich noch einen Moment an, dann ergriff sie das Wort: »Hier, Meister. Wir haben den Karren aufgeräumt. Auf der Reise ist einiges durcheinandergekommen.«

Mit erstauntem Gesichtsausdruck trat der Feldscher an den Wagen heran. »Ihr beiden turtelt doch hier drinnen nicht etwa heimlich?« Er schaute sie auf seine unnachahmliche ironisch-ernste Art an. »Das ist nicht direkt verboten bei den schwarzen Feldscheren, aber es wäre auch nicht gut, da ihr nach eurer Ausbildung allein herumreisen müsst. Wir Feldschere sind nicht dazu bestimmt, Familien zu haben. Nicht, solange dieser Krieg andauert.« Bei diesen Worten schlich sich ein trauriges Lächeln auf seine Gesichtszüge.

»Macht Euch da mal keine Sorgen«, versicherte Gustav ihm. »Mit der da wird es auf gar keinen Fall dazu kommen.«

Anike verstand selbst nicht, warum ihr die Endgültigkeit, die dabei in seiner Stimme lag, einen Stich versetzte.

Der Feldscher zwinkerte. »Na, dann ist es ja gut. Glaubt mir, alles andere würde euch nur unglücklich machen.«

Anike schaffte es, ein belustigtes Schnauben zu unterdrücken.

»Leider wird es heute mit dem Ausruhen doch nichts mehr. Wir müssen packen! Es ist an der Zeit, das schöne Leipzig hinter uns zu lassen.«

»Steht eine neue Schlacht an?«, fragte Gustav überrascht.

»Nein, nein, zum Glück nicht. Wir reisen nach Osnabrück. Der Kaiser hat sich endlich auf Friedensverhandlungen eingelassen.«

Anike war auf den Markt gesandt worden, um Vorräte für die lange Reise von Leipzig nach Osnabrück zu besorgen. Sie hatten dazu im Eichhof einen kleinen Handkarren ausgeliehen, mit dem sie all die notwendigen Dinge transportieren wollte. Beschwingt von der Aussicht, die Stadt zu verlassen, aber auch besorgt nach dem missglückten Gespräch mit Gustav, zog Anike durch die Straßen, bis eine groß gewachsene Gestalt wie zufällig zu ihr aufschloss. Als sie den Schatten des Mannes bemerkte, langte Anike nach dem Messer an ihrem Bein.

»Ich denke, das wird auch diesmal nicht nötig sein, Anike«, sagte eine ihr nur zu vertraute Stimme.

Johannes. Der Mann, der sie in Wien zum Reichsgrafen von und zu Trauttmansdorff gebracht hatte. *Was macht er in Leipzig und wie hat er mich so einfach gefunden?*

»Ich sehe Euch an der Nasenspitze an, meine Liebe, dass Ihr viele Fragen habt, aber dafür langt unsere Zeit nicht. Schlendert einfach ein paar Schritte mit mir, als wären wir ein Ehepaar, damit ich berichten kann, was unser gemeinsamer Herr und Meister verlangt.«

Herr und Meister. Ich habe nur einen Meister. Anike konnte nicht verhindern, dass ihr Mund trocken wurde und sie den Schweiß von ihren Handflächen an ihrem schwarzen Umhang abwischen musste, weil ihr der Haltegriff des Wagens beständig entglitt. Sie blickte Johannes ernst an.

»Die Tatsache, dass Ihr Euer verborgenes Messer nicht zieht, nehme ich mal als Einverständnis zu diesem Arrangement. Als Erstes soll ich seine Grüße ausrichten und die Versicherung, dass er keineswegs enttäuscht darüber ist, dass Ihr den Auftrag immer noch nicht zu Ende gebracht habt. So viel ich heute Morgen in Erfahrung bringen konnte, lebt der Feldscher noch. Offenbar habt Ihr auch den Codex Daemonum noch nicht gefunden.«

Anike brummte genervt. *Was hat es nur mit diesem Buch auf sich, dass das Leben des Feldschers daran hängt?*

»Allerdings bat er mich auch, Euch daran zu erinnern, dass die Zeit Eures Vaters abläuft. Es betrübt mich zu sagen, aber sein Fall ist in Amsterdam neu aufgerollt worden. Ein prominenter Geistlicher in der Stadt wollte es so. Es wäre gut möglich, dass seine Strafe am Ende von lebenslänglich in Tod durch das Beil umgewandelt wird.« Johannes zuckte mit den Achseln, als hätten sie sich gerade über das Wetter unterhalten.

Anike blieb stehen und blickte ihn wutentbrannt an. »Ihr und Euer teuflischer Herr wart das und niemand anderes.«

Johannes hob beschwichtigend die Hände. »Anike, ich bitte Euch. Ich bin auch nur eine Schachfigur im großen Spiel der Herrscher. Seid nicht zornig auf den Boten, nur weil Ihr wütend über die Nachricht seid.«

Anike spuckte ihm vor die Füße.

»Ich soll Euch das hier geben«, sprach er weiter, als wäre nichts geschehen, und hielt Anike einen Brief entgegen.

Nach kurzem Zögern nahm sie ihn mit beiden Händen.

»Verbrennt ihn, wenn Ihr ihn gelesen habt.«

Anike betrachtete das einfache, unversiegelte Kuvert einen Moment lang wie gebannt. Sie wusste, dass alles, was dort drinstand, nur schlecht für sie sein konnte. Als sie den Blick hob, war Johannes verschwunden, als wäre er niemals hier gewesen. Sie suchte sich einen ruhigen Hauseingang und begann zu lesen:

An A aus Amsterdam: Dein Auftrag hat sich wie folgt geändert: Töte nicht den Feldscher und ignorier das Buch.

Anike konnte ein glückliches Aufstöhnen nicht verhindern. »Und ich dachte, meine Probleme würden mit dem Schrieb erst richtig anfangen.« Sie grinste. Ihre gute Laune verschwand mit der nächsten Zeile.

Reise nach Osnabrück und berichte mir von den Verhandlungen der Gegenseite. Es ist wichtig, dass meine Gegner dort keinen Erfolg erzielen.

Anike ließ das Schreiben sinken. Nun sollte sie für den Reichsgrafen spionieren!

PLANÄNDERUNGEN

Wien,
einige Wochen zuvor – 25. Kriegsjahr

E r ist eingeknickt«, brüllte der Reichsgraf wütend und warf seinen großen schwarzen Hut achtlos zu Boden. »Wie konnte es nur so weit kommen?«

»Herr«, begann Johannes in unterwürfigem Ton. »Was ist passiert?«

»Was passiert ist?« Der Geheimrat warf sich in den Stuhl hinter seinem riesenhaften Kirschholzschreibtisch und legte die bestiefelten Füße auf die wertvolle Tischplatte. Dass er dabei einige höchst wichtige Dokumente beschmutzte, schien dem sonst so pedantischen Mann vollkommen egal zu sein. »Er fühlt sich plötzlich diesem dämlichen Präliminarfrieden von Hamburg verpflichtet, obwohl wir den nur unterschrieben haben, um uns ein wenig Luft in den Kämpfen zu verschaffen. Wir hatten geplant, alles so lange wie möglich hinauszögern, um nicht mit diesen gottlosen Heiden der Union an einem Tisch sitzen zu müssen, wenn wir nicht das Heft des Handelns in der Hand haben.«

»Nun, seit der Niederlage bei Breitenfeld ist die militärische Lage ernst, vielleicht ist diese Entscheidung gar nicht so verkehrt. Die deutschsprachigen Lande versinken in Schutt und Asche, die Männer sind demoralisiert und was die Staatskasse angeht …«

»Das weiß ich alles selbst, Klugscheißer.«

Johannes überhörte es, so wie immer, und schenkte seinem Meister Rotwein in einen edlen Silberkelch ein.

Grunzend nahm der Reichsgraf ihn, prostete seinem Untergebenen zynisch zu und nahm einen langen Zug. »Sei nur froh, dass du immer genau weißt, was ich gerade brauche, sonst hätte ich dich für deine Frechheiten schon längst einsperren lassen. Die Jungs da würden sich an deinem hübschen Gesicht sicher erfreuen.« Er schenkte Johannes ein beschwichtigendes Lächeln und lehnte sich stöhnend zurück. Genervt fuhr er sich durch das dunkle Haar. »Ich kann nicht akzeptieren, dass wir aufgeben.«

»Was ist der Plan unseres hochverehrten Kaisers?«

Maximilian von und zu Trauttmansdorff schnaubte verächtlich. »Du meinst wohl, was meine Pläne sind. Dieser Hohlkopf kann doch kaum einen Satz geradeheraus sprechen.«

»Vorsichtig«, flüsterte Johannes und blickte sich hektisch über die Schulter. »Wir sind hier nicht mehr in Schönbrunn.«

Der Reichsgraf grunzte verächtlich und nahm einen weiteren Schluck Wein. »Seine Majestät möchte, dass die Verhandlungen zumindest vorbereitet werden. Ich bin beauftragt worden, Delegationen nach Osnabrück zu entsenden, die erste Sondierungen beginnen. In dieser sogenannten Friedensstadt soll es Verhandlungen zwischen dem Kaiser, Schweden und den Abgesandten der protestantischen Reichsstände geben.«

»Ich dachte, dass Münster …«

»Du scheißt ja schon wieder klug, mein lieber Johannes.« Der Reichsgraf rülpste quakend, bevor er weitersprach. »In diesem Nest sollen sich die Franzmänner mit den Spaniern

einigen. Alles totaler Blödsinn, wenn du mich fragst. Nun ja.«
Er trommelte nachdenklich mit den Fingern auf die spiegel-
glatte Oberfläche seines Schreibtischs. »Es muss uns doch
etwas einfallen, wie wir die Friedensverhandlungen noch
weiter hinauszögern können, bis das militärische Momentum
wieder auf unserer Seite ist.«

»Wen sollt Ihr schicken?«

Der Reichsgraf prustete genervt. »Rate mal.«

»Einen schwarzen Feldscher?«

»Natürlich, diese Nattern nähren sich doch an der Brust
unseres Kaisers und der der Protestanten gleichermaßen. Sie
bestehen darauf, dass jede Delegationsgruppe auch durch einen Feldscher repräsentiert wird. So ein Mist! Mein ganzer
schöner Plan, diese machtgierigen, dämonenverblendeten
Ketzer vom Antlitz dieser Welt zu fegen, wird durch diesen
Friedensverhandlungskäse desavouiert. Übrigens ist mein
Wein leer.« Er stellte den Kelch kopfüber auf die Tischplatte.
Ein vom Kaiser ausgestelltes Dokument bekam dabei einen
hässlichen, roten Weinfleck.

Johannes griff nach dem Kelch und schenkte nach, ließ
sich in seinen Überlegungen aber nicht unterbrechen. »Die
Union muss also auch Feldschere schicken, da wäre jetzt
vielleicht der richtige Zeitpunkt, unsere Quelle bei einem von
ihnen zu nutzen. Ihr könntet doch sicher vorschlagen, dass
der Kaiser hocherfreut und geehrt wäre, wenn der von allen
geschätzte Feldscher Martin an den Verhandlungen teilneh-
men könnte.«

»Die rothaarige Dirne hat doch bis heute gar nichts gelie-
fert. Ich hätte mit ihr Besseres anstellen sollen, als sie auf eine
derartig wichtige Mission zu schicken. Wem habe ich diese
Fehlentscheidung eigentlich zu verdanken? Ach ja, dir, meinem dummen Gehilfen.«

»Nun, sie hat nicht gänzlich versagt.« Johannes schenkte den Kelch zum dritten Mal voll. Maximilian hatte inzwischen glasige Augen und rosige Wangen bekommen. »Sie hat sich das Vertrauen des Feldschers erschlichen und ist in seiner unmittelbaren Umgebung. Martin ist nicht irgendwer unter den schwarzen Feldscheren und er tendiert ziemlich offen zur Union. Er ist einer von Torstenssons Vertrauten. Jemanden bei ihm zu platzieren, der uns nicht nur über die Pläne der Protestanten informiert, sondern vielleicht sogar ihre gesamten Verhandlungen unterminiert, wäre von unschätzbarem Wert.«

»Und das haben dir alles deine kleinen Jungen gevögelt, ähm …« Er kicherte boshaft. »… gezwitschert, natürlich.«

Johannes' Miene blieb unergründlich, auch wenn er den dummen alten Mann in solchen Situationen verachtete. Er war ihm in jeder Hinsicht überlegen, aber Maximilian maßte es sich an, ihn darauf zu reduzieren, wen er liebte.

»Wo ist die Schlampe jetzt gerade?«

»In Leipzig.«

»Natürlich, da verkriecht sich der feine Feldscher also immer noch. Direkt an den Titten der Schweden und der verräterischen Sachsen. Wie willst du das Mädchen dazu bekommen, dass sie diesmal wirklich liefert?«

Johannes ließ sein strahlendstes Lächeln aufblitzen. »Oh, da fällt mir schon etwas ein.«

DAS
TRIBUNAL

———†———

D ie Reise von Leipzig nach Osnabrück eintönig zu nennen, war noch schmeichelhaft. Sie brachen stets bei Sonnenaufgang ihr Lager ab und waren so lange unterwegs, bis sie wieder unterging, und das war während dieser drückend heißen Sommertage sehr spät. Gustav nutzte die Zeit, um Reiten zu üben. Nachdem Anike mehr als eine Spitze darüber fallen gelassen hatte, dass er wohl auf dem Kutschbock festgewachsen war, hatte er begonnen, sich regelmäßig in den Sattel des gutmütigen Leihpferdes namens Henri zu begeben. Sehr zum Amüsement seiner Mitreisenden. Das kleine, aber robuste grauweiße Pony ließ sich glücklicherweise von nichts aus der Ruhe bringen und so konnte Gustav jede noch so dumme Verrenkung auf ihm machen, ohne dass es ihn abwarf. Sein Hintern dankte ihm diesen Lerneifer mit starken Schmerzen und seine Oberschenkel waren schnell so verschorft, dass er beständig breitbeinig herumlief, wozu Anike natürlich auch einige passende Bemerkungen einfielen.

Das Übernachten unter freiem Himmel war dann auch wenig romantisch. Kaum war die Sonne untergegangen, fielen Stechmücken in wahren Heerscharen über die Reisenden her. Dazu gab es selten die Gelegenheit, sich zu waschen, nachdem man den ganzen Tag geschwitzt hatte und dem Staub der Straße ausgesetzt gewesen war. Ganz abgesehen von dem harten Boden, dem eintönigen, immer gleichen Eintopf aus getrockneten Bohnen und gesalzenem Trockenfleisch und der erzwungenen ständigen Nähe zueinander. Man hatte niemals auch nur einen Moment für sich, selbst jeder Gang zum Austreten wurde von den anderen bemerkt. Dazu herrschte auch in der Nacht eine derartige Hitze, dass an Schlaf meist erst in den frühen Morgenstunden zu denken war, was die Laune nicht gerade steigerte.

Dem Feldscher blieb die gedrückte Stimmung seiner beiden Lehrlinge wohl auch nicht verborgen, denn eines Morgens schlug er vor: »Was haltet ihr denn davon, wenn wir heute Nacht einmal in einem Gasthaus nächtigen? Weiche Betten, richtiges Essen und kaltes Bier? Wie klingt das für euch?«

Gustav und Anike lief vermutlich der Sabber aus dem Mund, als sie riefen: »Das klingt einfach nur großartig.«

Martin lächelte. »Sehr gut, so langsam kann ich nämlich auch keine Bohnen mehr sehen und mein Rücken wird mir ein richtiges Bett danken. Natürlich wird das nicht zur Regel. Die schwarzen Feldschere leben bescheiden und zurückgezogen.« Er machte eine Pause, um sich eine Haarsträhne aus der Stirn zu wischen. Mit einem breiten Grinsen sprach er weiter: »Wir kommen heute noch in die Nähe von Katelenburch. Dort wird ein berühmter Met gebraut, den werden wir uns munden lassen.«

Schneller als üblich und merklich beschwingt, brachen sie ihr Lager ab und waren alsbald zurück auf der Straße.

Heute nun war Gustav doch tatsächlich von Henris Rücken gefallen. Er hatte nach einer dicken Hummel geschlagen, die nicht aufhören konnte, ihn zu umschwirren, und dabei das Gleichgewicht verloren. Die beiden anderen hatten das mit schallendem Gelächter quittiert, aber es war ihm egal. Er freute sich auf den Gasthof und die Annehmlichkeiten, die ein festes Dach mit sich brachten.

»Die Schänke heißt ›Zur Eiche‹, so wie gefühlt jede zweite in dieser Gegend, und ihr müsst unbedingt den Schweinebraten probieren, der zergeht geradezu auf der Zunge.« Der Feldscher schluckte schwer bei diesen Worten. Er schmeckte das Gericht wohl schon. »Ich werde auch auf jeden Fall ein Bad nehmen. Falls ihr möchtet, könnt ihr gern anschließend in den Zuber steigen.«

Vielleicht war es Glück, dass der Feldscher die Blicke nicht bemerkte, die sich seine beiden sonst so verfeindeten Lehrlinge nach diesem Angebot zuwarfen.

Sie bogen am späten Nachmittag in das gepflegte Dorf ein. Tatsächlich wurde Katelenburch von der namensgebenden Feste überragt, die auf einem kleinen Hügel lag, aber man schien schon vor Längerem damit begonnen zu haben, die einst so stolze Burg als Steinbruch zu nutzen. Seitdem es Feuerwaffen und vor allem Kanonen gab, nutzten die dicken Mauern und hohen Türme nichts mehr. Die Zeit war über die Ritter und Burgen hinweggegangen. Als sie gemächlich auf den Kirchvorplatz zufuhren, wo auch das Gasthaus zu finden war, fiel Gustavs Blick auf eine Ansammlung aufgeregter Menschen, die sich um irgendetwas versammelt hatten und lautstark darauf einredeten.

»Was ist da los? War das Bier etwa sauer?«, versuchte der Feldscher sich an einem lahmen Witz.

Als Jolande und Henri schließlich vor dem Gasthaus zum Stehen kamen, trat ein hagerer Mann mit pockennarbigen Gesichtszügen auf sie zu. Er deutete eine kleine Verbeugung an. »Werter Feldscher Martin, es ist Katelenburch eine Ehre, dass Ihr unseren schönen Ort wieder einmal besucht. Wir haben einige Kranke, die Euren geschätzten Rat sehr gern hören wollen.«

»Pfarrer Mayer, ich freue mich auf Euer Met …«

»Lasst ihn in Ruhe«, kreischte eine Frau hysterisch aus der Menge, die die Ankunft der Fremden nicht weiter zu interessieren schien, und übertönte damit die freundliche Begrüßung des Feldschers.

»Nein, er bringt dem Ort nur Verderben. Wir müssen …« Der Rest ging in wütendem Gemurmel unter.

Martin räusperte sich, sprang vom Kutschbock und stellte sich neben den Pfarrer in den Schatten des zweistöckigen Gasthauses. »Was ist hier los?«

Der Pfarrer schien sich sehr unwohl unter dem strengen Blick von Gustavs Meister zu fühlen. »Nun ja, verehrter Feldscher, es ist so … na ja, einige im Dorf behaupten … dass …«

Ein wohlgenährter Mann trat hinzu. Sein mehlbestäubtes Haar und die weiße Kleidung wiesen ihn als Müller des Orts aus.

Gustav hatte die mächtigen, hölzernen Mühlenflügel schon von Weitem gesehen. Kein Wunder, dass Katelenburch trotz der jahrelangen Kriegswirren so pulsierend und wohlhabend wirkte. Das Dorf hatte bisher Glück gehabt, dass die Kämpfe es verschont hatten, und die Mühlrechte sicherten ihm auch ein festes Einkommen, da sämtliche

Bauern der Umgebung dazu verpflichtet waren, ihr Getreide in der ortsansässigen Mühle zu mahlen. Gustav hätte auch mehr als einen Taler darauf verwettet, dass die Landwirte anschließend immer in die ›Eiche‹ gingen, um das ein oder andere Bier oder Met zu trinken.

»Pfaffe, was redest du mit den schwarzen Scharlatanen?«

Gustav ballte zornig die Fäuste, als der Müller so despektierlich sprach.

»Müllerchen, wenn du nicht willst, dass ich dich sofort zur Ader lasse, dann höre mit den lästerlichen Reden auf«, kam es von Anike. »Vor dir steht Feldscher Martin, der Held von Breitenfeld und persönliche Berater des schwedischen Generals Torstensson. Vielleicht sollten wir dem einmal einen Hinweis geben, an was für einen gotteslästerlichen Kerl hier die Mühlrechte vergeben sind.«

Der Mann wurde fast noch bleicher als das Mehl in seinen Haaren. »Ähm … entschuldigt, Herr äh … Frau Feldscher, ich wollte nicht …«, stammelte er und blickte beständig von Gustav zu Anike und anschließend zu Martin, da er nicht genau wusste, wer nun der wirklich Mächtige unter ihnen war.

Der Feldscher beobachtete es einen Moment lang amüsiert, bevor er das Wort ergriff: »Erkläre mir, warum in eurem schönen Dorf ein derartiger Tumult bei dieser Hitze herrscht? Habt ihr nichts Besseres zu tun?«

»Nun, Meister Feldscher, wir haben …« Der Müller machte eine kurze Pause und suchte den Blick des Pfarrers. Der zog es aber vor, seine Schuhspitzen zu betrachten. Schließlich stöhnte er schwer, bevor er es aussprach: »Es gibt einen jungen Mann in Katelenburch, der mit bösen Mächten im Bunde ist, so sagen die einen. Die anderen verteidigen ihn als normalen Spinner. Gezänk von Dörflern, nichts, was Euch sorgen sollte, Meister Feldscher.« Er zuckte mit den Schultern.

Gustav wurde noch heißer, als ihm ohnehin schon war – der Feldscher hatte ihnen aufgetragen, in vollem Ornat in den Ort zu reiten, sogar mit Umhang. Er blickte mit pochendem Herzen zu seinem Meister.

Martins Augen hatten sich zu Schlitzen verengt. »Berichtet mir mehr, aber nicht hier draußen. Lasst uns ins Gasthaus gehen. Wir brauchen übrigens drei Zimmer und jemanden, der die Tiere versorgt und den Wagen unterstellt.« Er blickte grimmig und befehlsgewohnt drein, bevor er hinterherschob: »Später vielleicht noch reichlich Badewasser.«

»Natürlich, Herr, natürlich«, bestätigte der hinzugetretene Wirt eifrig und pfiff einen Stallburschen heran, dem er die Aufgaben aufdrückte.

In der ›Eiche‹ war es um einiges kühler als auf dem Kirchplatz. Der niedrige Schankraum war dunkel, da die geöffneten kleinen Fenster nur wenig Licht hereinließen. Es roch nach gekochtem Kohl und altem Fett. Dazu intensiv nach Honig, was wohl auf das Brauen des Mets zurückzuführen war. Als sie eintraten, schien das halbe Dorf seinen Kopf durch die Fenster zu drücken.

»Torge, mach uns drei Bier«, rief der Müller einem Jungen etwa in Gustavs Alter zu, der hinter dem Tresen stand und gerade Krüge in ein Holzregal einsortierte. Offensichtlich war für Lehrlinge kein Bierausschank vorgesehen.

Sie setzten sich gerade an den größten Tisch, als der Wirtssohn die Krüge brachte. Schon fuhr die wurstige Hand des Müllers auf einen von ihnen zu, doch Anike war schneller. Mit schnellen Zügen trank sie und wischte sich anschließend triumphierend den Schaum von der Lippe. Mit zerknirschtem Gesichtsausdruck nahm der Müller es hin, ersparte sich aber jeden Kommentar.

»Berichtet mir, was passiert ist!«

Der Müller trommelte mit den feisten Fingern auf das dunkle Holz des Tischs, das zahllose Wasserringe von abgestellten Krügen zierten, hatte aber offensichtlich nicht vor zu reden.

Der hagere Pfarrer sagte schließlich: »Es gibt einen Mann bei uns, der sich verändert hat, seitdem er aus dem Krieg zurückgekehrt ist.«

»Inwiefern?«

»Nun, er ist plötzlich viel kräftiger und kann Dinge, die er vorher nicht konnte.«

»Beschreibt es mir genauer! Muss ich denn jedes Wort aus Euch herausholen?«

Jetzt war es der Müller, der antwortete: »Er spricht in fremden Zungen. Er schläft nicht, sondern streift nachts durch die Gegend. Dazu ist er manchmal stark wie ein Pferd. Neulich Abend hat er allein ein ganzes Fass aus dem Keller des Gasthauses hochgetragen. Am nächsten Morgen konnte er noch nicht mal ein leeres stemmen.«

Gustavs Herz begann schneller zu schlagen. Das alles kam ihm seltsam vertraut vor.

»Außerdem sind sämtliche Katzen und Hunde des Dorfs verschwunden, seitdem er wieder hier ist«, flüsterte der Pfarrer.

»Menschen auch? Gab es Tote? Morde?« Die Augen des Feldschers verengten sich zu Schlitzen.

»Nein, das nicht«, erwiderte der Müller. »Deswegen verteidigen ihn ja so viele. Sie sagen, dass die Grauen des Kampfs ihn verrückt gemacht haben.«

»Wie ist der Name des Mannes?«

»Benjamin«, keifte eine Altfrauenstimme durch eines der offenen Fenster. »Und er ist ein guter Junge. Der böse Krieg hat ihn gebrochen, aber mit Gottes Hilfe und viel Liebe wird er wieder genesen.«

»Misch dich nicht ein, Rebekka«, zischte der Müller die Frau über die Schulter an. »Seine Mutter«, erklärte er.

»Sorgt dafür, dass sie alle verschwinden, und bringt den Mann her. Schnell, bevor die Sonne untergeht!«

Gustav war speiübel. Hatte sich dieser Benjamin tatsächlich mit einem Dämon verbunden?

Benjamin stellte sich als groß gewachsener, blasser Mann etwa im Alter des Feldschers heraus. Als der Müller ihn hereinführte, zeigte seine Miene weder Besorgnis noch Wut, sondern eher eine Art belustigte Neugier, was Gustav merkwürdig vorkam.

»Bist du Benjamin?«, fragte der Feldscher bestimmt, aber nicht unfreundlich.

Er bejahte mit fester Stimme.

»Müller, ich nehme an, dass du auch der Dorfschulze bist?«

Der feiste Mann nickte.

»Gut. Herr Pfarrer, Ihr bleibt auch hier. Schickt alle anderen fort – auch den Wirt und seine Familie – und schließt Türen und Fenster. Wir werden ein Tribunal abhalten.« Martin holte unter seiner Kleidung ein Schriftstück hervor und reichte es dem Pfarrer. »Generalissimus Torstensson verleiht mir das Recht dazu, wenn es sich um einen derartigen Fall handelt.

Außerdem verlangt er von Euch unter Androhung der Höchststrafe, darüber zu schweigen, was Ihr heute seht und erfahrt.«

»Benjamin«, begann der Feldscher sanft, nachdem er sich mit den beiden Dorfbewohnern auf die eine Seite eines großen Tisches gesetzt und der Beschuldigte auf einem einzelnen Stuhl auf der anderen Platz genommen hatte. Gustav und Anike saßen als stille Beobachter des Tribunals am Rand. »Ihr habt gedient?«

»Ja, Herr.«

Gustav wusste, dass es unnötig war zu fragen, ob für Union oder Liga. Hier im Norden konnte es nur die Protestantische Union gewesen sein, sonst hätte der Mann nicht hierher zurückkehren können.

»Wo habt Ihr mitgekämpft?«

»Breisbach, Rheinfelden und Chemnitz.«

Der Feldscher zog erstaunt die Augenbrauen hoch.

Gustav sagten diese Schlachten nichts. Sein Meister war offensichtlich besser informiert.

»Ihr müsst ein tüchtiger Krieger sein, dass Ihr aus all diesen Kämpfen unverletzt zurückgekehrt seid.«

Benjamin zuckte mit den Schultern. »Ich war Koch für einen der Offiziere und habe wenig gekämpft.«

»Chemnitz war ein großer Sieg, nicht wahr?«

»War wohl so.« Den Mann schien das alles nicht zu interessieren.

»Ich höre, dass Ihr nachts viel unterwegs seid.«

»Kann seit dem Krieg nicht mehr so gut schlafen. Das Laufen hilft mir, den Kopf frei zu bekommen von«, zum ersten Mal zeigte er so etwas wie eine Emotion, »na ja, von all den furchtbaren Dingen, die ich gesehen habe.«

Der Feldscher nickte verständnisvoll. »Seid Ihr auch nach Einbruch der Dunkelheit über die Schlachtfelder gelaufen?«

Darauf will er also hinaus. Gustavs Mund wurde trocken. Anike schien das Ganze nicht zu interessieren. Gelangweilt blickte sie auf ihre Fingernägel.

»Manchmal.« Jetzt klang die Stimme des Mannes entrückt.

Der Feldscher versteifte sich und seine Hand tastete nach dem Silberdegen an seiner Seite. Mit dem Kopf gab er Gustav und Anike das verabredete Zeichen.

Sie schlossen daraufhin alle Fensterläden. In der Gaststube wurde es stockdunkel. Nur eine einzelne Kerze, die direkt vor dem Feldscher stand, beleuchtete die Szenerie.

»Benjamin, könnt Ihr bitte direkt in die Flamme der Kerze schauen?«

»Natürlich, Herr.«

»Was könnt Ihr hier sehen?« Der Feldscher hielt hinter der Kerze ein kleines Kreuz hoch.

»Ein Kreuz, Herr.«

»Gut, und nun?«

»Einen Stern, Herr.«

»Sehr gut.« Blitzschnell blies der Feldscher die Kerze aus. Es war jetzt so dunkel, dass man nicht mal die Hand vor Augen sehen konnte.

Gustav wusste, was kommen würde, aber es erschreckte ihn trotzdem. Niemand konnte mehr etwas in dem finstern Raum sehen …

»Und nun?«, erklang die Stimme seines Meisters aus der Dunkelheit.

»Einen Ring.«

240

… außer Benjamin – und ihm.

»Gut.«

»Das hier?«

»Ein Würfel.«

»Aha.« Der Feldscher räusperte sich laut.

Auf dieses Zeichen hatten Gustav und Anike nur gewartet. Sie rissen die Fenster und Läden auf und das goldrote Licht der untergehenden Sonne strömte herein.

Benjamin stöhnte schmerzvoll auf.

Sofort waren der Feldscher, Gustav und Anike mit erhobenen Silberdegen bei ihm.

»Benjamin, ich beschuldige Euch, Euch mit einem Dämon verbunden zu haben. Ein Vergehen, auf das der Tod steht«, sprach der Feldscher große Worte mit einer furchtbaren Ruhe aus.

Gustav wäre am liebsten aus der Schenke gerannt, zwang sich aber, eine grimmige Miene aufzusetzen.

Der Mann blickte zu ihnen hoch, als würde er erst jetzt ihre Anwesenheit bemerken. »Er ist immer da für mich. Hilft mir, beschützt mich.« Er machte eine lange Pause. »Auch in den schrecklichen Kämpfen. Er ist nicht böse.«

»Das sagen sie alle. Ihre Worte sind verhext, du kannst nichts dafür.« Der Feldscher legte ihm beruhigend eine Hand auf die Schulter. »Was ist passiert?«

Gustav spürte, dass sich hinter der Freundlichkeit, mit der er die Frage stellte, purer Zorn bei seinem Meister verbarg. *Er hat keinerlei Mitgefühl und Verständnis für jemanden, der sich mit einem Dämon eingelassen hat.*

»Ich war eines Nachts zum Plündern auf einem der Schlachtfelder – obwohl es streng verboten ist. Überraschenderweise waren kaum noch Leichen zu finden.« Benjamin verstummte so lange, dass Gustav schon glaubte, dass er nicht wieder beginnen würde zu reden. »Und dann habe ich ihn gesehen. Er lag im Sterben und hat mich um Hilfe angefleht.«

»Um Blut, oder? Er wollte Blut von dir.«

Benjamin nickte und rieb sich über die Handgelenke. Gustav entdeckte, dass sie vernarbt waren. »Er hat mir Schutz und Sicherheit versprochen. Nach dem ersten Schrecken habe ich ihm geholfen und er hat seine Versprechen gehalten. Er ist nicht böse.«

Der Feldscher klopfte ihm mit einem Seufzen auf die Schulter.

»Dorfschulze, Herr Pfarrer, Ihr habt es gehört. Benjamin hat sich mit einem Dämon verbunden.« Bevor die beiden auch nur ihre Münder öffnen konnten, fuhr er schnell fort: »Ja, es gibt Dämonen und sie kämpfen für uns. Das ist ein großes Geheimnis, denkt an Torstenssons Warnung, was mit Euch passiert, wenn Ihr das weitergebt. Wir schwarzen Feldschere kümmern uns um die Probleme, die mit diesen blutrünstigen Kreaturen auftauchen. Ihr habt Glück, dass wir zufällig durch Euren Ort kommen. Das, was Benjamin getan hat, ist nicht nur eine Todsünde, sondern gefährdet auch die gesamte Dorfgemeinschaft. Bald wird der Dämon anderes zu fressen haben wollen als Hunde und Katzen. Seine eigentliche Beute sind Menschen. Das Wesen kann nur nach Sonnenuntergang erscheinen. Es ist an Benjamin gebunden und nur er kann es herbeirufen. Ohne ihn wird es für Katelenburch keine Gefahr mehr geben. Daher plädiere ich auf Tod durch den Strang. Sofort, bevor die Sonne untergegangen ist. Wie lautet Eure Entscheidung? Ihr vertretet das Dorf in dieser Sache und müsst nun Verantwortung übernehmen.«

Jetzt zeigte Benjamin das erste Mal eine Reaktion und versuchte aufzustehen. Der Feldscher musste viel Kraft aufbringen, um ihn an den Schultern wieder auf seinen Stuhl zurückzudrücken. »Schnell, die Sonne geht gleich unter. Seine Kräfte wachsen. Der Dämon wird jeden Moment hier erscheinen. Gustav, Anike, helft mir, ihn zu halten!«

Auch zu dritt war der eigentlich nicht besonders kräftig wirkende Veteran kaum zu bändigen. Gustav musste all seine Kraft aufbringen, um seinen Arm zu fixieren, und auch Anike war vor Anstrengung rot im Gesicht geworden.

»Entscheidet Euch, wenn Ihr nicht wollt, dass das ganze Dorf heute Nacht getötet wird. Der Dämon ist enttarnt, er wird seine Spuren beseitigen.«

Der Pfarrer nickte kaum merklich.

Der Müller räusperte sich. »Tut es!«

Benjamin stieß einen animalischen Schrei aus. Er befreite seine linke Hand und schlug Anike damit so fest, dass sie einige Schritte durch den schummerigen Schankraum flog.

Gustav sah, dass die Augen des Mannes golden zu leuchten begannen. *Es ist zu spät.*

Der Feldscher beförderte unter seiner Kleidung einen langen silbernen Dolch hervor. »Es tut mir leid, das müsst Ihr mir glauben, aber es ist besser so für Euch.« Mit einem unglaublich schnellen, entschiedenen Stoß trieb er Benjamin die Waffe bis zum Heft ins Herz.

Gustav schwankte. *Er würde mit mir dasselbe machen.*

DAS
SCHIEFE HAUS

———┼———

Von Osten kommend, ritten sie durch das Häser Tor nach Osnabrück hinein. Die Stadt war beeindruckend befestigt. Man hatte den hiesigen Fluss, der den merkwürdigen Namen Hase trug, gestaut und um die Stadt herumgeleitet. Dahinter erhob sich eine hohe Stadtmauer, die in gleichmäßigen Abständen von Wachtürmen mit spitzen Schindeldächern unterbrochen war. Das Häser Tor bestand aus mehreren Bereichen. Als Erstes ritt man durch einen einfachen Torbogen, der mit einem Fallgitter gesichert werden konnte, dahinter folgte eine hölzerne Zugbrücke, die an einem halbrunden Plateau endete, auf dem sich ein mit etwa fünf Soldaten besetztes Wachhaus befand. Dieser Teil stand mitten im Fluss, der hier durch eine vorgelagerte zweite Stadtmauer durchtrennt wurde. Eine Tatsache, der Jolande durchaus argwöhnisch begegnete, wie ihre aufgestellten Ohren bewiesen. Der Feldscher sprang vom Kutschbock, redete beruhigend auf das Maultier ein und führte sie am Halfter weiter. »Sie mag kein Wasser.« Sie liefen nun weiter über eine befestigte Steinbrücke, bevor sie zum Haupttor kamen, hinter dem endlich Osnabrück lag.

Anike bestaunte die lebendige und geschäftig wirkende Stadt. Mit ihnen durchfuhren Dutzende Fuhrwerke und zahlreiche Reisende das Häser Tor. Man hörte viele Sprachen. Deutsch, Schwedisch, Französisch, Niederländisch und hier und da sogar Spanisch. Die beginnenden Friedensverhandlungen zogen Menschen aus allen betroffenen Ländern und Landstrichen hierher. *Ich bin ein Teil davon*, dachte Anike stolz, was ihr aber schnell durch das Wissen um ihren eigentlichen Auftrag vergällt wurde.

»Wisst ihr, warum man Osnabrück als Stadt für die Friedensverhandlungen ausgewählt hat?«, fragte der Feldscher, ohne dass er wirklich eine Antwort von seinen beiden Lehrlingen erwartete. »Die Stadt ist in all den Jahren des Krieges kaum beschädigt worden. Eine Seltenheit heutzutage.«

Anike gab ihm stillschweigend recht. Sie hatte nicht vor auszuführen, wo sie in den letzten Jahren überall gewesen war, aber zu viele Städte und Dörfer waren dieser mörderischen Auseinandersetzung der Religionen schon zum Opfer gefallen, das hatte sie mit eigenen Augen gesehen.

»Halt!«, rief ihnen ein junger Wächter zu. Er unterstrich seine Aufforderung mit einer übertriebenen Handbewegung.

Wie es die meisten Männer mittlerweile taten, würdigte er Anike kaum eines Blicks. Die unförmigen Feldscherkleider und der schwarze Kapuzenumhang waren wirklich ein Segen, obwohl sie bei der sommerlichen Hitze zumindest auf den Umhang gern verzichtet hätte. Doch der Feldscher hatte kurz vor Osnabrück darauf bestanden, dass sie sich alle in Schale warfen, um auch standesgemäß in die Stadt einzuziehen. Schließlich waren sie in einer offiziellen Mission für das schwedische Königshaus hier.

»Was ist Euer Begehr?«

Anike sah genau, dass der Feldscher die Augen bei der Frage verdrehte. Ihr gelber Karren und die schwarzen Kleider waren so auffällig, dass selbst dieser Tölpel von Wächter hätte erkennen müssen, wen er vor sich hatte. Entweder war er dumm oder ignorant. *Vermutlich beides. Eine gefährliche Mischung für einen Bewaffneten.*

»Ich bin Feldscher und auf Einladung des Magistrats der Stadt hier, um die Präliminarfriedensverhandlungen vorzubereiten.«

Anike war sich ziemlich sicher, dass ihr Meister dieses sperrige Wort bewusst benutzte, um den Torwächter zu ärgern, der vermutlich nicht mal seinen Namen schreiben konnte.

Doch der Bengel schien das Wort tatsächlich zu kennen. »Herzlich willkommen in der Friedensstadt Osnabrück. Würdet Ihr mir bitte freundlichst sagen, welcher Feldscher Ihr seid: Martin oder Hayo?«

Der Feldscher sog zischend die Luft ein. »Habt Ihr eben Hayo gesagt? Meint Ihr Hayo von Dietrichshagen?«

Der Wächter kniff kurz die Augen zusammen, als würde ihm das Nachdenken körperliche Schmerzen bereiten, bevor er nickte. »Ja, ich denke schon. Seine Ankunft ist uns für heute oder morgen ebenfalls gemeldet worden.«

»Kennt Ihr ihn, Meister?«

Mit einer unwirschen Geste schnitt der Feldscher Gustav das Wort ab.

Er will vor diesem einfältigen Wachmann nicht über den anderen Feldscher reden.

»Welcher von beiden seid Ihr nun, bitte schön?«, drängte der Wachmann genervt und wischte sich Schweiß aus den Augen. Er trug einen altmodischen Topfhelm aus Eisen, unter dem es furchtbar heiß sein musste.

»Martin. Ich bin Feldscher Martin.«

Anike war sich sicher, dass die Gesichtszüge des Soldaten für einen Moment enttäuscht wirkten, bevor er wieder seinen üblichen dümmlichen Ausdruck auflegte.

»Gut, danke, dann muss ich wohl ... ähm ... leider ...« Er knetete verlegen seine Hände. »... darf ich Euch in Euer Quartier geleiten. Mein Name ist Peter. Peter von der Stadtwache.«

»Hallo, Peter von der Stadtwache«, begrüßte ihn Anike mit einem überheblichen und leicht anzüglichen Grinsen vom Rücken ihres Pferdes.

Der Feldscher gab ihr mit einem scharfen Blick zu verstehen, dass er auf derartige Mätzchen keinen Wert legte. Er war eindeutig angespannt.

»Welcher ist es?«, brüllte plötzlich eine heisere Stimme aus der Wachstube.

»Martin«, rief Peter kurz angebunden zurück.

»Na bitte, ich hab dir doch gleich gesagt, dass du nicht die Schicht tauschen sollst.«

Was hat das nur zu bedeuten?

Peter führte sie schweigend durch die verwinkelten Gassen der Stadt. Gelegentlich fuchtelte er gewichtig mit seiner Hellebarde, um ihnen Platz zu verschaffen.

Anike hatte die ganze Zeit Angst, dass er sich dabei selbst ein Ohr abschneiden würde. Sie genoss den Lärm, den die vielen Bewohner von sich gaben, ob sie nun lachten, fluchten, palaverten oder schimpften. Es war einfach herrlich, so viele Menschen auf engem Raum versammelt zu sehen. Die langweilige Reise über Land hatte in ihr die Sehnsucht nach einer richtigen Stadt geweckt und diese wurde nun endlich gestillt. Natürlich war es nicht ihr hassgeliebtes Amsterdam, aber hier würde man sie hoffentlich auch nicht nachts aus dem Haus zerren, weil ihr Vater unten in der Küche angeblich ihre Mutter auf bestialische Art umgebracht hatte. Anike schüttelte sich. Plötzlich war ihr trotz der drückenden Wärme in den engen Straßen kalt.

»Wohin bringt Ihr uns?«, fragte Gustav, der sich ebenfalls interessiert umblickte und Anike damit auf andere Gedanken brachte.

»Das Viertel heißt Barfüßer, es liegt gegenüber der Kirche St. Katharinen. Die Messen, die man dort hält, sollten Euren Vorstellungen entsprechen.«

Der Feldscher gab ein undeutbares Brummen von sich und schnalzte mit der Zunge, damit Jolande einen umgefallenen Korb mit Äpfeln umrundete. Dass sie einen davon stahl und genüsslich verzehrte, konnte er nicht verhindern.

Schließlich hielten sie vor einem heruntergekommenen Häuschen, das im Schatten der beeindruckenden Kirche stand, aber wenig von ihrem Glanz ausstrahlte. Eine fette Ratte wuselte zwischen den Beinen von Anikes Pferd und flüchtete vor der Aufregung, die die Neuankömmlinge verbreiteten. Anike hätte mehr als einen Gulden darauf verwettet, dass das Tier aus ihrer zukünftigen Bleibe gekommen war.

»Das hier ist es. Falls Ihr einmal nach dem Weg fragen müsst, um hierher zu gelangen, sagt einfach, Ihr sucht das schiefe Haus im Barfüßer. Das kennt jeder hier.« Er hielt dem Feldscher einen großen, rostigen Schlüssel hin.

Jolande schnappte nach der Hand des Wachmanns. Das war wohl ihre Art zu sagen, dass sie nicht besonders zufrieden mit ihrer neuen Bleibe war.

»Hinter dem Haus ist ein kleiner Garten, dort könnt Ihr Euren Wagen und die Tiere unterbringen.« Peters Arm war Jolandes Gebiss nur knapp entwischt.

Der Feldscher zeigte keinerlei Emotionen, als er die schäbige Unterkunft betrachtete. »Danke, dass Ihr uns geführt habt, Peter. Sagt den Stadtvätern meinen Dank und richtet ihnen aus, dass ich ihnen das gern auch noch persönlich sagen würde.«

Anike hätte nicht sagen können, wieso, aber der letzte Teil hörte sich wie eine Drohung an.

Peter schien das auch so verstanden zu haben. Er nickte hastig und machte sich dann eiligst von dannen.

»So, da wären wir also. Dann frisch ans Werk. Besichtigen wir mal unsere neue Bleibe. Ich habe so ein Gefühl, dass wir eine ganze Weile hierbleiben werden.«

»In dieser Bruchbude? Ich hätte nicht gedacht, dass ich den Eichhof mal vermissen würde, aber das hier …«

»Beherrsche dich, Gustav!«, ranzte der Feldscher seinen Lehrling an. »Wir sind Gäste in dieser Stadt. Kost und Logis stellen uns die braven Bürger Osnabrücks kostenfrei und freiwillig. Wir sind nicht länger die Besatzer.«

»Ihr habt recht. Entschuldigt.«

Der Meister machte eine wegwerfende Handbewegung, sprang vom Kutschbock und ging auf die marode aussehende Tür zu.

Anike grinste Gustav frech an. Sie war froh, dass er den Anranzer abbekommen hatte und nicht sie. Einen Augenblick später hätte sie nämlich fast das Gleiche gesagt. Sie sprang vom Pferd, tätschelte es dankbar am Hals für seine braven Dienste und ging zu ihrem Meister.

»Ich fürchte, den brauchen wir nicht.« Der Feldscher ließ den alten Schlüssel in einer seiner zahlreichen Taschen verschwinden und stupste die Tür mit dem Fuß an, die sich daraufhin knarzend öffnete.

Aus dem Innern des tatsächlich etwas schief wirkenden Hauses schlug ihnen ein schimmelig-feuchter Geruch entgegen und eine Kälte, die in starkem Kontrast zur sommerlichen Schwüle stand.

Der Feldscher holte tief Luft: »Dann mal los!« Die abgenutzten Dielen empfingen ihre vermutlich ersten Besucher seit Ewigkeiten mit einem protestierenden Knarren. Gleichzeitig erklang das aufgeregte Piepsen einer Schwalbenfamilie, die es sich in den Deckenbalken des Erdgeschosses gemütlich gemacht hatte und deren weißlicher Unrat den Boden darunter verklebte.

»Es ist schlimmer, als ich mir vorgestellt habe«, entschlüpfte es Anike, bevor sie es unterdrücken konnte.

Ihr Meister ignorierte es entweder oder war so gefangen von der Scheußlichkeit des Hauses, dass er es schlichtweg nicht hörte.

Anike drückte einen der Fensterläden auf.

Gustav tat dasselbe auf der gegenüberliegenden Seite.

Frische, warme Luft durchfuhr das Haus. Goldfarbenes, spätnachmittägliches Sonnenlicht begleitete die angenehme Brise und spendete ihnen gemütliches Licht, nur unterbrochen von den dicken Spinnenweben in den Fensterrahmen. Das Haus blieb trotzdem eine scheußliche Bruchbude.

Plötzlich begann der Feldscher leise zu kichern, was sich immer weiter steigerte und schließlich in einem regelrechten Lachkrampf endete.

Anike wusste nicht richtig, wieso, aber sie fiel nach kurzem Zögern mit ein. Gustav genauso. So standen sie in dem leeren, verfallenen Haus und lachten alle drei aus vollem Hals. Es musste auf die Leute, die draußen vorbeigingen, grotesk wirken, derartig fröhliche Töne aus einem solch scheußlichen Gebäude zu vernehmen. Allein diese Vorstellung machte das Ganze für Anike noch lustiger.

»Jetzt weiß ich auch ...«, der Feldscher musste kräftig durchatmen und wischte sich die Tränen aus den Augenwinkeln, bevor er weitersprach, »... warum es dem Wächter leidtat, dass er uns führen musste.«

Sie alle lachten darüber so herzhaft, als wäre es das Witzigste, was jemals gesagt worden war.

Anike hatte schließlich einen Schluckauf und ihr Gesicht war tränenfeucht.

»Herrlich«, befand der Feldscher. »So viel Spaß habe ich schon viel zu lange nicht mehr gehabt.« Er klatschte in die Hände. »Es ist, wie es ist. Wir müssen diesem Haus eben wieder Leben einhauchen. Wir sind schließlich Feldschere. Unser Handwerk ist es doch, Halbtote zu retten.«

»Dieses Haus ist schon fast verwest«, machte Gustav, der sonst wirklich nie witzig war, einen gelungenen Scherz und schon schütteten sie sich wieder aus vor Lachen.

Der Feldscher hatte Anike und Gustav zu den Nachbarn geschickt, um Besen, Wischlappen, Seife, Schüsseln und Eimer zu organisieren. Anike hatte protestiert und gesagt, dass niemand ihnen derartige Dinge überlassen würde, ohne dass sie dafür zahlten.

Ihr Meister hatte sie nur mit einem listigen Lächeln bedacht und geflüstert: »Oh doch! Sagt ihnen, dass wir in den nächsten Tagen von Haus zu Haus gehen werden, um den Gesundheitszustand unserer neuen Nachbarn zu überprüfen. Verweist dabei besonders auf Aderlass und Zähneziehen. Es macht sich immer auch gut, eine alte Zange oder noch besser eine rostige Säge wie zufällig dabeizuhaben. Habt ihr noch blutige Schürzen?«

Tatsächlich drängten die Leute Anike die Sachen geradezu auf. Neben den Wischutensilien hatte sie noch frisches Bettzeug, einen Ring harte Wurst, etwas Käse und einen kleinen Korb voller Äpfel bekommen. Gustav war ähnlich erfolgreich gewesen. Die Leute hatten sie mit einer Mischung aus Angst und Faszination betrachtet und sich schlussendlich dafür entschieden, sich mit den schwarzen Feldscheren lieber auf einen guten Fuß zu stellen. Man wusste schließlich nie, ob man nicht eines Tages tatsächlich mal unter ihren Händen lag.

Es wurde einer der schönsten Abende, an die sich Anike erinnern konnte. Sie scheuerten und putzten gemeinsam das Haus, bis die Sonne untergegangen war. Der Feldscher war sich nicht zu fein, bei der anstrengenden und schmutzigen Arbeit mit anzufassen. Er persönlich erschlug drei Ratten und war eine Zeit lang über und über mit Spinnenweben bedeckt gewesen, als er nachgeschaut hatte, was es auf dem Dachboden alles zu finden gab.

Anschließend saßen sie in dem kleinen, verwilderten Garten, aßen die mehr oder weniger freiwillig gespendeten Speisen ihrer neuen Nachbarn und lauschten dem Zirpen der Grillen. Nur die ständigen Mückenangriffe trübten den perfekten Eindruck ein wenig, bis der Feldscher einige Kräuter ins Feuer warf, die die Plagegeister fernhielten. Er gab Gustav sogar Geld, damit er einen Schlauch Wein beim Händler besorgte. Auch dieser Mann wollte es sich mit den Feldscheren nicht verderben – Gustav hatte ihm gegenüber Kuren für eiternde Mundschleimhäute erwähnt und ein Messer am Gürtel gehabt – und so kam er mit zwei Schläuchen zurück, die natürlich beide zur Feier ihres neuen Hauses geleert werden mussten.

»Morgen früh werde ich das bereuen«, sagte der Feldscher schon ein wenig lallend und nahm einen kräftigen Schluck aus dem zweiten Weinschlauch, nachdem er die letzten Reste aus dem ersten herausgequetscht hatte. »In eurem Alter konnte ich noch die ganze Nacht durchzechen. Inzwischen rächt sich das nach dem Aufstehen, aber was soll's.« Er trank erneut.

Der Wein kreiste zwischen ihnen und eine vertraute Stille entstand, in der sie alle ihren Gedanken nachhingen. Anikes Probleme schienen für einen kurzen Moment ganz weit weg. Jetzt gab es nur das Hier und Jetzt. Eine milde Sommernacht und gute Freunde.

Gustav, der irgendwie ein Talent dafür zu haben schien, in ungünstigen Momenten die richtigen Fragen zu stellen, sagte: »Was hat es mit diesem Hayo auf sich? Ihr scheint ihn zu kennen und offensichtlich nicht nur im Guten.« Die Frage hätte tiefsinniger gewirkt, wenn Gustav sie nicht mit einem Hicksen beendet hätte. Der Junge vertrug Alkohol nicht besonders gut und war von ihnen allen am betrunkensten. Sonst hätte er diese Frage vermutlich nicht erneut gestellt, nachdem sein Meister ihm tagsüber schon zu verstehen gegeben hatte, dass er darüber nicht sprechen wollte.

Der Feldscher seufzte und fuhr sich mit den behandschuhten Händen durch sein grau meliertes Haar.

Anike wusste nicht, wie er das aushielt. Sie wäre mit Handschuhen bei der Hitze verrückt geworden.

Die Gesichtszüge ihres Meisters wirkten im Schein des kleinen Feuers, das sie mit einigen alten, gut riechenden Obstbaumästen entfacht hatten, hart und entrückt. »Du hast recht, mein vorlauter Lehrling …«

Anike grinste verschmitzt über den kleinen Scherz. Sie hätte es nicht zugegeben, aber sie war ziemlich betrunken. Normalerweise gestattete sie sich keinen Alkohol, weil er sie die Kontrolle verlieren ließ.

»Hayo und ich, wir kannten uns schon, als wir in eurem Alter waren.«

Normalerweise hätte es Anike gestört, mit dem Jüngelchen Gustav in einen Topf geworfen zu werden. Sie war mindestens drei Jahre älter als dieses Kind, aber der Alkohol ließ sie darüber hinwegsehen.

»Wir wurden von demselben Meister ausgebildet. Hayo war mir einige Lehrjahre voraus. Es gab damals nicht viele von uns. Die schwarzen Feldschere hatten gerade erst ihre Zunft gegründet. Ich begann meine Lehre etwa zwei Jahre nach dem Fenstersturz von Prag. Der Krieg hatte kurz zuvor begonnen und das Dämonenproblem …« Martin nahm einen weiteren Schluck Wein. »… war erst zu diesem Zeitpunkt erkannt worden.«

»Heißt das, dass die Dämonen etwa zeitgleich mit dem Ausbruch des Religionskrieges zwischen Union und Liga aufgetaucht sind? Das kann doch kein Szufall sssein«, nuschelte Gustav.

Anike kam trotz ihrer alkoholbedingten Ausfallerscheinungen nicht umhin, Gustavs scharfe Intelligenz zu bewundern. Der Bengel traf den Nagel wirklich fast immer auf den Kopf, wenn er den Mund aufmachte. *Außer er redet mit mir.*

Der Feldscher zuckte mit den Achseln. »Darüber gibt es die unterschiedlichsten Theorien, aber niemand weiß es genau. Vielleicht waren die Dämonen schon immer da und erst das viele Blutvergießen hat sie aus ihren Löchern gelockt. Oder ein dummer Möchtegernbeschwörer oder angeblicher Zauberer hatte die Wesen zufällig irgendwie erschaffen oder angelockt. Die Verrücktesten unter den ach so Weisen behaupten sogar, dass sie mit dem roten Winterkometen 1618 gekommen wären.« Er schnaubte verächtlich. »Alles absoluter Blödsinn, wenn ihr mich fragt.«

»Was glaubt Ihr?«, fragte Anike und hielt sich an einem dürren Apfelbäumchen fest, weil sich vor ihren Augen alles drehte. »Warum sind die Dämonen aufgetaucht?«

»Ich glaube, dass die Menschheit verflucht ist. Gott bestraft uns für all die Boshaftigkeiten, die wir einander antun. Die Dämonen sind nur das personifizierte Böse, das in uns allen lauert. Die Tatsache, dass wir sie für uns kämpfen lassen, belegt das hinlänglich in meinen Augen.«

Vielleicht hat er recht. Schweigen legte sich über die Gruppe.

»Hayo«, versuchte Gustav den Faden wieder aufzunehmen.

»Ach ja, Meister Hayo von Dietrichshagen, der einzige geadelte Feldscher unserer Zunft. Es ist zu spät, um euch alles über ihn zu erzählen, nur so viel solltet ihr wissen: Die meisten Feldschere treten in die Zunft der schwarzen ein, weil sie an das glauben, was wir tun, und vor allem einen Zweck verfolgen: endlich den Frieden in unseren Reichen wiederherzustellen. Einige wenige aber …« Martin spielte mit dem flüssigen Wachs von der gut riechenden, wertvollen Bienenwachskerze, die ein besonders großzügiger Nachbar ihnen überlassen hatte. »… wollen unser Handwerk erlernen, weil sie die Macht und Anerkennung suchen, die dieser Stand mit sich bringt. Hayo gehört zu jener Sorte. Er ist brillant und hat es von Anfang an verstanden, sich den richtigen Leuten anzudienen. Inzwischen ist er der persönliche Feldscher des Kaisers und spricht deshalb hier auch für ihn. Unsere Zunft ist mit dieser Rolle einverstanden, weil sie so dicht am Puls der Macht sein kann. Ich persönlich frage mich aber, ob Hayo nicht längst sein eigenes Spielchen spielt oder zumindest das des Kaisers. Ich glaube nicht, dass er sich heutzutage einzig und allein der neutralen Zunft der Feldschere verpflichtet fühlt. Dazu ist sein vom Kaiser finanziertes Leben viel zu luxuriös und seine Stellung zu herausgehoben. Er ist nicht der Typ Mensch, der derartige Vorzüge einfach aufgibt, nur um dem großen Ganzen zu dienen.« Er holte tief Luft. »Wie dem auch sei. Mit Hayo haben wir einen Gegenpart, den wir nicht unterschätzen dürfen. Er ist hochintelligent und skrupellos. Das macht ihn gefährlich. Bedenkt das, wenn wir auf ihn treffen.«

Anike stolperte mit einer Kerze in der Hand durch das inzwischen deutlich besser riechende Haus. Ihre Kammer war wieder unter dem Dach. Sie freute sich auf die frische Bettwäsche ihrer Nachbarin. Mit jeder Etage, die sie überwand, stieg die Temperatur im Haus an. Es war ihr egal. Notfalls würde sie nackt und mit offenem Fenster schlafen. Dort oben konnte sie sowieso niemand beobachten. Als sie das zweite Obergeschoss erreicht hatte, von dem eine schmale Treppe hoch unters Dach führte, stolperte sie über eine lose Stufe und ließ mit einem Kreischen die Kerze fallen.

Sofort öffnete sich eine Tür und eine dunkle Gestalt erschien. Gustav. »Alles in Ordnung? Brauchst du nochmal Feuer?«

»Von dir brauche ich gar nichts«, nuschelte Anike und versuchte wieder aufzustehen. Sie kam ins Taumeln und wäre vermutlich die Treppe hinuntergefallen, wenn Gustav sie nicht aufgefangen hätte. *Verfluchter Wein.* Seine Arme fühlten sich muskulös an. Sie blickte in sein Gesicht. *Ein wirklich schönes Gesicht.* Ihre Hände streichelten es wie von selbst. »Keiner von euch hat das verdient«, flüsterte sie.

»Was?«, fragte er verblüfft.

Sie löste sich aus seinem Griff und tastete in dem dunklen Flur nach ihrem Kerzenleuchter.

Er kniete sich ebenfalls zu Boden, um ihr zu helfen. »Was haben wir nicht verdient? Wer ist ›wir‹?«

Anike stieg sein Duft in die Nase. Er roch nach Sommer und auch auf eine angenehme Art nach männlichem Schweiß. Da war aber noch ein anderer Geruch an ihm. Süßlich und verführerisch. Sie konnte ihn nicht benennen und doch kam er ihr angenehm vertraut vor. Ihr Kopf drehte sich vom Wein. Endlich ertasteten ihre Hände die Kerze. Gustavs Hand ergriff sie im selben Moment. Ihre Finger fanden einander und umklammerten sich. Sie blickten sich an in dem schummerigen Licht, das aus Gustavs Kammer kam. Anike merkte, dass ihr ein Tropfen Schweiß die Wange hinunterlief, als wäre er eine verirrte Träne. *Warum habe ich noch nie zuvor gesehen, wie schön er eigentlich ist?* Anike spürte Gustavs warmen Atem. Sie bewegte ihren Kopf leicht vor.

Er tat dasselbe.

»Es tut mir leid«, flüsterte sie und küsste ihn.

HAYO

Gustav wachte mit furchtbaren pochenden Kopf-schmerzen auf. In seinem Zimmer war es brüllend heiß, was den Schmerz noch unangenehmer machte. Irgendwie war er gestern Abend nicht mehr auf die Idee gekommen, das kleine Bleiglasfenster zu öffnen, um das bisschen Abkühlung, das die Nacht brachte, hereinzulassen. Mit einem Stöhnen setzte sich Gustav in dem durchgelege-nen Bett auf und kratzte sich gedankenverloren am Rücken. Wenigstens war er so schlau gewesen, seine Sachen auszuzie-hen. Er schlurfte zu dem Fenster, legte den kleinen, rostig braunen Riegel um und zerrte mit ziemlich viel Kraft daran, bevor es sich quietschend öffnete. Die morgendlich kühle Sommerluft, die mit einer sanften Brise hereinströmte, schmeckte für ihn in diesem Moment wie Ambrosia. Einen Augenblick genoss er dieses erfrischende Gefühl und die schöne Aussicht auf die mächtige Kathedrale St. Katharinen.

Überhaupt: gestern Abend. Sein Kopf versuchte die we-nigen Bruchstücke zusammenzusetzen, die davon noch üb-rig waren. Er konnte sich noch lebhaft daran erinnern, wie er zu dem freundlichen Weinhändler gegangen war und dann … Ab diesem Punkt wurde alles etwas verschwom-men. Gustav blickte sich nach Wasser um. Sein Mund fühlte sich an, als würde darin ein kleines pelziges Tier leben. Natürlich hatte er auch nicht daran gedacht, sich einen Krug Wasser mit in sein Zimmer zu nehmen, wie er es sonst immer tat. Gleichzeitig hatte er aber dazu noch etwas viel Wichtigeres vergessen: einen Nachttopf. Kaum, dass er daran gedacht hatte, meldete sich auch schon seine Blase. Kurz liebäugelte er damit, sich aus dem Fenster zu erleichtern, aber der Feldscher wäre sicher nicht begeistert gewesen, wenn das einer ihrer Osnabrücker Gastgeber gesehen hätte. Stöhnend schlüpfte er deswegen in sein von Weinflecken bedecktes Hemd – sollte er wenigstens die Hälfte von dem getrunken haben, was sich allein darauf befand, erklärte das seinen Zustand – und trat barfuß hinaus in das nach Staub riechende Treppenhaus, um sich schnell im Abort im Garten zu erleichtern. Er lief geradewegs in eine nicht viel besser gekleidete Anike hinein.

»Ähm … was macht du … natürlich, du wohnst hier … klar …«, stammelte sie und fuhr sich zerstreut durch ihr vom Schlafen verwuscheltes Haar.

Gustav wusste später immer, wann er sich endgültig in Anike verliebt hatte: Es war jener Morgen in dem warmen, muffigen Treppenhaus gewesen. »Hallo …« Er unterbrach sich selbst. Jetzt kam mit Wucht zurück, was am gestrigen Abend passiert war. *Wir haben uns geküsst.* Er schaute in Anikes schönes Gesicht. Sie sah unglaublich aus, wie sie nur mit einem weiten, weißen Hemd und der Bettdecke über den Schultern barfüßig vor ihm auf der Treppe stand. Ein Strahl Morgensonne, der sich durch seine Tür ergoss und in dem man Staub tanzen sehen konnte, verlieh ihr fast einen Heiligenschein, als er kurz ihr Gesicht streifte. Gustav war sich sicher, noch niemals etwas so Schönes gesehen zu haben. Sein Kopf sandte jetzt in schneller Folge Erinnerungen: die heruntergefallene Kerze, der Kuss, Anikes Lippen, die nach Salz und Wein geschmeckt hatten, ihre Hand, die durch seine Hand gefahren war, und ihren Körper, den sie an seinen gepresst hatte. Wie sie in sein Zimmer getorkelt waren und … *Deswegen bin ich also nackt aufgewacht.*

Anike schien seine Gedanken zu lesen. »Ähm … kannst du dich erinnern, was gestern passiert ist?« Sie blickte verschämt zu Boden. Von der sonst so selbstbewussten Anike war im Augenblick nicht viel zu merken.

In Gustavs Kopf lief es auf Hochtouren. *Haben wir etwa miteinander …*

»Na ja, wir sehen uns später«, nuschelte Anike und wollte sich an ihm vorbeidrängen.

Schämt sie sich? Jetzt endlich lieferte ihm sein Kopf die letzte und entscheidende Information. Er schmeckte etwas Saures in seinem Mund, der in der Nacht noch von Anikes Zunge auf aufregende Art verwöhnt worden war.

Anike drückte sich vorbei und entschwand nach unten.

Gustav wurde kurz flau im Magen. *Sie hat sich übergeben, als wir uns geküsst haben.* Kein Wunder, dass ihr das unangenehm war. *Und ich Trottel sage noch nicht mal was dazu.* Der Rest der Nacht fiel ihm schnell wieder ein. Gustav hatte Anikes Haar gehalten, während sie sich an der Treppe übergeben hatte. Danach hatte er sie in ihr Zimmer hochgetragen und in ihr Bett gelegt, um dann das Erbrochene wegzuscheuern. Schließlich war er todmüde eingeschlafen.

»Der Wein war erstaunlich gut, ich habe fast gar keine Kopfschmerzen.« Der Feldscher pfiff jene Melodie, die er sonst nur summte und die Gustav bekannt vorkam, ohne dass er wusste, woher. Jetzt war aber auch wieder nicht der richtige Zeitpunkt, um danach zu fragen. Fröhlich schnitt ihr Meister sich eine dicke Scheibe des dunklen Brots ab und schenkte sich einen Becher Milch aus dem Tonkrug ein, den ein unbekannter Gönner vor ihre Haustür gestellt hatte. Er nahm einen langen Zug und grinste sie dann mit einem weißen Milchbart an. »Will einer von euch? Sie ist ganz frisch und schmeckt köstlich.«

Anike war fast so blass geworden wie die Milch selbst und wies das Angebot vehement mit ihrer Hand zurück. Kurz darauf sprang sie eiligst vom Tisch auf und rannte in den Garten. Auch das lustige Zwitschern der Amseln und Meisen konnte nicht übertönen, dass sie sich mehrmals übergab.

»Oh weh … Da war ich als Meister wohl kein gutes Vorbild, was das Weintrinken angeht«, brummte der Feldscher und biss genüsslich in ein großes Stück Käse. »Der ist aber toll abgelagert. Wie geht's dir? Ähnliche Ausfallerscheinungen? Bisschen blass siehst du aus.«

»Nicht ganz so schlimm«, nuschelte Gustav, schob aber seinen Teller von sich. Er würde keinen Bissen herunterbekommen.

»Viel Wasser trinken, das hilft«, riet sein Meister ihm mit einem frechen Grinsen ungefragt und säbelte sich einen dicken Streifen Wurst ab.

Es dauerte bis zum frühen Nachmittag, bis Gustav und Anike sich so weit erholt hatten, dass sie ihren Pflichten als

Feldscherlehrlinge nachgehen konnten. Ihr Meister gönnte ihnen die Erholungspause, weil er selbst ja nicht gerade mit gutem Beispiel vorangegangen war.

»Ich habe von unserem Freund, Peter von der Stadtwache, erfahren, dass Hayo heute Vormittag in die Stadt gekommen ist. Ich möchte, dass ihr ihm einmal einen unauffälligen Besuch abstattet und herausfindet, mit wem er alles hier ist und was er für Ausrüstung mitgebracht hat. Mich würde er zu schnell erkennen, aber wenn ihr euch nicht in Schwarz kleidet, habt ihr vielleicht eine Chance, etwas über unseren zukünftigen Gegenspieler zu erfahren, bevor wir an den Verhandlungstisch gehen.«

»Ich habe nichts, was nicht schwarz ist«, warf Gustav ein und erinnerte sich lebhaft an den kühlen Herbstabend, als der Feldscher seine alten Kleider verbrannt hatte – und an das Wesen, mit dem er seitdem verbunden war.

»Ach!« Der Feldscher machte eine wegwerfende Handbewegung. »Gerlinde, eine unserer Nachbarinnen, hat mir etwas für euch gegeben. Wenn ich es mir recht überlege, wollte sie es geradezu loswerden. Wie dem auch sei, vielleicht passt es nicht perfekt, aber es wird wohl gehen.«

Die Hundertjährige, die links neben uns haust? Gustav schwante Übles.

Der Feldscher holte aus dem kleinen Flur eine staubige Holzkiste und klappte sie so theatralisch auf, als würde er ihnen gleich Kronjuwelen präsentieren.

Gustavs Befürchtungen wurden noch übertroffen. Für ihn hatte sein Meister ein hoch tailliertes Wams mit ewig langen Schößen ausgewählt, dazu einen Rock, der vor allem durch das ausgewaschene Senfgelb bestach. Die knielange Pumphose war auf sehr altmodische Art und Weise ausgestopft und wurde mit einer riesenhaften purpurfarbenen

Schleife geschlossen. Dazu war sie so hoch tailliert, dass die Schleife auf Gustavs Bauch liegen würde.

Der Feldscher sah wohl seinen skeptischen Blick und nahm schnell den weißen Kragen von dem Kleiderstapel. »Den solltest du vielleicht nicht tragen, das wäre dann wohl doch zu auffällig.«

»Es halten mich so oder so alle für ein Relikt aus dem letzten Jahrhundert«, murmelte Gustav so leise, dass es niemand verstehen konnte.

Anike hatte es nicht viel besser getroffen. Für sie lag das hölzerne Gestell eines riesigen Reifrocks bereit, dessen Überkleid mohnrot war. Sie würde damit auffallen wie ein bunter Hund. Ihr Leibchen war im Gegensatz zu Gustavs Kleidung gar nicht tailliert, sondern ausufernd und viel zu lang, dazu hatte es einen hoch abstehenden Spitzkragen, den Gustav bisher nur auf uralten Ölgemälden gesehen hatte.

»Den Medici-Kragen werde ich auf gar keinen Fall tragen!«, erklärte sie energisch.

Der Feldscher widersprach ihr nicht, pustete aber genervt seine Wangen auf.

Gekleidet in die muffigen Sachen traten sie aus dem Haus. Modisch sahen sie aus wie zwei sehr alte Leute, die sich vor langer Zeit einmal gute Kleidung hatten leisten können, diese aber auch fünfzig Jahre später noch tragen mussten. Gustav war sich sicher, dass sie in Bettlertracht weniger aufgefallen wären. Die Luft war noch schwüler als tags zuvor. Graue Wolken bedeckten den Himmel und ließen die Sonne allenfalls erahnen. »Es könnte heute noch ein Gewitter geben.«

Mit dieser belanglosen Bemerkung versuchte Gustav die eisige Stimmung zwischen sich und Anike etwas aufzutauen. Seit ihrer unangenehmen Begegnung auf der Treppe am Morgen hatten er und Anike kein Wort miteinander gesprochen.

Anike zuckte nur mit den Schultern, würdigte ihn aber nicht mal eines Blickes.

Gustav seufzte und gab für den Moment auf. Er widmete sich ihrer Aufgabe. Der Feldscher hatte gesagt, dass man Hayo in der Nähe des Rathauses untergebracht hatte. Mehr Informationen, geschweige denn eine Wegbeschreibung, hatte er seinen beiden Lehrlingen nicht gegeben. Sich selbstständig in Osnabrück zurechtzufinden, sah er als Teil ihrer Ausbildung an. Da Anike einfach draufloslief, übernahm Gustav diesen Part und erfragte bei einigen Passanten den Weg. Er war sich sicher, dass sie hinter ihrem Rücken gelacht und dumme Bemerkungen gemacht hatten, weil sie so merkwürdig herausgeputzt waren.

Gustav und Anike überquerten die durch die Stadt fließende Hase und gingen südlich in Richtung der Neuen Stadt. Der Weg am Fluss entlang war schön, die Häuser herausgeputzt und es gab viel Grün, aber so richtig genießen konnte ihn Gustav nicht, da ihn Anike weiter mit Schweigen strafte. In seinem Kopf legte er sich die ganze Zeit Hunderte Sätze zurecht, mit denen er ihr die Peinlichkeit des gestrigen Abends nehmen könnte. Ihm war es nämlich tatsächlich egal. Sie waren beide betrunken gewesen und der Kuss davor einfach nur wunderbar. »Anike«, begann er zögernd, »gestern, da …«

»Ich will nie wieder über das, was gestern passiert ist, reden!« Sie blieb stehen und stemmte die Fäuste in die Hüften. »Alles, was gestern passiert ist, war ein Fehler. Verstehst du

mich? Alles! Und nichts davon wird jemals wieder passieren!«
Sie stürmte weiter in Richtung der Kirchturmspitzen von St.
Johann, die ihnen den Weg zum Rathaus wiesen.

Gustav wäre nicht weniger überrascht und erschüttert gewesen, wenn sie ihn, statt ihre Wutrede zu halten, einfach in
die Hase geschubst hätte. Einer ihrer Sätze geisterte perma-
nent in seinem Kopf herum. *Nichts davon wird jemals wieder passieren!*

Hayos Unterkunft zu finden, erwies sich als ziemlich einfach,
nachdem sie das Rathaus erreicht hatten. Der Bürgermeiste-
rei gegenüber befand sich ein schlossähnliches, herrschaftli-
ches Haus, von dem aus man einen herrlichen Blick auf die
rechts liegende Kirche und den weitläufigen Rathausplatz haben musste. Davor standen ganze fünf gelbe Feldscherwa-
gen. Obwohl der Begriff ›Wagen‹ für die Gefährte weit un-
tertrieben war. Das Wort ›Kutsche‹ traf auf die vierrädrigen
Zweispänner besser zu, die von solch schönen, pechschwar-
zen Pferden gezogen wurden, wie sie sich viele andere nicht
einmal zum Reiten hätten leisten können.

»Das ist in der Tat etwas repräsentabler als unser schiefes
Haus«, flüsterte Anike, die bei dem Anblick wohl vergessen
hatte, dass sie eigentlich nicht mehr mit Gustav reden wollte.

»Ja, das ist beinahe ein Schloss. Wie viele Lehrlinge hat
dieser Hayo nur?« Gustav zählte allein vor dem Gebäude
etwa zehn Schwarzgekleidete. Alles junge Männer. Hayo
hielt wohl nichts von weiblichen Lehrlingen. In den Innenhof des großen Gebäudes konnte er von ihrer Position aus
nicht blicken.

»Eindeutig mehr als unser Meister. Wir sollten es für ihn aber schon etwas genauer herausfinden.« Zu Gustavs Überraschung hakte sich Anike bei ihm unter und seufzte affektiert. »Es ist wirklich ein wunderschönes Haus, Liebster. Lass es uns genauer betrachten. Eines Tages würde ich auch gern einmal so leben.«

Gustav verstand, was sie vorhatte. »Ja, vielleicht können wir es uns etwas genauer ansehen«, antwortete er etwas hölzern. Nicht jeder war zum Schauspieler geboren.

Wie zwei Verliebte schlenderten sie auf die Unterkunft des Feldschers zu. Dessen geschäftige Lehrlinge beachteten sie gar nicht weiter. Sie hatten genug damit zu tun, die vielen Wagen auszuladen. Schwer beladen mit Kisten und allen möglichen Instrumenten wankten sie in Richtung Innenhof.

Gustav erkannte auf den Außenseiten der gelben Kutschen denselben Dämonenschädel, der auch auf dem Wagen seines Meisters prangte. Merkwürdigerweise veränderte sich die Fratze hier aber nicht zu einer Blume, sondern blieb ein Schädel. Gern hätte er mit Anike darüber gesprochen, was sie darauf sah, aber dafür war im Moment einfach nicht der richtige Zeitpunkt.

»In Schwarz wären wir hier vielleicht weniger aufgefallen als in unseren Altleutekleidern.«

»Da hast du recht, meine Liebste«, antwortete Gustav mit einem Grinsen. Es machte ihm Spaß, mit Anike so vertraut herumzulaufen.

Sie verdrehte die Augen, ließ seinen Arm aber nicht los.

Langsam näherten sie sich dem großen Eingangstor, durch das die Lehrlinge und anderes Personal hinaus- und hineinwuselten. Ein schwarz gekleideter, groß gewachsener, hagerer Mann schien das Chaos zu orchestrieren, brüllte Anweisungen und scheuchte die Leute hin und her. Seine

Befehle wurden stets mit einem »Ja, Meister« quittiert. Hayo. Er wirkte ganz anders als Martin. Sein braun gebranntes, raubvogelartiges Gesicht verströmte Autorität, aber auch eine Spur von Ungeduld. Seine schwarze Feldscherkluft schimmerte leicht und Gustav war sich sicher, dass sie aus Seide war. Das erklärte auch, warum er bei der drückenden Hitze nicht zu schwitzen schien.

»Das ist er«, flüsterte Gustav, obwohl er wusste, dass Anike ihn auch erkannt haben musste.

Anike ersparte sich sogar das Nicken.

Unbewusst gingen sie langsamer, um besser zu erkennen, was sich im Hof abspielte.

»Vorsichtig damit!«, schrie der Feldscher wütend und eilte zu etwas, das Gustav nicht erkennen konnte. »Ihr wisst doch, was dort drin ist. Wollt ihr uns alle umbringen?«

Was haben die nur mitgeschleppt?

»Komm mit!« Anike schien genauso neugierig zu sein.

Sie nutzten die Ablenkung und traten durch das Tor. Nun konnten sie den über und über mit den unterschiedlichsten Gegenständen vollgestellten Hof gut einsehen. Gustav erblickte wertvolle Teppiche, silberne Kerzenleuchter, schwere Möbel, Kisten voller Geschirr und Kleidung, sogar ein Pfau stolzierte herum. Dann fiel sein Blick auf das, vor dem der Feldscher seine Leute gewarnt hatte. Es waren zwei aufrecht stehende, rechteckige, etwa mannshohe und zwei Schritt breite Eisenkisten, die gerade von einem Pferdefuhrwerk abgeladen wurden.

»Was ist das?«, fragte Anike verblüfft.

Gustav musste schwer schlucken, bevor er antworten konnte: »Dämonenkäfige.«

»He«, rief plötzlich eine tiefe Stimme hinter ihnen. »Was macht ihr hier?«

DÄMONENKÄFIGE

A nike ließ sich nach hinten fallen, um eine Ohnmacht vorzutäuschen. *Hoffentlich versteht Gustav, was ich vorhabe, und fängt mich auf.* Tatsächlich berührten kurz darauf die starken Hände des Jungen Anikes Rücken. Eine verirrte sich doch sogar kurz auf ihre linke Brust. Fast hätte Anike vor Ärger darüber die Augen wieder aufgerissen, aber sie war sich ziemlich sicher, dass es ein Versehen gewesen war. Gustav war keiner von den Männern, die derartige Situationen ausnutzten. Nein, dazu war er viel zu gut. *Zu gut für mich.* Insgeheim war Anike froh, dass gestern Nacht nicht mehr zwischen ihnen passiert war. Sie wusste, dass Gustav sich jetzt schon Hals über Kopf in sie verliebt hatte. Sie mochte ihn mittlerweile auch richtig gern, aber sie würde ihm irgendwann wehtun, das stand fest. Gestern Nacht war sie egoistisch gewesen und hatte nicht über die Konsequenzen ihres Handelns nachgedacht. Dazu würde es nicht noch einmal kommen.

»Meiner Frau bekommt die Hitze des heutigen Tages nicht, hochverehrter Herr. Wir sind in glücklichen Umständen …«

Jetzt übertreibt er aber.

»Hättet Ihr wohl einen Schluck Wasser und für einen Moment ein kühles Plätzchen, damit sie wieder zu Kräften kommen kann?«

»Was ist da los, Helmhart?«

Anike erkannte am herrischen Ton der Stimme, dass es sich um Hayo handelte.

»Die Frau ist schwanger und ohnmächtig. Sie wollen sich ausruhen.«

»Kein Wunder, wenn ich mir die Berge ihrer uralten Klamotten ansehe.«

Sind die Plünnen der Alten doch zu was gut.

»Na, dann hilf den beiden Landeiern. Du bist ebenso ein Feldscher für Menschen, Helmhart, auch wenn ich das Gefühl habe, dass du das inzwischen fast vergessen hast.«

Hämisches Gelächter erscholl und wurde von den hohen Mauern des Innenhofs zurückgeworfen.

Helmhart brummte genervt, sagte aber: »Kommt mit. Dahinten ist ein Brunnen, dort könnt ihr ausruhen. Steht aber keinem im Weg herum und kommt ja nicht auf die Idee, etwas zu klauen, das würde euch gar nicht gut bekommen.«

»Natürlich«, gab Gustav mit einer so demütigen Schüchternheit zurück, dass Anike ihm fast selbst geglaubt hätte.

»Komm, ich helfe dir, Kleiner.«

Anike nahm den herben Schweißgeruch des Fremden wahr – *Gustav riecht nie so eklig nach Schweiß*, schoss es ihr durch den Kopf – und schon wurde sie hochgehoben.

»Das reicht, ich ertrinke gleich«, zischte Anike Gustav an, der ihr zum wiederholten Mal den Holzbecher an die Lippen hielt und versuchte ihr Wasser einzuflößen.

»'Tschuldige«, murmelte der, ohne sie anzusehen, und verschüttete achtlos den Inhalt des Bechers. Sein Blick war wie gefesselt auf die großen Eisentruhen gerichtet.

Anike richtete sich stöhnend auf und hoffte, dass sie verwirrt genug dreinblickte, damit alle Umstehenden auf ihr kleines Schauspiel hereinfielen. »Starr da nicht so hin! Die merken sonst noch, das was im Busch ist und wir nicht zufällig hier sind. Was sind überhaupt Dämonenkäfige?«

Gustav ließ sich so lange Zeit mit seiner Antwort, dass Anike schon glaubte, dass er ihre Frage nicht gehört hatte. »In diese Truhen sperrt man gefangene Dämonen ein. Sie lassen kein Tageslicht hinein und das Eisen verhindert, dass der Dämon mit der aufgehenden Sonne wieder in die Erde zurückkehrt.«

Gegen ihren Willen war Anike tatsächlich schockiert. »Meinst du etwa, dass genau in diesem Augenblick zwei Dämonen in diesen Kisten stecken? Quasi hier mit uns im Hof sind, wie Hühner in einem Käfig?«

Gustav nickte und stierte weiterhin mit entrücktem Blick auf die Behältnisse.

»Wozu braucht Hayo die? Das ist doch furchtbar gefährlich.« Lautes Donnern verschluckte den letzten Rest ihres Satzes. Ein Blick zum dunklen Himmel verriet Anike, dass es gleich zu regnen beginnen würde.

»Komm, wir gehen!«

Sofort packte Gustav Anikes Hand und zog sie auf die Beine. »Vielen Dank für Eure Hilfe, meiner Frau geht es schon besser«, rief er niemandem Bestimmten zu und bugsierte Anike hinaus auf den Rathausvorplatz. Ihre Gastgeber waren so beschäftigt damit, das Hab und Gut des Feldschers vor dem Regen ins Haus zu bekommen, dass sie es gar nicht bemerkten.

Dunkle Punkte breiteten sich auf dem groben Kopfstein-pflaster des weitläufigen Platzes aus. Erst wenige, dann immer mehr. Schließlich verschwand der Boden in einem Meer aus feuchter Dunkelheit.

Es dauerte nicht lange, bis Anike und Gustav nass bis auf die Knochen waren. Es schüttete wie aus Eimern. Anike kam es so vor, als wollte der Regen heute das nachholen, was er in den letzten Wochen versäumt hatte. Der Himmel verfärbte sich so dunkel, als wäre urplötzlich die Nacht über die Welt hereingebrochen. Dazu war ein scharfer Wind aufgekommen und die Temperatur fiel so abrupt, dass Anike in ihrer klammen und viel zu schweren Kleidung zu frieren begann. Außer ihnen war niemand mehr auf den Straßen Osnabrücks zu sehen. Ein vielzackiger Blitz tauchte über ihnen auf, gefolgt von einem ohrenbetäubenden Donnern.

Gustav schien von alldem nichts mitzubekommen. Er stemmte sich gegen Wind und Regen und zog Anike mit sich in Richtung Barfüßer-Viertel.

Wir halten uns ja immer noch an den Händen, wurde ihr dabei bewusst. Energisch entzog sie sich ihm und blieb stehen. »Wir müssen uns irgendwo unterstellen, sonst trifft uns noch ein Blitz oder der Wind bläst uns einen Ziegel auf den Kopf.«

»Keine Zeit«, schrie Gustav gehetzt und lief einfach weiter.

»Warum nicht? Wir haben doch alle Zeit der Welt. Das muffige Haus und Martin laufen uns schon nicht weg.«

»Sie haben aber keine Zeit. Es quält sie. Es tut ihnen weh. Sie werden da drin verrückt.«

»Wer?«

»Die beiden Dämonen.«

»Was?« Inzwischen musste Anike brüllen, um das Gewitter zu übertönen. Eine Weide am Ufer der Hase bog sich gefährlich unter dem Sturm. Der sonst so träge dahinplätschernde Fluss hatte sich in einen reißenden Strom verwandelt.

Er machte eine wegwerfende Handbewegung. »Das verstehst du nicht.«

Anike wusste nicht zu sagen, warum, aber plötzlich überkam sie eine Woge der Zuneigung zu diesem Jungen, der sogar mit zwei mörderischen Dämonen Mitleid empfinden konnte. Sie drehte sich zu ihm, strich ihm vorsichtig das nasse, schwarze Haar aus der Stirn und blickte ihm tief in die dunklen Augen. »Erkläre es mir, aber nicht hier, sondern an einem trockeneren Ort.«

Sie blickten sich um und bemerkten beide gleichzeitig den einfachen überdachten Schuppen in einem der Gärten am höher gelegenen Ufer der Hase.

Kaum waren sie in den aufgeheizten Verschlag geschlüpft, der zum Lagern von allerlei landwirtschaftlichen Geräten diente und ein intensives, aber nicht unangenehmes Aroma nach Bärlauch verströmte, begannen sie ihre nasse Kleidung auszuziehen, die ihnen auf der Haut klebte und Tonnen zu wiegen schien.

»Es ist so …«, begann der an einem seiner Stiefel zerrende Gustav, doch Anike versiegelte ihm den Mund mit einem Kuss.

Leidenschaftlich erwiderte er ihn. Seine Hände fuhren über ihren feuchten Körper, der nur noch in ihr Hemd gehüllt war. Gierig tasteten sie nach ihrem Busen. Ihre Brustwarzen hatten sich durch die Kühle des Wassers aufgerichtet und zeichneten sich deutlich durch ihr nasses Untergewand ab. Als Gustav mit einem Finger zärtlich darüberstrich, entfuhr ihr ein Seufzer.

Anike wollte nun auch mehr von ihm spüren. Sie drückte ihren Unterleib an seinen. Gustavs Erregung war deutlich zu erkennen. Sie nestelte an seiner lächerlichen Schleife herum, um seine Hose herunterzuziehen.

Plötzlich schob Gustav sie von sich weg. »Ich dachte, wir wollten über Dämonen reden.« Sein schiefes Grinsen verriet, dass er zu einem sehr unpassenden Zeitpunkt einen Scherz machte.

Anike biss ihm in die Unterlippe. »Später.« Dann hatte sie endlich seine Hose heruntergezerrt und begann seinen pulsierenden Schaft mit der Hand zu liebkosen.

Verschwitzt und auf eine angenehme Weise kraftlos lagen sie nach dem Ende ihres ausdauernden und vielfältigen Liebesspiels auf einem staubigen Haufen alter Säcke. Anike hatte ihren Kopf auf Gustavs Brust gebettet und genoss es, seinen Herzschlag zu hören und mit jedem seiner Atemzüge ein wenig angehoben zu werden. Sie war sich bis zu ihrem Akt sehr sicher gewesen, dass Gustav noch Jungfrau war. Sollte das so gewesen sein, hatte er sich gerade als echtes Naturtalent in Sachen Liebe erwiesen und Anike mit seiner Ausdauer sehr wohlige Augenblicke bereitet. Um ehrlich zu sein, insgesamt sogar drei. *Stille Wasser ...,* dachte sie mit einem Lächeln. Sie wusste um die Potenz junger Männer, auch wenn sie aus Pragmatismus bisher fast nur ältere Liebhaber gehabt hatte, aber bei Gustav war sie dennoch erstaunt gewesen, wie schnell er sich jedes Mal wieder erholt hatte, um nur Augenblicke später eine weitere gewagte Stellung mit ihr auszuprobieren.

»Das war schön«, sagte er verträumt und da war er wieder, der alte Gustav, der wenig mit dem feurigen Liebhaber gemein zu haben schien, der sie gerade so verwöhnt hatte – und irgendwie mochte sie auch genau das an ihm.

»Das fand ich auch.« Anike küsste ihn auf eine Brustwarze. »War es dein erstes Mal?«

Er wurde rot. »J-j-ja«, stotterte er verlegen. »Hat man das gemerkt? Habe ich etwas falsch gemacht?«

Sie streichelte ihn besänftigend über die Wange und bedeckte seinen Mund mit einem Kuss. »Nein, nein, ganz im Gegenteil.«

Er seufzte beruhigt und schloss die Augen.

»Du wolltest mir eigentlich etwas über die Dämonenkäfige erzählen.« Sie gestattete es sich, über ihren eigenen Scherz zu lachen.

Wie von der Tarantel gestochen fuhr Gustav hoch.

Anike rollte unsanft zur Seite. »He, so behandelt man aber keine Dame, deren, na ja, du weißt schon, man eben noch …« Sie zwinkerte ihm frivol zu, doch sein Blick hatte wieder jenen entrückten Ausdruck angenommen, den sie schon vom Innenhof der hayoschen Villa kannte.

»Wir müssen los und es dem Feldscher sagen! Was Hayo dort treibt, ist nicht nur gefährlich, sondern dazu gedacht, die ganzen Verhandlungen zu unterminieren.«

»Wie das denn?« Anike angelte sich ihr Hemd. Es war immer noch feucht und es kostete sie eine Menge Überwindung, es wieder überzustülpen, aber Gustav tat das Gleiche und sie wollte nicht entblößt vor ihm liegen bleiben.

»Er nutzt die Kraft der in den Käfigen lebenden Dämonen, um seine eigenen Kräfte zu steigern. Dadurch kann er zum Beispiel besser sehen oder hören. Vielleicht wird er sogar körperlich kräftiger.« Gustav quälte sich mit einem ekelhaften Quietschen in seine Stiefel hinein. »Eventuell verfügt er durch die Wesen sogar über übernatürliche – nenne es gern magische – Kräfte, die er nutzen wird, um die anderen Teilnehmer der Friedensverhandlungen zu übertrumpfen und zu hintergehen.«

Anike war fast wieder komplett angezogen, verzichtete aber auf den Reifrock und das Korsett. Unterkleid, Hemd und Wams würden reichen müssen. »Woher weißt du das alles?«

»Weil ich einiges davon selbst kann, wenn ich mit ihr zusammen bin.«

Der Feldscher hatte besorgt, aber mit Besonnenheit auf die Neuigkeiten reagiert, die Anike und Gustav ihm gebracht hatten. Anschließend trug er ihnen auf, in ihre Zimmer zu gehen, um ihre Studien wieder aufzunehmen, weil Wissen der beste Weg sei, um dem Bösen zu begegnen. Kurz darauf hatte er das Haus verlassen, ohne seine Lehrlinge über das Ziel oder seine Wiederkehr zu informieren.

Seitdem tigerte Anike rastlos und barfuß durch ihr immer noch viel zu warmes Zimmer. Sie trug nur ein altes Hemd und hatte das schmale Fenster weit aufgerissen. Auf ihrem Tisch lag die gesammelte Ausgabe der Texte von Tacitus, die sie auf mögliche Hinweise zu Dämonensichtungen in der Antike durchsuchen sollte. Eine Aufgabe, die ihr nicht nur sinnlos erschien, sondern auch noch besonders quälend, da Tacitus berüchtigt für seine ausufernde und fabulierende

Erzählkunst war. Selbst wenn es der verfluchte Codex Daemonum gewesen wäre, hätte sie sich nicht darauf konzentrieren können. Ihre Gedanken waren bei dem, was zwischen ihr und Gustav passiert war. Auf dem gesamten Weg ins schiefe Haus und im Haus selbst war zwischen ihnen wieder alles so wie zuvor gewesen, als hätte es den warmen Gartenschuppen nie gegeben. Gustav kam ihr sogar noch distanzierter vor. War er nur unsicher? Wollte er es vor dem Feldscher geheim halten oder schämte er sich gar dafür, sich Anike hingegeben zu haben? Ungeahnte Selbstzweifel stiegen in ihr hoch. Normalerweise war es so, dass es um jeden Mann endgültig geschehen war, wenn sie mit ihm erst einmal im Bett gewesen war. Bei Gustav schien es fast umgekehrt zu sein.

Denkt er auch an mich oder hat er nur seine dämlichen Lateinvokabeln im Kopf? Es war zum Aus-der-Haut-Fahren: Dieser Bengel ignorierte sie, obwohl sie nur eine Treppe entfernt war und der Feldscher außer Haus. *Du kannst es nicht erwarten, dass er dir Aufmerksamkeit schenkt oder – besser – nochmal dasselbe macht wie vorhin im Schuppen.* »So ein Quatsch«, sagte Anike in das leere Zimmer hinein. Und doch war es die Wahrheit. Der Junge und seine wohligen Spielchen hatten sie schier verhext. »Ich gehe zu ihm runter«, beschloss sie laut und malte sich schon aus, dass sie ihn dann auf sein Bett werfen würde, um herauszufinden, ob er ein derartiges Wunder an diesem Tag erneut wirken könnte. Da klopfte es zaghaft an ihrer Tür. Anike gestattete sich ein triumphierendes Lächeln. Es war also doch alles wie immer und in bester Ordnung. »Komm rein, Gustav.« Sie zog ihr Hemd ein wenig höher, um mehr Bein zu zeigen.

Schüchtern trat er ein. »Hallo, Anike …«

»Hallo«, hauchte Anike – hoffentlich verführerisch.

»Ich brauche deine Hilfe.«

Ich deine auch. Anike spürte, wie die Erregung in ihren Lenden wuchs, trotzdem sagte sie mit einem unschuldigen Lächeln: »Gern. Was kann ich für dich tun?«

»Du musst mit mir herausfinden, wie man einen Dämon beschwört.«

Jede Art von Erregung fiel augenblicklich von Anike ab. »Ich soll was?« Anike funkelte Gustav wütend an. Was lief nur falsch bei diesem Jungen, dass er es wagen konnte, sie so zurückzuweisen?

Er schloss vorsichtig die Tür und begann hektisch hin- und herzulaufen. »Es ist so: Ich glaube, dass ich herausfinden kann, über welche besonderen Fähigkeiten Hayo verfügt. Das Wissen darüber ist für unseren Meister elementar, wenn er die Verhandlungen zu einem erfolgreichen Abschluss bringen will.«

»Wie willst du das herausfinden? Einen von Hayos dämlichen Lehrlingen fragen oder den Feldscher gleich selbst?«

Gustav schüttelte den Kopf, als hätte er den Spott in ihren Worten nicht gehört. »Nein, natürlich nicht. Ich muss jemanden dorthin führen, der mit den Dämonen in den Käfigen kommunizieren kann.«

Anike konnte es nicht verhindern. Ihr Mund öffnete sich vor Erstaunen. »Deine Dämonin. Du willst sie beschwören und dorthin bringen.«

»Ja.« Er blickte beschämt zu Boden. »Den Feldscher kann ich nicht um Hilfe bitten, deshalb frage ich dich. Wir müssen herausbekommen, wie man einen Dämon beschwört. Bisher ist sie nämlich immer einfach zufällig aufgetaucht und ich bin noch nicht darauf gekommen, wie sie das gemacht hat. Bisher habe ich nur herausgefunden, dass es einen Weg gibt, wie

Menschen, die sich mit einem Dämon verbunden haben, ihn beschwören können.«

»Du bist mit diesem Vieh verbunden?« Anike ließ sich erschöpft auf ihr Bett fallen. Der Gedanke, dass sie sich dort bis vor wenigen Augenblicken noch mit Gustav vergnügen wollte, erschien ihr nun vollkommen abwegig.

»Ja!« Gustav erzählte ihr die ganze Geschichte.

»Ach du Schreck, und das heißt, wenn du stirbst, stirbt sie auch und umgekehrt.«

Er nickte nur.

»Mein herzliches Beileid. Ein viel schlimmeres Schicksal kann man sich ja kaum wünschen.«

»Vielen Dank!« Er schnaubte wütend. »Hilfst du mir nun?«

Anike seufzte übertrieben. »Was willst du denn von mir?« Er rollte genervt mit den Augen, etwas, das Anike wirklich hasste. Wie hatte sie mit diesem Bengel nur schlafen können? Sie nahm sich vor, dass es nie wieder geschehen würde.

»Wir müssen in Martins Zimmer einbrechen, den Codex Daemonum finden und dort nachlesen, wie man es bewerkstelligt.«

Gedankenlos sagte Anike: »Den Schinken findest du nie. Glaub mir!« Kaum hatte sie die Worte ausgesprochen, schmeckten sie wie Asche in ihrem Mund.

Er schien nichts zu bemerken. »Keine Sorge, ich finde das Buch. Du musst mir nur mit dem Latein helfen.«

»Warum sollte ich das tun?«, fragte Anike selbstgefällig.

Er blickte sie starr an. »Du könntest es tun, um Zehntausende Leben zu retten, wenn unser Meister erfolgreich zu einem Friedensvertrag beiträgt.«

Anike gähnte gespielt.

»Oder du tust es, damit ich dem Meister nicht verrate, dass du schon dreimal in seinem Zimmer warst, um den Codex Daemonum zu suchen.«

Du kleine Ratte.

BLUT
UND ASCHE

———╪———

un tu das, was du sonst auch machst, um in fremde
Zimmer zu kommen«, drängelte Gustav. Er sah
Anikes Blick an, dass er sie damit verletzt hatte.
Das tat ihm mehr leid, als er in Worte fassen konnte, aber die
Zeit drängte. Sie wussten nicht, wann der Feldscher zurückkehren würde, und die Verhandlungen sollten bereits in wenigen Tagen beginnen. Er musste jetzt handeln, oder alles
wäre verloren. Sein Land hatte Frieden verdient. Er
wünschte niemandem mehr ein solch furchtbares Schicksal
wie sein eigenes. Vor seinem inneren Auge sah er seine Familie und musste mit Erschrecken feststellen, dass die Erinnerungen immer mehr verblassten.

»Weißt du eigentlich, dass du ein richtiges Arschloch sein
kannst, Gustav Hansson?«

Gustav versetzten die Worte einen Stich. Immer wieder
sah er die nackte Anike vor sich, schmeckte sie, spürte sie
und alles in ihm verzehrte sich danach, sie wieder zu
berühren und zu küssen und ihr seine Liebe zu gestehen,
aber er verbot es sich. Das hier war wichtiger als sein per-
sönliches Glück. »Hast du so was wie Dietriche? Auf-

brechen können wir die Tür nämlich nicht, das würde er ja merken und …«

»Brauche ich nicht, du Schlaumeier.« Anike drängelte sich an ihm vorbei. Wie zufällig streifte ihr Busen dabei Gustavs Arm. »Er schließt nämlich nicht ab, weil er Vertrauen zu uns hat.« Mit einem überheblichen Blick ließ sie die Tür aufschwingen.

»Nach dir!« Gustav ließ ihr nicht den Vortritt, um ritterlich zu sein oder weil er Angst hatte, sondern damit sie seine Erektion nicht bemerkte. Die Berührung ihres Körpers hatte wieder jenes Feuer entfacht, das ihre gemeinsame Zeit im Schuppen nur eingedämmt, aber nicht gelöscht hatte.

»Wie nett. Feige bist du auch noch.« Sie warf ihr langes Haar empört über die Schulter und ging in das Zimmer.

Wie ein geprügelter Hund trat Gustav ebenfalls über die Schwelle, hinein in das Allerheiligste seines von ihm verehrten Meisters. Er schämte sich schon jetzt seiner Tat. In diesem Haus war er noch nicht im Zimmer des Feldschers gewesen, aber es unterschied sich nicht sehr von dem in Leipzig. Das Bett war gemacht und dem großen Kopfkissen hatte der Feldscher in der Mitte sogar einen Knick verpasst. Der Raum roch süßlich. Martin hatte auf den alten Stubentisch, der ihm nun als Schreibtisch diente, einen Strauß wilder Blumen aus dem verwucherten Garten gestellt.

»Hätte man ihm gar nicht zugetraut, was?«, bemerkte Anike, deren Blick zeitgleich mit Gustavs darauf gefallen war. Sie ging direkt auf das Bücherregal zu und strich mit dem Finger über die drei etwa schrittlangen Reihen. »Genau dieselben langweiligen Schinken wie in Leipzig. Er hat sogar die gleiche Sortierung vorgenommen. Nicht mal die ergibt Sinn für mich. Vergil vor Aristoteles, das verstehe, wer will. Wie dem auch sei, der elende Codex ist nicht dabei.«

Seufzend stand sie auf und warf Gustav einen Ich-habe-es-dir-doch-gesagt-Blick zu.

Der kam dabei nicht umhin zu bemerken, wie schön ihre Augen dabei funkelten und dass ihre geschwungenen Lippen leicht glänzten, weil sie sie mit der Zungenspitze angefeuchtet hatte. Er stürzte sich in Geschäftigkeit, um nicht erneut von seinem unkontrollierbaren kleinen Gustav in eine despektierliche Lage gebracht zu werden. »Es muss hier sein. Jeder Feldscher ist verpflichtet, es immer bei sich zu haben, und jedes Exemplar ist anders. Während ihres ganzen Berufslebens ergänzen die einzelnen Meister es nämlich um ihre Erfahrungen und kleinen Geheimnisse, die sie argwöhnisch vor ihren Kollegen verbergen.«

»Vielleicht hat er es mitgenommen.«

»Nein, das wäre viel zu riskant.« Er blickte auf die Buchreihen. »Vielleicht hat er es gar nicht im Bücherregal?« Unbewusst begann er die Melodie zu summen, die sein Meister auch immer auf den Lippen hatte, wenn er sich konzentrierte.

Kurz darauf stimmte Anike unbewusst mit ein.

In seltener Eintracht durchstöberten sie vorsichtig das Zimmer.

»Es ist nicht da!«, beharrte Anike nach einer ganzen Weile des intensiven Suchens. »Wir müssen hier auch langsam weg. Er kann jederzeit wiederkommen.«

Gustav war drauf und dran, ihr recht zu geben, da fiel ihm ein, wo es eigentlich nur liegen konnte. »Natürlich!« Er schlug sich klatschend auf die Stirn.

»Ist dir gerade eingefallen, wo du deine Männlichkeit gelassen hast?«

Gustav schaffte es nicht, das Gesicht bei diesem gemeinen Vorwurf nicht zu verziehen. »Nein, ich weiß, wo das Buch ist.« Zielstrebig trat er auf das schmale Bett des Feldschers zu.

»Da versteckt ihr wohl all eure Geheimnisse, was?«, kommentierte Anike das schnippisch. »Aber gib dir keine Mühe, du Schlauberger. Auf dem Nachttisch haben wir doch gerade nachgesehen. Dort hat er Ptolemäus' Tetrabiblos in der Melanchthon-Ausgabe liegen. Grottenlangweilig.«

Gustav nahm den kleinen Bettschrank ein weiteres Mal in Augenschein. Tatsächlich lag dort nur die abgegriffene Ptolemäus-Ausgabe. Nicht viel größer und dicker als eine Lutherbibel. Er griff nach dem Buch. »Ich bin froh, dass wir uns nicht mit Sterndeutung befassen müssen. Ich musste mal einen Teil daraus übersetzen und habe gar nichts verstanden.« Gustav schlug es auf und hielt inne. Stockend las er den Titel auf der ersten Seite vor: »Codex Daemonum – Liber manualis nigrorum medicorum.«

»Was liest du denn da? Du müsstest doch inzwischen wenigstens Latein vorlesen können, wenn du es schon nicht übersetzen kannst.«

»Ich habe richtig gelesen. Das ist es. Das Handbuch der schwarzen Feldschere.« Gustavs Hände zitterten ein wenig.

Anike riss es ihm aus den Händen. »Das kann doch nicht sein, dass ich auf diesen billigen Trick reingefallen bin.«

Gustav grinste sie nur schadenfroh an.

»So, und wie willst du nun herausfinden, wo in dem schwarzen Ding steht, wie man Dämonen beschwört?«, gab sie ihm sofort eine Retourkutsche. »Wir können uns schwerlich durch all die vielen Seiten lesen.« Sie zog schnippisch eine Augenbraue hoch. »Wobei … was solltest du auch darin lesen können?«

Darüber hatte Gustav sich ehrlich gesagt noch keine Gedanken gemacht. Er sah Anike dabei zu, wie sie hastig im Büchlein hin und her blätterte. Es war voller eng beschriebener Seiten, zwischen denen kleine Zeichnungen standen. Alles in Martins sauberer Handschrift. Der Codex wurde noch immer auf die alte Weise vervielfältigt und nicht mit jenem berühmten Druckverfahren des Herrn Gutenberg, mit dem man inzwischen wahre Massen an Schriften auf den Markt warf.

»Gib es mir mal!«

Anike zog es geschickt weg, bevor Gustav zugreifen konnte. »Damit du was damit tust?«

»Jetzt mach schon, vielleicht kommt mir beim Durchblättern eine Idee.«

»Ja, sicher doch.« Sie versuchte es wieder vor ihm wegzuziehen, dabei rutschte es ihr aus den Fingern. Das wertvolle Schriftwerk fiel auf den Boden.

»Nein!«, schrien sie auf und stießen mit den Köpfen zusammen, als sie sich hinunterbeugten, um es aufzuheben.

Das Buch hatte sich beim Aufprall aufgeschlagen.

»Sanguis et cinis«, murmelte Anike und fuhr die Wörter mit ihrem Zeigefinger nach. »Blut und Asche.«

Gustav sah, wie ihre Augen über den akkurat geschriebenen Text huschten. Er bewunderte ihre Klugheit. Er selbst würde vermutlich niemals in diesem Tempo einen lateinischen Text lesen können. *Wo hat sie das gelernt?*, fragte er sich zum ersten Mal und er brannte wirklich auf eine Antwort. *Ich muss sie unbedingt besser kennenlernen.*

»Das ist es! Dort ist beschrieben, wie man einen gebundenen Dämon herbeiruft. Das kann doch kein Zufall sein, dass sich gerade diese Seite aufschlägt.« Sie wartete nicht auf eine Antwort, die Gustav ohnehin nicht hatte. »Egal, hol mir die Schiefertafel und den Griffel aus der Küche. Ich will diese Worte nicht auf Papier übernehmen, sondern schnellstens wieder löschen können.«

Der Feldscher war erst weit nach Einbruch der Dunkelheit zurückgekommen. Er hatte schlechte Laune und das erste Mal roch Gustav Branntwein in seinem Atem. Über das, was er den Tag lang getrieben hatte, schwieg er sich aus. Er legte ihnen nur wortlos einige Lebensmittel auf den Tisch und zog sich dann in sein Zimmer zurück.

Gustav und Anike saßen am Küchentisch wie auf glühenden Kohlen, weil sie jeden Moment erwarteten, dass er ihr Vergehen entdeckte und wutentbrannt zurückkam.

Nichts dergleichen geschah. Kurz darauf glomm ein trüber Lichtschein unter dem Türspalt hervor. Er hatte eine Kerze angezündet, was normalerweise bedeutete, dass er nicht mehr beabsichtigte, das Zimmer zu verlassen.

Gustav blickte Anike an, die nervös irgendwelche klebrigen Essensreste mit den Fingernägeln von der Tischplatte herunterkratzte. »Wollen wir?«

»Nein«, sagte sie bestimmt, stand aber auf und ging zur Treppe.

Gustav wartete einen Augenblick, der ihm ewig vorkam, bevor er ihr folgte, damit der Feldscher keinen Verdacht schöpfte, dass sie gemeinsam etwas Verbotenes taten. Vermutlich hätte er als Letztes daran gedacht, dass seine Lehrlinge verrückt genug waren, einen Dämon unter seinem Dach zu beschwören.

Anike hatte darauf bestanden, dass sie das Ganze in Gustavs Kammer versuchen würden. Ihm war das nur recht. Schließlich war es ja seine Dämonin. Als Gustav die Tür zu seinem Zimmer aufschob, klopfte sein Herz so stark, dass er es im Hals spürte. Nicht, weil er gleich einen menschenfressenden Dämon herbeirufen würde, sondern weil er Angst hatte, dass Anike doch nicht gekommen war. Er blickte zögerlich hinein und da war sie. Sie saß auf seinem Bett, das Haar zu einem lockeren Pferdeschwanz gebunden und die Schiefertafel auf den überkreuzten Beinen.

»Traust du dich etwa nicht herein? Noch bin nur ich hier und nicht deine dreiäugige Dämonin.« Sie schenkte ihm ein schiefes Lächeln, das Gustavs Herz aufgehen ließ.

Wortlos schlüpfte er hinein und hauchte ein »Danke!«.

Sie nickte nur abwesend. »Also, wenn ich das Gestammel des Verrückten, der dieses Buch geschrieben hat, richtig verstehe, dann braucht es nicht besonders viel. Das Wichtigste ist wohl das Blut desjenigen, mit dem sich der Dämon verbunden hat. Das wärst dann wohl du.«

»Steht da eine Mengenangabe oder so was?«

Sie kickste gehässig. »Nö. Ich denke mal, dass mehr immer auch mehr hilft. Wo ist denn dein sagenumwobener Degen? Öffne dir doch schon mal eine Pulsader.« Sie grinste ihn böse an. Im Schein der Kerze sah sie für einen Moment tatsächlich gefährlich aus.

»Du bist ja fast so schlimm wie die echte Dämonin, die will auch ständig meinen Tod«, murmelte er leise, holte aber die Kiste unter dem Bett hervor, in der er die Waffe seines Vaters aufbewahrte. Er sah dabei auch auf Anikes blanke

Unterschenkel, die unter ihrem Rock hervorblitzten. Sofort versuchte er an das Gesicht der Dämonin zu denken und an Eiswasser.

»Dazu braucht man noch Asche. Man muss beides nach Sonnenuntergang mischen und, jetzt kommt der wichtige Teil, auch wirklich wollen, dass der Dämon erscheint. Aha, so ist das also. Von wegen Zufall.«

Gustav merkte, wie sein Kopf rot wurde. »Das ist alles?«, versuchte er sich gar nicht erst zu verteidigen. Obwohl er wahrlich nie gewollt hatte, dass das Vieh auftauchte? *Oder doch?* Manchmal hatte er sich so allein und ängstlich gefühlt, dass ihm jede Gesellschaft recht gewesen war. *Habe ich sie dadurch versehentlich beschworen?* Er hatte jetzt keine Zeit, darüber nachzudenken.

»Jawohl.« Anike ließ die Schiefertafel sinken. »Asche habe ich mitgebracht. Frau baut vor, und wir haben davon ja immer reichlich im Haus.« Sie wedelte mit einem Beutelchen.

»Also gut.« Gustav nahm den Degen und versuchte sich selbst mit der Klinge zu schneiden. Es klappte nicht. Vor allem deswegen, weil er es nicht richtig versuchte. Alles in ihm sträubte sich dagegen, sich selbst zu verletzen.

»Weichei«, sagte Anike, nahm ihm die Waffe aus der Hand und zog sie geschickt über seine linke Handfläche. Sofort quoll Blut hervor. »Na bitte, denk dir schon mal eine gute Ausrede für den Feldscher aus, warum du diese Wunde hast. Wobei … das brauchst du ja gar nicht. Sag ihm einfach nur, dass du deinen Degen angefasst hast. Er weiß doch, wie ungeschickt du dich damit anstellst.«

»Aua, das hat echt wehgetan.« Gustav nuckelte an der Wunde.

»Glaube ich, und das hier wird es auch nicht viel besser machen.« Kraftvoll ergriff Anike Gustavs Hand, drückte sie zusammen, damit noch mehr Blut hervorkam, und schüttete Asche in die frische Wunde hinein.

Sie hatte recht gehabt, das brannte furchtbar und ließ den Schmerz der eigentlichen Wunde fast vergessen.

»Jetzt wünsch dir, dass dein dickliches Ungeheuer herkommt.«

Gustav blickte sie ratlos an. »Soll ich es aussprechen?«

Sie zuckte nur mit den Schultern.

»Ähm, bitte … lieber Dämon, ähm … Dämonin, meine ich natürlich, würdest du … mhh … so nett sein und herkommen?«

Anike klatschte höhnisch Applaus. »Das war wirklich großartig. Ich denke, das ist genau die Grußformel, die die Obersten unserer Zunft bei diesem Ritual im Sinn hatten. Vielleicht sollten wir sie im Codex ergänzen, damit nachfolgende Generationen schwarzer Feldschere sich daran ergötzen können.«

Gustav verdrehte die Augen. Er wusste selbst, wie blöd sich das angehört haben musste, aber er beschwor gerade zum ersten Mal einen Dämon.

Sie lauschten beide in die Nacht hinein.

Gustav wurde bewusst, dass Anike auf seinem Bett lag. Ein Duft nach Rosenholz und Sommer ging von ihr aus. Ihre Blicke trafen sich und hafteten aufeinander. Die ohnehin warme Luft des kleinen, schummerigen Raums schien noch wärmer zu werden. Gustavs Atem beschleunigte sich unwillkürlich, er wollte gerade zu Anike gehen und ihre Hand nehmen, da hörten sie vor dem Fenster einen Dachziegel zerbrechen.

»Was ist das denn für eine furchtbare Bruchbude?«, wehte Gustav daraufhin eine ihm inzwischen nur allzu bekannte Stimme ans Ohr. Er suchte erneut Anikes Blick, aber die war schon aufgesprungen und schaute aus dem Fenster.

»Die passt nie hier durch.«

Sie passte hindurch. Irgendwie schien sich der massige Leib der rot geschuppten Dämonin der Größe des Fensters anpassen zu können, oder das war doch größer, als sie dachten. Schließlich stand sie in Gustavs Zimmer und grinste über das ganze hässliche Gesicht. »Ja, wen haben wir denn da? Mein guter, alter Freund Gustav und seine reizende Partnerin … ähm … wie war noch dein Name?«

Anike machte eine unflätige Geste mit der Hand.

»So unfreundlich. Womit habe ich das verdient? Da kraucht man extra aus der Erde, und dann das.« Die Dämonin bewegte auffällig ihre feuchte Schweinenase. Ein intensives Schnaufen war dabei zu vernehmen. »Ach was, ihr beiden habt euch also gepaart. Scheint noch gar nicht lange her zu sein.« Wieder schnüffelte sie lautstark.

»Was … ähm …. wir …«, stammelte Gustav.

»Nein.« Anike drehte sich aufbrausend nach der Dämonin um. Sie hatte hektische rote Flecken am Hals bekommen. »Wir haben nur, also eigentlich nicht richtig … äh … so …«

Die Dämonin wedelte mit einem ihrer langen Finger. »Streitet es gar nicht erst ab! Ich rieche eure Körpersäfte ganz genau. Ist das etwa die Überraschung, wegen der ihr mich gerufen habt? Wirfst du bald ein Menschenkalb, das ich dann fressen darf?« Sie sprang freudig in die Luft, was dazu führte, dass nach ihrer Landung von den knarrenden Dielen Staub aufstob. »Lecker!«

»Nein, deshalb haben wir dich nicht gerufen«, knurrte Gustav, um die Dämonin von diesem Thema abzulenken.

»Ach was, erst nutzt du meine Kräfte, um die dürre Rothaarige so richtig in Wallung zu bringen, und nun ist die dumme Dämonin natürlich wieder nur das dritte Rad am Wagen.«

»Du hast was?«, kreischte Anike und funkelte Gustav so wütend an, dass der jetzt tatsächlich mehr Angst vor ihr als vor der eigentlichen Dämonin hatte.

»Soll ich das Weibchen für dich fressen?«

»Nein, hier wird niemand gefressen und ich weiß, dass du bei solchen Dingen auf mich hören musst, weil ich dich gerufen habe. Heute Nacht darfst du keinen Menschen fressen.«

»Dieses blöde Buch.« Die Dämonin versuchte sich auf den einzigen Stuhl im Raum zu setzen, der prompt unter ihrem Gewicht zerbrach.

»Gustav, hast du mich etwa mit Dämonenkräften verführt?« Anikes Stimme war schrill geworden. Kraftlos ließ sie sich auf das Bett fallen.

»Nein, nein, wirklich nicht. Sie lügt! Sag ihr bitte, dass du lügst.«

»Was kriege ich dafür? Nun lass mich doch einfach einen Menschen fressen. Irgendeinen Landstreicher, den keiner vermisst, oder so. Komm schon, das ist doch keine große Sache.«

»Bitte hilf mir«, flehte Gustav die Dämonin an.

»Also gut. Meine liebe Kleine«, wandte sie sich herablassend an Anike. »Wir Dämonen sind feurige Liebhaber. Wer sich mit einem von uns verbindet, bekommt auch immer einen ganz, ganz winzigen Teil unserer gigantischen, eure lächerlichen menschlichen Kräfte vielfach übersteigenden Fähigkeiten ab. So auch Gustav hier. Sag ihr schon, dass du jetzt in jedes beliebige Fenster da draußen sehen und die Augenfarbe des Besitzers dahinter benennen könntest. Und dass du hörst, ob dein Nachbar gerade gefurzt hat, und du sogar riechen könntest, was er gegessen hat. Bei der Alten links neben euch gab's übrigens Kohlrabi.« Sie versuchte etwas von dem zersplitterten Stuhlbein abzubeißen, beendete den Versuch aber schnell wieder. »Ob dein süßer Gustav wusste, dass er nun auch über einen kleinen Teil meiner unglaublichen Libido verfügt, kann ich dir allerdings nicht sagen. Mir kommt er zwar schon eher wie ein Charmeur vor, der unschuldige, hässliche Menschenweibchen wie dich verführen will, aber …«

»Ich wusste es nicht. Es war mein erstes Mal und es war wunderschön«, brüllte Gustav.

Lähmende Stille trat für einen Moment ein.

Die Dämonin tätschelte ihm unbeholfen den Rücken. »Das war jetzt für uns alle etwas peinlich, besonders für dich natürlich. Also ganz besonders für dich, aber immerhin scheinen deine Worte wirklich ehrlich zu sein.«

»Anike, bitte, du musst mir glauben.« Gustav versuchte ihre Hand zu nehmen. »Ich habe das nicht gewusst.«

Sie ignorierte ihn, verließ aber auch nicht das Zimmer.

Die Dämonin blätterte inzwischen in Gustavs aktuellem Studienbuch herum. »Apuleius – ›Der goldene Esel‹, eine passende Lektüre, wie ich finde. Bist du schon bei der Erzählung von Amor und Psyche? Könnte vielleicht ein Leitfaden für euch beide sein.«

Gustav wusste nicht, was ihn mehr faszinierte: dass die Dämonin Latein lesen konnte oder dass sie das äußerst komplizierte und rätselhafte Werk des antiken Dichters kannte. »Nein, bin ich noch nicht. Was?«, fragte er verwirrt. Der Feldscher hatte ihn von Anfang an gewarnt, dass es gefährlich war, sich mit den verschlagenen Dämonen zu unterhalten.

»Nicht, dass ich nicht gern mit euch über euer Paarungsverhalten spreche oder die antiken Klassiker, aber da mir wie immer weder zu trinken noch zu essen angeboten wird: Warum bin ich eigentlich hier?« Die Dämonin kratzte irgendetwas zwischen ihren langen Zähnen hervor und betrachtete es einen Moment fasziniert. »Wusste gar nicht, dass ich das gegessen hatte.«

»Du musst uns helfen, etwas über zwei gefangene Dämonen herauszufinden«, übernahm Anike die Initiative, da Gustav sich offensichtlich nicht dazu imstande zeigte.

Die Dämonin drehte sich blitzschnell um und war mit einem Satz bei Anike. Sie fletschte ihre Zähne und gab ein Knurren von sich, das man als feine Vibrationen spüren konnte. »Pakt hin oder her, solltest du oder der Idiot dahinten einen von meinesgleichen gefangen haben, werde ich eine Gelegenheit finden, euch zu töten. Hier oben bei euch zu sein, ist für uns eine solche Qual, wie ihr sie euch nicht im Geringsten vorstellen könnt.«

»Ähm … Gustav, würdest du bitte was unternehmen!«, flehte Anike, die sich jetzt ängstlich in das Kissen drückte.

»Lass das!« Er zerrte am Oberarm der Dämonin, als wäre sie ein störrischer Esel. »Wir haben nichts dergleichen getan, sondern wollen ihnen vielmehr helfen. Beziehungsweise herausfinden, wozu man sie eingesperrt hat.«

Die Dämonin funkelte Anike noch einen Moment aus ihren drei golden glühenden Augen an, dann holte sie blitzschnell zu einem Schlag aus – und schlitzte knapp über dem Kopf des Mädchens mit ihrer Krallenpranke das Kopfkissen auf. Federn stoben in die Luft.

Ich darf niemals vergessen, was sie für eine Kreatur ist. Sie ist keine Freundin oder gar ein Schoßhündchen. »Wir wollen ihnen helfen. Wirklich!« Gustav erklärte der Dämonin, warum sie in der Stadt waren und was sie befürchteten.

»Verflixt, ihr habt ja ewig gebraucht. Warum seid ihr nicht mit mir aus dem Fenster geklettert?«

Gustav und Anike würdigten diese Frage keiner Antwort. Sie hatten sich in ihre schwarzen Umhänge geworfen. Ihre Lehrlingsfibeln glühten gegen die Dunkelheit an. Sie liefen schweigend voraus, um der Dämonin den Weg zu zeigen. Es hatte kräftig abgekühlt und die Luft schmeckte feucht und irgendwie auch sauber, als hätte der Regen den Schmutz der letzten Wochen von der Stadt gewaschen. Osnabrück lag im Dunkel der Nacht da. Sie mussten daher nur aufpassen, dass ihnen der Nachtwächter oder die Stadtwache nicht begegneten, dann würden sie die Dämonin hoffentlich ungesehen zu Hayo bringen können. Zwar konnten nur die wenigsten Menschen Dämonen wahrnehmen, aber auf ein Glücksspiel konnten sie sich hierbei nicht einlassen.

»Ich komme mir ein bisschen vor, als wären wir in einem Süßwarenladen. Eigentlich ganz nett, dass ihr in euren Städten alle so zusammenrückt, da muss man nicht so lange suchen, wenn man Hunger hat.«

»Denk an deinen Befehl!«, knurrte Gustav böse und beschleunigte nochmal das Tempo.

»Ist er zu dir auch immer so brummig?«, flüsterte die Dämonin im Verschwörerton mit Anike.

»Normalerweise ja«, antwortete die und grinste Gustav hämisch an. Offensichtlich war noch lange nicht wieder alles gut zwischen ihnen.

Ein schrilles Quieken ertönte plötzlich.

Erschreckt blieb Gustav stehen und blickte mit seiner verbesserten Nachtsicht zu der Dämonin. Ihr hing ein sich windender Rattenschwanz aus dem Mund.

»Keine Menffen, haft du nur gefagt«, nuschelte sie und schluckte schwer.

»Das ist wirklich widerlich«, zischte Anike.

Die Dämonin zuckte nur mit den breiten Schultern.

Sie hatten die kleine Brücke über die Hase erreicht. Der Fluss war durch die Regenfälle gewaltig angeschwollen und gerade noch in seinem Bett geblieben. Ausgerissene Bäume und allerlei Unrat tanzten auf seinen schaumigen Wellen.

»Hach, meine lieben Zuckerpüppchen, ich habe euch lieb. Seit Ewigkeiten brauche ich schon ein Bad. Meine Schuppen sind schon ganz blass.« Die Dämonin rannte juchzend auf den Fluss zu und schlug mehrere Purzelbäume, was mit ihrem massigen Körper eine erstaunliche Leistung war.

Gustav versuchte noch sie zu halten, griff aber ins Leere.

»Du hast wirklich kein Händchen für Frauen, Gustav.« Anike klopfte ihm mitfühlend auf die Schulter.

Von der Brücke aus beobachteten sie, wie die Dämonin sich im Wasser austobte. Wie ein kleines Kind kreischte sie dabei vor Vergnügen, tauchte unter, spuckte Wasserfontänen aus und schwamm ein ganzes Stück auf dem Rücken, wobei ihr mächtiger roter Bauch aus dem Wasser hervorschaute. Schließlich kam sie am anderen Ufer hervor und schüttelte sich wie ein nasser Hund. Ihre Schuppen richteten sich dabei kurz auf. »Ich schwöre, das war das Beste, was ich seit Langem für mich getan habe. Ihr müsst das unbedingt auch probieren. Gustav, wie wäre es? Ich könnte dich reinwerfen.« Sie zeichnete mit ihrer Krallenpranke eine ovale Flugbahn nach.

Gustav brauchte gar nicht erst in die schlammigen Fluten des schnell dahinfließenden Flusses zu blicken, um zu be-

greifen, was die Kreatur vorhatte. »Ich glaube, das geht dann
aber nicht als Selbstmord durch.«

Endlich hatten sie den Rathausplatz erreicht. Von Weitem
hörten sie, dass der Nachtwächter Mitternacht ausrief. Der
Platz war frei einsehbar und in Hayos luxuriöser Behausung
waren viele der Fenster erleuchtet, was eine dekadente Ver-
schwendung von Brennmitteln darstellte, aber der Gesandte
des Kaisers war wohl niemand, der etwas von Sparsamkeit
hielt.

»Es wird schwer, da ungesehen rüberzukommen«, stellte
Gustav unnötigerweise fest. Er war nervös und es fiel ihm
schwer, das zu verbergen.

»Sie sind hinter der Mauer, stimmt's?«, knurrte die Dämonin. »Ich kann ihre Wut und ihre Qualen spüren.«

Gustav fühlte es jetzt auch. Das, was er tagsüber schon
empfunden hatte, brachten die Nacht und die Anwesenheit
der Dämonin noch stärker zu ihm. »Ja, sie leiden.«

Anike schaute ihn auf eine merkwürdige Art an, die Gustav nicht einordnen konnte.

»Soll ich einfach über die Mauer klettern und sie befreien?«, bot die Dämonin mit Unschuldsmiene an.

»Auf gar keinen Fall!«, beschied Gustav energisch. Drei
freigelassene Dämonen innerhalb der Stadtmauern würden
eine Katastrophe für Osnabrück bedeuten. »Wir werden gemeinsam zu ihnen gehen. Kannst du uns von innen die Tür
öffnen?« Er blickte in die goldenen Augen des Wesens.
»Ohne sie zu zerstören und etwas zu unternehmen, bevor
wir da sind?«

»Du und deine Spitzfindigkeiten, aber ich denke, dass ich das hinbekomme.«

»Pass auf, wenn du über die Mauer kletterst. Da drinnen wimmelt es nur so von schwarzen Feldscheren. Sie alle können dich sehen und hören.«

Die Dämonin legte einen Finger auf ihre wulstigen Lippen, um zu zeigen, dass sie leise und unauffällig sein würde. Etwas, das man dem nicht gerade feingliedrigen Wesen nicht so recht zutrauen wollte.

»Also gut, dann gehst du voran und wir …« Gustav blickte sich erstaunt um. Die rotschuppige Kreatur war bereits verschwunden. Er sah gerade noch einen dunklen, massigen Schatten, der über der Brüstung der hohen Mauer verschwand.

»Ich denke, wir sollten uns beeilen.« Anike rannte geduckt über den dunklen Platz.

Die kleine Pforte, die sich in dem Haupttor befand, war nur angelehnt, als sie dort ankamen. Gustav blickte Anike in die Augen, sie nickte, dann drückte er sie auf und trat in den großen, stillen Hof. Der hatte sich seit dem Morgen verändert. Jetzt war er leer und aufgeräumt. Eine Feuerschale verströmte mildes Licht. Daneben lag eine reglose Gestalt. Gustav blieb bei dem Anblick fast das Herz stehen.

»Keine Sorge, Kleiner. Der wacht morgen früh nur mit Kopfschmerzen auf und kann sich an nichts erinnern«, flüsterte ihm plötzlich die Dämonin ins Ohr, als könnte sie seine Gedanken lesen.

Gustavs Blick ging zu den zwei Eisenkisten, die aussahen wie überdimensionierte, aufgestellte Särge. Sie waren ver-

schlossen. Jetzt spürte er die rasende Wut der dort einge-
sperrten Wesen noch stärker.

»Wir sollten uns beeilen«, drängte Anike. »Der Bengel war
sicher hier, um unsere beiden Freunde zu bewachen. Jemandem könnte seine plötzliche Sprachlosigkeit auffallen.«

Eilig liefen sie zu den Käfigen hinüber.

Gustav legte eine Hand auf das kühle, vom Regen noch
feuchte Metall. Dank der Kräfte der roten Dämonin konnte
er erkennen, wer sich in den Käfigen befand. Wie Blitze entstanden vor seinem inneren Auge Bilder von ihnen. Im linken Käfig saß ein gelbschwarz gepunkteter, sehr schlanker
Dämon fest, dessen Kopf so lang wie der eines Windhunds
war. Das Wesen hatte mit seinen großen Klauenhänden vergeblich versucht, sich zu befreien, wie seine blutigen, abge-
brochenen Klauen bewiesen.

»Ein Windläufer«, benannte die Dämonin die Kreatur.
»Von ihr bekommt der schändliche Feldscher übermensch-
liche Kraft und Schnelligkeit. Kein normaler Mann ist ihm
körperlich gewachsen, wenn er in seiner Nähe ist.«

»Deshalb dieses herrschaftliche Anwesen in Sichtweite
des Rathauses. Die Verhandlungen werden dort stattfinden.
So kann er sicher sein, dass sie ihre Kräfte auf ihn übertragen
können.« Gustav ging zum nächsten Käfig und schaute mit
der Hilfe seiner Dämonin durch das Eisen hinein. Dort saß
ein ganz kleiner Dämon, nicht viel größer als ein Hund. Auffällig an diesem Untier war sein im Vergleich zum Körper
riesenhafter Kopf, den ein einzelnes, grünlich leuchtendes
Zyklopenauge zierte. Er hatte blassblaue Haut und Gustav
hätte sein Aussehen wohl am ehesten mit dem eines Spring-
teufels beschrieben, der auf vielen Spottbildern abgedruckt
war. Die kleinen Hörner, spitzen Ohren und langen Reiß-
zähne bewiesen, dass auch mit ihm nicht zu spaßen war. Das

Wesen saß apathisch und zusammengesunken auf dem Boden.

»Oha«, entfuhr es der rot geschuppten Dämonin, »ein Intellectus.«

»Was kann der?«, drängte Anike.

»Er ist ein Anführer. Ein Wesen mit unglaublicher Intelligenz und Willensstärke.« Die Dämonin ging einige Schritte vom Käfig weg, als hätte sie Angst. Ob vor der Kreatur in seinem Innern oder dem metallenen Gefängnis, war nicht ersichtlich. »Sie sind sehr, sehr selten. Es ist eine Schande, was man ihm antut. Der Feldscher macht sich ihren Intellekt zunutze. Kein anderer Mensch ist seinem scharfen Verstand gewachsen, wenn der Intellectus in der Nähe ist. Ich fürchte, eure Verhandlungen werdet ihr verlieren.«

»Heinrich? Heinrich, du Faulpelz, bist du etwa schon wieder auf der Wache eingeschlafen?«, erklang plötzlich eine unbekannte, jungenhafte Stimme.

»Mist«, zischte Gustav panisch. »Was machen wir nun?«

»Alles gut hier, bleib ruhig drin«, antwortete Anike mit künstlich verstellter tiefer Stimme.

»Du klingst ja entsetzlich! Hast du dich bei dem bisschen Regen heute Nachmittag verkühlt?«, kam die Antwort. »Ich bringe dir mal einen heißen Met raus.«

Anike blickte Gustav fragend an. Würde sie dieses Angebot ablehnen, würden sie garantiert auffliegen.

»Ich sehe hier nur eine Lösung.« Die Dämonin zeigte auf die dicken Eisenriegel, die die Käfige verschlossen.

»Bist du verrückt?«, flüsterte Anike. »Das wäre Selbstmord.«

Bei dem Wort grinste die Dämonin Gustav frech an.

»Heinrich, hier kommt auch schon dein Met. Schön heiß, wie du ihn magst. He, was ist mit dir? Oh mein … Alarm!

Einbrecher. Alarm!«, schrie der Unbekannte. Kurze Zeit später erwachte das Haus zum Leben.

»Wir müssen hier weg!«, kreischte Anike. Nur der Schatten, den die beiden Käfige warfen, hatte bisher verhindert, dass sie entdeckt worden waren. Das würde sich ändern, wenn Hayo und seine Lehrlinge mit Fackeln herauskommen würden.

»Lasst sie frei und euer Feldscher kann seine Mission erfüllen und ihr könnt ungesehen fliehen. Ich kann die Eisenriegel nicht berühren. Vorhin, das war ein wenig geflunkert, ihr wisst ja, wie das …«

»Nein«, schrie Gustav.

Die Dämonin zuckte mit den gewaltigen Schultern. »Tut es nicht und alles, wofür ihr hier seid, ist gescheitert, bevor es begonnen hat.«

Gustav blickte zu Anike, die energisch den Kopf schüttelte.

Inzwischen waren zwei weitere Männer im Innenhof aufgetaucht. »Bringt Fackeln und umstellt das Haus. Sie können nicht weit sein.«

Gustav wusste nicht, was er tun sollte. Er blickte hektisch von Anike zur Dämonin und dann zu den aus dem Haus rennenden dunkel gekleideten Personen. Schließlich fuhren seine Hände wie fremdgesteuert zu den dicken Eisenstangen, die die Käfige verriegelten. Mit einem Kratzen entfernte er zuerst die am Käfig des Windläufers und anschließend die am anderen Käfig.

Anike starrte ihn mit aufgerissenem Mund an.

Einen Moment lang geschah nichts, dann öffnete sich quietschend die Klappe am Käfig des Windläufers. Eine gelbe Hand, deren Klauen zum Teil abgebrochen waren, kam tastend hervor.

»Gut gemacht, Gustav«, flüsterte die Dämonin. »Das war wirklich der reinste Selbstmord.«

Mit einem langen, wütenden Kreischen entschlüpfte der dürre, gelbe Dämon seinem Gefängnis. Sein Blick fiel sofort auf Anike und Gustav, die ihm am nächsten standen.

Gustav spürte seinen Zorn und die Mordlust. Sie waren verloren. Das Wesen setzte zum Sprung an. Plötzlich schob sich ein schuppenbedeckter Körper vor ihn.

»Die gehören mir. Bedien dich dahinten, du dürres Frettchen.« Die Dämonin zeigte auf das Haus.

Verwirrt blickte Gustav auf den breiten Rücken der Dämonin. *Warum rettet sie uns?* Seine törichte Tat wäre vielleicht wirklich als Selbstmord durchgegangen und hätte sie von der Verbindung mit ihm befreit. *Wahrscheinlich will sie nur kein Risiko eingehen.*

Der zweite Käfig öffnete sich und eine kleine, blaue Hand mit langen, gebogenen Fingernägeln kam zum Vorschein.

»Wir sollten jetzt besser hier weg«, flüsterte die Dämonin. »Die beiden kommen schon allein zurecht.« Sie drehte sich um und grinste mordlüstern.

Gustav konnte nichts mehr erwidern. Er wurde ruckartig hochgehoben. Die Dämonin klemmte ihn sich unter ihren muskulösen Arm und verfuhr mit Anike auf dieselbe Weise. Kurz darauf sprang sie auf die Mauer hinauf.

Kaum war die Dämonin auf der Brüstung gelandet, machte sie einen weiteren gewaltigen Satz.

Gustav blickte nach unten und erstarrte. Der kleine, einäugige Dämon blickte ihm direkt in die Augen. Dazu hörte er das Geschrei der Sterbenden im Haus des Feldschers.

VERHANDLUNGEN

A nike ging erst nach Sonnenaufgang ins Bett. Gustavs Beschwichtigungen, dass eine so große Gruppe von Feldscheren schon mit zwei geschwächten Dämonen fertigwerden würde, hatten sie nicht beruhigen können. Erst nachdem die Sonne aufgegangen war, hatte sie sicher gewusst, dass die Stadt – einschließlich ihrer selbst – nicht von den beiden Wesen heimgesucht wurde. Alles war ruhig geblieben. Keine Alarmglocken. Keine Schreie. Nichts. Hayo schien sich des Problems erfolgreich angenommen zu haben. Welchen Preis er und seine Getreuen dafür gezahlt hatten, würden sie vermutlich nie erfahren, da der gegnerische Feldscher ja nicht zugeben konnte, dass ihm gefangene Dämonen entwischt waren. Sie hoffte, dass ihr kleiner Ausflug von Erfolg gekrönt gewesen war und es Hayo nicht geschafft hatte, die Dämonen erneut einzufangen. Denn nur dann herrschten wieder gleiche Bedingungen. Die Opfer, die das gekostet hatte, waren ihr nicht egal, aber sie zählten für Anike auch nicht besonders. Alle hatten gewusst, worauf sie sich im Dienste Hayos eingelassen hatten. *Auch die einfachen Diener und Hausmädchen?*, drängte sich eine besorgte Stimme in den Vordergrund. Anike drängte sie beiseite. Seit Jahren tat sie Dinge, die anderen Leuten wehtaten. Zu viel darüber zu sinnieren, würde nur ihr selbst Leid zufügen. Stöhnend rückte sie ihr Kopfkissen zurecht und drehte sich auf die Seite, um einzuschlafen, da dröhnte die fröhliche Stimme des Feldschers durchs Haus.

»Aufstehen, meine fleißigen Lehrlinge. Heute steht der erste Verhandlungstag an.«

»Nanu, ich dachte, dass ich einen schweren Abend hatte. Gegen euch sehe ich aber wahrscheinlich wie das blühende Leben aus. Habt ihr etwa die ganze Nacht lateinische Verben konjugiert oder einfach nur schlecht geschlafen?«

»Schlecht geschlafen«, nuschelten Anike und Gustav fast gleichzeitig.

»Oh, ich habe das Brot im Flur liegen lassen.« Der Feldscher ging fröhlich pfeifend aus der Küche.

»Die beiden kleinen Mäuse sind entwischt, das hat mir die dicke, rote Maus kurz vor Morgengrauen bestätigt«, flüsterte ihr Gustav schnell zu.

Anike konnte ein triumphierendes Lächeln nicht unterdrücken. Sie hatten es also geschafft.

»Hier, sieht das nicht prächtig aus?« Der Feldscher wischte mit der flachen Hand über den mehlbestäubten Laib.

Anike merkte beim Anblick des frischen Brots, das der Feldscher schon in aller Frühe besorgt hatte, dass sie äußerst hungrig war. Sie riss ein großes Stück ab, beschmierte es sich mit ordentlich Butter und schnitt einige dicke Scheiben Schinken von dem Stelzenknochen, den ihnen ein Metzger geschenkt hatte. Dazu goss sie sich ihren Holzbecher bis zum Rand voll mit Milch.

»Sehr gut«, lobte ihr Meister sie. »Das Frühstück ist die wichtigste Mahlzeit des Tages, und gerade du wirst deine Kraft heute brauchen.«

Anike wischte sich Milch von der Oberlippe und blickte erstaunt auf. »Warum?«

»Ich nehme dich mit zu den Friedensverhandlungen.«

»Aber …«, entschlüpfte es Gustav.

»Keine Sorge, du kommst morgen mit und übermorgen wieder Anike. Wir Feldschere dürfen jeweils nur eine weitere Person zur Verhandlung mitbringen, und da dachte ich, dass es nur gerecht wäre, wenn ihr euch abwechselt.« Er pfiff fröhlich und klopfte Gustav so energisch auf die Schulter, dass der fast vom Stuhl gefallen wäre. »Aber nicht, dass du denkst, dass du wieder ins Bett kannst. Es warten reichlich Aufgaben auf dich, mein braver Lehrling.«

Anike konnte ein selbstzufriedenes Lächeln nicht unterdrücken, als sie Gustavs gequälten Gesichtsausdruck sah. Auch er war die ganze Nacht wach gewesen.

»Ich habe gestern in einer sehr zwielichtigen Lokalität sogar einiges über den Ablauf der Verhandlungen herausgefunden. Die Delegationen kommen in einem Saal im Rathaus zusammen.«

Wie wir es uns gedacht hatten. Nur deswegen hat Hayo das Haus direkt gegenüber bezogen. So hätte er die Macht der gefangenen Dämonen nutzen können. Die Stadtväter müssen mit ihm unter einer Decke stecken. Diese Verhandlungen laufen jetzt schon nicht mehr erfolgreich für uns. Eigentlich hätte Anike das egal sein können, aber es machte sie trotzdem betroffen und wütend. Jetzt freute sie sich umso mehr, dass sie Hayos Plan durchkreuzt hatten.

»Allerdings ist es wohl auch so, dass es noch gar keinen offiziellen Verhandlungsbeginn gibt. Es sind längst nicht von allen Kriegsparteien Delegationen in Osnabrück eingetroffen.

Dazu gibt es Streit, wer überhaupt alles zu den Verhandlungen zugelassen wird.« Der Feldscher seufzte und fuhr sich mit einem schabenden Geräusch über die grauschwarzen Bartstoppeln. »Ein langer und beschwerlicher Weg liegt vor uns. Wenn alles gut läuft, können wir vielleicht den Grundstein für richtige Friedensverhandlungen legen.« Er klopfte fest auf den Tisch. »Also auf, auf, es gibt viel zu tun. Bist du bereit, Anike?«

Anike genoss die respektvollen Blicke, die die Menschen ihr und ihrem Meister zuwarfen. Mit Stolz trug sie die silberne Fibel und ihren Umhang, obwohl er eigentlich viel zu warm war. Anike wusste, dass das alles Blendwerk und sie gar kein richtiger Feldscherlehrling war. Niemals würde sie lange genug bei Martin und Gustav bleiben können, um ihre Ausbildung zu beenden. Trotzdem fühlte es sich in diesem Moment gut an. Sie war hier gerade Teil von etwas, das größer war als sie selbst. Zeit ihres Lebens hatte in der Mitte Europas ein erbarmungsloser Krieg geherrscht, der unzählige Menschenleben gefordert hatte und immer noch forderte. Auch nur einen winzigen Teil dazu beitragen zu können, ihn zu beenden, war ein erhebendes Gefühl.

Als sie den Rathausplatz erreicht hatten, zeigte sich ihnen das komplette Gegenbild zur gestrigen Nacht. Er war randvoll mit Menschen und zahlreichen vornehmen Kutschen und Gespannen. Am auffälligsten waren die vielen hellblonden Schöpfe, die sich zwischen die üblichen haselnussbraunen mischten – die Vertreter der Schweden.

»Es sind erstaunlich viele der weltlichen Reichsstände gekommen«, kommentierte der Feldscher den Anblick. »Sie fühlen sich als Verbündete der Schweden wohl auch ohne kaiserliche Pässe in Osnabrück sicher. Das ist gut für unsere Sache.«

Anike kannte sich wenig in politischen Dingen aus, aber selbst sie wusste, dass die Reichsstände diejenigen Personen und Institutionen waren, die Sitz und Stimme im Reichstag des Heiligen Römischen Reichs hatten. Als Gegengewicht zur kaiserlichen Zentralgewalt war er ein mächtiger politischer Faktor. Ihn auf ihrer Seite zu wissen, war wirklich etwas, auf das man in den Verhandlungen bauen konnte.

»Ah, schau, da sind die Kursachsen.« Martin zeigte auf eine Kutsche, auf deren Türen zwei gekreuzte rote Schwerter auf schwarz-grauem Grund zu sehen waren. »Leider ist von den freien Reichsstädten wenig zu sehen, der Kaiser will sie nicht mit am Verhandlungstisch haben. Ich hätte gedacht, dass wenigstens die ganz Großen es wagen, sich darüber hinwegzusetzen. Immerhin sind schon etliche der Reichsfürsten da. Ich denke, dass wir interessante Verhandlungen erwarten dürfen.«

Sie erreichten die von etlichen Bewaffneten gesicherte einziehbare Holztreppe, die zum Eingang des Rathauses hinaufführte.

»Schert euch weiter, ihr Landstreicher! Hier gibt es nichts zu holen«, blaffte einer der Soldaten barsch, als sie näher kamen.

Anike schaute ihn verblüfft an und hatte schon eine deftige Erwiderung auf den Lippen, da spürte sie die Hand des Feldschers auf ihrem Unterarm.

»Wir sind auf Einladung des schwedischen Königshauses hier. Ich bin der Feldscher Martin und das hier ist mein Lehrling. Seid so nett und fragt bei der schwedischen Delegation nach, sie werden Euch bestätigen, dass wir eingeladen worden sind.«

»Ihr könnt auch Euren Kollegen Peter von der Stadtwache fragen«, platzte es wütend aus Anike heraus.

Der Feldscher zog sie von den Wachen zurück, die einen der Ihren ins Gebäude geschickt hatten. »Das ist alles schon Verhandlungstaktik, Anike. Genau wie unsere schlechte Unterkunft und die luxuriöse von Hayo.« Er zeigte auf das herrschaftliche Gebäude auf der anderen Seite des großen Platzes. »Moment mal, hat es dort etwa gebrannt?«

In der Tat war ein Teil des Hauses verrußt und etliche der teuren Fenster eingeschlagen.

Anike mühte sich, ein überraschtes Gesicht zu machen. *Ganz so glimpflich ist ihre Begegnung mit den Dämonen dann wohl doch nicht abgelaufen.*

»Egal, auf jeden Fall dürfen wir nicht aus der Rolle fallen. Wir gelten als neutrale Beobachter und Ratgeber. Lass dich nicht von der Gegenseite provozieren. Bedenke immer eins: Der Kaiser will, dass diese Verhandlungen scheitern. Er sieht sich als einzige legitime Macht und legt keinen Wert auf die Meinung anderer. Nur seine zahlreichen militärischen Niederlagen haben ihn an den Verhandlungstisch gezwungen. Er führt hier einfach seinen Krieg mit anderen Mitteln weiter.«

»Landstreicher, herkommen!«, rief eine der grobschlächtigen Wachen.

Der Feldscher zuckte bei der Bezeichnung kurz mit der Augenbraue, ging aber höflich zu dem Wachmann.

»Ihr habt Glück. Ich habe zwar keinen der dreckigen Schweden gefunden, aber jemand anderes mit hervorragendem Leumund hat für euch gebürgt. Ihr dürft passieren.«

Sie gingen die Holztreppe hinauf, um in das im spätgotischen Stil errichtete Gebäude zu gelangen. Anike betrachtete das imposante Walmdach mit den drei Türmen, die mehr an eine Festung als an ein Rathaus erinnerten. Bevor sie durch den Eingang traten, fiel ihr Blick auf eine große Statue, die darüber angebracht war.

»Karl der Große. Er hat die Stadt und das Bistum Osnabrück gegründet«, erklärte der Feldscher beiläufig.

Anike nickte und hatte es im nächsten Moment schon wieder vergessen. Eine viel wichtigere Frage lag ihr auf der Zunge: »Wer hat nur für uns gebürgt, wenn nicht die Schweden?«

»Martin, mein alter Freund«, scholl eine hochnäsige Stimme durch die Eingangshalle. »Schön, dass man dich am Ende doch noch eingelassen hat. Vielleicht solltest du dir endlich mal neue Klamotten zulegen.«

»Hayo, dir verdanke ich also dieses Theater?«

Der Feldscher lachte. »Welches Theater? Ich habe dafür gesorgt, dass ihr überhaupt hereingelassen wurdet, und jetzt hast du die schöne Gelegenheit, dich dafür bei mir zu bedanken.«

»Was ist mit deinem Gesicht passiert? Bist du immer noch so schlecht im Degenfechten oder sind das etwa Wunden von Dämonenkrallen, die du dir bei deinen verbotenen Experimenten eingefangen hast?« Martin lächelte gemein.

So viel zur Diplomatie. Anike hatte eine ziemlich genaue Vorstellung, woher Hayo diese Wunden hatte. Er konnte nicht so schlecht sein, wie ihr Meister behauptete, denn sonst würde er jetzt nicht hier stehen, mit nichts mehr als einigen Kratzern im Gesicht.

»Ach das. Mein Barbier ist eine Katastrophe. Wer ist denn diese reizende junge Dame an deiner Seite? So viel Geschmack hätte ich dir gar nicht zugetraut.«

Anike hätte ihm am liebsten in die Eier getreten, aber wenigstens erinnerte sie sich an die Mahnung ihres Meisters. Sie machte einen leichten Knicks. »Anike, Herr. Feldscherlehr-ling.«

»Es ist mir eine Freude, dass eine derartige Augenweide uns die langen Verhandlungstage verschönern wird. Ich befürchte fast, dass Ihr die einzige Frau sein werdet.«

Deswegen werden diese Verhandlungen scheitern, dachte Anike grimmig, pflanzte aber ein schüchternes Lächeln in ihr Gesicht.

»Lass das! Wir sind aus einem ernsten Grund hier, auch wenn du glaubst, dass es wieder einmal nur um dich geht. Hast du inzwischen nicht genug zusammengerafft, dass du dich immer noch vor Ferdinands Karren spannen lassen musst?«

Hayos mit Sicherheit gehässig ausgefallene Antwort wurde durch einen Ausrufer verhindert, der sie in den nur wenige Meter links vom Eingang entfernten Friedenssaal rief.

Anike fand, dass diese Bezeichnung etwas anmaßend war, aber irgendwo musste man ja beginnen.

Die Verhandlungen waren das Langweiligste, was Anike jemals erlebt hatte. Es ging überhaupt nicht darum, den Krieg zu beenden, sondern nur ums Protokoll. Stundenlang stritten die Vertreter der verschiedenen Parteien darum, wer den Vorrang vor wem hatte und wer überhaupt als Deputierter zu den eigentlichen Verhandlungen zugelassen werden sollte. Selbst die Frage, wer wann wie und mit wie vielen Leuten zu den Verhandlungen einziehen durfte, führte zu einer erbitterten Auseinandersetzung. Anike musste sich zwingen, nicht einzuschlafen. Sie freute sich schon darauf, dass morgen Gustav diesen Blödsinn über sich ergehen lassen musste.

»Des Weiteren beantrage ich, dass auch die Republik Venedig, genau wie die Niederlande, den Monarchien gleichgestellt wird«, näselte gerade ein grauhaariger Mann mit Wampe und aufgedrehtem Schnurrbart und machte damit noch ein weiteres Fass auf.

Tumult brach im Saal aus. Die einen waren dafür, die anderen dagegen. So wie bei allen anderen Fragen auch.

Ich muss hier raus. Wenigstens für einen Moment. »Meister, darf ich austreten?«

Der nickte nur abwesend, als würde er gerade die interessanteste Sache der Welt beobachten.

Möglichst würdevoll erhob sich Anike, obwohl sie sehr gern laut gestöhnt und in die Runde der vielen alten Männer gerufen hätte, dass sie ihre ablaufende Lebenszeit nicht mit derartigem Blödsinn verschwenden, sondern stattdessen gemeinsam in die nächste Kneipe gehen sollten. Oder in ein Freudenhaus, je nachdem, was sie so bevorzugten. Alles war besser als das hier.

Mit einem Seufzer der Erleichterung hörte sie die schwere Tür hinter sich ins Schloss fallen. Eigentlich musste sie gar nicht, aber da sie schon einmal hier draußen war, konnte sie auch den Abort aufsuchen. Wer wusste schon, wie lange das Spektakel noch andauern würde. Sehnsüchtig blickte sie auf ihrem Weg durch die ruhige und angenehm kühle Eingangshalle des Rathauses durch die großen Fenster hinaus auf den Vorplatz. Ein würziger Geruch nach gebratenem Fleisch waberte herein und Gelächter war zu hören. Es war ein wunderschöner milder Sommertag geworden und die Osnabrücker nutzten ihn, um sich zu amüsieren und einen kurzen Blick auf die bedeutsamen Verhandlungen in ihrer Stadt zu werfen. Kinder liefen kreischend herum, Frauen führten ihre schönsten Kleider aus und Männer machten gewichtige Mienen, waren aber einfach froh, eine Ausrede dafür zu haben, um diese Zeit schon zu trinken. Es gab sogar einige Akrobaten, die Kunststückchen aufführten und den vielen Schaulustigen und Delegationshelfern ein paar Münzen aus der Tasche zogen. Anike überlegte gerade ernsthaft, ob sie es riskieren konnte, sich unter die Leute zu mischen, da hörte sie eine fistelige Stimme.

»Anike Kuipers, habt Ihr einen Moment für mich?«

Anike erstarrte innerlich, ging aber weiter, als hätte sie nichts gehört. Schon seit Ewigkeiten hatte sie niemand mehr mit ihrem vollen Namen angesprochen. In Amsterdam hatte sie ihren Nachnamen nie benutzt, da er nach den Taten ihres Vaters viel zu bekannt war, und anschließend hatte sie sowieso meist unter falschem Namen agiert. Jemand, der ihn doch kannte, war gefährlich.

»Bitte, Mädchen. Ihr wollt doch nicht, dass ich die Stadtwache hinzurufe. Wenn es auffliegt, dass Ihr gar kein Feldscherlehrling seid, sondern eine Betrügerin, würde dies die Verhandlungen gewiss schon an ihrem ersten Tag erschüttern und Euren Meister in keinem besonders guten Licht dastehen lassen.«

Anike blieb stehen. Sie blickte sich um und sah einen außergewöhnlich kleinen Mann auf der großen Freitreppe, die in das nächste Geschoss führte. Er winkte ihr freundlich zu.

»Ah, Ihr seid es also wirklich.« Er kam auf sie zugehumpelt. Sein rechtes Bein war irgendwie verdreht. Das Irritierendste an ihm war aber, dass sein Haar und auch seine Augenbrauen praktisch weiß waren und sich von seiner malvenfarbenen Kleidung abhoben.

Es ist noch nicht zu Ende. Es ist niemals zu Ende, dachte Anike resigniert. Nur eine Person war so mächtig, dass sie hier jemanden platzieren konnte, der sie abfing: Maximilian von und zu Trauttmansdorff, engster Vertrauter des Kaisers und Reichsgraf. Sie ergab sich in ihr Schicksal und wartete darauf, dass der kleine Kerl sie erreichte. Das dauerte mit seinem versehrten Bein eine gefühlte Ewigkeit, aber sie hatte nicht vor, ihm entgegenzugehen.

»Werte Anike, schön, dass wir uns hier zufällig treffen.« Er schenkte ihr ein gekünsteltes Lächeln.

»Was wollt Ihr?«, fauchte Anike ihn an.

»Oh!« Er rieb sich über sein deformiertes Knie. »Ich habe mir schon sagen lassen, dass Ihr es nicht so mit Freundlichkeit und Konventionen habt, aber das soll mir nur recht sein. Auch meine Zeit ist sehr begrenzt. Kommt mit! Hier können wir nicht ungestört reden.«

Er führte Anike in eine dunkle Ecke unter der Treppe des Rathauses. Dass er dabei die ganze Zeit nichts sagte, noch nicht mal seinen Namen, machte Anike nervös. Nicht sehr, aber sie vergewisserte sich doch unauffällig, dass ihr Messer an seinem üblichen Platz war.

»So, hier ist es besser. Angenehm ruhig, wenn auch ein bisschen staubig.« Er fuhr mit dem Finger über die dreckige Statue irgendeines ehemaligen Bürgermeisters, die hier versteckt wurde. Wahrscheinlich war das seine Strafe, weil er die Steuern erhöht hatte, oder schlimmer: die Bierpreise.

»Solltet Ihr versuchen mich anzutatschen, dann wird man Euch hier in Eurem eigenen Blut finden.«

Er seufzte dramatisch. »Mein liebes Kind, wo denkt Ihr hin. Diese Freude ist mir schon vor Ewigkeiten genommen worden. Seitdem weiß ich aber zumindest, dass man nicht alles für das halten sollte, als was es im ersten Moment erscheint – und schon gar nicht versuchen sollte, etwas hineinzustecken.« Er grinste. Seine Schneidezähne fehlten, was dem Unbekannten einen irren Ausdruck gab.

Anike fröstelte. Sie wollte hier nicht allein mit diesem Verrückten sein.

»Ich will Euch nur Grüße von unserem gemeinsamen Freund ausrichten. Er muss Euch leider die traurige Nachricht übermitteln, dass das Berufungsgericht in Amsterdam Euren Vater zum Tode verurteilt hat.«

Anike sog scharf die Luft ein. Unbewusst flog ihre Hand zu dem versteckten Messer.

Der Albino schien es bemerkt zu haben, denn er sagte: »Lasst das! Ich bin auch nur eine Schachfigur auf dem Brett der Großen und habe mit der Sache in Amsterdam rein gar nichts zu tun.«

Vermutlich war das sogar die Wahrheit. Trotzdem hallten seine Worte immer wieder in Anikes Kopf. *Vater zum Tode verurteilt.* Anike schluchzte.

»Na, na, na, Kind. Seid nicht zu verzweifelt. Euer Vater …«

Anike packte ihn am Revers seines scheußlichen, malvenfarbenen Wamses und drückte den kleinen Mann an die Wand. »Wagt es ja nicht, über ihn zu sprechen!« Irgendwie war das Messer in ihre Hand gekommen. Rasende Wut und Trauer überfluteten Anike. Sie setzte dem Fremden die Klinge gegen die Kehle.

»Ihr seid ja wirklich eine Wildkatze, meine Liebe. Würdet Ihr mich jetzt bitte loslassen? Ich würde Euch nur ungern in den Unterleib stechen, zumal die Klinge vergiftet ist und einen äußerst qualvollen Tod für Euch bedeuten würde.«

Anike spürte, wie sich etwas Spitzes in ihren Schritt bohrte. »Du dreckiges Wiesel.« Sie nahm die Hände von ihm.

»Danke. Lasst mich doch erst einmal ausreden. Eure Impulsivität wird einmal Euer Verderben sein. Glaubt mir.«

»Wir beiden haben nichts mehr zu besprechen. Mein Vater ist dem Tode geweiht und damit hat der Reichsgraf seine Macht über mich verloren.«

»Noch lebt er«, fistelte er lockend. »Die ausgesprochen großherzigen Amsterdamer Richter haben ihm eine Gnadenfrist eingeräumt, um den Beginn der Friedensverhandlungen zu ehren und ihm Zeit zu geben, seine Sünden richtig zu bereuen. Die Hinrichtung ist für den kommenden Neujahrstag festgelegt. Erfüllt Ihr vorher die neue Aufgabe, die Euch unser Herr aufträgt, wird er sofort dafür sorgen, dass Euer Vater aus dem Rasphuis freikommt.«

»Ich glaube Euch kein Wort!« Anike war im Begriff zu gehen, da hielt er ihr ein knittriges Stück Stoff hin. Schon auf den ersten Blick erkannte Anike das abgetragene Wams ihres Vaters, das ihre Mutter in einem gefühlt anderen Leben für ihn genäht hatte. »Das kann Jahre alt sein.«

»Ist es aber nicht. In Gefängnissen müssen die Insassen sparsam mit dem umgehen, was sie haben. Und bei vielen ist das nicht mehr als die Kleidung, die sie am Tag ihrer Inhaftierung getragen haben. Warum sollte sonst jemand diesen Fetzen so lange Zeit aufgehoben haben, wenn es nicht Euer Vater selbst war.«

Erinnerungen kamen in Anike hoch. Ihr blutverschmierter Vater, der kaum von den beiden Stadtwachen gehalten werden konnte. *Meine geliebte Evi. Nein, nein, nein, ich habe es nicht getan. Evi. Evi. Evi …* Zitternd nahm Anike das Stück Stoff und roch daran. Es verströmte ganz leicht den herben Geruch ihres Vaters. Sie sah blitzartig Bilder vor sich. Ihr Vater, wie er sie tröstete, als sie gefallen war. Ihr Vater, wie er ihr eine Lumpenpuppe aus der Stadt mitgebracht hatte.

Ihr Vater, der sie kitzelte, bis sie vor Lachen Tränen in den Augen hatte.

»Doch das ist nicht alles. Unser Herr möchte Euch beweisen, dass er an Euch glaubt.« Er warf Anike einen prall gefüllten Lederbeutel zu.

Anike fing ihn geschickt auf, hätte ihn aber fast wieder fallen gelassen, so schwer war er.

»Fünfzig Goldmark. Die dürft Ihr in jedem Fall behalten. Ihr könnt Euch damit ein neues Leben aufbauen. Ein Leben ohne all diese Halbwahrheiten und Gaunereien. Solltet Ihr scheitern, braucht Ihr das Geld in jedem Fall, um zu verschwinden, dann werdet Ihr nämlich wegen der zahlreichen Verbrechen angeklagt, die Ihr in den letzten Jahren begangen habt. Bei Erfolg bekommt Ihr die versprochenen fünfhundert Goldmark zusätzlich und seid reich. Ihr seid dann eine unbescholtene Bürgerin und Euer Vater kommt frei. Kein schlechtes Angebot, wenn Ihr mich fragt.« Er blickte sie herausfordernd aus seinen hellen Augen an.

Da hat das Wiesel tatsächlich nicht unrecht. »Was soll ich tun?«, fragte sie mit harter Stimme.

»Unser Herr möchte, dass Ihr die Verhandlungen schneller zum Scheitern bringt. Spätestens kurz vor dem Jahreswechsel solltet Ihr diesen Auftrag ausgeführt haben.« Er grinste sie mit seiner Zahnlücke an. »Und es soll so aussehen, als wäre Euer Feldscher schuld daran.«

MELA

Gustav hätte es sich am Anfang seiner Ausbildung nicht träumen lassen, aber er begann sich zu langweilen. Die sogenannten Friedensverhandlungen waren nicht nur chaotisch und unberechenbar, sondern auch derartig ermüdend und unwichtig, dass er um jeden Tag froh war, an dem Anike den Feldscher begleiten musste. Sein Verhältnis zu dem Mädchen war mit ›unterkühlt‹ noch freundlich beschrieben. Seit ihrem sommerlichen Abenteuer in dem Gartenhäuschen und der anschließenden Befreiung der Dämonen redete sie kaum noch ein Wort mit ihm. Gustav hatte sogar das Gefühl, dass sie ihn bewusst mied. Ihr Verhalten stellte für ihn ein Rätsel dar. Er hatte keinerlei andere Erfahrungen mit jungen Frauen, aber nach ihrer gemeinsamen Missetat bei Hayo hatte er zumindest gehofft, dass sie Freunde sein könnten, wenn schon nicht mehr.

Er rieb sich die brennenden, müden Augen, pustete die Kerze auf dem Nachttisch aus und zog die Decke noch etwas höher. Im Sommer mochten das schiefe Haus und der verwunschene Garten dahinter so etwas wie Charme verströmen, in den Wintermonaten war es einfach nur ein kaltes, klammes Drecksloch. Seine knappe Freizeit verbrachte Gustav deshalb meist im Bett. Oft, zu oft musste er dabei an Anike denken. Leider auch an seine verstorbene Familie. Er vermisste sie in dieser dunklen Zeit besonders. Sein Vater hätte ihm vielleicht einen Rat bezüglich des Mädchens geben können und seine Schwester wäre jetzt selbst schon fast zur Frau erblüht. Es war ihm immer noch unbegreiflich, dass sie nicht mehr lebten. Er würde viel dafür geben, noch ein letztes Mal nach Breitenfeld zurückzukehren, um sich angemessen und in Ruhe von ihnen zu verabschieden.

Um sich abzulenken und jemanden zum Reden zu haben, hatte Gustav begonnen, regelmäßig die rotschuppige Dämonin zu beschwören. Sie war eine interessante Gesprächspartnerin und durch sie lernte er viel von dem, was ein schwarzer Feldscher können musste. Sie hatte ihm sogar schon erlaubt, ihre Klauen zu stutzen und einen Kienspan aus ihren Schuppen zu entfernen. Mehr praktische Ausbildung war wirklich nicht möglich. Er wusste, dass dieses Verhalten gegen jeden Kodex seiner Zunft verstieß, aber es machte ihm einfach Spaß, ein derart fremdes Wesen, das dazu noch intelligent war, kennenzulernen. Schließlich teilten sie sich die Welt, wenn auch mit sehr unterschiedlichen Vorstellungen vom Leben. Trotzdem ließ er immer Vorsicht walten. Sie blieb eine menschenfressende Dämonin.

»Jetzt komm schon, keiner wird es merken«, maulte die Dämonin, die wie üblich auf ihrem Platz auf dem Fenstersims saß und sehnsüchtig auf die Stadt hinunterblickte.

»Zum hundertsten Mal, wir werden nicht wieder durch die Stadt streifen. Hast du vergessen, was wir dabei für einen Schaden angerichtet haben? Es grenzt an ein Wunder, dass Hayos Dämonen nicht die ganze Stadt gefressen haben.«

Sie schmollte, was bedeutete, dass sie ihre Hauer noch mehr hervorstreckte. Eine Weile herrschte Stille zwischen ihnen. »Was ist, wenn ich dir ein Geheimnis verrate? Gehst du dann mit mir raus?«

Gustav hatte inzwischen gelernt, dass gebundene Dämonen sich immer in der Nähe ihres Beschwörers aufhalten mussten, deshalb konnte sie nicht einfach aus dem Fenster klettern und auf eigene Faust losziehen. »Nennst du mir endlich deinen Namen?« Gustav richtete sich so abrupt auf, dass ihm kurz schummerig vor Augen wurde. Kraftlos ließ er sich zurücksinken.

»Was ist? Stirbst du? Bitte hilf schnell nach, damit ich freikommen kann. Hier, nimm die. Einfach kräftig in den Hals stoßen.« Sie hielt ihm die Pranke mit den messerscharfen Krallen entgegen.

Gustav schlug sie spielerisch weg. »Nein, mein Blut ist nur zu schnell aus dem Kopf nach unten gesackt. Mir geht es wunderbar.«

»Ihr Menschen seid wirklich eklig. Musst du mir so was erzählen? Da wird einem ja ganz übel. Jetzt würde ich kaum ein junges Mädchen runterwürgen können.« Sie spuckte etwas Bläuliches aus.

Ein schwarzer Fleck erschien auf dem Boden.

»Lass das. Falls der Feldscher hier mal reinkommt, merkt er das doch.«

Sie winkte ab und blickte wieder mit großen Augen in die Nacht hinaus.

»Was ist nun mit dem Namen?«, versuchte Gustav sie in ihrer melancholischen Stimmung zu überrumpeln.

»Ach, mein lieber Gustav. Warum willst du den denn eigentlich immer noch wissen? Wir verstehen uns doch auch so wirklich gut.«

Gustav blickte ihr lange in die goldenen Augen. Der dunkle Raum war taghell für ihn, da sie ihre Kräfte mit ihm teilte. »Vertrauen«, sagte er schließlich ruhig. »Freunde müssen einander vertrauen.«

Die Dämonin schob ihr Hinterteil nervös hin und her, als würde sie auf heißen Kohlen sitzen. Sacht ließ sich das Wesen auf die tapsigen Krallenfüße rutschen und ging zögerlich auf Gustav zu. »Meinst du das wirklich ernst?«, flüsterte sie.

»Was? Dass wir uns vertrauen müssen? Na klar, sonst …«

»Nein, das andere.«

Gustav räusperte sich verlegen. »Dass wir Freunde sind?« Er knuffte ihr spielerisch in den muskulösen Oberarm. »Ich für meinen Teil sehe das inzwischen zumindest so und ich habe auch nicht vor, dich in den Selbstmord zu treiben. Du hast mir immerhin schon zwei Mal das Leben gerettet.« Er lächelte unsicher.

Die Dämonin nahm vorsichtig seine lächerlich klein wirkende Hand in ihre riesenhafte. Die Innenseite ihrer Pranke hatte weiche, warme Haut, der eines Menschen nicht unähnlich – nur dass ihre tiefrot war. »Ein Mensch und eine Dämonin als Freunde, so etwas hat es noch niemals gegeben. Aber es ist mir eine wirkliche Ehre, Gustav Hansson. Auch ich sehe dich als Freund. Als einen hässlichen zwar, den man seinen sonstigen Freunden nicht gern vorstellt, aber dennoch: Du bist mein Freund.« Sie lächelte. Auf eine ehrliche und nicht auf eine verschlagene Art.

Das erste Mal sah Gustav dabei nicht nur eine schreckliche Dämonenfratze, sondern das, was dahinterlag. Ein Lebewesen, das eingesperrt war und immer von der Gnade anderer abhing. Eine Kreatur mit – ziemlich deftigem – Humor und vielfältiger Bildung. Sie las gern und hatte sich sogar schon im Singen versucht, was aber grässlich gewesen war und sämtliche Nachbarschaftskatzen angelockt hatte. Ein Wesen, das ihm, Anike und dem Feldscher uneigennützig das Leben gerettet hatte.

Die Dämonin blinzelte hektisch und ihre kleinen Ohren flatterten. Inzwischen war ihre Verbindung so eng, dass sie feine Sinne füreinander entwickelt hatten. Manchmal hatte Gustav regelrecht das Gefühl, die Welt durch ihre Augen zu sehen.

»Mela«, sagte sie leise.

»Was?«, fragte Gustav erstaunt.

»Mela, das ist mein Name.«

Gustav riss erstaunt die Augen auf.

»Hattest du etwas Martialischeres erwartet? Knochenfresserin? Kinderschreck? Reißzahn?«

Ja, habe ich, wäre die wahrheitsgemäße Antwort gewesen. Stattdessen sagte Gustav: »Nein, das ist ein sehr schöner Name – Mela.« Er spürte, wie das Aussprechen ihres Namens das letzte noch fehlende Glied ihrer Verbindung schloss. Sie waren jetzt eine Einheit.

Sie nickte mit ihrem dicken Schädel. »Du spürst es. Nicht wahr?«

»Ja«, hauchte Gustav. Es fühlte sich an, als könnte er endlich hinter einen Vorhang blicken, dessen Vorderseite er zuvor nur angestarrt hatte. Er spürte Gewisper und ein Vibrieren unter seinen Füßen – die Stimmen der unzähligen Dämonen, die in der Erde hausten und darauf warteten, dass jemand sie an die Oberfläche rief.

»Ich denke, dass du jetzt auch mit der blöden Asche und dem Blut aufhören kannst. Sprich einfach meinen Namen aus und ruf mich. Wenn ich Lust habe, komme ich dich besuchen. Idealerweise hast du dann wenigstens ein paar Beine oder Arme für mich da oder einen schön präparierten Torso, damit sich mein Besuch auch lohnt.« Sie grinste und bleckte dabei ihre schaurig großen Zähne.

Gustav blickte auf seine geschundenen Hände. So langsam fiel ihm tatsächlich keine Ausrede dem Feldscher gegenüber mehr ein, warum er sich angeblich ständig an irgendetwas verletzte. »Wirklich? Hast du das die ganze Zeit gewusst?«

»Klar, deshalb habe ich ja nix verraten.« Mela zuckte mit den Achseln, als wäre damit alles gesagt.

Gustav nahm es mit Humor. »Danke, dass du dieses Geheimnis mit mir geteilt hast, Mela. Ich weiß es sehr zu schätzen. Darf ich dir trotzdem weiter verbieten, Menschen zu fressen?«

Sie rollte genervt mit ihren drei Augen. »Ich werde versuchen, mich zurückzuhalten.« Mela schmatzte übertrieben und ließ ihre lange Zunge hervorschnellen. »Aber das war gar nicht das Geheimnis, das ich dir ursprünglich zeigen wollte.«

Jetzt hatte sie Gustavs Neugier geweckt.

»Und das ist jetzt wirklich kein Trick, um doch noch in die Stadt zu kommen? Das wird nämlich auf gar keinen Fall passieren.« Irgendwie hatte ihn Mela tatsächlich dazu überredet, in den verschneiten Garten hinunterzugehen. Sie war sicherheitshalber über die rückwärtige Hausfassade nach unten gestiegen. Jetzt stand er dort, nur bekleidet mit seinem Schlafgewand und einer Decke über den Schultern. »Ist das eine elende Kälte.« Gustav hauchte sich in die klammen Hände und rieb sie aneinander.

Die Dämonin wedelte frech mit ihren Ohren, sagte aber: »Nein, kein Trick. Versprochen, Freund.« Sie strahlte ihn an, als sie das Wort aussprach.

Ein intensiver Zimtgeruch stieg Gustav in die Nase. »Nein, nein, nein«, zischte er leise, schließlich wollten sie den Feldscher und Anike nicht wecken. »Du hast mich nicht hierhergeschleppt, weil du in den Garten machen willst?«

»So ein Quatsch, ich bin eine Dame und mache so was nicht vor Männern. Das sind nur kleinere Nachwehen. Sei mal nicht so pingelig. Ich habe vorhin, als du die Treppe runter bist, noch schnell deinen Nachttopf benutzt. Ach ja, sei ein bisschen vorsichtig, wenn du später in das Zimmer gehst, der ist doch arg klein. Vielleicht besorgst du besser einen Lappen zum Aufwischen.«

Gustav konnte nicht glauben, was er da hörte, aber Mela ließ ihm gar keine Zeit, seinen Unmut über dieses Missgeschick zu äußern, weil sie schon wieder etwas anderes tat, das seine Aufmerksamkeit erforderte. »Was machst du denn jetzt schon wieder?«

Die Dämonin hüpfte fröhlich in den Garten hinein, beugte sich hinunter und fegte mit ihrer riesigen Pranke unter dem knorrigen Apfelbaum so lange den Schnee zur Seite, bis das allgegenwärtige Weiß durch das Dunkel des darunterliegenden Bodens ersetzt wurde.

Gustav war sich sehr sicher, dass ihn die großen eiskalten Schneehaufen dabei nicht zufällig trafen.

Mit einem kritischen Blick begutachtete die Dämonin schließlich ihr Werk. »So, das sollte reichen.«

»Das ist dein Geheimnis: Du kannst Schnee schippen?«

»Quatsch, darum geht es doch gar nicht. Stell nicht so dumme Fragen, Lehrling.« Sie bewegte die vier Zehen an jedem ihrer Füße und grub sich damit ein kleines Stück in die Erde ein.

Gustav war überrascht, dass ihr das überhaupt gelang. Der Boden war gefroren und hart wie Stein.

»Herrlich, man glaubt ja nicht, wie schnell man das vermisst. Irgendwie sind wir ja doch alle eingefahren und so unterhaltsam unsere Treffen auch sind, eigentlich ist man doch am liebsten zu Hause und …«

»Mela«, unterbrach Gustav ihre sprudelnden Ausführungen. »Ich friere mir hier gleich was ab. Wir Menschen sind Kälte und Hitze gegenüber nicht so unempfindlich wie ihr. Sag mir bitte, warum wir hier sind, oder ich gehe wieder ins Bett.«

Sie blickte ihn überrascht aus ihren goldfarbenen Augen an, die sich deutlich gegen die Dunkelheit abzeichneten. »Spürst du es denn nicht?«

»Was? Den Winter? Doch, den spüre ich ganz genau und …«

»Nein, die anderen.« Sie legte ihren großen Schädel schief und leckte sich aufgeregt die Nase. »Ach, ich habe es. Du musst deine Fußeinsperrer ausziehen.« Sie zeigte auf Gustavs Holzpantoffeln, in die er mit nackten Füßen geschlüpft war.

»Ich soll was?«, rief Gustav ungläubig und ein bisschen zu laut. Panisch blickte er zum Haus, ob er jemanden geweckt hatte. Leiser sprach er weiter: »Wenn ich meine Schuhe ausziehe, habe ich morgen früh mindestens Frostbeulen, mit Pech ein paar Zehen weniger.«

»Wäre nicht das Schlimmste. Ist sowieso ein bisschen eklig, dass ihr fünf habt.« Mela verzog angewidert das Gesicht und ihre Schuppen stellten sich auf, als würde sie kurz eine Art Gänsehaut bekommen. »Aber gut, ich mache es dir ein wenig wärmer.«

Fasziniert beobachtete Gustav, wie die Dämonin von ihrem Bauch ausgehend sanft zu glühen anfing. Sie sah aus wie ein überdimensioniertes Stück Holzkohle und begann große Hitze abzustrahlen. Ihre Schuppen bewegten sich dabei unablässig wellenförmig über ihren Körper.

Gustav lief etwas Feuchtes in den Kragen. Er blickte nach oben. Der Schnee auf dem Apfelbaum schmolz.

»Los, jetzt mach schon. Ich kann diese Hitze nicht lange ertragen, außerdem habe ich danach immer solch einen Hunger.« Mela zwinkerte ihm frech zu.

Zögerlich zog Gustav erst einen Holzpantoffel und dann den zweiten aus.

»Grab dich ein bisschen in die Erde!«

Gustav bewegte sacht die Zehen. Das Erdreich war kühl, aber durch Melas Hitze und das Tauwasser relativ weich. »Was soll der Blödsinn, ich …« Dann sah er sie. Unglaublich viele. Die meisten schlafend in der Erde. Andere wiederum an weit entfernten Orten, die er so wahrnahm, als wäre er selbst dort. Er verstand nicht, warum, aber auf einmal konnte er alle anderen Dämonen, die es auf der Welt gab, spüren.

»Wir sind alle miteinander verbunden als Teil eines großen Ganzen. Das ist das Geheimnis. Ich fand, dass es an der Zeit war, dass du es erfährst, Freund.« Mela blickte ihn lange an. »Das ist auch das Einzige, was wir alle wollen, so unterschiedlich wir auch sind. Wieder ein Ganzes werden.«

Gustav war verblüfft. »Was ist passiert … Ahhh!« Gustavs Bein schmerzte plötzlich. Er blickte nach unten. Eine kleine, bläuliche Krallenhand hatte ihn gepackt und zerrte ihn ins Erdreich. »Mela!«, schrie er panisch.

»Der Intellectus«, brüllte die Dämonin erschrocken.

»Was?« Gustav versuchte sich zu wehren, aber er wurde unerbittlich in den Boden gezogen. Fast bis zur Hüfte reichte ihm das Erdreich bereits.

Mela griff ihm unter die Achseln und zog.

Der gegnerische Dämon bohrte seine Krallen tiefer in Gustavs Fleisch, um ihn nicht zu verlieren.

Unvorstellbare Schmerzen durchzuckten seine Beine. Es fühlte sich an, als würde ihm die Haut abgeschält werden.

»Es ist derselbe Dämon, den du bei Hayo befreit hast.«

»Keine besonders nette Art, seine Dankbarkeit zu zeigen. Was will er von mir?«, ächzte Gustav, der inzwischen das Gefühl hatte, entzweigerissen zu werden. Beide Dämonen waren etwa gleich stark. Er wurde nicht tiefer gezogen, kam aber auch nicht wieder hervor. »Mela«, stöhnt er, »so geht das nicht. Ich halte das nicht mehr aus.«

Mela ließ ihn abrupt los.

Sofort ruckte Gustavs Körper tiefer in das kalte, feuchte Erdreich.

Mela versank ihrerseits in der Erde.

»Bleib bei mir«, wimmerte Gustav kraftlos. Er war einer Ohnmacht nahe. Die Schmerzen an seinen Beinen waren grauenhaft. Plötzlich ließ der Druck nach. Ein dumpfes Kreischen ertönte – von unter der Erde. Gustav strampelte und zerrte sich selbst wieder aus der Erde heraus. Hastig sprang er auf eine große Steinplatte, die den Übergang vom Garten zum Haus bildete. Er wusste, dass Dämonen unversiegelte Erde brauchten, um erscheinen zu können. Hier war er erst mal sicher. Sein Nachtgewand hing an den Beinen in Fetzen und war blutdurchtränkt. »Mela«, rief er voller Panik. »Mela, wo bist du?«

Die Erde vibrierte. Etliche der alten Blumentöpfe fielen von den Fensterbänken und zerbrachen klirrend.

Knurren und Brüllen kamen aus dem Erdreich.

Sie kämpfen miteinander. Gustav wünschte sich, dass er Mela irgendwie helfen könnte, aber ihm fiel nichts ein. Selbst wenn er seinen Degen dabeigehabt hätte, hätte der in dieser

Situation wohl auch nicht viel genutzt. So starrte er nur gebannt auf das aufgewühlte Stück Erde, das immer mal wieder angehoben wurde, um im nächsten Moment abrupt abzusacken.

Eine Krallenhand schoss aus dem Boden.

Ängstlich sprang Gustav zurück, bis er erkannte, dass sie rot geschuppt war. Mela.

Langsam schälte sich ihr restlicher Leib aus dem Erdreich. Die Dämonin war furchtbar verletzt. Mit einem schmerzvollen Grollen zog sie sich endgültig hervor. Ihr dicker Bauch war aufgeschlitzt und goldenes Blut quoll daraus hervor. Eines der Hörner war abgeschlagen, ihre Nase zerkratzt und das mittlere Auge trüb.

»Mela.« Gustav tätschelte sie liebevoll. »Ich werde dir helfen. Das ist das Wenigste, was ich tun kann, nachdem du mich wieder einmal gerettet hast.« Gustav überwand seine Furcht und verließ die schützende Steinplatte. Er trat auf sie zu und half ihr auf die Beine.

»Mach schnell«, stöhnte sie und Blut lief ihr wie flüssiges Gold aus dem Mund.

Gustav überlegte fieberhaft, was die beste Heilmethode sein konnte. Hätte er dicke Lachsgräten und Seidenfaden dabeigehabt, hätte er ihren Bauch nähen können. Leider lag seine fast noch nie gebrauchte Feldschertasche unterm Bett. Zur Heilung von Dämonen durfte man nur natürliche Dinge benutzen. *Hätte ich Rosmarin, könnte ich ihre Blutungen stillen.* Er überlegte angestrengt, wo in dem verwucherten Garten das Kraut wuchs. Es fiel ihm nicht ein und er hatte es einfach nicht, genauso wenig wie ein Silbermesser, mit dem er das blinde Auge hätte herausschneiden können, damit es nachwachsen konnte. Gustavs Blick fiel auf das Blut, das aus ihrer klaffenden Bauchwunde sprudelte. Er spürte, wie ihm die

Kräfte schwanden. *Ich habe ein Heilmittel, das mächtigste, das es für Dämonen gibt.* Er rieb sich über die Beine und benetzte seine Hände mit Blut. Schnell rieb er Melas Wunden damit ein.

Langsam kehrten seine und Melas Kräfte zurück.

»Gustav.« Die Dämonin packte ihn fest am Kragen. »Der Intellectus war nicht Hayos Gefangener, sondern sein Diener. Sie wissen über alles Bescheid.«

Gustav erbleichte. Todesangst kroch ihm in die Knochen. Er war aufgeflogen. Das Gesicht des armen Benjamin und die gnadenlose Klinge seines Meisters tauchten vor seinem inneren Auge auf.

»Hayo hat Dämonen beschworen und in den Straßen von Osnabrück freigelassen. Hol deinen Meister. Er ist der Einzige, der die Stadt noch retten kann.«

»Was ist mit dir?«

»Lass mich zurück. Im Erdreich kann ich mich erholen und du gleich mit. Gut, dass ich vorhin noch schnell den Nachbarshund gefressen habe, als du so langsam die Treppe hinuntergewatschelt bist, das wird uns Kraft geben.« Sie grinste und schabte etwas von ihrem goldenen Blut ab. »Wie du mir, so ich dir. Ich glaube, du wirst deine Beine heute Nacht noch brauchen.«

DÄMONENJAGD

Nachdem Mela verschwunden war, stand Gustav unschlüssig in der Kälte des Gartens herum. Seine tiefen Beinwunden hatten sich inzwischen zu Kratzern gebessert. Sein Atem stieg hektisch in kleinen Wölkchen auf. Er wusste nicht, was er tun sollte. Seinem Meister die Wahrheit zu sagen, wäre gleichzusetzen mit einem Todesurteil. So sehr ihn Martin auch gernhatte, die Regeln der schwarzen Feldschere waren der Kompass seines Lebens und er würde nicht von ihnen abweichen: Wer einen Dämon ohne Erlaubnis an sich band, wurde für dieses Vergehen mit dem Tod bestraft. Während er noch mit sich rang, vernahm Gustav aggressives Hundegebell. *Es geht los.* Er musste handeln. Das Wohl der Stadt wog mehr als sein eigenes. Nach dem Angriff der Landsknechte auf sein Elternhaus hatte er sich geschworen, nie wieder feige zu sein. Gustav holte tief Luft und ging ins Haus. Kaum war er über die Türschwelle getreten, rannte er in jemanden hinein. Gustav entwich ein schrilles Quieken.

»Gustav«, zischte Anike ihn erstaunt an. »Was machst du hier um diese Zeit?« Sie war so erschreckt, dass ihr seine blutbefleckte Kleidung gar nicht auffiel.

Überrascht betrachtete Gustav das Mädchen. Sie war vollständig angezogen. Die Fibel ihres Umhangs glühte leicht in der dunklen Küche. »Hast du die Dämonen etwa auch gespürt?«

»Ähm … äh, ja, ja, habe ich«, stammelte sie, wohl immer noch verwirrt von ihrem plötzlichen Zusammenstoß.

»Warst du schon beim Feldscher? Ist er wach?«

»Nein, ich …« Sie kratzte sich verlegen am Hinterkopf. »Ich wollte nicht nachts in sein Schlafzimmer gehen.«

Gustav rollte mit den Augen. Er hätte nicht gedacht, dass Anike so prüde sein konnte. »Ich erledige das. Bereitest du Jolande und den Karren vor? Ich fürchte, wir werden unsere gesamte Ausrüstung brauchen.«

Sie blickte ihn einen langen Moment so intensiv an, dass Gustav schon glaubte, dass sie ihn küssen würde, doch dann nickte sie nur und ging hinaus in den Garten, wo Jolande und der Karren in einem Schuppen untergebracht waren.

Gustav eilte in sein Zimmer und zog sich hastig um. Sein blutverschmutztes Nachtgewand versteckte er unter der mit Stroh gefüllten Matratze.

»Meister«, flüsterte Gustav und klopfte sacht an die Zimmertür des Feldschers. »Meister, seid Ihr wach?«

Keine Reaktion.

Gustav wurde lauter und sein Klopfen drängender. »Meister! Meister, die Stadt braucht Euch! Bitte wacht auf!«

Wieder antwortete ihm nur Stille aus der Kammer des Feldschers.

Gustav fasste sich ein Herz, drückte die Klinke herunter und trat ein. In dem Zimmer war es stockdunkel, aber überraschend warm. Martin schien kein Freund der winterlichen

Kälte zu sein und hatte das Eisenöfchen in der Ecke des Raums vor dem Schlafengehen kräftig angefeuert. Dennoch, das Bett des Feldschers lag verlassen da. Panik überrollte Gustav. Was sollte er nun tun? Ohne seinen Meister war Osnabrück dem Untergang geweiht.

Etwas Schweres legte sich auf Gustavs Schulter. Er zuckte zusammen und zum zweiten Mal in dieser Nacht entwich ihm ein nicht gerade besonders männlich klingender Schrei.

»Ruhig, Junge«, erklang die Stimme seines Meisters.

Gustav drehte sich um. Sein Meister war in ein Nachthemd gekleidet. »Was ist? Kann man hier nachts nicht mal in Ruhe ein Glas Milch holen gehen?«

»Wir«, Gustav musste schlucken, um seinen Mund zu befeuchten, »Anike und ich glauben, dass Dämonen in der Stadt sind.«

Sein Meister kniff argwöhnisch die Augen zusammen, dann ging er zu einem kleinen Regal und holte etwas heraus, das wie ein alter kleiner Kompass aussah. Das Gerät hatte in der Mitte eine kleine Kugel, die sich unablässig drehte. Gustav wusste, dass man mit diesem speziellen Kompass nicht die Himmelsrichtungen bestimmte, sondern dämonische Aktivität maß. »Um Himmels willen. Was reden wir denn hier noch.« Martin fuhr sich durch sein strubbeliges Haar. »Ich glaube, ich werde langsam zu alt für dieses Handwerk. Wir müssen los.«

Jolandes Hufe klapperten gespenstisch laut auf dem von feinem Schnee bedeckten Kopfsteinpflaster, als sie durch die dunklen Straßen fuhren. Sie saßen zu dritt dicht gedrängt auf dem Kutschbock. Die beiden roten Laternen des gelben Feldscherwagens verströmten ein bedrohliches Licht und ließen die Szenerie gespenstisch und unwirklich wirken. Noch lag die Stadt ruhig da, aber es war nur eine Frage der Zeit, bis das Grauen sie in seinen Bann ziehen würde. Die meisten Menschen sahen schlicht nicht, was auf sie zukam.

»Ich bin sehr stolz, dass ihr die Dämonenpräsenz erspürt habt. Ich sollte vielleicht weniger trinken.« Ärgerlich fuhr Martin sich über seinen stoppligen Bart. »Jetzt geht es darum, eure Sinne noch weiter zu schärfen und die Dämonen aufzuspüren. Ich fahre erst einmal zu Hayo, damit wir uns mit ihm und seinen Lehrlingen abstimmen können. Heute ist keine Zeit für das lächerliche Klein-Klein, das wir bei den Verhandlungen gespielt haben. Hier geht es um Menschenleben. Jeder schwarze Feldscher ist per Eid verpflichtet, sie vor den Dämonen zu beschützen.«

Gustav wurde ganz schlecht. Hayo war in dieser Sache alles andere als ein Verbündeter. Ihm lag schon auf der Zunge, von dem Verrat zu berichten, da rettete ihn Anike.

»Wie sollen wir vorgehen, wenn wir vorher einen von ihnen finden?« Das sonst so starke Mädchen sah blass und fahrig aus.

»Als Erstes«, der Feldscher erhob seine Stimme warnend, »gibt es kein Wir. Ich werde mich allein dem Dämon stellen und versuchen, ihn in den von euch vorbereiteten Aschekreis zu treiben. Verstanden?«

Gustav und Anike nickten nur.

»Keiner von euch spielt mir hier den Helden. Ich will nicht noch einen Lehrling verlieren.«

Hier wurde Gustav hellhörig, seine Fragen musste er aber erst einmal zurückstellen, denn Jolande wieherte plötzlich und blieb jäh stehen.

Gustav wäre fast vom Kutschbock gefallen. Er blickte sich um, konnte aber wenig entdecken.

»Was hast du gespürt, altes Mädchen?«, fragte der Feldscher und legte eine Hand auf seinen Degen.

Als Gustav schon glaubte, dass sich das dumme Maultier einfach nur vor seinem eigenen Schatten erschreckt hatte, landete mit einem ekelhaften Klatschen ein Körper auf dem Pflaster der dunklen Gasse. Blut spritzte die nahe beieinanderstehenden Hauswände hoch und benetzte auch Jolandes Fell. Es war ein Uniformierter, den man noch als Angehörigen der Stadtwache erkennen konnte. Genauer zu identifizieren war er kaum noch, denn anstelle seines Gesichts prangte eine riesige, blutige Bisswunde.

»Der Dämon ist auf den Dächern«, flüsterte Gustav.

Sein Meister hatte es ebenfalls gespürt. Mit einer geschmeidigen Bewegung sprang er vom Wagen. Ohne sich umzudrehen, rief er seinen Lehrlingen Anweisungen zu, während er auf den Eingang des gegenüberliegenden Hauses zuging. »Zieht einen Aschekreis um den Wagen wie bei den Schlachten! Daneben vier kleinere, die ihr offen haltet und sofort verschließt, wenn es mir gelingt, den Dämon in einen davon hineinzutreiben. Sieht ganz so aus, als müssten wir ohne Meister Hayos Hilfe zurechtkommen.« Er begann an die Tür zu klopfen.

Gustav und Anike beobachteten wie erstarrt, dass ihm eine in ein weißes Nachthemd gehüllte Gestalt öffnete.

Bevor er im Haus verschwand, rief er noch: »Jetzt, meine treuen Lehrlinge!« Dann klappte die Tür hinter ihm zu.

Sofort machten sich Gustav und Anike ans Werk. Gustav öffnete die quietschenden Türen des Wagens, kletterte in das nach Chemie und Kräutern riechende Innere, holte die großen Säcke mit der Holzkohle aus dem Regal und stellte sie nebeneinander auf die Ladekante.

Anike nahm sich einen, schlitzte ihn flink mit ihrem Degen auf und begann die linke Seite des Wagens mit Holzkohle einzukreisen.

Gustav ging zu der jämmerlich zitternden und ängstlich wiehernden Jolande, lenkte sie mit einem schrumpeligen Apfel ab und zog ihr blitzschnell einen Sack über den Kopf, damit das arme Tier sich wieder beruhigen konnte. Tatsächlich schaffte sie es diesmal nicht, ihn zu beißen. Ein Erfolg, auf den Gustav wirklich stolz war, der ihm aber keinen Blumentopf einbrachte, wenn es sein einziger an diesem Abend bleiben würde. Als er zurück zu Anike ging, hatte die schon den großen Kreis um den Karren beendet und sich einen weiteren Sack genommen, um die zusätzlichen zu ziehen. »So langsam wirst du richtig gut darin«, versuchte er sich an einem lahmen Scherz, um die gedrückte Stimmung etwas aufzulockern.

Sie grunzte nur und brachte stöhnend hervor: »Wäre schön, wenn du mir helfen könntest.«

Einträchtig vollendeten sie ihren Auftrag.

Als sie zum Karren zurückgingen, um die Säcke wieder einzuladen, pustete sich Anike genervt eine Haarsträhne aus dem Gesicht. Mit beiden Händen schleifte sie den Holzkohlesack hinter sich her. »Ich hasse das wirklich. Die blöden Säcke sind so verdammt unhandlich und …«

Ein herunterfallender Ziegel schnitt ihr das Wort ab. Er war nur einen Schritt neben Anikes Kopf zu Boden gegangen.

Ängstlich blickten sie beide nach oben.

Weitere Dachziegel fielen herab und zerschellten mit einem Klirren, das in der Stille der Nacht ohrenbetäubend war.

»Was macht er da nur?«, flüsterte Anike. Sie und Gustav drückten sich an die Außenwand des gelben Wagens. Schulter an Schulter. Immer wieder berührten ihre Hände sich wie zufällig.

Gustav wusste nicht, ob ihm deswegen das Herz wie wild schlug oder wegen der Vorstellung, dass sein Meister gerade gegen einen Dämon kämpfte. »Ob er unsere Hilfe braucht?«, versuchte er sich zu konzentrieren, konnte aber an nichts anderes denken als an Anikes schlanke, kühle Finger, die inzwischen mit seinen eigenen verschränkt waren.

»Seine Anweisungen waren ziemlich eindeutig.«

Sie blickten weiter nach oben in die Dunkelheit. Eine bleierne Stille legte sich über die eiskalte Straße. Nur eine schmale Mondsichel beleuchtete die Nacht, aber auch sie und das sie umgebende Sternenmeer reichten aus, um zu erkennen, dass jäh eine wuchtige Gestalt über die schmale Straße von einem Hausdach zum nächsten sprang.

»War das der Dämon?«, fragte Anike verblüfft.

Ihre Frage wurde durch die Silhouette einer deutlich weniger massigen Gestalt beantwortet, die den gefährlichen Sprung nur knapp bewältigte – ihr Meister.

»Das gibt es doch gar nicht«, stöhnte Gustav. »Er verfolgt ihn über die Hausdächer.«

»Er ist für sein Alter wirklich gut in Schuss.« Anike grinste ihn frech an.

Gustav sah, dass ihre Wimpern weiß vom Frost geworden waren. Sie sah einfach hinreißend aus.

»Außerdem ist es doch ein gutes Zeichen, dass der Dämon vor ihm flieht und nicht umgekehrt.« Sie strich Gustav mit dem Daumen über den Handrücken.

Ihre Gesichter näherten sich langsam.

Ein böses Zischen ertönte aus einer dunklen Nebengasse und verdarb jede Romantik.

Sofort lösten sie ihre Finger voneinander und griffen zu ihren Degen.

»Ist das derselbe, den der Meister verfolgt?«

»Nein«, antwortete Gustav bestimmt, »das ist ein anderer.«

Anike zog ihre Nase kraus. »Hier einfach im Kreis auf ihn zu warten, ist wohl keine Option, was?«

Gustav holte tief Luft. Sie schmeckte nach kaltem Rauch. »Ich denke nicht. Wir müssen wenigstens nachschauen.«

Etwas zerbrach mit einem Scheppern in der Gasse. Darauf folgte das aufgeregte Gackern von Hühnern.

»Also gut, wenn wir den Dämon finden, versuchen wir ihn in einen der Kreise zu locken. Das ist der Plan. Richtig?«

Gustav nickte, zog seinen Degen und berührte die leicht glimmende Fibel seines Umhangs. Dafür war er ausgebildet worden. Das war seine Bestimmung als schwarzer Feldscher. Heute Nacht musste er sich ihr endlich stellen. »Ich gehe vor.«

Es fühlte sich merkwürdig an, die Sicherheit des Feldscherkarrens hinter sich zu lassen und in die schneebedeckte Seitengasse einzubiegen. Hier hatte man sich nicht die Mühe gemacht zu fegen und so versanken ihre Stiefel im Schnee. Einen Vorteil hatte der Müßiggang der Anwohner: Die Spuren ihres Gegners waren deutlich zu sehen. Breite, vierklauige Krallenabdrücke wiesen ihnen den Weg zu einer kleinen Schneiderei, deren Eingangstür aufgebrochen worden war. Auf den Resten der Pforte konnte man noch den Namen des Geschäfts entziffern: ›Zur flinken Nadel‹. Als Gustav gerade über die Schwelle in das dunkle Haus gehen wollte, hielt ihn Anike an der Schulter fest.

»Gustav, wie sollen wir einen Dämon schnell genug aus einem Haus heraus in die Straße hinunter und dann auch noch bis zum Karren locken? Das ist der reinste Selbstmord. Dir ist doch klar, dass wir bei diesem vermaledeiten Plan die ganze Zeit vom Feldscher nur als Köder gedacht waren, oder?«

»Ja, aber denk doch an die Menschen, die hier leben. Vielleicht können wir sie noch retten. Von den Nachbarn gar nicht zu reden. Wir werden ihn dort bannen müssen, wo wir ihn finden.« Er klopfte auf das Aschesäckchen, das jeder Feldscher an seinem Gürtel trug.

»Wie soll das gehen? Wer hält das Untier so lange auf, bis der Kreis gezogen ist, und wie …«

Ein kindlicher Schrei beendete die Diskussion. Sie rannten in das Haus.

Im Innern roch es stark nach Lavendel. Der Geruch der Pflanze sollte wohl den Todfeind eines jeden Schneiders fernhalten – Motten. Die über und über mit Kleidung und Stoffballen belegte Nähstube nahm das ganze Erdgeschoss ein. Sie durchquerten es zügig in Richtung Treppe, da der Ruf von oben gekommen war.

Anike war schneller als Gustav und nahm immer zwei Stufen. Das Schicksal des Kindes schien ihr die Angst genommen zu haben.

Gustav versuchte sie einzuholen. Gern wäre er ritterlich vorangeschritten, nur konnte er einfach nicht mit dem Tempo des Mädchens mithalten.

In der ersten Etage erwartete sie ein furchtbarer Anblick. Dort lag das elterliche Schlafgemach. Aus der Kammer kam heimeliges Licht, weil die Eheleute wohl noch eine Kerze entfacht hatten, um herauszufinden, wer ihr ungebetener nächtlicher Besucher war. Das Zimmer glich einem Schlachthaus. Beide Körper – oder das, was von ihnen übrig geblieben war – lagen auf dem Bett. Dem Schneider fehlte der Kopf und er hatte eine riesige Bauchwunde, aus der noch warmes Blut sickerte. Seine Frau war in zwei Hälften geschlagen worden. Der obere Teil lag auf dem Bett und war nur noch durch Gedärme mit dem unteren am Boden liegenden verbunden. Die Bettwäsche war blutdurchtränkt und auch der Boden klebte davon.

»Dieses Mistvieh ist nicht aufs Fressen aus, sondern aufs Töten.« Mitleidig betrachtete Gustav die Opfer. Der Schneider hielt noch im Tod die Hand seiner Frau.

Über ihnen war ein schweres Rumpeln zu vernehmen. Gefolgt von trippelnden Schritten.

Anike und Gustav blickten sich kurz in die Augen. Das Kind lebte noch. Vielleicht konnten sie wenigstens ein Mitglied der Schneiderfamilie retten.

»Ich gehe vor!«, erklärte Gustav. »Ich kann besser als du in der Dunkelheit sehen. Halte du die Asche bereit.«

Überraschenderweise widersprach Anike nicht, sondern trat einfach zurück und ließ Gustav passieren.

Gustav spürte, wie seine Sicht immer besser wurde. Sie näherten sich dem Dämon und auch der teilte offensichtlich seine Kraft mit ihm. Warum, verstand Gustav nicht so richtig, aber jetzt war kaum der Zeitpunkt, um über Dämonentheorie nachzudenken. Inzwischen war es für ihn taghell, auch wenn es fast keine Farben gab, sondern nur Schattierungen von hellem Gold. Er nahm die Welt jetzt wie ein

Dämon wahr. Der Degen in seiner Hand war pechschwarz und wirkte geradezu abstoßend. Er sah eine offene Tür, auf der einfache, kindliche Zeichnungen mit Kreide angebracht worden waren. In dem dahinterliegenden Zimmer war es erschreckend leise. Gustav atmete dreimal tief durch und trat ein. Der Raum war winzig. Außer zwei Bettchen war er fast leer. Gustav trat ein zuckriger Geruch in die Nase, wie er wohl typisch für viele Kinderzimmer war. Überrascht schaute er sich um. Hier war niemand.

»Es sind zwei Kinder, dieser elende …« Anike gab ein plötzlich würgendes Geräusch von sich.

Hektisch drehte sich Gustav um. Hinter ihr stand ein breitschultriger, hässlicher Dämon, dessen grüne Haut der von Schlangen glich. Sein Gesicht sah aus wie das einer riesigen Eidechse. Das Untier hatte seine starke Krallenpranke um Anikes Hals gelegt und drückte ihr die Luft ab.

»Elende Feldschere!«, zischte er wütend. »Was wollt ihr hier? Gebt mir doch wenigstens diese eine Nacht.«

»Lass sie los!« Gustav ließ sich gar nicht erst auf ein Gespräch mit dem Dämon ein, obwohl er überrascht war, dass das Untier sie nicht einfach getötet hatte.

»Nein, Bürschlein. Du lässt den elenden Degen fallen, sonst breche ich ihr das Genick. Der Vertrag ist mir nämlich schnurzegal, wenn ihr euch auch nicht an die Regeln haltet.«

Gustav verstand nicht, wovon der grüne Dämon sprach, aber vermutlich wollte er ihn nur ablenken. Mela hatte ihm mehr als einmal hinlänglich bewiesen, dass das Mundwerk dieser Kreaturen äußerst flink war. »Gut, ich lege ihn hin, siehst du!«

Der Dämon schnupperte laut hörbar. Seine zweigeteilte Zunge schoss dabei immer wieder aufgeregt aus dem Maul. »Du bist das also. Ihr Junge.«

Wovon spricht er? Gustav hätte gern nachgefragt, aber jetzt ging es darum, hier mit heiler Haut herauszukommen. Anikes Lippen wurden schon ganz blau. »Du tust ihr weh!«

»Jammert nicht immer so viel, Menschen. Euch ist es doch sonst auch egal, wem ihr wehtut.«

Gustav versuchte Anike seinen Plan nur per Augenkontakt zu übermitteln, war sich aber unsicher, ob sie für derlei gerade empfänglich war. Ihre Augen waren rot und geschwollen durch den Luftmangel. Außerdem verdrehte sie sie immer wieder unnatürlich, sodass ihre Pupillen kurz verschwanden und nur das Weiß zu sehen war. Vorsichtig nestelte er an dem Aschesäckchen an seinem Gürtel. »Wo sind die Kinder?«

»Die Wänste haben sich auf irgendeinen Zwischenboden verkrochen. Da war eh nicht viel dran. Ich lasse sie in Ruhe, wenn ihr das wollt. Die Stadt hat ja reichlich fette Brocken für mich.«

»Ja, das wollen wir! Lass meine Kameradin los und geh!«

Der Dämon blickte ihn verschlagen aus seinen seitlich sitzenden, goldenen Augen an. »Sie erscheint mir als besonders schmackhafte Beute. Könntest du nicht sagen, dass ich sie aus Versehen gefressen habe?«

Gustav lachte, als wäre dies ein gelungener Scherz. »Könnte ich schon machen.«

Anike begann stöhnend zu zappeln, ohne die geringste Chance gegen den übermächtigen Dämon zu haben. Sie blickte Gustav verstört an.

»Mach besser die Augen zu, Anike. Das willst du nicht sehen.« Er grinste den Dämon einladend an.

Das Wesen tat es ihm nach. »Na, sieh mal einer an. Mit euch kann man also doch reden. Das Weibchen war sicher frech zu dir, was? Mir ist es einerlei.« Es riss das Maul auf, um in Anikes Hals zu beißen.

Im selben Augenblick schleuderte Gustav den aufgerissenen Aschebeutel auf den Dämon.

Er traf ihn genau am Kopf und explodierte in einer Staubwolke. Kreischend ließ die Kreatur Anike los und rieb sich über die Augen, die zu dampfen begonnen hatten.

Anike ging auf die Knie, keuchte und erbrach sich.

»Komm weg hier!« Gustav griff ihr unter den Arm und half ihr auf.

»Warte«, krächzte sie und kam taumelnd zu stehen. »Das ist für dich, du linkisches Mistvieh.« Sie stach dem blinden Dämon mit ihrem Silberdegen in das vor Schmerzen aufgerissene Maul.

Das Wesen verstummte abrupt. Es begann zu zittern und fiel schließlich mit einem schweren Krachen zu Boden. Nebel stieg von dem Körper auf, der bald den kleinen Raum einhüllte.

»Siehst du, Franz, ich habe es dir doch gesagt«, erklang eine hohe, ängstliche Stimme, »es gibt Monster.« Zwei blonde Jungen krochen aus einem Verschlag am Ende des Zimmers hervor.

DER MEISTER DER
MEISTER

Sie übergaben die Waisenkinder einer Nachbarin und kehrten zum Wagen zurück. Jetzt galt es, zügig ihrem Meister zu helfen. Mindestens ein weiterer Dämon streifte noch durch die Stadt und bedrohte das Leben aller Einwohner.

»Verdammtes Wetter«, fluchte Gustav. Es hatte in der Zwischenzeit zu schneien begonnen.

»Ist eben Winter«, ächzte Anike. »Da schneit es ab und an. Was soll's?«

»Was es soll?«, schrie Gustav hysterisch. Der Kampf gegen den Dämon hatte ihn so unter Anspannung gesetzt, dass Anike nur die erstbeste Gelegenheit war, um sie abzulassen. »Was es soll, fragt sie.« Er stöhnte. »Schau mal hin!« Er zeigte auf den Boden. »Der Schnee legt sich über unsere Holzkohle und macht damit die Ringe unbrauchbar. Wir sind hier genauso schutzlos wie an jeder anderen Stelle in der Stadt.«

Anike betrachtete das Phänomen mit offenem Mund. »Verdammte Scheiße, was machen wir nun?«

»Macht Jolande bereit!«, erklang plötzlich die Stimme ihres Meisters aus der Dunkelheit. »Schnell, wir müssen hier weg!«

Gustav drehte den Kopf so schnell in die Richtung, aus der die Worte kamen, dass es in seinem Hals knackte. Sein Meister kam die Straße entlanggehumpelt. Einer seiner Degen war abgebrochen, der schwarze Umhang hing in Fetzen an ihm herunter und im Gesicht hatte er eine hässliche Schramme. »Was ist passiert?«, rief ihm Gustav entgegen.

»Keine Zeit. Macht den Wagen abfahrbereit!«

Anike hatte Jolande bereits den Sack abgenommen.

Das Maultier scharrte mit dem Vorderhuf aufgeregt im Schnee, als hätte es verstanden, was sein Besitzer von ihm wollte.

Gustav warf hektisch die unbenutzten Holzkohlesäcke ins Innere des Wagens. Sie würden sie heute vermutlich noch brauchen. Dabei fiel ihm auf, dass die Dämonenfratze an der Seite sich nicht mehr zu einer Blume veränderte. *Merkwürdig.*

Sein Meister unterbrach Gustavs Bemühungen und Grübeleien, indem er in den Wagen hineinsprang. Das Gefährt wackelte bedrohlich. Hektisch begann er nach etwas zu suchen und warf dabei Instrumente, Chemikalien und Gefäße achtlos zur Seite, was unter anderen Umständen eine Todsünde war.

»Kann ich Euch helfen, Meister?«

»Sie muss hier irgendwo sein. Ich bin mir sicher, dass mir Torstensson irgendwann mal eine geschenkt hat«, kam es zur Antwort. »Wo ist das Schwarzpulver, Gustav?«

Gustav sprang in den engen Wagen, schob seinen Meister zur Seite und holte aus einer Truhe mit Holzwolle ein kleines Fässchen hervor. »Hier, wozu braucht Ihr es? Es ist trocken, aber relativ alt.«

»Ah, da ist sie.«

Zu seiner Überraschung sah Gustav, dass Martin plötzlich eine Muskete in der Hand hielt. Er kannte sich nicht besonders gut damit aus, aber es war eine moderne Waffe, wie sie die Schweden benutzten. Sie konnte aus der Hand abgefeuert werden und man brauchte keinen Gabelstock mehr, um sie aufzustützen. Das machte die Musketiere beweglicher und effektiver. Ein Vorteil, der den Unionstruppen schon mehr als einmal zum Sieg verholfen hatte.

Zahlreiche kleine Gegenstände fielen seinem Meister klackernd zu Boden. »Mist, hilf mir die Silberkugeln zu suchen, Gustav.«

Gustav kroch auf dem Boden herum und suchte sie zügig zusammen. »Bitte, wozu braucht Ihr die Muskete und wer hat Euch so zugerichtet?«

Der Feldscher ignorierte ihn erneut. »Anike!«, brüllte er.

»Ja«, kam gedämpft durch die Holzwand die Antwort.

»Können wir losfahren?«

»Ich warte nur auf Euch.«

»Gut …«

Ein furchtbares Brüllen erscholl.

Gustav wäre vor Schreck fast aus der offenen Tür gefallen.

»So ein Ärger, ich hätte nicht gedacht, dass er mich so schnell findet.«

Plötzlich begann der Boden des Wagens zu vibrieren und Jolande gab ein panisches Wiehern von sich.

»Anike, fahr los! So schnell aus der Stadt hinaus, wie es nur geht. Sämtliche Stadttore sind auf meinen Befehl geöffnet worden, damit die Bevölkerung im Notfall fliehen kann.«

Sie antwortete mit einem laut hörbaren Schnalzen, woraufhin der Wagen anruckte und klappernd durch die Straße fuhr.

Wieder brüllte das unbekannte Wesen. Diesmal deutlich näher. Gustav glaubte, einen riesenhaften Schatten zu sehen, was allerdings Blödsinn sein musste, da der sich bis zu den Dächern der sie umstehenden Häuser hochzog. Kein Dämon war so riesig.

Sein Meister füllte die Pulverpfanne seiner Waffe mit Zündkraut. Anschließend schüttete er Pulver in den Lauf der Muskete. »Eine Kugel, Gustav!«

Der Feldscher ließ die Silberkugel in den Lauf fallen und rammte sie mit dem Ladestock tief hinein. »Geladen«, murmelte er dabei vor sich hin, so wie es bei den Musketieren im Gefecht Brauch war.

Gustav wandte seine Aufmerksamkeit wieder der Straße zu. Ziegel fielen plötzlich überall zu Boden und deckten die Straße mit zahllosen Splittern ein. Kurz darauf erkannte er auch, warum: Die Häuser bebten. Armbreite Risse zogen sich durch die Fassaden der schmucken Fachwerkbauten.

Der Feldscher bemerkte es auch. Er klopfte ungeduldig gegen die Wand des Wagens. »Schneller, Anike. Schneller! Wir müssen aus der Stadt heraus!«

»Ich fahre in Richtung Bremer Tor, das geht am schnellsten. Der Schnee macht uns langsam«, brüllte Anike. »Und wir sind zu schwer. Jolande ist nicht mehr die Jüngste.«

Gustavs nachtsichterprobte Augen nahmen jetzt eine riesenhafte Silhouette wahr, die durch die gerade Straße hinter ihnen herlief. Das Wesen hatte drei sich windende Köpfe, die an Drachen erinnerten. Der höchste von ihnen reichte über die Dächer der Häuser hinaus. Der Leib des Dämons sah aus wie der Körper eines sehr muskulösen Mannes, nur dass er statt aus Haut aus Stein zu bestehen schien. Immer wieder rieselten Brocken von ihm herab und zerschellten auf dem Boden. Der Dämon schien es nicht besonders eilig zu haben, folgte ihnen aber stetig mit langen Schritten. »Mein Gott, was ist das nur für ein Wesen?«

»Das, mein Lieber, ist ein Magister magistrorum. Ein Meister der Meister. Ein Beschwörerdämon, der sich mehrere andere Dämonen untertan macht und sie zu einem Leib verschmilzt.«

Gustav starrte ihn mit offenem Mund an.

»Hässliches Biest, was? Ich habe schon seit Jahren keinen mehr gesehen. So einen Riesen ehrlich gesagt noch nie. Der Beschwörerdämon ist nicht viel größer als eine Katze, aber man muss alle anderen vernichten, bevor man ihn in dieser Gestalt sieht.«

Sie mussten sich an einem der Regale festhalten, als Anike eine scharfe Rechtskurve fuhr, um nicht aus dem Wagen zu purzeln. Links neben ihnen war jetzt die Stadtmauer, deren grobe Ziegelsteine in Schlieren an ihnen vorbeizogen. Sie kamen dem Tor näher.

»Wie viele Dämonen wird dieser verinnerlicht haben?«

Der Feldscher brummte einen Moment nachdenklich, bevor er antwortete: »Sechs bis sieben. Vielleicht auch mehr. Das ist schwer zu sagen.«

Der Dämon hatte die Kurve auch hinter sich gebracht und begann sein Tempo zu steigern, als wollte er verhindern, dass sie aus der Stadt hinausfuhren.

»Ich brauche deine Schulter, Gustav. Nicht wackeln!«

Bevor er sich's versah, lag auf Gustavs linker Schulter der kalte Lauf der Muskete. Er roch die nach Schwefel stinkende, glimmende Lunte, die der Feldscher entzündet hatte.

»Kann ein Schuss dieses Monstrum aufhalten?« Es knallte ohrenbetäubend. Der Geruch von Schießpulver mischte sich mit der kalten Luft. In Gustavs Ohr begann es zu piepen. Er blickte zu dem Dämon. Der Feldscher schien ihn verfehlt zu haben, denn das Untier rannte weiter hinter ihnen her. Doch dann kam von dem mittleren Schädel ein schmerzvoller

Schrei und der Kopf wand sich unkontrolliert hin und her, bis er plötzlich erschlaffte.

»Und einer weniger. Ich befürchte nur, dass mir nicht mehr viele dieser Kunstschüsse gelingen.«

Gustav musste seinem Meister recht geben. Der Dämon rannte jetzt noch schneller hinter ihnen her. War er bisher nicht wütend gewesen, hatte sich das jetzt geändert. Unter seinen Schritten bebte die Erde rhythmisch. Mit kräftigen Bewegungen griff er nach ihnen. Nur knapp entkamen sie der riesenhaften Pranke, weil sie scharf nach links abbogen. Gustav wurde dabei von den Füßen gehoben und schlug sich den Kopf an einem der Regale an. Der Wagen fuhr eine so steile Kurve, dass die Räder auf seiner rechten Seite kurz in der Luft hingen.

Dem Feldscher entglitt die Flinte. Sie landete auf dem schneebedeckten Kopfsteinpflaster und zerbrach in zwei Teile.

Sie fuhren durch ein kleines Tor, das tatsächlich weit geöffnet war. Kurz darauf hatten sie die Stadtgrenze hinter sich gebracht. Große Felder und kahle Obstbäume prägten jetzt anstelle von Häusern das Bild. Der Schnee lag hier draußen so hoch, dass ihr Karren nur noch Schritt fahren konnte, weil die Wagenräder fast bis zur Hälfte darin versanken.

Stöhnend richtete sich Gustav wieder auf. Blut lief ihm die Stirn herunter und nahm ihm für einen Moment die Sicht. Er wischte es sich mit dem Umhang weg und blickte zurück auf die Stadt. Das Bremer Tor schien plötzlich zu explodieren. Der Dämon rannte einfach durch es hindurch, weil sein Körper nicht durch die schmale Öffnung passte. Tausende Ziegelsteine schossen in die Luft.

Jolande wieherte.

»Der Schnee ist zu tief und sie kann einfach nicht mehr«, schrie Anike.

Der Karren kam ruckelnd zum Stehen.

»Zeit zu kämpfen«, sagte der Feldscher schlicht und zog seinen Degen.

Gustav tat es ihm nach, aber die elegante Waffe kam ihm im Vergleich zu dem Riesendämon lächerlich klein vor. Sein Meister und er sprangen aus dem Wagen und versanken bis zu den Hüften im weichen Schnee.

Anike kam an ihre Seite, das Gesicht rot und schweißfeucht von der wilden Flucht. Sie hatte ihre Aufgabe erfolgreich erfüllt und den Karren aus der Stadt gebracht.

Dasselbe galt natürlich für die brave Jolande, die zitternd und dampfend vor dem Wagen stand. Sie hatte hellen Schaum vor dem Mund. Das Maultier war über sich hinausgewachsen. Der Feldscher schien das auch so zu sehen. Er streichelte das Tier und flüsterte ihm dankbare Worte ins Ohr.

Anike zog ihren Degen und hielt ihn so locker in der Hand, als wäre sie ein kampferprobter Musketier, der auf ein Duell mit einem Nebenbuhler wartet.

Gustav spürte das Grollen der Kreatur im Magen und die Vibration ihrer Schritte.

»Seine Hiebe sind tödlich, aber er ist langsam. Attackiert die Füße und Beine, das sollte den Dämon schwächen«, erklärte ihnen ihr Meister. »Wir können nicht hoffen, ihn zu töten, dazu ist er viel zu mächtig, sondern nur darauf, dass wir bis Sonnenaufgang nicht sterben. Angriff ist in diesem Fall die beste Verteidigung.«

Das sind ja prima Aussichten. Gustav schluckte trocken.

Sie liefen ein paar Schritte auseinander.

Der Dämon hatte sie fast erreicht.

Gustav schloss für einen kurzen Moment die Augen und atmete ruhig die eiskalte Nachtluft ein, dann rannte er mit erhobener Waffe schreiend auf das Wesen zu.

Anike landete den ersten Treffer an der Ferse des Dämons. Goldenes Blut sickerte aus der kleinen Wunde.

Das Untier schrie rasend vor Schmerz und trat nach ihr. Nur mit einer Rolle konnte sich das Mädchen in Sicherheit bringen. Einen Wimpernschlag später landete der riesige Fuß des Dämons krachend an der Stelle, wo sie gerade noch gestanden hatte.

Der Feldscher nutzte den Moment und stach in einer unglaublich schnellen Abfolge in beide Unterschenkel des Wesens. Aus Dutzenden kleinen Wunden sickerte Blut. Als es den Schnee berührte, begann der mit einem Zischen zu verdampfen.

Der Dämon änderte die Taktik, glotzte mit seinen zwei verbliebenen Schädeln zu Boden und versuchte die Angreifer, die wie kleine Feldmäuse um seine Beine wuselten, zu entdecken und nicht einfach nur unkoordiniert zu schlagen und zu treten.

Gustav wollte seinen Begleitern in nichts nachstehen und dem Wesen wenigstens eine kleine Wunde beibringen. Er rannte ihm zwischen die Beine und holte zum Schlag aus, da packte ihn von hinten plötzlich eine stahlharte Riesenpranke und hob ihn von den Füßen. Schnell wurde er bis zu den Köpfen des Dämons hochgehoben.

Die Drachenköpfe brüllten triumphierend.

Gustav roch ihren fauligen Atem. Sein Magen rebellierte, weil sein Inhalt beim Hochheben so durcheinandergewirbelt wurde.

Die Pranke des Dämons schoss auf das aufgerissene Maul eines der Schädel zu. Es war offensichtlich, dass er Gustav den Kopf abbeißen wollte.

Gustav stemmte sich mit aller Kraft gegen die geschlossene Pranke, konnte sich aber nicht bewegen. Schließlich ergab er sich in sein Schicksal und starrte dem Dämon direkt in die glühenden Augen. Er würde nicht jammernd sterben.

Plötzlich schrie der Kopf, der ihn hatte fressen wollen, auf und verschwand in einer Rauchwolke.

Verwirrt blickte Gustav sich um, um zu sehen, was passiert war, und entdeckte drei Kanonen der Stadtwache, die emsig geladen wurden und auf den Dämon zielten. An jeder der Waffen stand ein Schwarzgekleideter, der den offensichtlich verwirrten Wachen Anweisungen zurief und bestimmte, wohin sie zielen sollten. *Hayo ist gekommen. Warum? Will er seine Missetat wieder ausbügeln?*

Der massive Beschuss verfehlte seine Wirkung nicht. Der Dämon öffnete verwirrt seine Pranke und ließ sie sinken. Gustav nutzte augenblicklich diese Chance, schätzte die Höhe ab und sprang. Die Hoffnung, dass der Schnee seinen Sturz abfedern würde, bewahrheitete sich nicht. Hart schlug er auf dem Boden auf und verdrehte sich den rechten Knöchel. »Ahh!«

Sofort war Anike bei ihm und half ihm auf die Beine. »Alles in Ordnung?«

Er nickte.

»Wir müssen hier weg, sonst werden wir zermalmt, wenn das Vieh fällt. Kannst du laufen?«

Jetzt war schweres Hufgetrappel zu vernehmen. Berittene kamen auf sie zu. Überraschenderweise nicht vom Stadttor her, sondern aus der entgegengesetzten Richtung. Mit Musketen und langen Piken attackierten sie den Dämon in disziplinierter und einstudierter Formation. Ihre Pferde waren zu schnell für die wütend um sich schlagende und tretende Kreatur.

Zu Gustavs Überraschung brauchte niemand von diesen offensichtlich erfahrenen Kämpfern einen Feldscherlehrling, der ihnen sagte, wo sie anzugreifen hatten. Gustav richtete sich stöhnend auf und humpelte auf Anike gestützt zum Feldscher, der begonnen hatte, einen riesigen Aschekreis um den Dämon zu ziehen. Glücklicherweise hatte es aufgehört zu schneien.

»Das bringt doch nichts, Martin!«, schrie Hayo, der plötzlich neben ihnen stand. »Lass die Stadtwache und die schwarze Brigade das Untier erledigen.«

»Was ist, wenn sie es nicht schaffen?« Gustavs Meister machte weiter.

Ein Schreien ertönte, das abrupt endete. Einer der Berittenen war samt seinem Pferd zertreten worden.

Gustav klangen die Ohren von dem Tumult. Der Kanonendonner war laut, aber das Gebrüll des Dämons noch viel furchtbarer.

Das Wesen hatte jetzt wohl auch verstanden, dass von den Schusswaffen die größte Bedrohung ausging. Die Reiter ignorierend, die ihm am Rücken starke Verletzungen beibrachten und dafür sorgten, dass er kleiner wurde, stapfte er dorthin.

Gustav konnte Peter unter den Soldaten an den Kanonen erkennen. Im nächsten Moment wurde er entzweigerissen.

Der Dämon zertrat die erste Kanone und mit ihr die drei, die sie geladen und abgefeuert hatten. Eine dumpfe Explosion erklang unter dem riesenhaften Steinfuß.

»Wilhelm!«, rief Hayo ehrlich betrübt, weil es auch einen seiner Lehrlinge getroffen hatte. »Martin, wir müssen ihnen helfen, sonst werden sie alle zermalmt.« Er machte eine kurze Pause. »Bitte.«

Der Feldscher nickte. »Ihr vollendet den Kreis! Lasst euch durch nichts davon abhalten!«

»Meister«, begann Gustav, dem auf der Seele brannte, dass der Feldscher mit einem Verräter kämpfen würde.

»Jetzt nicht. Beendet den Kreis!« Und schon rannte er mit Hayo davon.

Während ihrer simplen Tätigkeit beobachtete Gustav das Kampfgeschehen. Die Berittenen waren inzwischen auf fast die Hälfte reduziert worden. Nur noch eine Kanone war unversehrt, aber ihre Besatzung floh gerade in Richtung Stadt – was ihnen nicht viel nützen würde, da man das Tor geschlossen hatte. Die beiden Feldschere standen nebeneinander und schienen nur zu reden. Plötzlich holten sie etwas aus ihrer Kleidung hervor und verteilten es mit Bewegungen auf dem Boden, die wie ein Tanz aussahen.

»Was machen die da?«, fragte Anike irritiert.

»Ich habe keine Ahnung.« Fasziniert ließ Gustav den Holzkohlesack sinken und beobachtete das Geschehen weiter.

Plötzlich schoss eine grelle Flamme an der Stelle auf.

Gustav und Anike drehten sich weg und legten die Hände über die Augen, so hell war es plötzlich.

Der Dämon brüllte vor Schmerzen. Er und seinesgleichen hassten jede Art von Licht.

Hayo nutzte den Moment und schoss die offensichtlich bereits geladene Kanone ab.

»Komm schon, du Scheusal!«, schrie Martin den Dämon an.

Das Untier brüllte und kam einen Schritt auf den Feldscher zu, der geschickt rückwärtsging.

»Er will ihn in den Kreis locken. Schnell!«, drängte Anike und sie beeilten sich, ihr Werk zu beenden.

»Sag mir, Dämon: Wie bist du in die Stadt gekommen?«

Gustav bekam Bauchschmerzen, die noch heftiger waren als das Pochen seines Knöchels. Er schämte sich, dass er immer noch nicht den Mut aufgebracht hatte, von Hayos Verrat zu berichten.

Der Dämon hielt für einen Moment inne und legte die Köpfe schräg, dann fletschte er die Zähne. »Ihr verlogenen Feldschere.«

»Was meinst du damit? Du warst es doch, der sich nicht an die Regeln gehalten hat und innerhalb der Stadt aufgetaucht ist. Dazu noch in dieser lächerlichen Gestalt. Wer hat dich gerufen?«

Hinter dem Dämon flammte wieder das grelle Licht auf. Hastig entfernte er sich davon und lief weiter in Richtung Bannkreis.

Martin sprang hinein. Der Dämon hinterher. Jetzt waren sie beide innerhalb der Umrandung. »Schließt den Kreis. Jetzt«, brüllte er und konnte nur knapp einem Prankenschlag des Dämons ausweichen.

Gustav und Anike rannten, so schnell sie konnten, um die letzten etwa zehn Schritte zu schließen.

Der Feldscher kämpfte derweil um sein Leben. Er konnte die Umrandung nicht überqueren, bevor sie gänzlich geschlossen war, sonst wäre ihm der Dämon gefolgt, bevor der Bann vollzogen war, und ihr gesamter Plan gescheitert.

»Fertig«, schrie Gustav, als sie die letzte Handbreit mit Holzkohle geschlossen hatten.

Der Feldscher sprang.

Eine riesige Faust ging auf ihn nieder. Sie würde ihn nicht verfehlen.

Martin landete ungelenk im Schnee.

Die Dämonenfaust schlug nur eine Handbreit neben dem Bannkreis nieder und verharrte für einen Moment in der Luft.

»Das war knapp«, keuchte der Feldscher. »So, nun beantworte endlich meine Fragen, Dämon!«

Das Wesen brüllte seine Wut heraus und trampelte an der Umrandung entlang, hatte aber keine Chance mehr zu entkommen.

»Sag mir jetzt, wer dich beschworen hat.«

»Martin«, war eine leise, kraftlose Stimme zu hören. »Martin, hilf mir!«

Hayo. Er musste schwer verletzt sein.

»Ihr redet kein Wort mit ihm, bevor ich wieder hier bin.« Hastig stürzte der Feldscher zu seinem Zunftgenossen.

Der Dämon war zwar kleiner geworden, aber immer noch so groß wie drei erwachsene Männer übereinander. Erst blickte er Martin kurz nach, dann drehten sich seine zwei Köpfe, von denen einer durch die Kanonenkugel arg ramponiert war, zu Gustav und Anike um. »Da gehen sie hin, die Strippenzieher. Seit Jahrzehnten spielen sie ihre Spielchen. Wollt ihr wirklich ein Teil davon werden? Schaut doch, was aus Hayos Lehrlingen geworden ist. Kaum einer von euch wird jemals Meister. Ratet mal, warum.«

Gustav und Anike schwiegen.

Der Dämon schnaubte. »Weil die jetzigen Meister das gar nicht wollen. Wer teilt schon gern seine Macht?«

Gustav musste unwillkürlich an das unklare Schicksal von Martins letztem Lehrling denken. Die Worte des Dämons sickerten wie Gift in ihn hinein. »Unser Meister ist anders!«, beharrte er schwach.

Der Dämon kam näher an die unsichtbare Barriere und beugte sich zu ihm herunter: »Bist du dir da ganz sicher?«

Anike zupfte ihn unauffällig am Arm.

Gustav blickte sie erstaunt an.

Ihre schönen Augen rollten hektisch gen Himmel.

Er brauchte einen Moment, um zu verstehen, was sie ihm sagen wollte. Es hatte wieder zu schneien begonnen. Dicke Flocken segelten gemächlich auf die Erde und damit auch auf den Bannkreis.

»Rede nicht mit uns, Dämon!«, befahl Anike und ging zu der Stelle, an der sie die schon ziemlich leeren Aschesäcke abgestellt hatten.

»Ja«, bekräftigte Gustav und ging ihr nach.

Der Dämon kniff seine goldenen Augen zusammen und schien zu überlegen, was sie vorhatten.

»Ich gehe diese Richtung ab und du entgegengesetzt. Wir müssen schnell sein.«

Gustav nickte und lief los. Er begann zu schwitzen. Zu schnell schuf der Schnee immer neue Stellen, an denen der Bannkreis durchlässig wurde. Sein Sack wurde leichter und leichter. Statt dicker Brocken verschüttete er jetzt eher schwarzen Staub.

Der Dämon hatte verstanden, was sie taten. »Schnee, geliebter Freund!«, brüllte er triumphierend und suchte mit seinen beiden Köpfen den Rand des Bannkreises nach Öffnungen ab, als wäre er ein Hund auf der Fuchsjagd.

Gustav wusste, dass es nur eine Frage der Zeit sein würde, bis das Unwesen eine schneebedeckte Stelle finden würde. »Meister. Der Schnee!«, brüllte er panisch.

Schließlich kam Martin zurück. Hayo stützte sich humpelnd und mit schmerzverzerrtem Gesicht auf seine Schulter auf.

»Die Holzkohle ist alle.« Anikes Gesicht glänzte vor Schweiß.

Inzwischen schneite es immer heftiger.

»Wir müssen Zeit gewinnen«, nuschelte Martin, ließ Hayo bei seinen Lehrlingen zurück und rief dem Dämon zu: »Du bist beeindruckend. Wie viele deiner Art hast du verinnerlicht?«

»Schmeichelei, schöner Versuch, das kommt bei meinesgleichen immer gut an, aber ich habe im Moment anderes zu tun.« Der Dämon blickte den Feldscher nicht einmal an, sondern suchte weiter den Boden ab.

»Ich wette, es sind nicht mehr als zwei oder drei.«

»Es sind neun, und das weißt du auch! Ah!« Triumphierend streckte er eine einzelne Kralle durch den winzigen Spalt und erweiterte ihn zügig.

»Mist!«

»So, meine lieben Feldschere, jetzt geht es euch an den Kragen.« Der Dämon baute sich zu seiner vollen Größe auf.

»Lass sie. Du hast es doch nur auf mich abgesehen.« Martin warf sich zwischen seine Lehrlinge und den Dämon.

»Ich will euch alle töten, aber ich kann gern mit dir anfangen.« Der Dämon ballte seine riesige Faust und ließ sie auf den Feldscher niederfahren.

Gustav schloss die Augen. Er hörte Anike schluchzen. Etwas kitzelte seine Nase. Vorsichtig öffnete Gustav die Augen und erblickte einen einzelnen goldenen Sonnenstrahl.

Der Dämon löste sich langsam in Nebel auf und kehrte zurück in die Erde.

Gustav nahm sich ein Herz und humpelte zu Anike. Er wäre in dieser Nacht fast gestorben und konnte jetzt nur an eine Sache denken, die er dann nicht mehr hätte erledigen können. »Anike.«

Sie blickte auf und schenkte ihm für einen kurzen Moment ihr schönes Lächeln.

»Anike, ich wollte dir sagen, dass …«

Schweres Hufgetrappel lenkte sie von seinen Worten ab. Eine große Gruppe bewaffneter Reiter kam schnell auf sie zugeritten.

DAS ENDE DER VERHANDLUNGEN

———————+———

D ie Schweden kommen wie immer erst aus ihrem Loch, wenn die ganze Arbeit schon erledigt ist«, kommentierte Hayo die Ankunft der Soldaten giftig. Ein groß gewachsener, blonder Offizier brachte sein Pferd neben Martin zum Stehen und fragte befehlsgewohnt: »Was ist hier los? Warum habt Ihr hier bewaffnete Kräfte versammelt, Meister Hayo?« Er zeigte auf die Leichen der schwarzen Brigade und die wenigen Überlebenden der Truppe, die sich um Hayo versammelt hatten. »Ich habe nicht das Gefühl, dass sie zu Eurer Delegation gehören. Osnabrück ist eine neutrale Friedensstadt.«

»Verehrter Marschall Lundgren.« Hayo deutete eine demütige Verbeugung an. »Diese Herren habe ich nur zu meinem Schutz herbestellt. Sie haben die Stadttore nicht durchschritten und werden das auch nicht tun.«

»Wozu braucht ein mächtiger Mann wie Ihr den Schutz derartiger Halunken?« Der Schwede lächelte arrogant zu Hayo herunter.

»Um mich und die Stadt zu schützen, denn dieser Mann ist ein Verräter.« Hayo zeigte anklagend auf Gustavs Meister. »Er hat seine besonderen Kräfte in schändlichster Weise ausgenutzt und Dämonen beschworen, die mich töten sollten. Leider sind sie ihm entglitten und haben ganz Osnabrück in Gefahr gebracht.«

»So ein Blödsinn«, schrie Martin böse. »Was erzählst du denn da? Warum sollte ich das tun?«

Hayo lief herrisch auf und ab, als würde er ein Plädoyer vor Gericht halten. Von seinen schweren Verletzungen war nichts mehr zu sehen. »Feldscher Martin wollte meinen Tod nutzen, um so die ihm verhassten Friedensverhandlungen platzen zu lassen.«

»Ich propagiere schon seit Jahren Frieden, und jetzt, da es so weit ist, soll ich ihn verhindern wollen? Mit beschworenen Dämonen? Nur ein Idiot würde derartig unberechenbare Wesen einsetzen, um solche Pläne durchzuführen. Du machst dich lächerlich, Hayo.«

»Lass das, Martin«, zischte Hayo ihn herrisch an. »Ich habe mit meinen Leuten dafür gesorgt, dass das, was du beschworen hast, die Stadt nicht überrannt hat, und wir haben einen hohen Preis dafür bezahlt. Sollen wir dir jetzt auch noch dafür danken, dass du die Kontrolle verloren hast und der Dämon sich gegen dich gewandt hat?«

Martin ballte die Fäuste. »Ich wusste immer, dass du eine Schlange bist, aber dass du es wagst, solcherlei Behauptungen zu formulieren, ist selbst für dich schäbig.«

»Ich werde zu deinen Gunsten aussagen, dass du wenigstens versucht hast, das Untier aus der Stadt herauszubekommen, obwohl ich glaube, dass du das nur getan hast, um deine Tat zu vertuschen.«

»Meine Tat?« Gustavs Meister schrie jetzt. »Hörst du dich überhaupt reden? Wie kannst gerade du es wagen …?«

»Die Beweise sprechen eine andere Sprache, Martin. Wem ist der Meister der Meister denn gefolgt? Dir, als dem wahren Meister des Dämons. Warum sonst wäre er hierhergekommen und hätte sich nicht an den Städtern gelabt?«

Gustav war drauf und dran, Hayo entgegenzuschleudern, dass es genau umgekehrt gewesen war. Aber wie hätte er seine Worte belegen sollen, ohne seinen Meister noch mehr in Schwierigkeiten zu bringen? Ein Feldscher, dessen Lehrling heimlich einen Dämon beschwor, konnte ja kaum unschuldig sein.

»Das ist einfach nur lächerlich. Das Vieh ist mir gefolgt, weil ich ihm wehgetan und verhindert habe, dass es eine Bäckersfamilie frisst. Hass ist das, was die Dämonen mehr antreibt als alles andere. Ich frage mich vielmehr, wo du und deine Lehrlinge waren, als die Kreaturen aus dem Boden gekrochen sind. Oder habt ihr sie etwa selbst beschworen?«

Ja, das ist die richtige Fährte.

Hayo lachte gehässig. »Das ist deine Verteidigung? Ich bin gespannt, wem die Zunftoberen eher glauben werden.«

Gustav lachte, um seinen Meister zu unterstützen, doch selbst in seinen Ohren hörte sich das dümmlich an. Es gab Situationen, in denen man besser schwieg.

»Habt Ihr Beweise, Meister Hayo?«, schaltete sich der Schwede wieder ein. »Ansonsten sind allein Eure Vorwürfe schon ein mehr als unfreundlicher Akt, den das schwedische Königshaus auch nicht ungeahndet lassen würde. Feldscher Martin ist über jeden Verdacht erhaben und ein treuer Diener meines Königs.«

Hayo lächelte verschlagen.

Gustav wurde flau im Magen bei dem Anblick. So sah kein Mann aus, der einen Plan auf Lügen aufgebaut hatte. *Weiß er etwa von Mela? Hat er sie gar gefangen genommen?*

»Natürlich habe ich Beweise. Besser noch, ich habe einen Zeugen, der Feldscher Martins Missetaten belegen kann.«

»Wer soll das denn bitte schön sein?«, schnaubte Martin.

»Ich kann es bezeugen.«

Gustav hatte das Gefühl, als würde ihm jemand ins Gesicht schlagen, als er Anikes Stimme hörte.

Sie trat an Hayos Seite. »Mein Meister hat sich gegen die Regeln der schwarzen Feldschere versündigt und Dämonen beschworen, um Meister Hayo zu töten und damit die Friedensverhandlungen zu untergraben. Das beschwöre ich.« Sie hob feierlich die rechte Hand.

»Anike!« Der Feldscher streckte flehend einen Arm nach ihr aus.

Das Mädchen blickte ihn nicht an, sondern hielt ihren Blick starr auf den schwedischen Offizier gerichtet.

Gustav hatte das Gefühl, dass vor seinen Augen gerade die Welt zusammenbrach.

»Ich verlange, dass er verhaftet wird!«, forderte Hayo. »Da habt Ihr Euren Beweis. Das Mädchen ist nicht irgendwer, sondern sein Lehrling und war in alles eingeweiht. Anders als Feldscher Martin hat sie aber ein Gewissen, und deshalb hat sie sich mir gerade noch rechtzeitig offenbart und so mein Leben und das der meisten Bürger Osnabrücks gerettet. Das werde ich ihr nie vergessen.« Er legte seinen Arm beschützend um Anike. Gustav fand, dass es eher besitzergreifend wirkte.

»Sie lügt. Ich weiß nicht, warum, aber sie lügt. Anike, sei doch vernünftig.« Die Stimme des Feldschers klang hoch und gebrochen. »Was auch immer sie dir versprochen haben …«

»Marschall Lundgren, würdet Ihr jetzt Eurer Pflicht nachkommen und diesen Mann verhaften? Es ist offensichtlich, was er getan hat. Menschen sind seinetwegen gestorben.«

Der Schwede rang kurz mit sich. »Nein! Wenn Meister Martin sagt, dass er Derartiges nicht getan hat, glauben wir ihm. Er wird nicht verhaftet und wir werden jeden daran hindern, der das versuchen sollte.«

Alle griffen nach ihren Waffen. Gewalt lag in der eiskalten Morgenluft.

Gustav sah genau, wie sich für einen kurzen Moment ein triumphierendes Lächeln in Hayos Gesicht stahl. Einen Augenblick später wich dies einer Fratze der Empörung. »Wenn das so ist, bleibt mir im Namen des Kaisers nichts anderes übrig, als zu erklären, dass für unsere Seite die Friedensverhandlungen hiermit beendet sind. Mit Verbrechern, die Verbrecher decken, haben wir nichts zu besprechen. Ich und meine Delegation werden Osnabrück verlassen.« Er nickte dem Schweden zu, schob Anike zu seinem Pferd und einen Moment später ritten sie gemeinsam zurück in Richtung des zerstörten Bremer Tors.

Gustav blickte ihnen wie paralysiert nach. Das Mädchen, dem er eben noch gestehen wollte, dass er sie liebte, hatte sie verraten.

EIN UNENDLICHER KRIEG

Wien,
Ende Dezember 1644 – 27. Kriegsjahr

Maximilian von und zu Trauttmansdorff rieb sich die brennenden Augen. Es war ein langer Tag voller eintöniger, aber dennoch wichtiger Beratungen gewesen. Sein Kaiser war unzufrieden mit der Entwicklung der Lage und damit auch mit ihm gewesen. Missmutig schenkte er sich einen Becher Rotwein ein. Heute Abend war er sogar zu träge dazu, einen Diener herbeizurufen. Kraftlos strich er über den Haufen Papiere, der vor ihm lag. Die Probleme schienen niemals enden zu wollen und das meiste erforderte seine Aufmerksamkeit, sonst geriet alles aus dem Ruder. Macht und Einfluss konnten auch eine Bürde sein. *Vielleicht sollte ich heute einmal früher zu Bett gehen. Margarete wäre bestimmt entzückt.* Er streckte sich und hörte dabei seine alten Knochen knacken. Gerade als er von seinem Schreibtisch aufstehen wollte, an dem er seit Jahren einen Großteil seines Lebens verbrachte, klopfte es leise an der Tür. *Welcher Idiot erdreistet sich, mich um diese Zeit zu belästigen? Dem werde ich den Marsch blasen!* Die Aussicht, jemanden zurechtstutzen zu können, ließ seine Lebensgeister trotz der späten Stunde zurückkehren. Das war einer der Vorteile von Macht. »Herein!«, knurrte er und setzte sein Haifischlächeln auf.

Die große, schwere Tür schwang auf und Johannes trat ein.

»Johannes, was um Gottes willen willst du hier? Reicht es dir nicht, dass wir bereits einen Großteil des Tages gemeinsam verbracht haben? Welche Geheimnisse willst du noch aus mir herauspressen?« Genervt pustete der Reichsgraf aus und ließ sich kraftlos zurück in seinen Lehnstuhl fallen. Seinen engsten Mitarbeiter würde er jetzt nicht zusammenfalten. Johannes belästigte ihn normalerweise nicht ohne triftigen Grund und das machte seinen Besuch umso schlimmer. »Was ist Furchtbares passiert, das nicht bis morgen warten kann? Stehen die Schweden vor den Toren Wiens? Ist die Hofburg von ihnen unterwandert worden? Kannst du mir nicht mal einen Moment friedlicher Ruhe gönnen, du unbotmäßiger Junge. Ich wollte gerade das erste Mal seit Monaten meiner Frau einen Besuch abstatten.«

»Es tut mir leid, Reichsgraf, aber es sind endlich Nachrichten aus Osnabrück gekommen«, kam der gut aussehende junge Mann sofort auf den Punkt.

Der Reichsgraf setzte sich augenblicklich gerade hin. Die verfluchten Friedensverhandlungen in dem norddeutschen Kaff waren eine Pein, die dazu geeignet war, all seine Pläne zu durchkreuzen. »Welche? Sprich schon!«

»Hayo hat die Verhandlungen verlassen, die Schuld für das Scheitern aber erfolgreich Feldscher Martin in die Schuhe geschoben. Die Protestanten gelten jetzt als Verräter.«

»Sehr gut.« Der Reichsgraf rieb sich versonnen die Hände. »Martin, dieser selbstgerechte Blödmann, hat nichts anderes verdient. Hoffentlich schmeißen sie ihn aus seiner dummen Zunft.«

Johannes nickte nur höflich. Er wusste, dass er seinen Herrn in derartigen Monologen besser nicht unterbrach.

»Wir werden die Gelegenheit nutzen und die Protestanten in einem letzten Schlag endgültig vernichten. Der Kaiser muss erfahren, dass sie ihn bei den Friedensverhandlungen hintergangen und sie nur genutzt haben, um militärisch wieder zu erstarken. Jetzt kann er nicht mehr zurückweichen. Ich werde ihn davon überzeugen.« Nachdenklich klopfte er mit seinem großen Siegelring auf die Tischplatte. »Will ich genauer wissen, was passiert ist?« Er blickte seinen Diener mit hochgezogenen Augenbrauen an.

»Nun, mit Details will ich Euch nicht belasten, damit Ihr dem Kaiser gegenüber nicht in Verlegenheit kommt.«

Maximilian nickte. Es war immer besser, nichts zu wissen, als einen allmächtigen Herrscher belügen zu müssen, das konnte unter Umständen tödlich enden.

»Aber ich kann so viel sagen, dass die junge Dame – Anike Kuipers – eine Eurer genialeren Ideen war. Sie hat ihre Aufgabe mit Bravour erfüllt, auch wenn wir ihr dazu die Daumenschrauben etwas enger drehen mussten.«

Der Reichsgraf gähnte. Das Schicksal dieser Göre war ihm eigentlich egal. Sie hatte ihre Aufgabe erfüllt, mehr interessierte ihn nicht. »Der Vater?«

»Ist hier in Wien in Sicherheit.« Johannes grinste und wischte sich einen unsichtbaren Fussel von der teuren Kleidung. »Hier gibt es eine Einrichtung, die besser auf Personen mit seinen besonderen Fähigkeiten eingestellt ist. Mit ihm in unserer Obhut stellen wir gleichzeitig sicher, dass das Mädchen sich auch an die ihr zugedachte Rolle hält und nicht erneut die Seiten wechselt.«

»Sehr gut!« Der Reichsgraf schlug kraftvoll auf den Schreibtisch. »Zahlt ihr das Geld aus! Niemand soll sagen können, dass ich mich nicht an mein Wort halte. Ihren Vater habe ich schließlich auch aus dem Amsterdamer Gefängnis herausbekommen.« Er lächelte böse. »Dass er hier unter meiner schützenden Hand lebt, wird zusammen mit dem Geld hoffentlich dafür sorgen, dass sie die Füße stillhält. Von heute an möchte ich nie wieder etwas von diesem Mädchen hören.«

»Wie Ihr wünscht, mein Herr.« Johannes verbeugte sich tief und ging rückwärts in Richtung Tür. »Ich hoffe, ich konnte für eine etwas geruhsamere Nacht sorgen.«

Der Reichsgraf machte eine wedelnde Handbewegung, um seinen Gehilfen hinauszutreiben. Als die Tür hinter ihm ins Schloss gefallen war, seufzte er schwer und schenkte sich einen weiteren Becher Wein ein. Genussvoll schlürfend nahm er einen langen Zug und fühlte, dass sich sein Kopf leicht benebelte. Er wusste, dass er zu viel trank, aber der Alkohol half ihm, die anstrengenden Tage zu überstehen.

Die Kerzen auf dem vielarmigen Lüster begannen jäh zu flattern, als hätte irgendjemand ein Fenster geöffnet.

Maximilian wusste, dass das nicht der Fall war. Nach all den Jahren musste er nur an ihn denken. »Willkommen, Jarlon. Wir hatten lange nicht mehr das Vergnügen.«

»Meister«, zischte eine tiefe Stimme aus der Dunkelheit des großen Raums. »Wie kann ich Euch dienen?«

Der Reichsgraf hickste. Er hatte vom Wein Schluckauf bekommen. »Gib mir deinen weisen Rat, mein lieber Jarlon. So wie seit vielen Jahren schon.«

Die Krallenfüße des kleinen Dämons machten klackende Geräusche, als er zu dem großen Schreibtisch hinüberging. Er wirkte wie ein Kind, das zu seinem Großvater sprach. Bei genauerem Hinsehen wurden die Hörner, Krallen und Reiß-zähne der Kreatur erkennbar – und die golden glühenden Augen. »Gern, mein alter Freund.«

Der Reichsgraf breitete eine Karte aus und betrachtete sie lange.

Der Dämon blickte ebenfalls darauf. »Ich denke, dass es am besten wäre, Graf von Hatzfeldt mit Geld und frischen Truppen auszustatten. Er steht weit im Osten. Böhmen ist ein Juwel, das des Kaisers ist. Bedenkt, dass in Prag alles begonnen hat. Die Stadt ist ein mächtiges Symbol für die Aufständischen.«

Der Reichsgraf nickte und brummte abwesend.

Der Dämon streichelte ihm schmeichelnd über den Arm. »Hier, unterschreibt gleich die Dekrete, damit die Anwerber schon morgen früh weitere Männer ausheben können, die im Gefecht nach Ruhm und Ehre streben. Für Euren geliebten Kaiser und die gerechte Sache Gottes.«

Maximilian tat, wie ihn der Dämon geheißen hatte, und fertigte routiniert die entsprechenden Dokumente aus. Anschließend siegelte er sie mit seinem Ring.

»Gut! Gut gemacht, mein lieber Freund. Schon bald wird dieser Krieg sich zu Euren Gunsten wenden. Frieden wäre Eurer Sache mehr als abträglich gewesen.« Der Dämon schenkte dem Reichsgraf den letzten Wein aus der silbernen Kanne ein. »Nur noch ein paar Schlachten mehr …«, säuselte er ihm dabei ins Ohr.

Entrückt trank der Reichsgraf den Wein. Er hatte es geschafft: Der Krieg ging weiter.

DANKSAGUNG

In »Der Lehrling des Feldschers« habe ich meine beiden Passionen – Geschichte und Fantasy – miteinander verwoben. Seit dem Beginn meines Geschichtsstudiums vor über zwanzig Jahren und anschließend als Geschichtslehrer beschäftige ich mich nahezu täglich mit historischen Stoffen und so war es an der Zeit, diese Leidenschaft auch in einen meiner Romane einfließen zu lassen. Der Dreißigjährige Krieg und die einschneidenden Veränderungen, die er mit sich gebracht hat und die die deutsche Geschichte bis heute prägen, haben mich schon immer fasziniert, daher fiel mir die Wahl leicht, in welche Epoche ich meine Protagonisten diesmal reisen lasse. Bewusst habe ich mich für die Endphase dieses langen Konflikts entschieden, weil ich die Frage besonders spannend fand, wie man einen schier endlosen Krieg beendet, wenn keine Partei von ihren Positionen lassen will. Natürlich gab es in der wirklichen Geschichte keine Dämonen, die den unglaublichen drei Jahrzehnte dauernden Krieg befeuert haben, das vermochten die Menschen leider ganz allein …

Auch dieses Mal hatte ich wieder eine Menge Hilfe und diesen Menschen möchte ich hier danken.

Als Erstes meiner Familie dafür, dass sie mit so viel Geduld akzeptiert, mich immer wieder mit meinen Romanfiguren teilen zu müssen.

Wie immer geht ein großes Dankeschön an meine Lektorin Ursula Tanneberger, die zufälligerweise sogar mein Interesse für den Dreißigjährigen Krieg teilt und dieses Mal bestimmt besonders viel Freude daran hatte, sich durch mein Manuskript zu arbeiten. Einen großen Dank auch an den Korrektor Christian Jerger, dem ich und alle Leserinnen und Leser ein ordentliches Latein in meinen Büchern zu verdanken haben.

Danke Martin, Moritz und Pia, dass ihr euch immer wieder voller Begeisterung auf meine Manuskripte stürzt, um sie zu testen. Eure Hinweise wären selbst mit Goldtalern nicht aufzuwiegen.

Tja, und am Ende muss ich wie immer euch danken, liebe Leserinnen und Leser, denn ohne euch gäbe es keine Romane von Greg Walters.

Greg Walters, Frühsommer 2020

Nichts mehr von mir verpassen?

Abonnieren Sie meinen Newsletter:
www.gregwalters.de/newsletter.html

MEHR VON GREG WALTERS

DIE BESTIEN CHRONIKEN
Antike Fantasy in drei Teilen. Abgeschlossene Reihe.

 Was haben eine stotternde Zauberin, ein intellektueller Barbar, ein Junge, der Zuneigung für tödliche Bestien empfindet, und ein unglücklicher Narr gemeinsam?

Gar nichts, außer einem miesen Schicksal und der Bürde, dass sie nur gemeinsam ihre untergegangene Welt vor der vollkommenen Vernichtung retten können ...

Tödliche Bestien haben die Macht in der Welt übernommen. Nur in der ewigen Stadt Kol leistet die menschliche Zivilisation noch Widerstand. Geschützt von einer magischen Kuppel, trotzt sie den unnatürlichen Kreaturen. Doch auch innerhalb der Stadtmauern ist es alles andere als sicher, denn dort lauert das gefährlichste aller Wesen – der Mensch.

Ebook, Taschenbuch, Hörbuch
ISBN: 978-3947515509

MEHR VON GREG WALTERS

DIE FARBSEHER SAGA
Bisher über 100.000 Leser + Hörer und
über 4000 begeisterte Bewertungen

Ein Mensch, der von der Magie be-
herrscht wird,
ein Zwerg, der nicht zaubern kann,
ein übergewichtiger Zwergelbe,
ein hinkender Ork.
Sie können die Welt retten – oder vernichten.

Leik erlebt einen Winter, der sein ganzes Leben auf den Kopf stellt. Er trifft
seine erste Liebe, besucht eine Universität, in der Magie ge-
lehrt wird, und findet zum ersten Mal im Leben Freunde.
Aber seine Welt ist dem Untergang geweiht. Nur wenn Leik
es schafft, die Farben der Zauberei richtig einzusetzen, kann
er sie retten. Denn außer ihm kann niemand auf der Welt alle
drei magischen Farben sehen. Das macht ihn außergewöhnlich – und gefährlich …

Ebook, Taschenbuch, Hörbuch
ISBN: 978-3758372711